between, ~~in the steel dusk~~ be... are and branches
d a thin, you step out
s. The moon gone down,
urinate Uplooking at the ... risen
Southern Cross

...umidity of (initial) and thus each morning in the ... bl...
urination reflect upon the ~~...~~
...iety of constellations, and not awake you
...en to the night move highly past you.
wake to where Pap sits before the fire,
... comforted, his creatures perched, loving the
... before daylight and the windless burning of
... branches he says, "How are you, governor"
" No worse than you."

The sky is very high there and branches
... between, ~~in the steel dusk~~ from under which
...d a thin, you step out to sea too many
...s. The moon gone down, the breeze not risen
urinate Uplooking at the uncross-like
Southern Cross

...umidity (initial), and th...

Ernest M. Hemingway.

ERNEST HEMINGWAY

海明威文集

曙光示真

〔美〕海明威 著 金雯 杨柯 译

True at First Light

上海译文出版社

图书在版编目(CIP)数据

曙光示真/(美) 海明威(Ernest Hemingway)著；
金雯，杨柯译.—上海：上海译文出版社，2019.8
(海明威文集)
书名原文：True at First Light
ISBN 978-7-5327-8146-1

Ⅰ.①曙… Ⅱ.①海… ②金… ③杨… Ⅲ.①长篇小
说—美国—现代 Ⅳ.①I712.45

中国版本图书馆 CIP 数据核字(2019)第 104086 号

Ernest Hemingway
True at First Light

曙光示真

〔美〕海明威 著 金 雯 杨 柯 译
责任编辑 /宋 金 装帧设计 /张志全工作室

上海译文出版社有限公司出版、发行
网址：www.yiwen.com.cn
200001 上海福建中路 193 号
上海雅昌艺术印刷有限公司印刷

开本 889×1194 1/32 印张 10.5 插页 6 字数 214,000
2019 年 8 月第 1 版 2019 年 8 月第 1 次印刷
印数：0,001—5,000 册

ISBN 978-7-5327-8146-1/I・5013
定价：55.00 元

在非洲，一件在黎明时看来是真实的事物到了正午便成为一个假象，你对它是毫不相信的，就好像不相信太阳炙烤下的盐碱地另一边真有一个玲珑剔透、水草丰美的湖泊一样。你曾在上午的时候穿越盐碱地带，知道那儿根本没有这样一个湖泊。但眼下这片湖泊却显得那么地真实可信，美不胜收。

欧内斯特·海明威

序　言

本故事发生的地点和时间对我来说至少至今都还意味深长。我在东非度过了成年时期的前一半，曾广泛地阅读关于在那里居住了短短两代半的处于少数民族地位的英国人和德国人的历史和文学著作。开头的五章，如果不把在北半球的 1953—54 年冬季在肯尼亚发生的事略加说明，今天恐怕是难以理解的。

据当时英国殖民当局宣称，一名受过良好教育、到过不少地方的非洲吉库尤族黑人乔莫·肯雅塔在旅居英国并与一名英国女子成婚后，回到出生地肯尼亚，在那里掀起了一场被称为茅茅运动[①]的农场黑人雇工的起义，针对的是吉库尤人认为窃取了其土地的自欧洲移民而来的农场主。这好比《暴风雨》中卡利班的抱怨：

> 这个岛是我老娘昔考拉克斯传给我的，
> 你从我手中夺了去！你刚来的时候，
> 用手抚摩我，器重我，给我水喝，
> 水中放有浆果，还教给我怎样
> 称呼那照耀着白天和夜晚的，
> 大的光和小的光；于是我爱上你，
> 把这岛上的一切富源指给你看，
> 那些清泉和盐井，那些荒地和沃土。[②]

这场茅茅起义并不是四十年后为整个撒哈拉以南的大陆赢得非洲黑人多数统治权[③]的泛非独立运动，而基本上是吉库尤部落的人文历史上的特有现象。一个吉库尤人，立下了一个渎神之誓，从此停止正常生活，甘愿充当打击自欧洲移民而来的农场雇主的神风突击队[4]式的肉弹，便成为茅茅战士了。肯尼亚最常用的农具在斯瓦希里语中称为panga，那是种厚重的单刃刀，用英格兰中部地区生产的钢板冲压打磨而成，能用来砍柴、挖洞，并且在适当的条件下用来杀人。在农场雇工中几乎是人手一柄。我并非人类学家，上述的描绘也许全然不实，不过这正是欧洲移民的农场主及其妻子儿女对茅茅运动的看法。可悲的是，在应用人类学的这段小插曲中最终遭到大量杀戮或残害的并非是茅茅运动所欲加害的欧洲移民的农耕家庭，而正是那些拒绝宣誓效忠却与英国殖民当局合作的吉库尤人。

在本故事发生的年代被称为白人高地的乃是一块特意为欧洲农业殖民划出的专用地，海拔比坎巴族世袭的土地要高，灌溉的条件也更好，那是吉库尤族人认为从他们手中被窃走的。以农业为生的坎巴族人虽然操一种与吉库尤语相似的班图语，但其耕地的收成不大可靠，常需狩猎并多加采集来作补充，所以对土地的依恋程度也必然比吉库尤族的邻居们差。两族人之间的文化差异甚为微妙，如果把伊比利亚半岛上共存的西班牙和葡萄牙两国之间的差别来作比较，便可分晓。我们大多数人对上述两国都有足够的了解，知道为什么对一国可行的事在另一国不会有人感兴趣，而茅茅运动也属此列。对大多数坎巴人来说，这运动是行不通的，正因为如此，对海明威夫妇，欧内斯特和玛丽两人来说，倒是幸事，否则就很有可能在睡梦中被他们十分信任并自以为很理解的土著仆人们活活

---

① 茅茅运动（Mau Mau）是1952年由当时的东非英属肯尼亚的吉库尤族黑人发动的反殖民者起义，领导人肯雅塔（1891—1978）于1953年被逮捕，英军大肆屠杀人民，但人民经过长期的斗争，终于在1963年底赢得独立，肯雅塔担任第一任总统。

② 引自莎士比亚的《暴风雨》第一幕第二景。卡利班为一个长得丑陋、生性凶暴的怪物，其母为女巫。

③ 指南非于1994年成立由黑人掌权的南非共和国，由曼德拉任第一任总统。

④ 神风突击队为二战期间日本的空军敢死队，其队员驾驶装载炸弹的飞机撞击对方的军舰等目标，与之同归于尽。

砍死。

第六章开头处，一群越狱逃跑的宣誓加入的坎巴茅茅分子企图袭击海明威游猎营地的威胁已如朝雾在早晨温暖的阳光中一般烟消云散了，而当代读者再往下看便会觉得驾轻就熟了。

因我有幸排行老二[①]，得以在童年的晚期及青少年时期与父亲一起度过了很多年月，在此期间父亲先后与玛莎·盖尔霍恩及玛丽·威尔什成婚。我记得在我十三岁那年的夏天，无意中闯进了玛蒂[②]为她和我爸爸在古巴觅到的那所房子里爸爸的卧室，发现他们正以一些手册中所推荐的实现美满婚姻的一种全身运动的方式在作爱。我立即退了出来，我想他们并没有看到我，但在编辑这个现在推出的故事时，我读到了爸爸把玛蒂描绘成一名模仿大师的那一段文字，那一幕便在被我遗忘了五十六年之后又重新栩栩如生地回到我的脑海中。是个了不起的模仿大师啊。

海明威这部无题的手稿长达二十万字左右，显然并不是一本日记。您现在看到的是一部字数约为一半的虚构小说。我希望玛丽不要因为我如此突出黛芭而大为不满，相对于玛丽这位出类拔萃的妻子来说，黛芭只是一个黑皮肤的实体，而这位真正的妻子终于熬了二十五年之久的慢性殉夫自焚，只不过点燃火堆的不是檀香而是杜松子酒。[③]

由虚构与真相交替组成的错综复杂的对位复调构成了这本回忆录的核心。在许多段文字中，作者大量地运用了这种复调，这无疑会取悦任何欣赏这种音乐的读者。我曾在基马那的游猎营地里住过

---

① 按海明威和第一任妻子哈德莉生有一子约翰，和第二任妻子菲佛生有两子，帕特里克（1928 年生）和格雷戈里。

② 玛莎的爱称，她在 1939 年春在哈瓦那东南 12 英里处找到一所有 15 英亩院地的平房，取名为“观景庄”。

③ 海明威于 1946 年和玛丽·威尔什结婚，因曾多次负伤，加上早年就养成嗜酒习惯，逐渐损害他的健康，形成恶性循环，导致他于 1961 年开枪自杀。这是原因之一。但他们的结婚生活应为 15 年，而不是 25 年。此处的殉夫自焚（suttee）是印度人的旧习，寡妇应随同丈夫的尸体一起火葬。

一阵子，认识那里的每一个人，无论是黑人、白人或浑身上下都是红色的人，[①]而且由于一个我难以确切地解释的原因，这段经历使我想起了早在一九四二年夏天发生的一些事，当时我弟弟格雷戈里和我还是孩子，像格兰特将军的十三岁的儿子弗雷德在维克斯堡的时候一样，在比拉尔号捕鱼艇上与临时服役充当海军后备队的出色的船员们一起度过了一个月。船上的发报员是一名职业海军陆战队队员，一度曾驻扎在中国。在那个搜索潜艇的夏天，[②]他得以平生第一次阅读《战争与和平》，因为他每天只消工作很短的时间，白天黑夜的大部分时间都在待命，而这本小说是船上的藏书之一。我还记得他对我们大家说，因为他在上海时认识那里的所有白俄，这本书对他的意义特别大。

海明威写这部手稿的第一稿也是唯一的一稿时被当时与本故事中每日得与长途电话打交道的女士结婚的利兰·海沃德[③]所打断，而且又不得不去帮其他拍摄《老人与海》的电影人到秘鲁去寻找一条可供拍摄的大马林鱼。苏伊士危机的爆发致使运河关闭，阻碍了父亲再度去东非的计划，这也可能是他就此没有回头去写这部未完成著作的一个原因。从本故事中所述的内容看来，我们发现海明威在怀念“当年”的巴黎，所以他中途辍笔也可能是因为自觉写巴黎会比写东非更得心应手，因为尽管东非景色如画，激动人心，但毕竟他在那里只待了几个月，使他遭受重创，第一次是患上了阿米巴痢疾，第二次是坠机事件。

如果拉尔夫·埃利森[④]还健在，我就会请他来写这段介绍文

① 海明威在本书中说过这句话，以表示除了玛丽，其他所有女人，不论肤色如何，对他都是没有吸引力的。

② 关于海明威和大家乘比拉尔号在加勒比海搜索纳粹潜艇的经过，在《岛在湾流中》的第三部中有详细的描绘。

③ 利兰·海沃德为好莱坞制片人，以 15 万美元买下《老人与海》的摄制权，由大明星史宾塞·屈赛主演，于 1958 年公映。

④ 拉尔夫·埃利森（Ralph Ellison，1914— ），美国黑人作家，代表作为长篇小说《看不见的人》（1952 年）。

字，因为他曾在《影子与行动》中写道：

“你还要问我为什么对我来说海明威比赖特[①]更重要吗？不是因为他是白人，也不是因为他更为读者所‘接受’。而是因为他能欣赏这个地球上那些我所爱好的，而赖特由于心理上太富于紧迫感或生活过度贫困或太缺乏经验而无法理解的东西：气候、枪支、猎狗、赛马、爱与恨，以及能够被英勇而富有敬业精神的人转化为有利条件和辉煌胜利的那些简直不可能摆脱的处境。因为他能把日常生活中应用的操作步骤和技巧描写得如此精确，以至于我和我的兄弟能够在一九三七年大萧条期间遵照他的射击描绘猎取飞鸟而活下来；因为他懂得政治与艺术之间的差别以及对于一名作家来说两者之间真正的联系在哪里。因为他的所有作品——这一点至关重要——都充满了一种超越我在国内感受到的悲剧精神的东西，它十分接近于蓝调[②]给人的感受，而这种感情也许正是美国人能表现出来的悲剧精神的极限了。”

我肯定地认为海明威读过《看不见的人》，该书帮助他在两次几乎使玛丽和他本人都丧命的坠机事件后振作起来，等到他在五十年代中期重新执笔撰写这部有关非洲的手稿时，这促使他重新开始创作的非洲之行已经过去至少有一年了。他在手稿草稿中写到作家们互相剽窃时，也许脑中正想到了埃利森，因为埃利森小说中写到的从疯人院出来的那帮疯子那一幕与《有钱人和没钱人》中描写基韦斯特岛上酒吧中那些老兵[③]的一幕非常相似。

埃利森是在六十年代初写这篇文章[④]的，距 1961 年夏天海明威

---

① 赖特（Richard Wright，1908—1960），美国黑人小说家，代表作为长篇小说《土生子》（1940 年）。

② 蓝调（blues，可音译为布鲁斯歌曲）为二十世纪初起源于美国黑人的一种感伤的民歌，因 blue 可作“忧郁”解而得名，由一代代女蓝调歌手（主要为黑人）演唱而广受欢迎。

③ 见《有钱人和没钱人》第 22 章。这些第一次世界大战的复员军人，被政府安置在美国沿海岛屿上。基韦斯特岛位于佛罗里达州南端，和古巴隔海相望，这些人聚集在弗雷迪酒吧内，常酗酒闹事。

④ 这篇文章于 1964 年收在散文集中出单行本，即以它为书名：《影子与行动》。

的去世并不久，他当然没读过这部未完成的有关非洲的手稿，我已将它“舔”成了现在这副模样，取名为《曙光示真》，希望这模样还不是最糟。我只是将父亲在“早晨”所写的东西进行了一番苏埃托尼乌斯[①]在他的《名人传》中所描述的加工而已：

“据说维吉尔创作《农事诗》的时候，习惯于每天口述他在早晨写好的大量诗章，让人记下，然后把当天剩下的时间用来将这些诗削减到很少的几句，风趣地说他是遵照母熊的方式来加工诗，将诗逐渐‘舔’成形的。”

只有海明威本人才可能将其未完成的手稿“舔”成一本 Ursus horribilis[②]。我在《曙光示真》中所奉献给读者的只是一只孩子的玩具熊而已。我将从此每天都带了这本书上床，等我躺下了祈祷上帝万一我在醒过来前就死去的话保存我的灵魂，并且我要祈祷上帝将我的灵魂带走，并且愿上帝保佑您，爸爸。

帕特里克·海明威

蒙大拿州，波泽曼

1998 年 7 月 16 日

① 苏埃托尼乌斯（Suetonius，69—104），古罗马传记作家，著有《诸恺撒生平》、《名人传》等。

② Ursus horribilis，拉丁语，意为可怕的熊，亦为灰熊的学名。那是北美最大、最聪明、最危险的动物。中世纪时人们认为熊生下来是没有形状的，得经母熊反复舔而成形。作者用这个词也可能是暗指海明威的作品均不同凡俗，恰似一头粗野不驯的灰熊。海明威去世前的居住地及其子编辑本书时所在的蒙大拿州位于美国西部，至今仍有灰熊出没。

第一章

这次游猎说来有些复杂，因为东非已发生了很大变化。这个白人猎手多年以来都是我亲密的朋友，我尊重他甚于尊重我父亲，他对我的信任则是我不配得到，却又应该努力不辜负的。他教我打猎时总是放手让我自己干，等我犯了错误再帮我纠正。每次我出个错，他就解释一番。如果我不再犯同样的错，他就再多说点。不过他性喜迁移，最终还是离开了我们。他离开是因为必须去照看他的农场，肯尼亚一个两万英亩之广被称为饲牛场的地方。他个性复杂，身上既有非凡的勇气，又有人类具有的一切良性的弱点，对他人的理解非常深入细致，又富有批判精神，让人觉得有点不同寻常。他极其忠实于家庭和亲人，但十分喜欢离开家到外面住。他爱他的家、他的妻子和孩子。

“你有什么问题吗？”

“我不想在大家面前显得像个傻瓜。”

“你会学会的。”

“还有什么对我说的？”

“记住每个人都懂得比你多，但决定必须由你来做，还得让他们按你说的办。营地所有的事情都交给凯第好了。你尽力去干就是了。”

世上有人热衷于指挥权，由于急于得到这种权力，往往不耐烦经过一套繁文缛节再从别人手里得到它。我也喜欢指挥权，因为这种权力是自由和受奴役两种状态最理想的结合。手中有权，你便可以高兴地享受你的自由，而一旦这种自由变得太危险，你便向你所肩负的责任求救，几年来我只对我自己有指挥权，早已厌倦了这种权力，因为我过于清楚自己的缺陷和长处，而它们几乎不让我有什么自由，责任倒是很多。近来我读到过形形色色写我的书，都很让我反感；写书的人对我的内心生活、目标和动机都了如指掌。读这些书就好比读描述一场你亲身经历的战斗的著作，作者不仅当时都不在场，而且，有些是在战斗发生时尚未出生的人。所有这些写我内心生活和外在生活的人都坚定地相信我从来没有感受过自己的生活。

那天早晨我真希望我的好朋友兼教师菲利浦 · 帕尔齐法尔可以不必用那种独特的已经成为我们之间法定语言的简略而节制的话语跟我交谈。我希望我可以问他一些不可能问的问题。我尤其希望我可以像英国飞行员那样得到充分明确的指导。但我知道我和菲利浦之间有着一种约定俗成的规定，像坎巴族的习惯法一样严格。我的无知只能通过自己的学习来减少，这是在很久以前就已经确定了的。但我知道，从那时候起帮我纠正错误的人没有了。因此虽然手握指挥权是幸福的，那天早晨的我心中却充满了孤寂。

长久以来我们一直称呼对方为老爹。我开始称他老爹是二十多年前的事。只要我不在公开场合这么叫，他并不介意这个不合礼节的称呼。我五十岁时，他见我已成为了一名长者，一名 Mzee①，也就高高兴兴地开始叫我老爹了。对我来说这个称呼是一种恭维，虽然给予者并不经心，对得到者却十分重要，一旦失去，便会无法忍受。我无法想象，也根本不愿意在私下叫他帕尔齐法尔先生，也不想让他称呼我正式的名字。

总之那天早晨我有许多问题想问，许多事情想知道。但按照惯例我们对这些事都闭口不言。我内心孤独极了，而他自然也是知道的。

“你要是没有问题就没有乐趣了，”老爹说。“现在那些所谓的白人猎手大多不过是技术工，会说些本地话，只知道跟着别人的足迹走。你可不是这样的猎手。你对本地语言的掌握有限，但你和你

---

① 斯瓦希里语，意为“老者、长者”。

那些穿着不讲究的同伴过去一直走没人走过的地方，这次还能开出些新路。如果有时候你想不出某个字在你新学的坎巴语里该怎么说，就说西班牙语好了。这里人人喜欢西班牙语。或者就让女主人替你说，她表达能力比你稍强些。”

“见你的鬼去吧。”

“我要给你去准备块地方。”老爹说。

“那猎象的事呢？”

“大象你不用去想，”老爹说。“它们个头大但很蠢。谁都知道它们没危险。只是别忘了所有其它的野兽都会置你于死地的。毕竟它们不像那些头脑不管用的乳齿象。我可从来没看到过打两个弯的象牙。”

“这事谁告诉你的？”

“凯第，”老爹说。“他告诉我说你一个淡季就猎到几千枚这样的象牙。还说你猎到了剑齿虎和雷龙。”

“狗娘养的，”我说。

“不能这么说。他还挺当真的。他手头有那本杂志，里面写的事不由人不信。我想他有时候相信那本杂志有时候不信，要看你能不能给他带些珠鸡来，还有你枪法上的总体表现如何。”

“那是一篇关于史前动物的文章，插图很不错。”

“的确很不错。照片很好看。你告诉他你来非洲只是因为国内的猎乳齿象的执照已到期，而且猎剑齿虎也超过了规定限度，这一说你这位白人猎手的形象就提高了不少。我告诉他你说的都是千真万确的，你是从怀俄明的洛林斯逃出来的猎象牙的人，而怀俄明那地方好比过去的拉多区①。你来这里是为了对我表示敬意，因为是我从你还是个穿开裆裤的小孩子时起就教你打猎的。你希望继续打

---

① 拉多区，位于尼罗河上游两岸，与阿尔伯特湖相接。欧洲人于1841—1842年首次到达该地区，1864年阿尔伯特湖被发现后，贩卖象牙和奴隶的活动在该地日益泛滥。

猎，这样他们将来允许你回国重新发给你一张猎乳齿象的执照时不至于技艺荒疏。”

“老爹请告诉我至少一件对打象有用的事。你知道要是大象撒野或者他们让我动手，我就不得不干掉几只。”

“只要记住你猎乳齿象的那些技巧就行了，”老爹说。“想办法让第一枪从象牙那第二个环里穿过去。如果打正面就瞄准从乳齿象耸起的前额上第一条皱纹数下来位于鼻子上的第七条皱纹。乳齿象的前额是极高的，非常之直。要是你紧张，就把枪往象耳朵里开。你会发现打象不过是一种消遣。”

“谢谢你，”我说。

“我从来不担心你照顾不好玛丽，不过也多照顾你自己一些，要好好干。”

“你也是。”

“我已经干了许多年了，”他说，然后便加了一句经典的套话，“现在就看你的了。”

是啊，现在一切就都要看我的了。那是一年里倒数第二个月的最后一天，早晨一丝风也没有。我看了看用餐帐篷和我们自己的帐篷，然后回头看了一眼小帐篷和在炊火周围走动的人，望了望卡车和猎车。由于露水重，车辆上似乎都结了一层霜。接着我透过树林向山上凝望，山上的新雪在曙光中闪耀，整座山看起来变大变近了许多。

“坐在卡车里不要紧吧？”

“没什么问题。天气干燥的时候这条路还不错。”

“你把猎车带走吧，我用不着了。”

“你可没那么棒，”老爹说。“我想把这辆卡车还回去，再给你送辆好些的来。他们都说这辆车不行。”

他三句话便离不开他们。他们就是那些人，或者称作 watu[①]。

① 斯瓦希里语，意为“他们”，“那些人”。

他们曾经都是孩子，对老爹来说他们仍然是孩子。也难怪，他要么是在他们孩提时代就认识他们的，要么是在他们父亲还是孩子时就认识他们父亲的。二十年前我也称他们为孩子，他们和我都没有意识到我并没有这样喊他们的权利。即使我仍然用这个字眼也没人会介意。但当时是那种情形，现在我不会这么做了。我们中间的每个人都有自己的责任，也都有一个名字。不知道其中某个人的名字是不礼貌的，而且显得你懒惰、马虎。他们许多人都有各种各样的怪名字，有的名字被简化了，有的还得了或友好或不友好的诨名。老爹仍然会用英语或斯瓦希里语骂他们，他们也很喜欢挨他的骂。我无权骂他们，也从来不骂。我们之间自从马加地探险以来就有了一些秘密，一些私下分享的经历。当时我们已经有了不少的秘密，也有很多事情超越秘密变成了认识。有些秘密不登大雅之堂，有些则十分滑稽。有时会看到三个扛枪伙计突然笑作一团，向他们一望你便知道他们笑的是什么，然后你也会大声笑出来，同时又想憋住，结果隔膜也会痛起来。

那天早晨天气晴朗，天色很好，我们驾车穿越平原，把营地的山和树远远地抛在了后面。前面绿色平原上有许多汤姆逊瞪羚，边吃草边摆动着尾巴。还有一群群的角马和格兰浓瞪羚在一丛丛的灌木旁进食。最后我们来到了在一块开阔的长形草场上整出来的那条跑道。为了修整出这条跑道，我们的卡车和猎车在长满矮矮的新草的草场上来来回回开了好几回，还把草场一头一片灌木丛的树根、草根都捡干净。用一棵砍下的小树做的风向杆由于前夜风大已垂了下来，用面粉袋自制的风向袋软绵绵地挂在上头。停车后，我下车去摸了摸风向杆，发现虽然弯了下来，但底部尚牢固，不过一旦风刮起来，风向袋是要被吹走的。天空高处飘着一些云，将视线越过绿色草场，那边的山看起来高耸宽阔，极其壮丽。

“色彩不错，想不想把这条跑道拍下来？”我问妻子。

“今天早上的景色不是最好。还是去看看蝙蝠耳猴，再查看一下狮子的情况吧。”

“狮子现在是不会呆在外面的，已经太晚了。”

“还有可能。”

这样我们就沿着路上已经压出的车轮印向盐碱地驶去。我们的左边是一片开阔的平原，以及这儿那儿有一些缺口的一长排树干发黄的绿叶树，这排树的后面是森林，森林里可能栖息着野牛群。沿着这一排树长着高高的枯草，还有许多树倒在地上，它们或是被大象推倒的，或是被暴风连根拔起的。我们的前方是长着矮小嫩绿新草的平原，右边是几片空地，上面分布着一些浓密的灌木丛，偶尔还有几棵高大的平顶荆棘树。到处都有猎物在进食，一看到我们靠近就纷纷走开，有的突然疾速地飞奔而去，有的不紧不慢地一溜小跑，也有的只不过走得离猎车远些又开始吃东西。不过不论跑得多远，它们最终总是停下来继续吃。每次我们作日常巡视或者玛丽小姐照相的时候，这些动物并不提防我们，就好像并不提防一头无心捕食的狮子。对这样的狮子，它们不会去惹它，但也不害怕。

我将身子探出车外，往地上寻找动物的踪迹。替我拿着枪的恩古伊坐在我后面靠外边的位置，也和我一样看着地面。驾车的姆休卡望着前方和两边的整个地带，他的眼力在我们当中是最敏锐的。姆休卡貌似苦修僧，脸庞清癯、睿智，两颊有坎巴部落特有的箭头状刀刻印记。他耳朵不大好使，比我大一岁，是姆科拉[①]的儿子。他不是伊斯兰教徒，这点不像他父亲。他热爱打猎，驾车技术高明。他从来没有粗心或不负责任的时候，但是他、恩古伊和我总是闯祸最多的人。

我们很久以来一直是很亲密的朋友。一次我问他脸上那么大的正式的部落印记是什么时候弄上的，因为别人都没有，即使有也只是刻得很浅的疤痕。

---

① 姆科拉，海明威1933年12月携第二任太太到肯尼亚和坦噶尼喀打猎时雇用的一个坎巴族人。

他大笑起来说："是在一个很大的恩戈麦鼓会[①]上刻的。你知道的，为了讨好女孩子嘛。"恩古伊和玛丽小姐的扛枪伙计切罗也都笑了起来。

切罗是个十分虔诚的伊斯兰教徒，被公认为是极诚实的人。他自然不知道自己的岁数，但老爹认为他肯定已超过七十。他缠着头巾还比玛丽小姐矮大约两英寸。有一次我看到他们两人站在一起，眺望在灰黯沼泽另一头正小心翼翼迎着风往森林走的水羚；走在最后的那头身材高大，边走边向两边和身后张望，晃动着漂亮的双角。看着这景象，我就想玛丽小姐和切罗对那些动物来说一定显得很奇怪。动物看到他们都不会害怕，这是久经证明的事实。他们两个人，一个身材娇小，披金发，着深绿外套，一个身材更小，肤色黝黑，着深蓝外套，动物见了他们非但不怕，还觉得怪有趣的，就好像被准许看一场马戏或至少是一件极为奇怪的事情一般。他们对食肉动物的吸引力更是毫无疑问的。那天早晨我们大家的心情都很松弛。非洲的这块地方每天都必定是要发生些事情的，不是极糟的事就是极妙的事。每天醒来时你都会感到十分兴奋，仿佛要去参加从山顶向下的滑雪比赛，或者要乘大雪橇疾驶一番似的。你知道一定会发生些什么事，而且通常在十一点钟以前发生。我在非洲时每天早晨醒来心中都满怀喜悦，至少在我想起没有处理完的事务以前是这样。但是那天早上我们大家心里都很放松是由于指挥者一时的疏忽。我很高兴，野牛——我们主要的问题——显然在我们够不着的某个地方。对于我们想要做的事来说，必须由野牛来找我们，而不是我们去找它们。

"你打算干些什么？"

"把车开过来，到大水塘那里快速转一圈，查看一下动物踪迹，然后到森林和沼泽地交界的地方查看一下，再出来。到时候我

① 恩戈麦鼓为东非的一种用于为舞蹈伴奏的鼓，鼓会实为当地土人盛大的舞蹈节。

们会在象的下风处，你可能会看到那头象的。不过多半看不到。”

“我们回去时能不能穿越长颈羚的地盘？”

“当然可以。很抱歉我们出发迟了。不过是因为老爹要走了，还有那么多其它事情。”

“我想到林子里那个鬼地方去。我可以研究一下用哪棵树充当我们的圣诞树。你想我的狮子会在那里面吗？”

“很有可能。不过在那种地方我们是不会看到它的。”

“它是头很聪明的坏狮子。他们上次为什么不让我打那头躺在树下很容易打又很漂亮的狮子呢？女人就是那样打狮子的。”

“我告诉你她们是怎么打狮子的。以前有个女人想打一头比任何女人打过的狮子都要漂亮的黑鬣狮，结果那狮子中了有四十来枪。①打完狮子女人还要拍些漂亮的照片，然后就再也离不开那头该死的狮子了，一辈子都对朋友和自己撒谎说是自己把狮子打死的。”

“我真抱歉没打中马加地那头漂亮的狮子。”

“你不用抱歉，你要感到骄傲。”

“我不知道我为什么会这样。但我必须打到这头狮子，②不能有误。”

“我们打它打得太勤了，亲爱的。它太聪明了。我现在必须要让它增强自信心，好犯个错误。”

“它不会犯错的。它比你和老爹都要聪明。”

“亲爱的，老爹希望你要么打死那头狮子，要么就连看也看不到。如果不是老爹关心你，你什么狮子都能打。”

“我们别再说它了，”她说。“我想考虑一下圣诞树的事。我们的圣诞节会过得很开心的。”

---

① 意思是那个女人没打中狮子，或者只是使狮子受了轻伤，致使其助手不得不围攻狮子，将其击毙。

② 在海明威 1953—1954 年的这次游猎过程中，妻子玛丽一直在追踪一头巨大的黑鬣狮。第 8 章记述了这头狮子被射杀的经过。

姆休卡看到恩古伊已开始往小路上走便把车开了过来。我们坐进去后，我示意姆休卡向沼泽另一端一角上的水塘前进。恩古伊和我两人俯在车的两侧留心观察各种踪迹，有昔日留下的车轮印，到纸莎沼泽去和从那里回来的猎物踪迹，还有新留下的角马踪迹，以及斑马和汤姆逊瞪羚的脚印。

路转了一个弯，我们离森林便更近了，这时我们看到一个男人的足印，接着又看到另一个男人的靴印，两种足迹都被雨微微淋了一下。我们停下车查看这些足迹。

“是你和我，”我对恩古伊说。

“是啊，”他咧开嘴笑了一笑。“一个人的脚很大，从走路的样子看似乎很疲倦。”

“另一个人赤脚，从走路的样子看似乎身上扛着的来复枪太重。停车，”我对姆休卡说。我们都下了车。

“看，”恩古伊说。“一个走起路来像个年纪很大的人，而且眼睛几乎看不见。我说的是那个穿鞋的。”

“看，”我说。“赤脚的那个人走起路来像是有五个妻子和二十头牛，还花过许多钱买啤酒喝。”

“他们走不远的，”恩古伊说。“看这个穿鞋的，走起路来像随时要死的样子。他被来复枪的重量压得都踉踉跄跄了。”

“你想他们在这里干什么呢？”

“我怎么知道？看，那穿鞋的这会儿有气力了。”

“他在想念村子①里的人呢，”恩古伊说。

“Kwenda na shamba.②”

“Ndio，③”恩古伊说。“你认为那个年纪大穿鞋的人到底有多老呢？”

---

① 当地坎巴部落的一个村庄，海明威游猎期间经常到那里去，并与村里的黛芭姑娘关系微妙。

② 斯瓦希里语，意为“到村里去”。

③ 斯瓦希里语，意思是“行，好的”，在下文中多次出现。

“这关你屁事，”我说。我们示意让车开过来，车来了以后我们就都上去了，我又示意姆休卡向森林的入口处开。司机却正摇晃着脑袋大笑不止。

“你们两个跟踪自己的脚印干什么？”玛丽小姐说。“我知道这很有趣，因为大家都在笑。不过这看上去很蠢。”

“我们感到很有趣。”

在这片林子里我总感到心情沉重。我知道大象总得吃东西，它们吃树的枝叶总比破坏本地的农田要好些。不过它们吃得不多，却弄倒了不少的树木，破坏率远远超过利用率，让人看了十分痛心。大象是唯一一种在其非洲的活动范围内数目不断增加的动物。但它们增长太快，给当地人带来了巨大的麻烦，故而不得不接受被杀戮的命运。但后来人们对大象就开始不加区别地屠杀。有的人还以此为乐。老象、年岁不大的象、母象、小象，他们全都要杀，乐此不疲。因此非得有一种控制捕象的方法不可。但是看到大象对森林造成的损害，看到那些树怎样被大象拖倒并剥去枝叶，知道它们一个晚上可以给村里造成多大损失，我便不由地意识到进行控制的问题。不过当时我一直在留心寻找两头大象的足迹，有人曾看到它们往这边的森林过来了。我认识那两头大象，知道它们白天可能会去哪里，不过我必须看到它们的足迹，肯定它们已走到我们前面去了，在这之前我必须当心玛丽小姐，以免她在四处走动寻找合适的圣诞树时出危险。

我们停下车，我拿出大枪，扶玛丽下了车。

“我不需要任何帮助，”她说。

“要知道，亲爱的，”我开始解释说。“我必须得端着这支大枪和你在一起。”

“我不过是过去选棵圣诞树而已。”

“我知道。但是这里任何事情都会发生。以前也有过这种情况。”

“那就让恩古伊跟着我好了。”

“但是切罗在这里。”

“亲爱的，我必须对你负责。”

“你这话我都听腻了。”

“我知道。”然后我又说，“恩古伊。”

“什么事，老板[1]？”

此时一切玩笑都中止了。

“去看看两头大象是不是走到远处那片森林里去了。要一直查看到岩石那里。”

“Ndio.”

他穿过空地向那边走去，眼望前方寻找着草丛里的足迹，右手握着我的斯普林菲尔德步枪。

“我只是想先挑出一棵树来，”玛丽说。“然后我们哪天早晨就可以来这儿把树挖出来带回营地，趁天气还凉快就种下去。”

“开始找吧，”我对玛丽说，两眼却一直看着恩古伊。他停下来听了一回，然后又继续小心翼翼地往前走。玛丽查看着不同的银白色带刺灌木，想要挑出一棵尺寸和形状俱佳的来。我跟着她走，但不断地回头看恩古伊。他又停了一次，听了听，便用左手向密林方向挥了挥。他回头看看我，我便招手让他回来。他往回走的速度很快，只差没有跑起来了。

“它们在哪儿？”我问。

“它们碰了头，就往林子里去了。我听得到它们的声音，是那头老象和它手下的兵。”

“好极了，”我说。

“听，”他轻声说。“Faro.[2]”他指指右边浓密的树林。我什么也没听到。“Mzuri motocah，”他说；他用的是简略的表达方式，

---

① 老板是海明威雇用的狩猎队成员对他的称呼，斯瓦希里语为 Bwana，同时也是当地土人对白人长官及绅士的尊称。

② 斯瓦希里语，意为“犀牛”。

意思是“最好到车上去”。

“把玛丽带过来。”

我沿恩古伊所指的方向转过头去。我能看到的只有银色灌木、绿草和一排大树，上面挂着些枝枝蔓蔓。接着我听到了一种低沉而刺耳的嗬嗬声。如果你将舌头抵住口腔顶部，尽力吐气，使舌头如簧片般颤动，就能发出这种声音。这声音是从恩古伊手指的方向传来的。但我什么也看不见。我将手上的.577 口径步枪的保险栓向前推了推，然后转头向左望去。玛丽正向我身后走过来，恩古伊扶着她的手臂为她引路，而她则步态缓慢，如履薄冰。切罗跟在她身后。这时我又听到了那种粗声粗气又很刺耳的嗬嗬声，恩古伊立即向后退，准备发射手中的斯普林菲尔德步枪，而切罗则向前握住了玛丽的手臂。他们这会儿甚至已经来到我的近旁，并一起向猎车停着的地方靠过去。我知道司机姆休卡由于耳聋是听不到犀牛的声音的。但他看到他们就会知道发生了什么事。我不想回头，但还是回了，看到切罗催促玛丽往猎车走。恩古伊在一旁走得比两人快，手里端着斯普林菲尔德步枪不断地回头看。我有责任不将犀牛杀死，但一旦它向我们冲过来，我就不得不将它击毙，除此以外没有办法。我想好了，第一枪往地上开，最好能让犀牛半途就调转方向，如果它继续冲，我就用第二枪杀死它。真谢谢你了，我心里对自己说。这很容易。

就在这时，我听到猎车发动马达的声音，由于车速调在了低挡位，高速向这边驶来时发出很大的响声。我开始向后退，心想能走一码也是好的，多走一点心里就踏实些。猎车一个急转弯开到我旁边，我将步枪保险栓推回原位，便冲过去抓住车前座旁的把手，此时犀牛已冲出枝枝蔓蔓猛扑过来。那是头很大的母犀牛，向我们撒开四腿狂奔。从车上看，它和身后跟着它飞跑的小犀牛看上去很可笑。

它有那么一会儿逼近了我们，但车还是开走了。我们前面正好有块开阔地，姆休卡一下子调转车头向左转。犀牛笔直地冲了过去，接着就减慢速度小跑起来，小犀牛也跟着小跑起来。

“你有没有拍照片？”我问玛丽。

“我没办法拍，它正好在我们背后。”

“它刚跑出来的时候你也没拍到吗？”

“没有。”

“这我不怪你。”

“不过我挑到一棵圣诞树。”

“现在你知道我为什么要保护你了。”这句话真是没有必要，愚蠢之极。

“你不知道那头犀牛在那儿。”

“它一向住在这一带，平时会到沼泽旁的小溪边喝水。”

“你们每个人都那么一本正经，”玛丽说。“我从来没有看到你们这些玩笑人这么严肃。”

“亲爱的，要是我不得不杀死那头犀牛就糟糕了。而且我还很担心你。”

“都一本正经的，”她说。“每个人都过来抓住我的胳膊。我知道怎么样回到猎车里去。不用谁抓住我的手。”

“亲爱的，”我说。“他们抓住你手臂是为了不让你踩到什么坑里去或被什么绊了。他们一直都看着地。那犀牛离我们很近，随时都可能向我们冲过来，而我们又不允许杀死它。”

“你怎么知道那是头母犀牛带着一头小犀牛？”

“那是当然的。它在这附近已经有四个月了。”

“我真希望它没有这么巧正好躲在长圣诞树的地方。”

“我们会把圣诞树带回去的，你放心。”

“你就会下保证，”她说。“帕先生在这儿的时候什么都好办多了。”

“这是不用说的，”我说，“金·克在的时候也容易得多。但是现在他们都不在，在非洲我们就不要吵架了吧，算我请求你了。”

“我可不想吵，”她说。“我也没有吵。我就是不喜欢你们这些私底下专爱讲笑话的人一下子变得这么一本正经，自以为是。”

“你看到过谁被犀牛弄死没有？”

“没有，”她说。“你也没有。”

“你说对了，”我说。“我也不想看。老爹也从来没看到过。”

“我就是不高兴你们都变得这么一本正经。”

“那是因为我不能杀死那头犀牛，如果能杀就没有问题了。而且我还得考虑你。”

“好了你不要再考虑我了，”她说。“想想我们怎么弄到那圣诞树吧。”

我开始感到有些愤愤然了，真希望老爹和我们在一起好帮我们排解一下。但老爹再也不在我们身边了。

“我们回去时至少可以穿越长颈羚的地方吧？”

“可以，”我说。“我们会在那些大石头的地方向右拐，然后往前行驶，在那排高灌木的边缘穿过泥沼。喏，就是那些狒狒走进去的那排灌木。穿过沼泽后我们向东，一直行驶就到另一个犀牛窝了。接着我们再向东南方向开到那个老林，那儿就是长颈羚的地盘了。”

“到那里去还不错，”她说。“不过我真想念老爹啊。”

“我也是，”我说。

每个人的童年世界里都免不了包括一些富有神秘色彩的地方，到了成年还时而会浮现在梦乡之中，与我们孩提时一样迷人。如果你真的回去看，会发现它们不在了。但若你有幸能在睡觉中故地重游，昔日景象却仍然显得十分美好。

我们在非洲的住地——大山脚下沼泽边上的河流附近掩映在荆棘树荫下的小片平地就是这样的一个地方。虽然从字面上来说我们不再是孩子了，但在许多方面我确信我们犹如孩子一般。如今孩子气已成为轻蔑之词。

“别孩子气了，亲爱的。”

“我要是孩子气就要感谢上帝了。你自己才不要孩子气呢。”

你愿意交的朋友当中可能没人会说：“要成熟，要身心健全，要适应环境。”果真如此你恐怕会感到高兴的。

非洲大陆虽然古老，但能使一切除了职业入侵者和掠夺者以外的人回到童年时代。在非洲没有人会问别人说："你为什么不长大？"所有的人和动物每过一年都增长一岁，有一些增长了一年的知识。生命最短暂的动物学得最快。幼年瞪羚两岁时就已经成熟，身心健全，适应环境了。其实他四星期大的时候便已经如此。人类很清楚自己相对自然界来说只是孩子，大自然好比军营，在那里老资历与老朽只有一步之遥。但是拥有童心并不是羞耻，相反是一种荣耀。成人的确必须如成人般行事，形势有利时要作战有方，战绩辉煌，但在必要时即使形势不利也要披挂上阵，奋不顾身，不计后果；只要力所能及便必须遵守部落的法律和习俗，即使力所不能及也必须接受部落纪律的约束。但拥有孩童的心灵，孩童的诚实、纯净和高贵却从来不是一种过错。

没有人知道玛丽为什么非要杀死一头长颈羚不可。长颈羚是一种奇怪的长颈瞪羚，头上伸出的角又短又弯曲，显得很笨重。在这个地方生长的长颈羚的肉味道非常鲜美，但汤姆逊瞪羚和黑斑羚更好吃。孩子们认为这与玛丽的宗教有关。

但大家都知道玛丽为什么非要杀死那头狮子不可。那些经历过几百次游猎的年纪较长的人很难理解她为什么一定要用老式的诚实的方法把狮子杀死。但我们中间所有的捣蛋分子都肯定这与她的宗教有关，就像她必须要在正午时猎杀长颈羚一样。对玛丽小姐来说用普通简单的方式杀死长颈羚显然是没有意义的。

上午的打猎，或者说巡视结束的时候，长颈羚应该是躲藏在茂密的灌木丛中。如果我们不幸发现了一只，玛丽和切罗就会下车跟踪。而长颈羚则会偷偷溜走、跑开，或跳走。恩古伊和我出于责任感会跟在那两个跟踪者身后。而我们的出现总能使长颈羚不停地跑动。最终，因为跟着长颈羚到处跑酷热难当，玛丽和切罗就会回到车里来。就我所知，这类猎捕长颈羚的活动中一颗子弹也没有出膛过。

"那些该死的长颈羚，"玛丽说。"我看到那头公羚对着我看的。但我只能看到它的脸和角，然后它就钻到另一棵灌木的后面去了。我甚至不能肯定那不是一头雌羚羊。然后它就越跑越远看不见了。我本来可以向它开枪的，但又怕只能把它打伤。"

"你总有一天会猎到它的。我认为你干得不错。"

"如果你和你的朋友不跟过来就好了。"

"我们只能跟过来，亲爱的。"

"我被你们烦透了。我想你们现在都想到村里去吧。"

"不，我想我们会直接回家，去营地喝杯酒凉快一下。"

"我不知道我为什么喜欢这个鬼地方，"她说。"我也并不讨厌长颈羚。"

"这里有点像沙漠中的孤岛，好像我们穿过了一大片沙漠才到了这里似的。只要有沙漠就好。"

"如果我射击能像我希望的那样又快又准就好了。我真希望自己的个子高些。上次你，还有其他人看到那头狮子的时候我就看不到。"

"它藏的地方太绝了。"

"我知道在这里出现过，而且上次看到它的地方也离这儿不远。"

"不对，"我对司机说，"kwenda na campi.①"

"谢谢你不到村里去，"玛丽说。"在去不去村里这件事上你有时挺体谅人的。"

"你才是真正大度的人。"

"不，我不是。我希望你到那里去是想让你学到你该学的东西。"

"现在他们要是不来叫我干什么事，我是不会去的。"

"他们肯定会来叫你的，"她说。"你不用担心。"

---

① 斯瓦希里语，意为"到营地去"。

我们不去村子的时候，回营地的旅程是十分愉快的。一路上有许多狭长的高地，犹如湖泊般互相连接，其间以绿树或灌木为界。总是能看到小跑着的巨型瞪羚那四方的白臀和它们棕白相间的躯体；雌羚羊跑起来又快又轻盈，雄羚羊的头上沉重的羚角向后甩着，很骄傲的样子。我们绕过长长的一圈灌木，就看到营地的绿帐篷、黄色的树和背后的山了。

那天是我和玛丽单独呆在这个营地的第一天。我坐在搭在树荫下的用餐帐篷的顶盖下，等待玛丽梳洗完毕，好在午饭前和她一起喝点酒。我希望那天不要出什么问题，可以平安度过。坏消息很快就到了，不过坐在炊火边上的时候我一丝兆头也没有觉察到。伐木车还没回来，他们回来时也会带些水，还会带来些村里的消息。我已经梳洗完毕，换了件衬衫，换上了短裤和一双鹿皮靴，坐在树荫下感到又凉爽又舒适。

帐篷后部是敞开的，一股凉风从山那边吹了进来。山上堆着新雪，十分凉爽。

玛丽走进帐篷说，“你还没有喝酒啊？我来弄两杯，我们一起喝吧。”

她身上穿着新熨过的、褪了色的宽松猎裤和衬衫，看上去清新妩媚。她把堪培利开胃酒和杜松子酒倒进高脚酒杯，从帆布水袋里取出一只冰凉的虹吸苏打水瓶，然后说：“我真高兴我们可以真正单独在一起了。我们会像在马加地时那样，而且会更好。”她倒完酒递给我一杯，我们碰了碰杯。“我很喜欢帕尔齐法尔先生，很喜欢有他作伴。不过能和你单独在一起真是太好了。我不会再怪你老是管着我，也不会动不动就发脾气了。我什么事都愿做，除了探子做的事以外。”

“你真是太好了，”我说。“我们的确是单独在一起的时候最开心。不过有时我比较笨，你要耐心些。”

“你可不笨，我们会有一段很美好的日子的。这地方比马加地好得多了，而且只有我们两人住在这儿。我们一定会很开心的，你看着吧。”

帐篷外有一阵咳嗽。我听出了那声音，脑中闪过一些念头，这些念头还是不写下来为妙。

“没事，”我说。“进来吧。”来人是猎务部的探子。他身材高大，相貌威严，身着一条长裤和一件干净的带白色细横条的深蓝运动衬衣，肩上裹着条披肩，头戴一顶馅饼式男帽。所有这些衣饰看上去都好像是别人送的礼物。我认出那条披肩是用从拉伊托齐托克镇上的印度百货商店里卖的商品改制成的。他深棕色的脸庞很有特色，过去一定非常英俊。他的英语准确而缓慢，口音较杂。

“先生，”他说。“我很高兴地报告您我抓到了一个杀人犯。”

“什么样的杀人犯？”

“一个马萨伊族的杀人犯。他伤得很重，他的父亲和叔叔正陪着他呢。”

“他杀了什么人？”

“他的表弟。你不记得了吗？是你帮他包扎伤口的。”

“那个人没死，现在在医院里。”

“那他就是谋杀未遂。但我已经抓住他了。我知道你是会在你的报告中对此事提上一笔的，兄弟。那谋杀未遂犯现在非常难受，想要你去帮他包扎伤口，请您去一下吧。”

“好吧，”我说。“我会去看他的。真对不起，亲爱的。”

“没关系，”玛丽说。“一点也没关系。”

“我能不能喝点什么，兄弟？”探子问道。“刚追捕完犯人，累极了。”

“放屁，”我说。“对不起，亲爱的。”

“不要紧，”玛丽小姐说。“你说得太好了。”

“我没有说要喝酒，”密探的语气很骄傲。“我只是想喝口水而已。”

“我们会拿给你，”我说。

那谋杀未遂犯及他的父亲和叔叔看上去心情都很沉重。我向他们问好，和他们都握了握手。谋杀未遂犯还年轻，傻头傻脑的，喜欢打架，一直喜欢和另一个傻瓜用长矛打着玩。他父亲解释说，其实什么事也没有，他们只是在闹着玩，他意外地戳伤了另一个年轻人，他的朋友也就回敬了他一下，把他也弄伤了。接着他们就冲动地厮打起来，不过他们并不是认真的，决不想杀死对方。但当他看到他朋友受伤严重时就被吓住了，生怕已经杀死了对方，便跑到灌木丛中躲了起来。现在他和他父亲、叔叔一起回来希望自首。那位父亲把所有情况解释了一遍，儿子点着头表示同意。

我通过翻译告诉那位父亲说那另一个男孩现在正在医院里，情况良好，而且我也没听说他本人或他的男性亲属指控他儿子。那位父亲说他也是这样听说。

用餐帐篷里的医药箱已经带过来了，我就开始为男孩包扎伤口。他的颈部、胸部、上臂和背部都有伤口，而且都严重化脓。我把伤口洗净，往伤口里倒了些过氧化氢。伤口立刻神奇般地冒起泡来，里面的蛆应该都被杀死了。然后我又把伤口都洗了一下，尤其是颈部的伤口。我在伤口四周涂上色彩鲜艳，被认为有奇效的红药水，再在伤口上洒上一层硫磺粉，然后便敷上纱布绷带，贴上膏药。

借助探子的翻译，我告诉两位长者，就我个人意见来说，年轻人练习使用长矛总比到拉伊托齐托克喝金吉普雪利酒来得好。但我并不代表法律，所以那位老父亲还得带着儿子去村里的警署。他也应该到那里再检查一下伤口，注射青霉素。

听到我的话后两位长者互相交谈了一下，然后又开始对我说话。他们说的时候，我嘴里不断哼哼表示理解。这种哼哼声十分独特，带着升调，往往用来显示你对某事是极为关注的。

“先生，他们说希望您能裁决一下这个案子，他们会服从您的判决的，他们说他们绝无半点谎言，还说您已跟其它老人谈过了。”

“告诉他们必须把那个勇士交给警察。既然没人投诉，可能警察也不会怎么样的。但他们必须到警署去，必须检查伤口，给那孩子注射青霉素。这都必须办到。”

我与两位长者和那个年轻的勇士握了握手。那男孩长得挺好看，身材挺拔，但他已经累了，而且伤口又痛，不过清洗伤口时他从来没有退缩过一下。

我回到我们睡觉的帐篷外面，拿了块蓝肥皂仔仔细细地洗了一遍。探子也跟了过来。“听着，”我对他说。“我要你对警察们一字不差地转达我说的话和那位老人对我说的话。你要是自己编出些什么东西，该知道会有什么后果。”

“我的兄弟怎么能认为我会不忠实不尽职呢？我的兄弟怎么能怀疑我呢？我的兄弟能不能借我十个先令？下月第一天我就还给你。”

“十先令是解决不了你的麻烦的。”

“我知道。但不过是十先令嘛。”

“拿去吧。”

“你不想送什么礼物给村里人吗？”

“我自己会办的。”

“你说得很对，兄弟。你总是正确的，而且非常慷慨。”

“你少放屁。你去吧，等那个马萨伊人来了一起上卡车。我祝你能找到那寡妇，别喝醉了。”

我回帐篷时玛丽还在等我。她一边读着最新一期《纽约人》，一边慢慢品尝她的杜松子堪培利。

“他伤得重吗？”

“不重。但伤口已经感染了，有一个特别糟。”

“那天去过那个老村我就不奇怪了。那些苍蝇的确很可怕。”

“他们说苍蝇卵能保持伤口清洁，”我说。“但我看到那些蛆就汗毛直竖。我想虽然它们能清洁伤口，但总是把伤口撑得很大。那孩子颈部的一个伤口就不能再撑了。”

“但另一个男孩伤得重些不是吗？”

“是啊，但他治疗很及时。”

“你这个业余医生锻炼机会倒是挺多的。你认为你现在能治好你自己吗？”

“治什么？”

“随便什么你可能遇到的问题。我不单单说身体上的病。”

“比方说什么？”

“我没办法不听到你和那个探子谈论村里的事。我没有偷听，但你就站在帐篷外面很近的地方，而且因为他有点聋，所以你说话声也大了些。”

“对不起，”我说。“我说什么不好的事了吗？”

“没有。就是关于礼物的事。你给她送很多礼物吗？”

“不多。总是给她家一些油，一些糖和日常需要的东西，还有药品和肥皂。我给她的是好吃的巧克力。”

“和你买给我的一样。”

“我不知道。很有可能。这里大概只有三种巧克力，都很好吃。”

“你不给她什么大些的礼物吗？”

“不。对了，那件连衣裙。”

“那件连衣裙很漂亮。”

“你非说这些不可吗，亲爱的？”

“不是，”她说。“我会停的。但我对这很感兴趣。”

“只要你说一句，我就再不见她了。”

“我并不希望那样，”她说。“我认为你有一个既不会读也不会写所以不可能给你写信的女孩是非常好的一件事。她不知道你是个作家或者甚至根本不知道世界上有作家这种人是一件很好的事。但你并不爱她，对吧？”

“我喜欢她，因为她放肆得很可爱。”

“我也是这样啊，”玛丽小姐说。“或许你喜欢她是因为她像我。这不是不可能。”

“我喜欢你更多些，我爱你。”

“她对我的看法如何？”

“她很尊敬你，而且很怕你。”

“为什么？”

“我问过她了。她说因为你有支枪。”

“是啊我的确有支枪，”玛丽小姐说。“她给你什么礼物？”

“多数是玉米。礼仪啤酒。你知道的，这里要干什么事先得与人交换啤酒。”

“说真的，你们之间有什么共同点？”

“非洲，我猜想还有一点并不简单的信任，和另一些什么东西。很难说清楚。”

“你们在一起也蛮好，”她说。“我想我还是让人开饭吧。你在这里吃得好还是在那里吃得好？”

“这里。这里好得多了。”

“不过你在拉伊托齐托克的辛先生的家里吃得比这里好。”

“好得多了。但是你从来不到那儿去。你总是太忙。”

“我在那里也有朋友。但是我喜欢走进后面房间时看到你坐在那里，和辛先生一起兴致盎然地坐着吃着东西，读着报纸，听着锯木厂的声音。”

我也爱上辛先生那儿去，我喜欢他所有的孩子和他妻子。据说他妻子是个图尔卡纳[①]来的女人。她长得很漂亮，心地善良，善解人意，而且特别干净整洁。我的仅次于恩古伊和姆休卡的亲密好友阿拉普·梅纳是辛太太的崇拜者。到他那把年龄，对女人的欣赏便仅限于看看而已了。他许多次告诉我说辛太太可能是世界上仅次于玛丽小姐的最美的女人了。阿拉普·梅纳的名字我几个月里都错读成阿拉普·麦纳，而他以为后者是英国公学里使用的名字。他是个伦布瓦族人，伦布瓦族和马萨伊族有些关联，也可能是马萨伊的一

---

① 图尔卡纳湖位于肯尼亚西北部，北接埃塞俄比亚。

个支族，其族人均为狩猎和偷猎的能手。据说阿拉普·梅纳在当侦猎员之前曾是个偷猎象牙的高手，或者起码是活动范围很广、很少被逮捕的偷猎象牙者。他和我都不知道他的年纪，但大约在六十五和七十之间。他捕象时很勇敢很有技巧，上司金·克不在的时候由他负责控制这个地区的猎象。大家都很喜欢他，头脑清醒或者喝得太醉的时候，他举止利落，很像个军人。有时他会对我表示他喜欢并且只喜欢我和玛丽小姐，而且已喜欢到无法承受的程度。每到此时他便会猛然对我敬礼，所用力之大为我毕生罕见。不过在他喝到这个份上、口中念念有词宣称对异性之深刻眷恋永远不会消逝之前，他喜欢与我一起坐在辛的酒店的里间，看着辛太太招呼客人，料理家务。他喜欢看辛太太的侧面，而我一边看着阿拉普·梅纳观察辛太太，一边观赏墙上画着的辛先生的祖先的油画和石版画，心中也感到十分满足。那些画里，辛的祖先总是一手绞杀一头雄狮，一手绞杀一头母狮。

如果我有什么事非得对辛先生和辛太太交待清楚不可，或者我在和当地马萨伊族的长者进行正式谈话的时候，就会让一个受教会学校教育的男孩当翻译。这孩子会去站在门厅里，手里很显眼地握着一瓶可口可乐。通常我尽量避免让这孩子为我们服务，因为他已经正式得救，与我们这群人混在一起只会把他带坏。阿拉普·梅纳据说是个伊斯兰教徒，但我早就发现那些虔诚的伊斯兰教徒不愿吃任何阿拉普·梅纳按伊斯兰教教法所宰杀的牲畜。那种宰杀法是在动物脖子上礼节性地划一刀，如果这一刀由一名虔诚的穆斯林所划，那肉就成了合法的食物。

有一次，阿拉普·梅纳喝多了酒的时候对几个人说我和他曾经一起到麦加去过。那些虔诚的伊斯兰教徒知道这是假话。早在二十年前切罗就希望能使我皈依伊斯兰教，而我也曾经与他一起在整个莱麦丹斋月[①]里坚持禁食。但他仍于多年前放弃了使我皈依的念

① 莱麦丹斋月为回历的 9 月，该月内教徒每日从黎明到日落禁食。

头。除了我自己没有人知道我是否真的到过麦加。探子总是相信每个人身上最好和最坏的事，因而确信我曾经多次到过麦加。我曾经雇佣过的一个欧亚混血的司机对每个人都以绝密的口吻说，他与我一起去了一趟麦加。我当初用他是因为他声称自己是某著名扛枪伙计的儿子，但后来我发现那位老扛枪伙计从来没有生育过。

终于，有一次我与恩古伊进行一场神学争论时被他逼急了，虽然他没有直接问，我还是招供出从未去过麦加也不想去的事实。这使他大大松了一口气。

玛丽进帐篷去打瞌睡，我则坐在用餐帐篷的顶盖下读书，回想有关村子和拉伊托齐托克镇的事。我知道我想村子不能想得太多，要不就会找出些借口要到那里去。黛芭和我在人前从不交谈，我顶多说一句“Jambo tu”①，而她只要有除恩古伊和姆休卡之外的其他人在场就总是严肃地低着头。如果只有我们三人在场，她会放声大笑，他们两人会跟着笑。然后其他人就坐在车里或向另一个方向走，她和我则一起走一小段路。她最喜欢的公共性活动就是坐在猎车的前座上，一边是司机姆休卡，一边是我。她总是坐得笔直，对每个人都要看上一眼，仿佛从来没有见过他们似的。有时候她会很礼貌地对她父母点一下头，有时候却对他们视而不见。她总是这么直挺挺地坐着，把我们在拉伊托齐托克一起买的连衣裙的前胸部都磨旧了，而且由于她每天都要洗，裙子的颜色也已褪去不少。

我们已商量好要买件新连衣裙。这要等到圣诞节或者到我们猎到豹子的时候。当时豹子有好几头，但这头豹子对我特别重要。由于种种原因，这头豹子对我就像裙子对她一样重要。

“如果我还有条裙子，这条就不用洗得这么勤了，”她对我解释说。

“你洗得这么勤是因为你爱玩肥皂，”我对她说。

“可能吧，”她说。“但是我们什么时候能一起去拉伊托齐托

① 斯瓦希里语，意为“你好”，在下文中多次出现。

克呢？”

“快了。”

“快了有什么用，”她说。

“我只有这句话。”

“你什么时候晚上来喝啤酒？”

“快了。”

“我讨厌‘快了’。你和‘快了’就像两个爱撒谎的兄弟。”

“那我们两人就都不来了。”

“你要来，把‘快了’也带来。”

“好的。”

我们一起坐在车前座的时候，她喜欢触摸我手枪的旧皮套上的浮饰。浮饰是个花卉图案，由于套子非常旧，上面的图案也磨损了不少。她会把手指放在上面顺着图案触摸，然后把手拿开，将大腿紧紧地贴在手枪和皮套上，人再坐直一些。我会用一只手指轻轻地抚摸她的嘴唇，她就会大笑起来，姆休卡则会用坎巴语说些什么，接着她便又坐直，将大腿紧贴住枪的皮套。她第一次做这种动作很久以后我才发现原来她是想把皮套上的浮饰印到自己的腿上。

一开始我只同她说西班牙话。她学得很快，学习西班牙语如果从身体各部分、日常做的事情、吃的东西、不同的人际关系、动物和鸟类的名字开始学是很简单的。我从不对她说一句英语，但我们保留了一些斯瓦希里语，剩下的就是一种由西班牙语和坎巴语混合而成的新语言。我们之间由那个猎务部的探子传递消息。她和我都不喜欢这样，因为探子觉得有责任将她对我的感情一五一十地告诉我，而实际上他也不过是从她守寡的妈妈那里听来的。这种借助第三者的通讯是很困难的，有时让人很窘，但常常很有趣，时而也很有收获。

探子常说，“兄弟，我有责任告诉你那个女孩子非常爱你，真的非常爱你，爱得过头了。你什么时候可以去见她？”

“告诉她不要爱一个又丑又老的男人，也不要对你倾诉秘密。”

“我是认真的，兄弟。你不知道。她希望你按你自己的或她的部落的仪式来与她成婚。你不用花钱，不用付娶妻费。她唯一想要的，就是成为你的妻子。假如女主人，我尊贵的夫人能够接受她的话。她明白女主人是你的大妻子，而且她也害怕女主人，这你是知道的。你真的不知道她对待这事有多严肃，没有半点开玩笑的。”

“我还是不太明白，”我说。

“昨天起事情发生了大变化，你的确是想象不出来的。她只要求你对她父母表示一点尊重，稍微遵守一下礼节。这事简单得不能再简单了，完全没有费用的问题，只要一点礼节就行了，有一种礼仪啤酒可以用。”

“她不可能喜欢像我这么老，习惯又这么坏的人。”

“但是，兄弟，事实是她的确喜欢你。我可以告诉你许多事情。这件事是很严肃的。”

“她会喜欢我什么？”我的这个问题真是个错误。

“昨天你在村里抓了几只公鸡，用一种法术让它们都睡过去后，放在了她家小屋门前。(我们两人都不好说那是间茅舍。)这种事我们从来没有看到过，我也不问你用的是什么魔法。但她说你当时一下子向那些鸡扑过去，看上去好似一头豹子。从那以后她就和过去判若两人了，往屋里的墙上贴了许多从《生活》杂志上剪下的图片，有美洲的大野兽，还有洗衣机、烘烤机、神奇煤气炉、搅拌器什么的。”

“我对此非常抱歉。是我犯了一个错。”

“她就是因为这原因才拼命洗衣服的。她试图像一台洗衣机一样，好让你高兴。她怕你没有洗衣机感到孤单便会离开她。老兄，先生，这是个悲剧。你不能帮帮她吗？”

“我会做一些我能做的事情，”我说。“不过记住，让公鸡睡觉不是什么法术，不过是个小把戏而已。抓住它们也只是个小把戏。”

"兄弟，她的确十分爱你。"

"告诉她世界上没有爱这个字，就好比没有抱歉二字一样。"

"那是不错。但即使没这个字也可以有这回事呀。"

"我和你岁数一样大。你不必对我解释这么多。"

"我对你说这些是因为这件事非常严重。"

"我们在这里是为了执行法律的，不能做违法的事。"

"兄弟你不明白。没有什么法律。村子在这里本身就是不合法的。这里可不是坎巴人的地盘。[1]三十五年来一直有命令要他们搬走，但他们从来没走过。关于这事连习惯法也没有，有很大的变通余地。"

"继续说，"我说。

"谢谢你，兄弟。让我告诉你吧，对村里的人来说，你和猎长就是法律。你比猎长年长，所以你是更大的法律。而且他不在，手下的士兵也跟着走了。你手下有不少像恩古伊这样的年轻人和勇士，你还有阿拉普·梅纳，大家都知道你是阿拉普·梅纳的父亲。"

"我不是。"

"兄弟请不要误解我。你知道我话里'父亲'的意思。阿拉普·梅纳自己说你是他父亲。他在飞机里死过去的时候是你把他救活的。还有他在'耗子老板'的帐篷里死过去的时候也是你救他的。这事别人都知道。许多事别人都知道。"

"许多不该知道的事都知道了。"

"兄弟我能不能喝一杯？"

"我不看见你拿就随你便。"

"谢谢，"探子说。他取了点加拿大产的杜松子酒而没拿戈登产的。此时我的心思已被他勾了过去。"你得原谅我，"他说。"我一生都是和白人绅士一起过的。我能不能对你再多说些？你对这个

① 海明威狩猎的地区为马萨伊人的地盘。

问题有没有听腻？”

“对有些内容我腻了，不过其它内容我还是有兴趣的。再告诉我一些这村子的历史。”

“我知道得也不是很确切，因为他们是坎巴人，而我是马萨伊人。村子肯定有问题，要不我也不会住在那里了。那里的男人有问题。你已经见过他们了。起先他们到这儿来肯定是出于某个原因。这儿离坎巴的地方是很远的。我们这里既不受部落法律也不受其它法规约束。你已经见识过马萨伊的情形了。”

“那个我们下次再谈。”

“我很乐意，兄弟。这里的情况可不太妙啊。说来话长了，不过让我先告诉你村子的事。上回你一大清早跑过去让我翻译着批评他们通宵搞恩戈麦鼓会，喝得烂醉如泥，你当时神情那么严肃，事后人们都说在你的眼睛里能看到绞架。有个人当时仍然醉得十分厉害，不明白你在说什么，被带到河边在山里流出的水里洗了一洗才清醒过来。那个人当天就徒步翻山逃到邻区去了。你不知道你的威严有多大。”

“这个村子很小，但很漂亮。谁卖给他们糖做鼓会上喝的啤酒的？”

“我不知道，不过可以打听出来。”

“我知道，”我对他说。我知道他知道。但他毕竟是一个探子，很早以前就已经在生活中彻底失败了。虽然他把责任完全归咎于他的索马里妻子，实际上是一个白人老爷害了他。如果他所言不虚，毁了他的白人是一个地位很显赫的贵族。那人是探子生平最好的朋友，但就是行事十分保守。谁也无法知道一个探子说的话有多少是真的，但他描绘那位大人物时神情中交杂着如此强烈的崇敬和悔恨，仿佛使我明白了许多不明白的事。认识探子前我从不知道那位大人物有行事保守的倾向。对那些惊人的故事我一向表示怀疑。

“你肯定会听说，”探子说这句话时，贩卖信息的热情已经被加拿大杜松子酒进一步激发了，“我其实是茅茅组织的密探，你可能也会相信那些话，因为我对你说过保守倾向的事。不过这不是真的，兄弟。我真正热爱并信仰的是白人绅士。不过的确除了一两个以外所有了不起的白人绅士都已经死了。

“我的生活本来可以完全不同的，”探子说。“想到那些过世了的白人绅士中的大人物，总是使我充满了要生活得更好更有情操的决心。可以吗？”

“最后一杯了，”我说。“只是当药给你喝的。”

听到我说药这个字，探子的脸舒展了开来。他的宽脸很好看而且很高贵，上面的皱纹显示出他脾气温和、挥霍放荡而从不抱怨的特点。从他脸上看不出什么禁欲的习惯但也并没有堕落之气。这张脸是一张有尊严的男人的脸，这个男人身为马萨伊人，被白人老爷及索马里妻子所毁，现在住在一个不合法的坎巴村落里，已获得了一个寡妇保护人的地位，每日靠出卖一切可出卖的人挣八十六个先令。但他的脸仍然是英俊的，虽饱经创伤却始终洋溢着快乐。尽管我完全反对探子的生活方式，并且好几次告诉他我有责任看着他被绞死，我其实是很喜欢他的。

“兄弟，”他说。“那些药肯定是有的。如果根本没有这些药，为什么那个荷兰名字的大医生要在《读者文摘》这样严肃的杂志里写有关这些药的评论呢？”

“是有这样的药的，”我说。“但我现在没有。我可以寄一些给你。”

“兄弟我再说一件事。那个女孩的事是很严肃的。”

“你要是再说一遍那句话，我就把你当成傻瓜来看。你重复自己的话起来像所有的醉鬼一样。”

“对不起。”

“走吧，兄弟。我真的会想法给你寄那种药和其它的好药的。我下次见你的时候准备好给我多讲些村子的历史。”

“你有什么口信要我带吗？”

“没什么口信。”

每次想到我与探子年岁相当时就感到十分震惊。我们两人的岁数并不是完全一样，但属于同一个年龄层次，够接近的，也够糟糕的。但我在这儿有妻相伴，我爱她，她也爱我，容忍我犯的错，还把那女孩称作是我的未婚妻。妻子容忍我因为在某些方面我是个好丈夫，也因为她有慷慨、善良、超脱的品质，还有希望我能对这片土地了解得比我有权了解的要更多些的想法。我们一天中至少大部分时间是开心的，晚间更几乎是没有例外。那晚我们一起睡在床上蚊帐里，帐篷的覆盖敞开着，我们可以看到外面熊熊燃烧着的篝火中长长的烧得通红的圆木，看到美妙的夜色在风吹火焰时如锯齿般向后退，而风一停又迅速包围过来。那晚我们幸福极了。

“我们真太幸运了，”玛丽说。“我真爱非洲啊。我不知道我们怎么能离得开这里。”

那晚很凉，从盖着雪的山上吹来阵阵凉风，我们便一起缩在毯子里。夜晚的声音开始响起来了，第一声鬣狗的嚎叫已经传了过来，接着其它鬣狗也跟着叫起来。玛丽喜欢晚上听鬣狗叫。对爱非洲的人来说，它们的声音很好听。听到它们在营地周围走动，又经过炊事帐篷离开的时候我们都会笑起来。炊事帐篷里的一棵树上挂着我们吃的肉，那些鬣狗够不着这些肉，但它们不断地谈论着这些肉。

“你要是哪天死了而我又不幸没能和你死在一块儿，如果有人问我对你印象最深刻的是什么，我就对他们说，你在一张帆布床上给你妻子留出的空间有多大。说真的，你到底睡在什么地方？”

“差不多是侧着身子躺在床沿上。我这空间大着呢。”

“如果天气冷，我们两个人睡一张床比一个人睡会舒服得多了。”

“是这样。必须得天冷。”

“我们能不能在非洲呆得长些，到春天才回去？”

“当然可以。我们一直呆到我们完蛋为止吧。”

接着我听到了一头狮子低沉的咳嗽声，知道它正从河边顺着长长的草坪一路寻觅猎物而来。

“听，”玛丽说。“把我抱紧些仔细听。”

“它回来了，”玛丽小声说。

“你分辨不出这是不是它。”

“我肯定这就是它，”玛丽说。“我晚上听到它声音的次数太多了。它是从老村那儿过来的，以前它在那儿杀死过两头母牛。阿拉普·梅纳说过它要回来的。”

我们能听见它咳嗽时发出的呼噜声，知道它正穿过草坪向我们为小飞机修整的跑道走过去。

“早上我们就知道是不是它了，”我说。“恩古伊和我认得它的脚印。”

“我也认得出。”

“好吧，你追踪它吧。”

“不要，我只是说我的确认得出它的足迹。”

“它的脚印非常大。”我感到困了，而且想如果早上要和玛丽小姐一起去猎狮，我就该好好睡一觉。长期以来，我们在不少事情上都知道另一个人要说些什么或者会想些什么。玛丽说，“我最好还是睡到自己床上去，这样你会舒服一些，睡得好些。”

“就睡在这里，我很舒服。”

“不，不可能舒服。”

“就睡在这里。”

“不行，猎狮前我应该睡在自己床上。”

“别像个心狠手辣的斗士行不行？”

“我的确是个斗士。我是你的妻子你的情人也是你的斗士小兄弟。”

“那好吧，”我说。“晚安，斗士兄弟。”

“吻吻你的斗士兄弟。”

“你要么到你自己的床上去，要么就留在这里。”

“也许我可以两件事都做，”她说。

晚上我听到那头狮子捕食时说了好几次话。玛丽小姐睡得很熟，呼吸轻柔。我还醒着，脑子里想着许多事情，多半和狮子有关，还有关于我对老爹、对猎长和对所有其他人所负的责任。我没怎么想玛丽小姐，唯一想到的是她仅五英尺两英寸的身高。她的身高相对于草丛和高高的灌木来说是太不起眼了。无论早晨天气多冷，她都不能穿得太多，因为6.5曼尼利彻步枪的枪托太长，假如她的衣服肩头有衬垫，她举枪射击时可能使来复枪走火。我躺在那儿想着这事，想着狮子，想着老爹可能会怎么处理这事，想他最后说的话有多么错误，又想到他是多么正确，有许多次他都是正确的，比我看见一头狮子的次数还要多。

第二章

天亮前当篝火木炭上灰色的余烬被清晨的微风吹得四散飞舞时，我便起身穿上高筒软靴和一件睡袍到恩古伊的楔形小帐篷里去把他叫醒。

他醒来时怒气冲冲，一点都不像是我的生死兄弟，我想起来，他在太阳高照前是不露笑脸的，要他从无论什么梦境中摆脱出来还要花更长的时间。

我们在炊火的余烬前交谈。

“你听到那头狮子了吗？”

“Ndio，Bwana.”

我们曾经谈论过“Ndio，Bwana”这个回答，都知道它看似礼貌实为顶撞，非洲人说这句话是为了以表示赞同来摆脱白人的纠缠。

“那你听到几头狮子呢？”

“一头。”

“Mzuri.①”我的意思是这个回答比上一个好，他说得不错，看来的确是听到狮子了。他吐了口痰，吸了点鼻烟，又将鼻烟递给我，我取了些，放在上嘴唇下边。

“是不是女主人的那头大狮子？”说话的时候我感到鼻烟正不断刺激我的牙龈和上嘴唇内部，令我非常舒服。

“Hapana，②”他说。这个词表示绝对的否定。

凯第就站在炊火旁，脸上带着他那充满怀疑，咧嘴不动容的微笑。他已在黑暗中缠好头巾，有一个该掖进去的布头露了出来。他的眼中也流露出怀疑之色，令我觉得毫无正正经经猎狮的气氛。

“Hapana simba kubwa sana.③”凯第对我说，眼中含着嘲弄、歉意和绝对的自信。他知道那不是我们已经听到过很多次的那头大狮子。“Nanyake，”他一清早便开了个玩笑。这词在坎巴语中指一头年纪足以征战娶妻生子但喝啤酒还不够格的狮子。他用坎巴语开玩笑是在拂晓时友谊的沸点较低时所作出的表示友好的姿态，为的是以一种温和的方式表示他知道我正在与非穆斯林坏分子学习坎巴语，并且他对此事是赞许或者说是容忍的。

我记得狮子这件事情的时间已经差不多长于我记得任何事情的时间了。在非洲，如果生活节奏快，你对一件事情的记忆为一个月左右。我们游猎的节奏快得令人应接不暇，而其间已经出现过各种各样的狮子，有萨兰盖据称犯了罪的狮子，有马加地的狮子，有这个地方的已受到四次相同指控的狮子，再加上这头新近入侵既未登记又无档案可查的狮子。这头狮子不过是咳嗽了几声，在附近走动寻觅猎物而已，它完全有权这么做。但必须对玛丽小姐证明它有权这么做，必须证明这并非我们一直在追捕的那头犯过许多罪的狮子。那头狮子足印巨大，左后脚掌上有疤痕，我们对它已多次追踪，但最终只能眼睁睁地看着它钻进一片草丛中逃走。从那片草丛它既可能去沼泽附近的密林地带，也可能钻到去丘卢岭的路上必经的那个老村庄旁边长颈羚地带里茂密的灌木丛中去。它的狮鬣漆黑浓密，使它看上去几乎周身呈黑色，它头部巨大，每次甩开玛丽向远处跑去时头都俯得很低。这头狮子我们已追捕好多年了，它可决不是一头轻易供人照相的狮子。

天已亮，我穿上了衣服在生好的火堆旁喝早茶，等候恩古伊回来。一会儿，我就看见他肩上扛着长矛大步流星地穿过草地往回走；他脚下的草仍披着露水，湿漉漉的。看到我他便向火堆走过来，在身后的湿草地里留下了一串脚印。

---

① 斯瓦希里语，意为“好，不错”，在下文多次出现。

② Hapana，斯瓦希里语，意为“不对”，“不好”，“不行”，在下文多次出现。

③ Hapana simba kubwa sana，斯瓦希里语，意为“不是头很大的狮子”。句中的 simba，kubwa 和 sana 分别表示狮子、大和非常，在下文均多次出现。

“Simba dumi kidogo，”他说，告诉我那是头年幼的雄狮。“Nanyake，”他说，和凯第一样开了个玩笑。“Hapana mzuri for Memsahib.[①]”

“谢谢，”我说。“我去让女主人继续睡。”

“Mzuri，”他说着便离开了炊火。

一会儿，阿拉普·梅纳就要来向我们报告那头据称在西边山地里的一个村落里杀死了两头母牛并拖走了其中一头的黑鬣狮的下落了。马萨伊人受那头狮子的害已经很久了。它行踪不定而且不像一般狮子那样回头来吃自己的猎物。阿拉普·梅纳的理论是那狮子曾有一次回来吃它杀死的猎物，谁知当时的巡猎员在那头猎物里下了毒，狮子吃完后便害了场大病，从此它便吸取了教训，决定一旦抛下猎物就决不再回来。这个理论虽然可以解释那狮子为什么总是游移不定，但仍不能说明它对那些村落的袭击为什么这么没有规律。由于十一月份的阵雨后草长得很好，附近的草原上、盐碱地里和灌木地带中猎物都很多，恩古伊和我都认为那头大狮子会从山地出来回到草原，到沼泽的边缘地带来寻找猎物。它在这个地区通常都是这样觅食的。

马萨伊人生性爱挖苦人，而且牲畜对他们比财富更重要，因此据探子告诉我有一个首领曾说过我的坏话，说我本来有两次杀死那头狮子的机会，却干等着让一个女人来动手。我便带话给那位首领说要不是他手下的年轻人都像婆娘一样整天在拉伊托齐托克镇上喝金吉普雪利酒，他就没有必要让我去帮他打狮子，不过我还是会保证下次那头狮子再进入我们领地时把它杀死。假如他愿意把他的年轻人带来，我会和他们一起执矛将狮子杀死。我还要他到营地来和我谈一下这件事。

于是他和另外三名长者一天早晨来到了我们营地，我此前已差

---

① 英语与斯瓦希里语混合而成的一句话，意为“对女主人来说不是好消息”。

人去叫探子来当翻译。我们谈得很好。首领说探子误传了他的话。他说猎长金·克先生对该杀的狮子从不手软，非常英勇善猎，他们对他充满信心，衷心爱戴。他还说记得上次干旱我们在这里的时候猎长就曾打死过一头狮子，而且还与我及他手下的年轻人一起打死过一头作恶多端的母狮。

我回答说这些我都是知道的，猎长有责任，这次是我自己有责任杀死任何骚扰牛群、驴子、绵羊、山羊或人的狮子。这个原则我们决不违背。但现在是女主人信奉的宗教要求她必须在圣婴耶稣的生日前杀死这头狮子。我们来自一个遥远的地方，对我们的部落来说这是非做不可的事。我保证圣婴耶稣生日前给他们看那狮子的皮。

和往常一样我对自己的演说感到有点惊愕，说完后也和往常一样心中一沉，后悔不该下那样的承诺。我暗暗对自己说，玛丽小姐这么一个女性如果要想能在圣婴耶稣生日前杀死那头已掠夺成性的狮子，她必须属于一个比较好战的部落才行。不过至少我没有说她每年都必须做一件这样的事。凯第对圣婴耶稣的生日是十分重视的，因为他曾经参加过许多经常上教堂的甚至是笃信基督的白人老板的游猎活动。那些白人老板中的大多数人并不让主的生日影响打猎，因为他们为游猎花了一大笔钱，而且游猎的时间又那么短。但他们总会吃一顿特殊的晚餐，晚餐时要喝酒，可能的话还要喝香槟，总是把那天当作特殊的日子看待。今年这个日子就更为特别了，一来是因为我们的营地是永久性的，二来是因为玛丽小姐对此这么认真，而且很显然这是她的宗教很重要的一部分，伴随有这么多仪式，尤其是与那棵树有关的仪式，素来讲究秩序和仪式的凯第便对此事给予特别的重视。关于树的仪式对他尤其有吸引力，因为他在成为穆斯林前信奉的一种宗教里，一丛树是最重要的。

营里那些粗野的异教分子相信玛丽小姐部落的宗教一定是宗教中较为严酷的种类，因为它要求教徒在不可能的条件下杀死一头长颈羚和一头恶狮，并对一棵分泌某种混合物的树木顶礼膜拜。那棵树分泌的液体能使马萨伊人情绪激昂，发疯般地想要作战和猎狮，幸亏玛丽不知道这件事。我不清楚凯第是否知道分泌液体是玛丽小姐选中的这棵圣诞树所具有的特殊功能之一，但我们中间有五个人是知情的，都很小心地保守着这个秘密。

这几个人并不相信狮子是玛丽小姐圣诞节义务的一部分，因为他们跟随她追踪那头大狮子已经有几个月了。但恩古伊提出一种理论说也许玛丽小姐那年非要在圣诞节前杀死一头黑鬣的大狮子不可，由于她身材矮小看不到高高的草丛里的情况，开始得便特别早。她九月份就开始打猎，就希望在年底或者圣婴耶稣生日（不管是什么时候）之前能杀死一头那样的狮子。恩古伊对那个生日的时间不太肯定，但知道它在另一个大节日即新一年的诞辰之前。新年是他领钱的日子。

切罗对此一概不信，因为他曾看到过许多狮子让白人太太杀死。不过看到没人帮助玛丽小姐，他的想法便有些动摇。许多年前他曾见我帮波琳小姐打猎，因此对目前这件事感到大惑不解。切罗过去很喜欢波琳小姐，对玛丽这位脸上有刻痕、显然与我来自不同部落的妻子的感情则远远超过了喜欢。玛丽一侧的脸颊上有几条十分精细的刀刻痕迹，前额上也有一些水平的很浅的刻痕。这些疤痕是一场汽车事故后古巴最高明的整容师留下的杰作，除了像恩古伊这样擅长寻找几乎难以察觉的部落标记的人是没人能看得出来的。

恩古伊有一天曾非常鲁莽地问我玛丽小姐与我是否来自同一个部落。

“不是，”我说。“她来自我们国家北部边界上的一个部落，她那块地方叫明尼苏达。”

“我们看到她的部落标记了。”

后来有一次我们谈论部落和宗教问题时他问我我们是否会把那棵圣婴耶稣的生日树酿造成酒喝。我告诉他我想不会，他便说：“Mzuri.”

“为什么？”

“你们有杜松子酒喝，我们有啤酒喝，没有人认为玛丽小姐应该喝那种酒，除非她的宗教规定她喝。”

“Mzuri，”他说。“Mzuri sana.”

还是回到那天早上的事吧。我等着玛丽自己醒过来，这样她就能得到充分休息睡一个好觉以保证精力充沛。那头狮子并没有让我担心，不过我想它仍然想得很多，而且都把它与玛丽小姐联系起来。

野狮子、掠夺成性的狮子和那些在国家公园里供游人拍照的狮子之间是有天壤之别的，这就好比那些会一路搜索你设下的陷阱并将它们捣毁，并将你小屋的屋顶掀翻，吞吃你的储备粮，但又不露踪迹的老灰熊与黄石公园里会到路边来供人照相的狗熊是不可同日而语的。诚然，公园里的熊每年都会伤害游人，游客如果不呆在汽车里就会有麻烦。即使在车里他们也可能会遇到麻烦，有些熊还会发狂，不得不处死。

习惯于被喂养，时而拍几张照片的“照片狮”有时会从它们的保护区出走，由于已经学会不惧怕人类，它们最终总是被背后有职业猎手撑腰、号称是体育爱好者的人及其妻子杀害。但我们的问题不是要批评其他人是如何杀死或准备杀死狮子的，而是要找到并让玛丽找到且杀死一头聪明、具破坏力，而且久经沙场的狮子，而且所用的方法虽不受我们宗教的制约，却被某种道德准则所限定。玛丽小姐遵循着这种准则打猎已经有很久了。这种准则十分严厉，切罗尽管热爱玛丽小姐，也感到不耐烦起来。由于突发情况他已被猎豹抓伤过两回，他认为我在用一种过于严苛且具有轻微谋杀性的道德标准要求玛丽。但这标准并不是我发明的。我是从老爹那儿学来的，老爹在他最后一次带领游猎队猎狮时，仍希望一切事情都能与从前一样；那时候猎取危险猎物的过程还没有被他一直骂作“这些该死的车”所弄得糟糕和变得容易。

这狮子已让我们跌了两次跟头，两次我都能轻而易举地打到它却都没有打，因为它是玛丽的。上次老爹因为急于想让玛丽在他离开我们之前能打到那头狮子而犯了一个错误，就像任何努力过头的人都会犯错一样。

那天晚上我们都坐在篝火旁，老爹抽着烟，玛丽则在写日记。她把所有不想对我们说的话，她的麻烦和失望，她不想在谈话中展示的新知识和恐怕一谈论就会大大失色的胜利都倾注在日记里。她在用餐帐篷里就着煤油灯写，而老爹和我则穿着睡衣，披着睡袍，穿着防蚊靴坐在篝火边上。

“这头该死的狮子聪明极了，”老爹说。“要是玛丽再高些我们今天就可以打到那头狮子了。不过这是我的错。”

他绝口不谈那个我们两人都心知肚明的错误，我也是。

“玛丽总有一天会打到那头狮子的。不过你要记住，我认为那头狮子不是很勇敢，只是太聪明了。但它要是被击中就会勇猛得多了。你可不要让它有这种机会啊。”

“现在我的枪法还可以。”

老爹没接我的话。他想了一会儿，然后开口说：“实际上不只是还可以。不要过分自信但要保持你现有的自信。它总会犯错的，到时候你就能打到它了。要是有头母狮发情就好了，那样它就会被引诱出来。不过母狮现在都快要下崽了。”

“它会犯什么样的错呢？”

“噢，它肯定会犯错的。你会知道的。我希望我可以不必在玛丽打到它之前离开你们。你可一定要好好照顾她。要保证她睡得好。她打这头狮子也有很久了。让她休息好也让那头该死的狮子松口气。别逼得它太紧了。要让它有自信。”

“还有什么说的吗？”

“让她不断地打些猎物，如果可能的话，要让她增强信心。”

“我曾经想让她试着走到离猎物五十码远的地方，后来想还是二十码好。”

“也许会有用吧，”老爹说。“我们其它方法都试过了。”

“我想会有用的。然后她就可以练习较远距离的射击了。”

“她的枪法真是糟糕透顶，”老爹说。“这两天没人知道她会向哪儿开枪。”

“我想我算出来了。”

“我也是。不过千万不要把她带到离狮子二十码的地方去。”

老爹和我第一次坐在篝火旁，或者说篝火余烬旁讨论射杀危险性猎物的理论和实践已经是二十多年前的事了。老爹对那些靶场里训练出来的，或者专打美洲旱獭的猎手是既没有好感也没有信任感的。

“他们能在一英里外打掉球童顶上的高尔夫球，”他说。“我说的当然是木制或铁制的球童，不是真球童。从来没打偏过，可一旦要在二十码开外打狒狒就不行了。狒狒那么庞大的身体都打不中，号称是神枪手却浑身打战抱着那杆该死的枪朝四方乱晃，我看着也害怕发抖起来。”他吸了口烟。“不要相信任何人，除非你看到他射中危险的猎物或者发现他很喜欢到离动物五十码或更近的地方去打。短距离射击可以显示枪手的内在素质。我们缩短与猎物的距离是为了打得准，可那些没本事的人一靠近猎物保准打偏。”

正在我回想着老爹的话快活地追忆过去的时光和这整个旅程并为不能再和老爹一起出猎感到难过时，阿拉普·梅纳走到火边对我行了个礼。他行礼时总是满脸严肃，但手一放下就绽开了微笑。

“早上好，梅纳，”我说。

“Jambo Bwana.村里的人说得不错，那头狮子杀死了两头牛，一头被它一路拖到一片很厚的灌木丛里去了。它吃完后没有回来取另一头牛，而是去沼泽那边喝水了。”

“是那头脚掌有疤的狮子？”

“是啊，老板。它这会儿该向这里过来了。”

“好极了。有什么其它消息吗？”

“他们说关在马切科斯的茅茅越狱逃跑了，正向我们这个方向过来呢。”

“什么时候的事？”

“昨天。”

“谁说的？”

“我路上碰到的一个马萨伊人说的。他是乘一个印度生意人的卡车过来的，他也不知道是哪家铺子的车。”

“去拿些吃的吧，我过会儿还得和你谈谈。”

“Ndio Bwana，”他说着行了个礼。他已经在村里换了套新制服，看上去精神焕发，欣喜异常。一来是他带来了两条好消息，二来他是个猎人，而我们很快就要出猎了。

我想我最好是到帐篷里去看看玛丽小姐是否已经醒了。要是她还睡着反而好。

玛丽小姐已经醒了但并未全醒。如果她有事必须在四点半或五点醒过来，那她起身是很利落，从不愿意拖拉的。不过那天早上她醒得很慢。

“怎么回事，”她半睡半醒地问我。“为什么没人叫我？太阳已经很高了。怎么回事？”

“昨晚的狮子不是那头大狮子，亲爱的，所以我就让你多睡一会儿。”

“你怎么知道不是那头大狮子？”

“恩古伊去查过了。”

“那我的狮子在哪儿？”

“它还没到这儿来呢。”

“你怎么知道的？”

“阿拉普·梅纳回来了。”

“你要不要出去查看一下野牛？”

“不。我现在准备什么都不管了。我们有点小麻烦。”

“我能帮你吗？”

“不用，亲爱的。你再多睡会儿吧。”

“如果你不需要我我是想再多睡会儿。我刚才正在做好梦呢。”

“看看你能不能再回到梦里去。你要是起来了就让我们给你弄早餐。”

“我再多睡一小会儿，”她说。“那个梦真是太美了。”

我把手伸到我的毯子下摸到了枪套里的手枪，枪套连着的吊带。我在盆里漱洗了一下，用硼酸溶液冲洗了一下眼睛，用毛巾捋了捋头发；我的头发因为剪得太短，梳子、刷子都用不着了。然后我穿上衣服，右脚向枪套的吊带里伸进去，把带子拉起来，再将挂手枪的皮带扣好。过去我们从不用带枪，但现在往身上系手枪就像扣上长裤的裤裆开口一样自然。我又用一个小塑料袋装了两只备用弹夹，放在猎装右边的口袋里。其余的备用弹药我放在一个带旋转式瓶盖原来装肝油丸的广口药瓶里。那只药瓶原来装的是五十粒红白色胶囊，现在却装着六十五发空心子弹。恩古伊和我一样也带着这样一只瓶子。

大家都喜欢这支手枪，因为它什么都能打：珠鸡、小鸨、携带狂犬病毒的豺，还有鬣狗。恩古伊和姆休卡喜欢看我用手枪打鬣狗。一扣动扳机，便能听到狗吠一般短促清脆的枪声，屈膝飞奔的鬣狗前方扬起阵阵尘土，然后砰、砰、砰几声，鬣狗就放慢脚步打起转来。这时恩古伊会从我口袋里掏出一支满满的弹夹递给我，我装上弹夹，再往地上开一枪扬起一阵灰尘，接着又是砰砰两声，鬣狗便滚倒在地四脚朝天了。

我向外走到伙计营房那里去和凯第谈一谈出现的新情况。我让他到我们两人可以单独谈话的地方去；他松松垮垮地站着，俨然一个看破世情深谋远虑的老者，神情中半是怀疑半是取笑。

“我相信他们不会到这儿来，”他说。“他们是坎巴族的茅茅，没有这么蠢。他们一定会听说我们在这里的。”

“我唯一的问题是假如他们到这里来怎么办。他们来了我们能到哪儿去？”

“他们不会来的。”

“为什么不会？”

“我只要想想如果我是茅茅会怎么做就行了。我是不会来的。”

“但你年纪大，有头脑。他们可是茅茅啊。”

“不是所有茅茅都没有头脑的，”他说。“这些可是坎巴人。”

“我同意，”我说。“但他们是在保留地里宣传茅茅组织的时候被抓的。我问你他们为什么被抓？”

“因为他们喝醉了吹嘘自己有多么了不起。”

“对了。他们到了有坎巴村的地方就会要喝酒。他们也想吃东西，但如果他们和酒醉被捕时没什么两样，他们最想吃的就是酒。”

“他们不会还和那时一样的。他们这回是从狱中逃出来的。”

“他们会到有酒喝的地方去的。”

“很有可能。但不会到这里来。他们是坎巴人。”

“我必须采取措施。”

“好吧。”

“我会告诉你我的决定的。营地里一切都好吗？有人生病没有？你有什么问题吗？”

“大家都很好。我没什么问题。营地的人都很快活。”

“肉怎么样？”

“今晚我们要吃肉。”

“角马的肉？”

他慢慢摇了摇头，又咧开嘴算是笑了一下。

“许多人吃不到。”

“多少人吃得到呢？”

“九个人。”

“其他人吃什么？”

“黑斑羚不错。”

“这里黑斑羚太多了，我又找到两头，”我说。“我会弄到今晚吃的肉的。不过我希望日落时再打猎，这样晚上山里吹来的冷空气就能把肉冻一冻。我希望你们把肉包在干酪布里，这样就不会被苍蝇叮坏。我们在这里是客人，我又是负责的。我们不能浪费任何东西。从马切科斯到这儿要花多长时间？”

“三天。但他们不会来的。”

“请让厨师给我做早餐。”

我往回走进用餐帐篷，坐到桌子旁，又从空木箱做的简易书架上拿了本书。那年出了很多有关从德国战俘营里逃生的书，我手里的这本就是关于越狱的。我把书放了回去又重抽了一本。这本书名为《最后的手段》，我想应该会更容易让人忘记不愉快的事。

我刚把书翻到酒吧港的一章就听到一辆摩托车飞驶而来的声音。我从敞开的帐篷后部望出去便看到一辆巡逻警车以全速穿过营地，掀起了一团尘土，连刚洗完的衣服上也沾上了灰。顶篷敞开的汽车在帐篷旁如一辆比赛用摩托车似地紧急刹了车。年轻的警官走进帐篷，利索地敬了个礼，又向我伸出了手。他个子很高，肤色白皙，看他的脸将来不会飞黄腾达。

“早上好，老板，”他说着摘下了警帽。

“吃过早饭了？”

“没时间，老板。”

“出什么事了？”

“战斗打响了，老板。我们要动手了。十四个人，老板，十四个最不怕死的亡命之徒。”

“有武器吗？”

“都武装到牙齿了，老板。”

“是从马切科斯逃出来的那伙人？”

“对。你怎么会听说这事的？”

“是侦猎员今天早上带来的消息。”

“总督大人，”他说，这只是他一个敬爱的称呼，与殖民地管理者的称号没有丝毫的关系。“我们又必须协调行动了。”

“我随时准备为您效劳。”

“这事你准备怎么做？联合行动？”

“计划该由你定，我只是代理猎长而已。”

“行行好吧，总督大人。帮我们渡过这个难关吧。您和猎长以前也帮过我的忙。这种时候我们必须联合行动，战斗到底。”

“你说得不错，”我说。“但我可不是警察。”

“但你是要命的代理猎长。让我们一起干吧。你有什么计划，总督大人？我会合作到底的。”

“我来竖一道防护屏，”我说。

“能不能让我喝杯啤酒？”他问。

“开一瓶我和你分着喝。”

“我吃了些尘土喉咙很干。”

“下次别把该死的尘土弄到干净衣服上去，”我说。

“对不起，总督大人。我十分抱歉。但我满脑都在想我们的问题，而且以为天下过雨了。”

“前天下过，地早干了。”

“说下去，总督大人。你说你要竖一道防护屏？”

“对，”我说。“这里有一个坎巴族的村子。”

“我对此一无所知。区长知道吗？”

“知道，”我说。“总共有四个坎巴村，都做啤酒。”

“那是非法的。”

“不错，不过你会发现非洲经常有这种事。我建议在每个村子里安插一个人。这伙歹徒里的任何一个一出现那人就会告诉我，我就包围那个村子，我们再一起把他们抓获。”

“不论死活，”他说。

“你肯定要这么做？”

“绝对肯定，总督大人。这些人是亡命之徒。”

“我们应该核实一下。”

“用不着，总督大人。我以名誉担保。但你怎样得到从村子里来的消息呢？”

“我们想到会发生这种事情，已经组织了一支女子后备队。她们十分精干。”

“好样的。我很高兴你作了这个安排。分布范围很广吗？”

“差不多。领头的姑娘十分聪明。完全是地下组织。”

“我能不能什么时候见她一面？”

“你穿着制服就困难些。不过我会考虑的。”

“地下组织，”他说。“我一直以为这是我的专长。地下组织。”

“有可能，”我说。“这事做完后我们还可以运些旧的降落伞过来练习跳伞。”

“你能不能再透露点内幕情况，总督大人？我们现在已经有防护屏了，听上去挺管用的。但你有的还不止这个吧？”

“我将大部分手下留在身边，但他们完全可以机动地转移到防护屏中任何一个出问题的地方去。你现在回警署去，加强防备。我建议你白天的时候在离这里约十英里的公路拐弯处设置一个路障。你可以从你的里程表上计算出那段距离。晚上把路障移到从沼泽通出来的那段路上。你还记得我们追猎狒狒的地方吗？”

“从来没忘记过，老板。”

“好了，如果你碰到什么麻烦就与我联络。晚上开枪一定要非常小心打着人，那里来来往往的人很多。”

“那里不允许有人通行的。”

“但实际上有人。如果我是你，就会在那三家零售铺的外面各张贴一张布告，宣布几条路上实行严格的宵禁。”

“你能不能给我些人手，老板？”

“不行，除非情况恶化。别忘了，我要帮你防那伙人。告诉你我的计划吧。我给你写张条子你带着，往恩贡那地方挂个电话，我就可以让飞机开过来了。不管怎么样我在别的事情上总是用得着飞机的。”

“好的，老板。我有没有希望和你一起飞？”

“我想没有，”我说。“地上需要你。”

我写了张条子要那架飞机第二天午饭后花两小时飞过来，把从内罗毕来的邮件和报纸也带来。

“你最好回警署去，”我说。“还有，孩子，以后到我们营地来不要再像个牛仔似的，弄得吃的东西上、帐篷里、晾着的衣服上全是灰。”

“我万分抱歉，总督大人。这种事不会再发生了。谢谢你提供人手帮我处理这个问题。”

“有可能我下午会在镇上碰到你。”

“好极了。”

他喝干啤酒，敬了个礼，便走了出去，一边大声叫唤他的司机。

玛丽走进帐篷，看上去清新动人、神采飞扬。“那男孩是从警署里来的？是什么事？”

我把那帮在马切科斯越狱的歹徒还有其它事都告诉了她。她的满不在乎是在情理之中的。

我们吃早饭的时候她问道：“你不认为现在让飞机开过来代价太大了吗？”

“我必须看内罗毕来的信件，可能还有电报。我们还需要去查看一下野牛拍完要拍的照片。他们现在肯定不在沼泽地里。我们也应该了解一下靠近丘卢岭的那块地方有些什么情况，这架飞机在这件蠢事上可以派大用场。”

“我现在还不能跟飞机回内罗毕去买圣诞节要用的东西，我还没打到狮子呢。”

“我的预感是如果我不着急，让你和狮子都休息好，我们就能打到它了。阿拉普·梅纳说狮子往这边来了。”

“我不需要休息，”她说。“这么说不公平。”

“好吧。我是想让狮子自信起来好犯个错。”

“我希望它会犯个错。”

约四点钟的时候，我把恩古伊叫过来，让他把切罗找来，把猎枪和来复枪一起带过来，又叫他让姆休卡把猎车开过来。玛丽正在写信，我就告诉她已经让他们把猎车开过来了。切罗和恩古伊来了以后，就把帆布床上与枪一般长的枪匣子拖了出来，由恩古伊把那支.557口径的大步枪装配好。他们找到了子弹，数了数，又检查了一下斯普林菲尔德和曼尼利彻步枪里用的实心子弹。这些工作是精彩的打猎交响曲的第一乐章。

“我们要打什么东西？”

“我们必须去弄点肉来。我们要试验一下老爹和我曾讨论过的一个练习打狮子的方法。我要你在二十码处杀死一头角马。切罗和你一起向猎物靠近。”

“我不知道我们能不能走到那么近的地方去。”

“没问题。不要穿毛衣。带着就行了，回来时如果冷再穿上。假如你想卷袖子的话现在就卷吧，亲爱的。”

玛丽小姐有一个习惯，每次射击前都要把猎装右边的袖子往上卷一卷。她或许只是将袖口部分往上翻一下，但这个动作在一百码或更远的距离以外就能把一只动物吓跑。

“你知道我现在不做这个动作了。”

“那好。我提到那件毛衣是因为穿着它步枪托柄对你来说就太长了。”

“好吧。但要是哪天早上我们发现狮子的时候很冷怎么办？”

“我就是想看看你不穿毛衣时开枪会怎么样。看看与原来有什么不同。”

“每个人都在我身上作实验。我为什么不能就这样出去开一枪，把猎物干干脆脆地杀死呢？”

“没什么不可以。你现在要去做的就是这件事。”

我们经过那条跑道向外驶去。前方右侧是断断续续的猎区。在一片草场上我看见两群角马在进食，一只年迈的公角马躺在离一片树丛不远的地方。我对姆休卡点了点头，见他已经看到那头角马便向他做了个手势，让他绕个大圈子把车开到左边去，然后再往回开到树后角马看不见的地方。

我示意姆休卡停车，玛丽便下了车，切罗跟在她后面，手里拿着一副望远镜。玛丽带着她的6.5曼尼利彻步枪，一下地便把枪栓提起来，先拉后推，看子弹滑入枪膛后再把枪栓放下来。接着她又打开了保险栓。

"我现在干什么？"

"你看到那只躺着的公角马了？"

"看到了，我看到树丛里还有两只呢。"

"你和切罗试试看能走到离那头老角马多近的地方。现在的风不错，你们应该可以走到树那儿。你看到那丛树了？"

老角马躺在地上，头部巨大，向下旋的羚角十分宽大，躯体粗壮，看上去黑乎乎的一团，十分怪异。切罗和玛丽向树丛接近时那头角马站起身来，在阳光下显得更黑也更怪异了。它的侧面对着玛丽和切罗，眼睛向我们这个方向看，并没有发现他们俩。我对那头角马体型的精致和奇异赞叹不已，心想我们天天见到这些动物对它们太不放在心上了。它相貌虽不高贵但极其不凡，看着它，又看到切罗和玛丽两人逐渐向它靠近，我心中十分高兴。

玛丽已经走到树丛边上可以射击了，这时我便看到切罗往地上跪，而玛丽则举起来复枪，俯下了头。枪声和子弹敲击骨头的声音几乎是同时传来的，角马黑色的躯体向上一跃，便重重侧倒在地上。其他角马立刻狂奔而逃，而我们则吼叫着向玛丽、切罗及草地上黑乎乎的那团东西冲过去。我们从猎车里蜂拥而出时玛丽和切罗就站在那头角马的旁边。切罗非常高兴，刀也拔了出来。每个人都大叫："Piga mzuri. Piga mzuri sana， Mansahib . Mzuri，mzuri，sana.[①]"

---

① Piga mzuri sana，斯瓦希里语，意为"打得好"，piga 意义丰富，在这里是"射击"的意思。

我抱住玛丽说："那枪打得太漂亮了，我的小猫[①]，靠近猎物时也出色极了。现在为了让它少受点苦，你再向它左耳根部开一枪吧。"

"我不应该打它的前额吗？"

"请不要打那地方。就打耳朵根部。"

她挥手让大家退后，打开保险栓，举起来复枪，检查了一遍，深吸了口气，再吐出来，把重心移到略往前迈的左腿上，便发了一枪，不偏不倚在左耳与头颅的接合处打出了一个小洞。角马的前腿渐渐松弛了下来，头轻轻地转到一边。这只角马死时显示出一种尊严，我搂住玛丽，将她的身子转过去，这样她就看不到切罗为了使角马成为伊斯兰教徒合法的肉而把刀插进它身上那个突起的地方[②]了。

"我走得离它那么近，打得又那么干净利索，就像你期望我做的那样，你难道不高兴吗？你难道不为你的小猫感到一点自豪吗？"

"你真是太棒了。你靠近它时干得非常出色，你一枪就把它打死了，它根本不知道发生了什么事，也没有受任何痛苦。"

"我不得不说它看上去大得可怕，亲爱的，而且还显得有些凶恶。"

"小猫，你坐到车里去，把吉妮壶拿出来喝一口。我帮他们把角马装到车后面去。"

"来和我一起喝一口。我刚用来复枪给十八个人打到了食物，我爱你，想和你喝点酒。切罗和我难道走得还不够近吗？"

"你靠近得很漂亮。你不可能做得更好了。"

吉妮酒壶放在那只旧的西班牙式双子弹袋其中的一个袋里，其

---

① 小猫是海明威对妻子玛丽的昵称，在下文中还可以看到玛丽常称海明威为"讨厌的大猫"。

② 指角马喉部。

实是我们在苏丹哈米德买的一品脱戈登杜松子酒的酒瓶，以我从前一只很出名的银制酒壶的名字命名。一次战争中我把那只银酒壶带到一个海拔很高的地方，终于使之爆裂开来，一瞬间让我感到屁股上中了一枪似的。旧的吉妮酒壶从来没修好过，但我们把它的名字给了这只矮胖的容量为一品脱的酒壶。旧吉妮壶形状瘦长，很适于挂在臀部，银色的旋转式瓶盖上有一个姑娘的名字，但瓶身上既没有它所目睹的战斗的名称，也没有那些从酒壶里喝过酒而如今已经亡故的人的名字。这些名字即使刻成最不起眼的大小，也会把旧吉妮壶的壶身两侧都盖得严严实实。而这只新的、毫无惊人之处的吉妮酒壶的地位却很高，都快成为部落的标志了。

玛丽从壶里喝了一口，我也喝了一口，玛丽说："你知道吗，只有在非洲纯杜松子酒才像水一样清淡。"

"比水该浓烈一些吧。"

"我是在打比方。如果可以的话我再喝一口。"

那些杜松子酒的味道很好，很纯，使人感觉暖人心脾，周身舒畅，对我来说这酒与水是有天壤之别的。我把水袋递给玛丽，她喝了一大口，说："水也很好喝。在酒与水之间作比较不公平。"

我把吉妮酒壶交给玛丽，向后车厢走去，猎车后挡板已放了下来，以便把那头角马抬上去。抬起来推进车去后，公角马便毫无尊严可言了，双眼呆滞，大腹便便，头部歪扭得厉害，灰舌向前伸出，犹如刚被吊死一般。恩古伊和姆休卡抬牛时花的气力最大，抬完后恩古伊将手指伸进了离角马肩头不远的弹孔里。我点了下头，我们便关上后挡板扣紧。我从玛丽手中要来水袋洗了洗手。

"喝口酒吧，爸爸，"她说。"你为什么看上去这么忧郁？"

"我并不忧郁。不过我是想要喝口酒。你还想打吗？我们还必须为凯第、切罗、姆温迪，还有你和我打一头汤姆逊瞪羚或黑斑羚。"

"我很想打黑斑羚，不过今天我不想再开枪了。我还是不打了吧，好吗？我不想把今天的情趣破坏了。现在我只有想打了才会打。”

“你打到它哪儿了，小猫？”我说，心中实在不愿问这个问题。喝酒的时候才问是为了显得轻松些，但又不过于漫不经心。

“正好打在肩部中心。恰巧是正中心。你看到那个洞的。”

刚才从公角马脊柱上部的小弹孔里流下了一大滴血，最后停在它肩膀的中心。我看到那滴血了，当时那头黝黑奇异的角马正躺在草地上，前半部缓缓起伏尚有活力，后半部则已完全僵直了。

“好极了，小猫，”我说。

“让我来拿吉妮壶，”玛丽说。“我不用打了。我很高兴打中了那头老角马让你非常满意。我真希望老爹当时也在场。”

但老爹不在。虽然近在咫尺，她却将子弹射到所瞄准目标上方十四英寸之处，结果漂亮地击中脊柱上部，杀死了那头角马。看来还是有些问题。

我们迎着风背着阳光继续穿越猎区。在我们前方我看见了一些臀部上有四方形白斑的大瞪羚和不断摆动着尾巴的汤姆逊瞪羚在吃草，我们的车一靠近它们就纷纷跳开去。恩古伊和切罗都知道接下来该干什么了。恩古伊转过身来对切罗说：“吉妮壶。”

切罗从椅背上面倒立着的大步枪和放在夹钳中的猎枪之间把酒壶递了过去。恩古伊旋开壶盖又把酒壶递给我。我喝了一口，与喝水的感觉是全然不同的。和玛丽一起猎狮时我因为身负责任是绝不能喝酒的，但现在由于我们在猎到那头老角马后都十分紧张便需要喝口杜松子酒放松一下。我们之中只有搬运工感到兴高采烈骄傲不已，丝毫也不紧张，玛丽也同样地兴高采烈骄傲不已。

“他想让你露一手，”她说。“露一手让他们瞧瞧。一定要露一手啊。”

“好吧，”我说。“再打一回让你们瞧瞧。”

我伸手去拿吉妮酒壶，恩古伊摇了摇头。“Hapana，”他说。“Mzuri.”

前面另一块空地上有两只公瞪羚在吃草。它们的头比一般的长一点，非常匀称美观，吃得又快又急，短尾不断地摆动。姆休卡点点头表示已经看见它们，然后便调转车头，这样我向猎物靠近时就有东西掩护一下了。我把斯普林菲尔德步枪里的子弹吐出来，放进两颗实心弹，拉下枪栓，下了车，便开始向那丛浓密的灌木丛走去，仿佛对它毫无兴趣的样子。我并没有俯下身来，因为灌木已足以遮挡住我，而且我已经总结出，在向猎物靠近的时候，如果四周有其它动物，最好是站直了走，装出毫不在意的样子。要不然你就会惊动看得见你的猎物，从而把你所欲捕杀的猎物吓跑。想起玛丽要求我露一手，我便小心地举起左手在颈部一侧拍了一下。这是在向大家宣布我要打的位置，这样打中任何其它地方都将一文不值。打像汤姆逊瞪羚这样的小型猎物，而且在猎物可以奔跑的情况下射击时是没有人会宣称要打颈部的。但如果我打中，就能鼓舞士气，打不中也不要紧，因为这本来就显然是不可能的。

走在镶嵌着白花的草地上是很赏心悦目的，我慢慢向前踱，手中的来复枪紧靠着右腿后侧，枪口向下。我向前走时什么事也不想，只想着那天傍晚有多美，我能在非洲有多幸运。现在我已经走到树丛的右边界，这时我本该蹲下来爬行，但地上的草太茂密，花又多，我戴着眼镜，而且也已经老得爬不动了。因此我便把枪栓向后拉，同时把手指放在扳机上以免发出咔嗒声，接着再把手指拿开，把枪栓轻轻地压低到射击的位置。我又检查了一下后瞄准器上的小孔，便跨过灌木丛右边界走了出去。

我一举起枪，两只公瞪羚便全速奔跑起来。离我较远的一只在我跨出去的时候还转头看了我一眼。它们摆动着小蹄子，一跳一跳地飞跑出去。我选第二只公瞪羚瞄准，把重心放到往前迈的左腿上，让枪口跟着它转，然后使准星匀平地扫过它身体，一超过它的头便扣动了扳机。来复枪的枪声响了，接着便是子弹嵌入时干涩的声音，我把第二颗子弹推到枪膛中去时，看到公瞪羚的四腿已在空中凝固，白肚皮和腿正缓缓向下沉。我向它走过去，希望我不是击中它臀部才将它推倒的，没有误中它脊柱上部，也没有射中它头部。此时我听到卡车开过来的声音，切罗拿着刀从车里跳下来，向瞪羚跑去，然后便站在那儿不动了。

我走过去说，“Halal.①”

“Hapana，”切罗说着，用刀尖碰了碰可怜的死瞪羚的眼睛。

“不管怎么说是 Halal 的。”

“Hapana，”切罗说。我从没看到他哭过，但那时他的表情已很接近哭泣了。这是一个宗教危机，而他又是个年迈虔诚的人。

“好吧，”我说。“恩古伊你过去刺它一刀。”

为了切罗的缘故大家一直都很沉默。他走回到猎车那边，猎物旁只剩下我们这些不信教的。姆休卡咬着嘴唇与我握了握手。他想到的是他父亲被剥夺了吃瞪羚肉的权利。恩古伊很想笑但强忍着不笑出来。老爹留给我们的扛枪伙计有一张圆圆的深棕色的精灵般的脸庞，此刻他一只手托住头，显得痛苦万状，然后又对着自己的脖颈拍了几下。搬运工在一旁看着我们直乐，觉得与猎手出来既是快事也是蠢事。

“你打到它哪儿了？”玛丽问。

“恐怕在脖子上。”

恩古伊把枪洞指给她看，接着他、姆休卡和搬运工便一起抬起公瞪羚扔到了后车厢里。

“这太有点像巫术了，”玛丽说。“我让你露一手，也没让你这么炫耀啊。”

我们驶回营地，很小心地停了车，把玛丽放下来，也没扬起尘土。

“今天下午很开心，”她说。“谢谢大家了，非常感谢。”

她向帐篷走去，姆温迪会在帐篷里替她准备好热洗澡水，往帆

---

① 斯瓦希里语，意为合法的（食物）。一头猎物必须由虔诚的伊斯兰教徒在颈部划一刀才成为教徒合法的食物，而这头瞪羚是被海明威射中颈部毙命的。因此虽然海明威坚持认为这仍是合法食物，切罗等伊斯兰教徒却十分沮丧。

布澡盆中一倒就可以洗了。我很高兴她对自己那一枪非常满意，我相信，有吉妮酒壶保佑，一切问题都是可以解决的，在二十五码开外打狮子时让垂直十四英寸的误差见鬼去吧，一定不会再有这样的误差了。猎车轻轻地开到外面场地上，我们便在那里将角马宰杀剥皮。凯第出来了，其他人跟在他后面，我走过去说："夫人很漂亮地射死了一头角马。"

"Mzuri，"凯第说。

我们没有关猎车的车灯，以便于将猎物开膛。恩古伊把我最好的刀取了出来，与已经蹲在角马旁开始工作的剥皮工一起干起来。

我走过去拍了一下恩古伊的肩膀把他拉到灯光照不到的地方。他非常热衷宰杀猎物的工作，但懂得我的意思，便很快走了出来。

"在背脊上方切下一大块好肉给村里人留着，"我说，同时用手指在他的背上划了几下示意。

"Ndio，"他说。

"把肉包在一块干净的腹部的皮里。"

"好。"

"再给他们一大块普通的肉。"

"Ndio."

我想再多送些肉过去但知道这样做不对，为良心无愧便对自己说这些肉对今后两天的行动是必不可少的，想到这点我又对恩古伊说："再多准备些炖肉给他们。"

然后我便从车灯照射处走开，走到炊火刚好照不到的地方的一棵树下，在那里寡妇和她的小男孩还有黛芭正在等我。他们穿着颜色鲜艳但已有点褪色的衣服靠树站着。小男孩跑出来，一头撞在我的肚子上，我便吻了吻他的头顶。

"还好吗，寡妇？"我问。她摇了摇头。

"Jambo tu，"我对黛芭说。我也吻了一下她的头顶，她笑起来，我抬起手放在她的脸和脖子上，她既不动也不显示出什么激情，有一种独特的可爱。她往我胸口上撞了两下，我又吻了一下她的头。寡妇显得非常紧张，她说："Kwenda na shamba，"这句话的意思是让我到村里去。黛芭什么也没说。她可爱的坎巴式的放肆已消逝无踪。我抚摸了一下她可爱的低垂的头，又碰了碰她耳朵后面秘密的地方。她也偷偷地抬起手，触摸了一下我手上最深的伤疤。

"姆休卡现在要开车送你们回去了，"我说。"我让他带了些肉给你家里。我不能去。Jambo tu，"我说，这是为了快点解决问题所能说的最温柔也最残忍的话。

"你什么时候能来？"寡妇问。

"什么时候都有可能，只要我有任务。"

"圣婴耶稣生日前我们会到拉伊托齐托克去吗？"

"当然，"我说。

"Kwenda na shamba，"黛芭说。

"姆休卡会送你们走的。"

"你也来。"

"No hay remedio，[①]"我说，这句话是我最早教她用西班牙语说的句子之一，她说这句话时总是很小心。这是我所知道的西班牙语里最伤心的话，我想大概应该让她早点学会这句话。因为我没对她解释话的意思，只说她必须要学会，她以为她正在学习的这句话是我的宗教信仰的一部分。

"No hay remedio，"她骄傲地说。

"你的手很硬也很美，"我用西班牙语对她说。这是我们之间最早开的玩笑之一，我翻译时很小心。"你是恩戈麦鼓会的女皇。"

"No hay remedio，"她的语气很谦恭。然后她在黑暗中极快地说了几声："No hay remedio，no hay remedio，no hay remedio."

"No hay remedio， tu，"我说。"拿着肉走吧。"

那天夜里我耳中听着鬣狗关于屠宰猎物后的丢弃物在议论和争吵，眼睛望着帐篷外的火光，脑子里想着玛丽。她一定睡得很甜，

① 西班牙语，意为"无可救药"、"无法挽回"。下文多次出现。

因白天能干净利落地靠近并射杀猎物而感到心满意足，她一定还很想知道那头大狮子在哪里，正在干些什么。我猜它在往沼泽过来的一路上还会再杀死别的动物。然后我又想到关于坎巴村的问题，对这个问题我一点办法也没有。我满心悔恨自己与坎巴村发生了关系，但现在已 no hay remedio 了，可能从来就不可能有什么挽回的办法。不是我有心要和他们有什么关系，自然而然就发生了。接着我又想了想狮子和坎巴族茅茅，想到从第二天下午开始他们就可能会到我们这儿了。就在此时，一瞬间似乎所有夜晚的声音都停止了。我想糟了，大概是坎巴茅茅来了，我真是不负责任，接着便拿起已装上大号铅弹的温彻斯特猎枪，侧耳听着动静，由于心怦怦直跳，便张开嘴以便听得清楚些。这之后夜晚的声音又响起来了，我听到一只豹子在小溪旁咳嗽。那咳嗽声好像是用蹄铁工的锉刀拨拉低音提琴 C 弦时发出的声音。咳嗽声又响了一回，豹子四处寻觅猎物，将整个黑夜都惊动了。我把猎枪放回到腿下，开始入睡，心中荡漾着为玛丽小姐感到的自豪和对她的爱意，以及为黛芭感到的自豪和对她深切的关心。

第三章

我拂晓时起身向外走到炊事帐篷和伙计营房那边。凯第办事一向保守，我们便将整个营地以一种军事化的方式视察了一遍，我看得出他对一切都很满意。我们的肉包在干酪布里挂着，足够营里的人吃三天。那些早起的人已将一些肉串在铁丝上烤起来。我们又明确了一下万一茅茅到四个村子中的任何一个时我们计划采取的拦截措施。

“这个计划是不错，不过他们不会来的，”他说。

“你有没有听到昨晚上豹子出现之前的那阵子寂静？”

“听到了，”他微笑着说。“不过那可是一头豹子啊。”

“你没想到可能是那伙人来了吗？”

“想到了，但结果不是。”

“那好吧，”我说。“请让姆温迪到火边来找我。”

伙计们已将圆木未燃着的一端推到一块儿，在灰烬上头盖上些树枝生起了一堆火。我走到火边开始喝茶。此时茶已凉了，姆温迪便带了壶新沏的茶过来。他和凯第一样一丝不苟，循规蹈矩，也一样有一些幽默感，只是比凯第粗俗了一些而已。姆温迪会说英语，理解力比会话能力强些。他年纪不小了，看上去像个肤色漆黑、脸庞窄长的中国人。他负责保管所有的钥匙，管理帐篷内务，包括铺床、送洗澡水、洗衣服、靴子和送早茶，他还负责保管我带来支付游猎花销的所有的钱款。钱都锁在一只锡箱里，钥匙由他保管。他喜欢别人能像过去相信他人一样的信任他。他也在教我坎巴语，但与我从恩古伊那里学来的坎巴语不太一样。他认为我和恩古伊给对方的都是坏影响，但他年纪大了，看得多了，只要不是干扰他工作秩序的事，他一概不会劳神去管。他喜欢工作，喜欢担负责任，是他使我们的游猎生活井井有条，舒适愉快的。

“老板想要什么东西吗？”他问，严肃而谦卑地站着。

“我们营里的枪和弹药都太多了，”我说。

“没人知道的，”他说。“都是你秘密从内罗毕带来的。在基坦加没人看出破绽。我们运枪总是十分保密的。没人看得见，没人知道。你睡觉的时候手枪总是放在腿边的。”

“我知道。但如果我是茅茅，就会在夜里袭击这个营地。”

“如果你是茅茅，会发生的事可多咧。可你不是个茅茅。”

“说得好。但如果你不在帐篷里，总该有人在这里拿着武器守卫一下吧。”

“请你让他们在外面站岗吧，老板。我不想让任何人到帐篷里去。帐篷由我来负责。”

“那就让他们呆在外面吧。”

“老板，他们要到营地来得穿过一片开阔平地。人人都会看见他们的。”

“恩古伊和我三次经过那棵无花果树横穿整个营地，也没人发现我们。”

“我看见你们了。”

“真的？”

“看见过两次。”

“那你为什么不说？”

“我没必要把你和恩古伊所作的每件事都说出来。”

“谢谢你。好了，你现在知道安排守卫的事了。如果我和夫人不在而你又要离开帐篷，就把守卫叫来。如果只有夫人在而你不在，也要去叫守卫。”

“是，”他说。“您不喝茶吗？快要凉了。”

“今天晚上我要在帐篷周围设几个陷阱，再留盏灯在树上。”

“Mzuri.我们还要升一堆很高的火。凯第已经让人送木头来了，这样卡车司机就有空了，随时可以到任何一个村子里去。但说是会来，其实那伙人不会来。”

“你为什么说得这么肯定？”

“因为到这里来自投罗网是很蠢的，而他们并不蠢。这些可是坎巴茅茅啊。”

我坐在火边，啜着那壶新沏的茶。马萨伊人擅长畜牧征战，但不是猎手。坎巴族则不仅会打猎，而且是我所见过的最擅长打猎和追踪猎物的部落。如今他们的猎物已被白人打光了，他们也已将自己保留地上的猎物猎完，唯一可以打猎的地方就是马萨伊人的保留地。他们自己的保留地上人太多，土地耕种过度，一旦不下雨，牲畜就没地方吃草，谷物也没了收成。

我坐着喝茶时脑中思考着营地人员之间所存在的一道裂痕，虽然这道裂痕并不破坏大家的感情。游猎队成员之间气质外貌上的差异并不是信教与不信教、好与坏，或老手与新手之间的差异，从根本上来说，这是功绩卓著、行动积极的猎手与战士和其他人之间的差别。凯第过去曾是一名斗士，一名战士，一位了不起的猎手和追踪猎物的高手，是他以丰富的经验、知识和深刻的权威将游猎队团结到了一块儿。但凯第拥有大量财产，属于保守派阶层，在这个不断变化的时代，保守派的地位是很难巩固的。营里年轻人都没有经历过战争，由于整个地区已没有猎物，也从未学会打猎，他们本性纯良，又缺乏经验，因而没有成为偷猎手，也没有被训练成专偷牲畜的盗贼。这些年轻人敬仰恩古伊和那些坏男孩，因为他们都是先在阿比西尼亚苦战，后到缅甸厮杀了一番[①]的勇士。年轻的伙计凡

① 阿比西尼亚为埃塞俄比亚的旧称，这句话是指恩古伊在第二次世界大战期间曾在阿比西尼亚和缅甸两地参加英军作战。1940 年 8 月意大利军队对英属索马里发动全面进攻，克宁汉将军率英军从肯尼亚挺进被意军占领的索马里，4 月又进入埃塞俄比亚首都亚的斯亚贝巴，会同布拉特将军将意军打败。缅甸原为英帝国保护国，1942 年日本占领该国，但之后缅甸又加入英方作战。日本于 1945 年在缅甸战败后，该国独立运动势不可当。1947 年 1 月，英国同意缅甸独立，6 月缅甸便脱离了英联邦。这两段历史下文还将提到。

事都站在我们这边，但对凯第、老爹仍十分忠诚，对本身职责也不敢怠慢。我们并不试图去招他们入伙，改变他们的信仰，也不想把他们带坏。他们都是志愿者。恩古伊很信任我，曾把整个情况对我说了一遍，并把这事完全看成是部落忠诚的表现。我知道坎巴猎手和我们之间已经共同走了很长的一段路。但当我坐在那里，喝着茶，望着树干发黄的绿叶树随照射到的阳光改变颜色时，我想到的却是我们到底走得有多远。我喝完茶，走到帐篷外面向里瞧。玛丽已经喝完她的早茶，放着空杯的碟子旁边蚊帐已在帆布床的一侧垂下，触到了帆布地毡上。玛丽已重新入睡，微微晒黑的脸倚在枕头上，一头金发蓬乱得很可爱。她的嘴唇对着我这个方向。正当我看着她睡觉，和往常一样被她的美貌所打动的时候，她在睡梦中绽开了浅浅的一笑，不知道梦到了什么。我从我床上的毯子底下拿出那支猎枪，拿到帐篷外面，从枪筒里卸下所有的子弹。这个早晨玛丽又可以睡得充足些了。

我走进用餐帐篷，告诉正在打扫帐篷的恩古伊我早饭想吃什么。我点的是一个煎蛋三明治，蛋要煎老，里面包上切片的生洋葱和火腿或香肠。我又说如果有水果便给我来一些，另外我想先喝一瓶啤酒。

除非当天要猎狮子，我和金·克早餐时总是要喝点啤酒的。早餐前或早餐中喝点啤酒是很愉快的事，但会减慢你行动的速度，虽然很可能只不过是千分之一秒的差别。从另一方面来看，假如身体状况不好，喝啤酒也会使你感觉舒服些，所以起身太晚或者胃部绞痛时喝啤酒是有好处的。

恩古伊打开啤酒瓶盖倒出一杯。他很爱倒啤酒，总是能使啤酒泡沫在倒完酒后才开始往上升，直到超过玻璃杯的边缘，却又不向外溢。恩古伊长得和女孩一般俊美，但丝毫没有女人气。以前金·克常捉弄他，问他是不是常拔眉毛。他很可能的确是常拔眉毛的，因为原始人们最大的乐趣之一就是反反复复地修整自己的外貌，这个习惯与同性恋是毫无关系的。不过我想金·克对他的捉弄是有些过分了。由于他腼腆、友好、忠心耿耿，侍奉主人用餐很能干，而且对猎手和战士也颇为崇拜，我们有时便会带他一起打猎。因为他对动物一无所知常常惊诧不已，大家都爱拿他开玩笑。但他每次打猎后都有长进，我们开他玩笑时也都是善意的。我们这些人，凡是不致残不致命的伤口和灾难，都当作是极为好笑的事来看待，对这位心思缜密、性情温顺、对人充满爱心的男孩来说，这是一个极大的刺激。他很想成为一名勇士、一名猎手，但实际上只是个见习厨师，一个侍奉主人用餐的伙计。那年我们在那儿的时候都很愉快，他最大的愉快之一就是替有资格喝酒的人倒啤酒，他自己则还不到部落法规定可以喝酒的年龄。

“你听到豹子了吗？”我问他。

“没有，老爷，我睡得太死了。”

说着，他走开去取吩咐厨师准备的三明治，然后匆匆回来再给我倒酒。

另一个侍奉我们用餐的伙计姆桑比身材高大，相貌英俊，性格粗犷。他身着绿色的侍者袍时总好像是在参加化装舞会似的。为了达到这个效果，他将绿色的无檐帽歪戴在头上，对袍子的穿法也进行了一番设计，以便显示出他虽然因身为侍者而尊重这身长袍，但心里是意识到这袍子有一点可笑的。玛丽和我两个人吃饭时不需要两个侍者，不过不久姆桑比就要改行做饭了，因为原来的厨师很快就要回家并且要把分配好的食物送到营里各人的家里去。和不包括我在内的所有人一样，对探子他非常讨厌。那天早饭时，探子又出现在用餐帐篷外，听到他谨慎的咳嗽声，姆桑比便意味深长地望了我一眼，鞠了一躬，微闭上双眼，便和恩古伊一起出去了。

“进来吧，探子，”我说。“有什么消息？”

“兄弟好，”探子说。他用披肩将自己裹得严严实实，进来后便摘下了头上的馅饼式男帽。“有一个从拉伊托齐托克镇另一边过来的人要见你。他说大象毁了他的村子。”

“你认识他吗？”

“不认识，兄弟。”

“去把他叫进来吧。”

那位村子主人进来后在门边鞠了一躬说，“早上好，先生。”

我发现他剃的是镇上茅茅剃的那种短发，头路在一侧，头路上的头发用剃刀刮得很干净。不过这也许并不意味着什么。

“是那几头大象吗？”我问。

“它们是昨晚上来的，把我的村子给捣毁了。”“谢谢你报告大象的事，”我说。“不久就有一架飞机要到了，我们会带你一起飞过去检查一下你村子受到的破坏程度，再试着找到那几头大象。你要把你的村子和遭破坏的确切的地点指给我们看。”

“但是我从来没有乘过飞机，先生。”

“你今天就可以飞一次了。你会发现乘飞机是很有趣也很有意义的事。”

“但是我从来没有乘过飞机，先生。我可能会生病的。”

“是不舒服，”我说。“不是生病。英语是不能乱用的。不舒服才是正确的词。但是我们会准备纸盒的。你难道不想从空中看一看你的地产吗？”

“是，先生。”

“一定会非常有趣的。就像看你领土的地图一样。你可以了解一下你村子的地形特征和轮廓，这一般可都是看不到的。”

“是，先生，”他说。我对自己感到有点儿羞耻，但他的头发这么像茅茅，营里的东西又这么多，不由得我不担心营地会遭到武装袭击。假如阿拉普·梅纳、恩古伊和我被什么大象、犀牛的故事骗走，要冲进营地简直是易如反掌。

这时那人又试图争辩，不知道他越是争辩就把事情弄得越糟。

“我想我不应该乘飞机，先生。”

“听着，”我说。“我们这些人里凡没乘过飞机的都很想乘飞机。能从高空中看到属于你自己的地方可是一种特权啊。你从来没有羡慕过鸟儿吗？你从来不想像鹰或者甚至像猎鹰一样吗？”

“没有，先生，”他说。“不过今天我还是会飞的。”

听他这么说，我便想即使他真是我们的敌人，或者是个骗子，或者只是想吃大象肉，他的这个决定至少是正确和有尊严的。我走出去对阿拉普 · 梅纳说这人已被逮捕了，但先不要告诉他，要好好看着他，不要允许他离开营地或者往帐篷里窥视，另外我还说要把他带到飞机上去。

“会看好他的，”阿拉普 · 梅纳说。“让我也飞吗？”

“不。上次你飞得够多了。今天让恩古伊飞。”

恩古伊咧开嘴笑了笑，说：“Mzuri Sana.”

“Mzuri，”阿拉普 · 梅纳说，也咧开嘴笑了笑。“我告诉他说要将村子主人送出去，并让恩古伊过去检查一下风向袋。如果草场上我们自己修建的跑道上有什么动物，一律都轰走。”

玛丽也来到用餐帐篷，身上穿着一套姆温迪为她洗净熨好的猎装，看上去与晨光一般的新鲜、年轻。她发现我在早饭之前或早饭时喝过啤酒。

“我以为只有金 · 克在的时候你才这样呢，”她说。

“不是的。我通常在早晨你醒来之前喝。这会儿我不写东西，而且一天里只有现在凉快些。”

“你听到什么关于狮子的事了吗？这里谈这事的人可不少啊。”

“没有。没有狮子的消息。晚上它没有说话。”

“你可说了，”她说。“你在和一个女孩说话，那女孩可不是我。什么事不可救药了？”

“对不起我说梦话了。”

“你说的是西班牙语，”她说。“说的全是不可救药之类的话。”

“那一定是真的不可救药了。对不起，我想不起那个梦了。”

“我可从来没有要求你在梦里也要对我忠实。我们今天去猎狮吗？”

“亲爱的，你怎么了？我们说好了，就是狮子过来了也先不去猎它的。我们准备好先不去管它，让它有点自信的。”

“你怎么知道它不会离开？”

“它很聪明，亲爱的。它每次杀死牲畜后才会转移。捕到猎物却总是使它很自信。我是在试着从它的角度考虑。”

“也许你该从你自己的角度来考虑一下。”

“亲爱的，”我说。“你是不是可以要份早餐了？有瞪羚肝和火腿吃。”

她把恩古伊叫过去，非常和气地点了她的早餐。

“你喝完茶后在梦里笑呢，笑什么？”

“噢，就是那个好梦。我遇到那头狮子了，它对我很好，温文尔雅，彬彬有礼。它说它去过牛津大学，说话时的口音简直与英国广播公司播音员的差不多。我可以肯定以前在什么地方看到过它，然后它就突然把我吃了。”

“我们现在的日子很艰难啊，”我说。“我想我看见你微笑时一定在它把你吃掉之前。”

“那是一定的，”她说。“对不起我发火了。它一下子就吃掉了我。它一点都没有表示出不喜欢我的意思，既没有吼，也没有像马加地的狮子那样发狂。”

我吻了她一下，这时恩古伊端来了一些切成片、烤成焦黄的瞪羚肝，上面铺着些内地买来的火腿，还有炸土豆条、咖啡、罐装牛奶和一碟炖杏脯。

“吃一片瞪羚肝和火腿吧，”玛丽说。“今天你会不会很辛苦，亲爱的？”

“不会，我想不会。”

“我能不能飞一回？”

“看来不行。不过如果有时间的话还有可能。”

“有什么事做吗？”

我告诉她我们该做些什么事，她说：“对不起，我进来时不该生气的。我想可能就是因为狮子把我吃掉的缘故。把瞪羚肝、火腿和啤酒都吃掉吧，亲爱的，飞机到这儿之前先放松一下。我们没有什么已经不可救药的事。永远也别再在梦里动这个念头。”

“你也别再想狮子把你吃掉的事了。”

“白天我从来不想。我可不是那种女孩子。”

“我也不是个不可救药的男孩子，真的。”

“你就是这样的，有一点儿。不过你现在比我刚认识你时要快活多了，是吗？”

“和你在一起我的确很幸福。”

“那你在其它事上也快活起来吧。欧，能再看到威利有多好啊。”

“他比我们两个都好得多了。”

“但我们可以试着变得更好一些，”玛丽说。

我们不知道飞机什么时候来，也拿不准飞机到底会不会来。托那名年轻警官捎去的信还没有回音，但我估计飞机可能在一点钟之后就可以到了。如果丘卢岭那边或者大山东侧的天空中云团厚起来，威利来得还可能更早一些。我起身看了看天。丘卢岭那边有些云团，但大山上空看上去很晴朗。

“我真希望今天我能飞一次，”玛丽说。

“你会有很多机会飞的，亲爱的。今天我们只是去完成一件任务。”

“但我能不能飞到丘卢岭那里去呢？”

“我保证。你想去哪儿我们就飞哪儿。”

“杀死狮子后，我想飞到内罗毕去买些圣诞节用的东西。然后我想早点回来弄棵树，再装饰得漂亮些。那头犀牛来之前我们已经找到一棵很好的树了。这棵树一定会非常漂亮的，但我必须买到所有需要的东西，还要给每个人买礼物。”

“我们杀死狮子后，可以让威利把塞斯娜[①]开到这儿来，你可以去看看丘卢岭。如果你愿意，我们还可以爬到山上很高的地方

① 一种小型飞机的商标名。

去。我们再检查一下身边的财物，然后你就可以跟威利回内罗毕了。”

“我们的钱够不够？”

“当然够喽。”

“我希望你能试着去了解一切事情，懂得越多越好，那样我们到这儿来就不会只是在浪费钱了。真的，我并不在乎你做什么，只要你做的事对你有好处。我唯一想的就是我必须是你最爱的人。”

“你是我最爱的人。”

“我知道。但请你别伤害其他人。”

“每个人都会对别人造成伤害。”

“你不能这么做。我不管你做什么，只要你不伤害别人，不破坏别人的生活就行。别说不可救药这样的话，那太容易了。有的时候你会异想天开，自欺欺人，生活在你自己奇妙的世界里，觉得很有意思，有时还很动心，这种时候我就会笑你。我觉得自己比胡思乱想、生活在梦幻里的人要好得多了。请你努力理解我的心情，因为我也是你的兄弟。那个讨厌的探子可不是你的兄弟。”

“这个称呼是他发明出来的。”

“有时候胡想出来的东西会突然变得十分真实，就像有人斩断了你的胳膊似的。是真的斩断，不是只在梦中斩断。我说的是像被恩古伊用大砍刀把胳膊斩断一样。我知道恩古伊是你真正的兄弟。”我听了什么也没说。

“你对那女孩说话的时候太残忍了。听你说话就像看恩古伊宰杀猎物一样。这可不是我们大家高高兴兴的那种甜蜜的生活。”

“你感到不愉快吗？”

“我一生中从来，从来，从来没感到这么幸福过。再说你现在对我的枪法有信心，我今天就更幸福、更自信了，只是我希望这样的心情能够保持下去。”

“会保持下去的。”

“但是你懂不懂我说的一切突然变得与甜美的梦中的生活完全

两样是什么意思？我说的是我们只有在梦里或者在我们儿时最美好的岁月里才会经历的那种生活。我们现在在这里每天有壮丽的大山作伴，有你们这些会讲笑话的人，身边每个人都很快活，过的就是那种美好的生活。每个人都这么爱我，我也爱他们。可然后就出了这另一件事。”

“我知道，”我说。“可这是同一件事的另一个方面，小猫。没有什么事和表面上看来的一样简单。我对那女孩子的态度并不是粗鲁，不过是正式了些。”

“请你决不要在我面前对她太粗鲁。”

“我不会的。”

“也不要在她面前对我太粗鲁。”

“我不会的。”

“你不会带她乘我们的飞机吧？”

“不会的，亲爱的。我答应你不会这么做，真的。”

“我真希望老爹在这里，威利来了也好。”

“我也这么想，”我说，然后便走出去再看了一下天气。丘卢岭那边的云层厚了一些，但大山两侧的天空仍很清澈。

“你们不会把村子里的那个人扔到飞机外面去吧？你和恩古伊？”

“上帝啊，当然不会。你信不信这事我连想都没有想过？”

“我可想到了，是听到你早上与他谈话的时候想到的。”

“现在到底是谁在动坏念头？”

“不是说你老是动坏脑筋。你们所有人做这事情都想也不想，乱做一气，好像不会有什么后果似的。”

“亲爱的，我对后果考虑得是很多的。”

“但是有时候你们很莽撞，不近人情，还尽讲些残酷的笑话。每个笑话里都讲到死。什么时候才能再说些友好可爱的笑话？”

“马上就可以说。那些蠢话我们不会再说很久了。现在我们已经确信那伙人不会到这里来，他们不论到哪里去都会被逮住的。”

“我希望我们能回到原来的样子，每天早晨一醒过来就知道一定会发生一些奇妙的事。我真恨这帮猎手。”

“这些人不是猎手，亲爱的。你从来没有见识过他们这种人。在北方这样的人可不少。在这里，每个人都是我们的朋友。”

“拉伊托齐托克镇上的人可不是这样。”

“对，不过那伙人会被抓住的。别担心。”

“我只担心你们这些人会闯祸。老爹从来不闯祸。”

“你真这么想？”

“我是说像你和金·克闯的那种祸。就是你和威利在一起，两个人也都会闯祸。”

第四章

我走出去查看一下天气。丘卢岭上空云层不断增厚，但大山这一侧的上空仍很晴朗。我看着天时觉得似乎听到了飞机的声音。不一会儿我便确信无疑了，就大声叫唤起猎车来。玛丽也走了出来，我们一起向猎车冲过去，把车开出营地，沿着穿过嫩绿新草的汽车道向那简易飞机跑道驶去。一路上猎物纷纷跑着跳着躲开我们。飞机在营地上方轰鸣了一阵便降了下来。这是一架银蓝相间、色彩明朗的飞机，机翼优美、闪亮，巨大的襟翼已放了下来。我们的车与飞机并排跑了一会儿，便被飞速转动的蓝色螺旋桨甩开了。威利从舷窗后冲我们笑了笑，将飞机降落了下来。飞机落地时犹如一只仙鹤，轻轻弹动了几下，接着威利调转飞机头向我们滑行过来，机上的螺旋桨仍不停地转着。

威利把舱门打开笑了笑："你们好啊，伙计们。"他找到了玛丽，说："打到狮子了吗，玛丽小姐？"

他话音跳跃、轻快，具有一种优秀拳击手在拳台上踩出的高效、完美、前后交叉的步伐所具有的节奏。他的声音很亲切，并不是强装出来的，但我知道他说最狠毒的话时语调也不会有丝毫的变化。

"我还没能杀死它呢，威利，"玛丽小姐大声说。"它还没上这儿来呢。"

"真遗憾啊，"威利说。"我有些零碎东西要搬出来，恩古伊可以帮我一下。你有一大堆邮件，玛丽小姐。爸爸[①]有几张账单。喏，你们的信。"

他把一只大的马尼拉纸邮封向我扔过来，我接住了。

"很高兴看到你还保持着一点基本的敏捷，"威利说。"金·克让我向你们问好。他就要上这儿来了。”

我把邮件交给玛丽，我们便开始从飞机上往下卸包裹和箱子，搬到猎车里去。

“你最好不要干什么体力活，爸爸，”威利说。“别把自己弄得太累了。别忘了我们要留着你干大事呢。”

“我听说这事已经取消了。”

“我相信还没完呢。”威利说。“不过我是不会花钱去看的。”

“你和威利在一起都不正经。”

“好了，我们到营地去吧，”她对威利说。

“就来了，玛丽小姐，”威利说着便下了飞机。他身穿白衬衫，袖口向上卷，下身着蓝色哔叽短裤，脚蹬低帮拷花皮鞋。下了飞机后，他便拉住了玛丽小姐的手，脸上带着亲切的微笑。威利长得很英俊，双眼动人，荡漾着笑意，黝黑的脸上焕发着生气，头发颜色很深，有些害羞，但决无拘束之感。他是我所见过的举止最自然、最有风度的人。他驾驶水平出众，对自己充满自信。他为人谦虚，一心只想在所钟爱的国土上干所钟爱的事。

我们谈话时只问对方有关飞机和飞行的事。其它的事都是我们应该懂的。他说一口流利的斯瓦希里语，对非洲人很温和，很有同情心，我便一直把他当作在肯尼亚出生的人看待。我从来没想到要问问他是在哪里出生的。他也可能是小时候搬到非洲来的。

为了不扬起灰尘，我们向营地驶去时车速很慢，最后在我的帐篷和营房之间的那棵大树底下下了车。玛丽小姐过去让厨师姆贝比亚立即做午饭，我和威利则向用餐帐篷走去。我从挂在树上的帆布水袋里取出一瓶还较凉的啤酒，打开瓶盖，给我们两人各倒了一杯。

“真实情况是什么，爸爸？”威利问道。我便把情况告诉

① “爸爸”是威利对海明威亲切的称呼。玛丽、恩古伊等人也常常这样称呼他。

了他。

“我看到他了，”威利说。“老阿拉普·梅纳好像把他看得很紧。他看上去倒真的有点像那伙人里的一个，爸爸。”

“反正我们会去检查他的村子的。或许他真有一个村子，真让大象闹了一闹。”

“我们也要查一下大象的情况。这样比较节约时间。我们让他在他的村子里下飞机，然后在附近大致看一下有没有大象。我会带恩古伊一起飞。如果大象真的出现，我们就得想个办法。梅纳对这一带很了解，他，恩古伊和我可以一起来处理这件事，但现在我和恩古伊必须先侦察一下。”

“听起来都不错，”威利说，“这个地区挺安静，但你们还是把自己弄得怪忙的。玛丽小姐到了。”

玛丽进来时想到就要开饭心情很愉快。

“中午我们吃黑斑羚排、土豆泥和一个色拉，东西马上就来。还有一个惊喜。真谢谢你弄到了堪培利酒，威利。我现在就喝一杯。你喝吗？”

“不，谢谢，玛丽小姐。爸爸和我在喝啤酒呢。”

“威利，要是我也能去就好了。不过无论如何我要把所有的购物单列出来，把支票和信写好，一打完狮子就和你一起飞到内罗毕去买圣诞节的东西。”

“你现在枪法一定很不错，玛丽小姐，看看吊在上面包在干酪布里的好肉就知道了。”

“我给你留了只后腿，那只腿我让他们一天里要很仔细地换着地方挂，以免晒到太阳，你走之前再帮你包好。”

“村里的情况怎么样，爸爸？”威利问。

“我的岳父①有一种胸、胃部的复合疾病，”我说。“我一直用

① 岳父指黛芭名义上的父亲。由于海明威与黛芭关系亲密，村里人都认为海明威要娶黛芭，海明威便只好对其父也表示尊重。

斯隆搽剂帮他治疗。第一次给他搽药时他真有些受不了呢。”

“恩古伊对他老人家说这是爸爸宗教仪式的一部分，”玛丽说。“他们现在都信同一种宗教了，都到了几乎让人讨厌的地步。晚上十一点钟他们还会喝啤酒、嚼鱼片，还说是他们宗教的规定。威利你要是能呆在这里就好了，就能告诉我现在到底是怎么回事了。他们的口号恐怖极了，还有一些很可怕的秘密。”

“这好比是万能的吉奇大神①与所有其他神之间的斗争，”我对威利解释说。“我们把各种派别的教义，以及各部落的法规习俗的精华都保留了下来，不过将所有这些都熔成了一个我们大家都能信奉的新宗教。玛丽小姐是从北部边界的明尼苏达省来的，跟我结婚前从来没到过落基山脉，她对宗教问题的认识有缺陷。”

“除了那些伊斯兰教徒，爸爸已使所有人都相信他的大神了，”玛丽说。“那个大神是我见到过的最坏的人之一。我知道那宗教是爸爸编出来的，也是被他给弄得一天比一天复杂的。都是他、恩古伊和其他那些人干的好事。不过那个大神有时连我都怕。”

“我是想设法制止他，威利，”我说。“但他总是从我这儿逃走。”

“他喜欢飞机吗？”威利问。

“我可不能在玛丽面前揭穿这件事，”我说。“飞机上天后我跟你说。”

“玛丽小姐，只要是力所能及的事，我一定帮你办好。”威利说。

“我只希望你能在这里呆上一段日子，也希望金·克或帕先生在这儿，”玛丽说。“以前我可从来没有目睹过任何新宗教的诞生，这事让我怪紧张的。”

“你一定是类似白皮肤女神什么的，玛丽小姐。一个宗教里总

① 吉奇大神是印第安人崇拜的神灵之一，有超自然力。在这里指下文提到的海明威自创宗教中大神的地位，性质与万能的吉奇大神相当。

该有个白皮肤女神，对吗？”

“我可不这么想。他们的信仰中一条根本的原则就是爸爸和我都不是白人。”

“这原则订得很及时。”

“就我所理解的来看，根据他们这种宗教的说法，我们容忍白人，希望与他们和平相处，但必须满足我们的条件，也就是爸爸、恩古伊和姆休卡的条件。这就是爸爸的宗教，历史可悠久呢。现在他和另外这些人正设法让坎巴人接受这种宗教呢。”

“我以前从来没当过传教士，威利，”我说。“这个宗教给人的启迪很大。这儿有座基波山对我来说是很幸运的，因为我是在风河山脉中的一座小山里首次得到关于这个宗教的启示的，最初几次见到大神也是在那里，而基波山完全就是那座小山的对应物。”

“学校里教我们的东西太少了，”威利说。“你能不能向我透露些风河山脉的内幕，爸爸？”

“我们把它叫做喜马拉雅之父，”我很谦虚地解释道。“它最主要的次级山脉的高度大概与去年夏尔巴人[①]坦森带一名能干的新西兰籍养蜂人攀登的那座山一样。”

“是不是埃佛勒斯峰[②]？”威利问。“这件事在《东非标准》里谈到过。”

“正是埃佛勒斯峰。昨天一整天我都在回想那座山峰的名字，昨天晚上我们在村子里传教来着。”

“那位老养蜂人可真是好样的，让人在离家那么远的地方把他带到这么高的地方去，”威利说。“这事最后怎么样了，爸爸？”

“谁也不知道，”我说。“他们都不愿谈这事。”

“我一向最敬仰登山者了，”威利说。“从他们嘴里谁也别想套

---

① 夏尔巴人，居住在尼泊尔和我国西藏边界喜马拉雅山南坡的一个部族，常为珠峰探险队作向导或搬运物资。

② 埃佛勒斯峰，即中国的珠穆朗玛峰。

出一句话来。他们的嘴这么紧，与老金·克和爸爸您已经不相上下了。”

“也和我们一样天不怕地不怕，”我说。

“和我们大家一样，”威利说。“我们是不是该吃东西了，玛丽小姐？爸爸和我还得出去在私有土地区转一圈看一看呢。”

“Lete chakula.①”

“Ndio Memsahib.”

到了空中以后，我们便沿着大山一侧飞行，可以望到下面的森林、空地、起伏的田野和集水区断断续续的土地，还可以看到缩小了的斑马在我们下面奔跑，从空中看斑马总显得很肥。然后飞机转了个头开到公路上方，这样就可以让坐在威利身边的客人看着前方的公路和村庄以找到方向。这条路从我们身后的沼泽穿出来，通过前面的村子里，我们可以看到村里的十字路口、商店、加油泵、沿着干道栽种的树木以及通向警署白色建筑和高大的铁丝围栏的树木，我们还能看见警署外的旗杆和在风中飘扬的旗帜。

“你的村子在哪里？”我对着他的耳朵说。他指了一下，威利便调转飞机，驶过警署，继续沿着山脉往前开，一路上看到许多空地、圆锥形的房屋和红褐色的土地上绿油油的一片玉米田。

“你看得见你的村子吗？”

“看得见。”他用手指了一下。

接着那座村子就向我们迎面扑来，看上去绿油油的一片，面积很大，在机翼前后侧的土地灌溉得都不错。

“Hapana tembo，②”恩古伊在我耳边轻轻地说了一声。

“有没有踪迹？”

“Hapana.”

“你肯定那是你的村子？”威利对那个男人说。

---

① 斯瓦希里语，意为“把吃的拿来”。

② 斯瓦希里语，意为“没有大象”。

“是的。”他说。

“爸爸，看上去没出什么问题，”威利向我喊了一声。“我们再转一圈看看。”

“飞得慢些、低些。”

村里的田地又从我们下面轰鸣而过，只是比上一次慢，离我们也更近，让人觉得马上也要向空中升起来似的。地面上既没有遭破坏的地方，也没有大象的踪迹。

“不必把飞机停下来。”

“我在飞着呢，爸爸。要不要看看另一边？”

“好的。”

这次田地上升得很轻柔，好似是一张精心制作的圆盘由一名能干温顺的仆人托起供我们检验。没有遭破坏的地方，也没有大象踪迹。接着飞机迅速上升，再一次调过头来，以便于我们能看到村子和周围其他村子的关系。

“你很肯定那是你的村子？”我问那个男人。

“是的，”他说，不由人不佩服他。

我们什么话也没说。恩古伊的脸上没有丝毫表情。他向舷窗外面望着，举起右手食指慢慢地划过自己的喉咙。

“我们还是别管这事了，回家去吧。”我说。

恩古伊把手放在飞机一侧做了一个抓门把手的动作，接着又做了旋转把手的动作。我对他摇了摇头，他笑了起来。

我们降落到草场上，滑行到在倾斜的风向杆上挂着的风向袋旁边等候着的猎车那里，那个男人先下了飞机。谁也没与他说话。

“把他看好，恩古伊，”我说。

然后我走到阿拉普 · 梅纳那儿，把他拉到一边去。

“什么事，”他说。

“他大概渴了，”我说。“给他点茶喝。”

威利和我坐着猎车向营地的帐篷驶去。我们坐在前排座位上。阿拉普 · 梅纳和我们的客人坐在车后部。恩古伊则留在后面握着我的 30—0.6[1] 步枪保卫着飞机。

“看来这事有点棘手，”威利说。“你什么时候拿定主意的，爸爸？”

“你是说让你降落的决定？出发前我就决定了。”

“你想得很周到。对这伙人可就不好了。让我都没事干了。你想玛丽小姐今天下午会不会想飞一会？这样我们就都可以到空中去，为了完成你的任务进行一次有趣、有意义、有教育性的飞行，我们可以一直飞到我要走的时候。”

“玛丽很想飞。”

“我们可以看一看丘卢岭，检查一下野牛和你管的其它野兽。金·克如果能知道大象到底在哪里，大概会很高兴的。”

“我们要带恩古伊一起飞。他已经开始喜欢飞行了。”

“恩古伊在你这个宗教里地位是不是很高？”

“他父亲有一次看到我变成一条蛇。那种蛇以前从没看到过，没人认识。这在我们的宗教圈子里可是有些影响的。”

“那是自然，爸爸。奇迹发生的时候你和恩古伊的爸爸喝的是什么酒？”

“没什么，只有斯特克啤酒和一点戈登杜松子。”

“你不记得那是一种什么蛇了吗？”

“我怎么记得住。是恩古伊父亲看到的。”

“我们现在就指望恩古伊能把飞机看好了，”威利说。“我可不想让飞机变成一群狒狒。”

玛丽小姐很想飞。她看到了坐在猎车后座我的客人，大大舒了一口气。

“他的村子是不是真被毁了，爸爸？”她问。“你是不是得上那

---

① 指步枪的规格。两个数字中的前者 30 即 0.30，指子弹外径为 0.3 英寸，连字符后面的数字 0.6，指每颗子弹内火药的含量为 0.6 格令。

儿去？”

“不。什么也没有坏，我们不用去了。”

“那他怎么回去呢？”

“我想他得自己搭车去了。”

我们喝了些茶，我又喝了一杯搀了些苏打的堪培利杜松子酒。

“这种域外生活很迷人，”威利说。“我要是也能享受这种生活就好了。那玩意儿味道如何，玛丽小姐？”

“好极了，威利。”

“我留着老了再喝。告诉我，玛丽小姐，你有没有看到过爸爸变成一条蛇？”

“没有，威利。我保证没有。”

“什么事我们都可能会错过，”威利说。“你想往哪儿去，玛丽小姐？”

“到丘卢岭那儿去。”

因此我们便取道狮山向丘卢岭飞去，一路上穿过属于玛丽小姐的沙漠和飞动着野鸟野鸭的巨大的沼泽地，所有险恶难测、成为我们穿越沼泽难以逾越的障碍的地方，这回都一目了然了，我和恩古伊对我们穿越沼泽时犯过的所有错误都看得很清楚，下次可以开出一条不同的新路了。接着眼底出现了一片平原，平原上奔跑着成群的大角斑羚。公羚羊呈灰褐色，身上有白色条纹，羚角呈螺旋状，它们从母羚羊身边跑开时，体态显得十分笨拙、沉重，母羚羊则呈现牛的模样。

“我希望你不觉得乏味，玛丽小姐，”威利说。“我努力不打搅金·克和爸爸管的猎物，只是想看看它们在哪里。不想把任何动物吓跑，也不想打搅你的狮子。”

“我飞得很愉快，威利。”

随后威利离去；飞机先沿卡车道向我们滑了一段，然后响起一阵轰鸣，机身弹动起来，张得很开的鹤腿一般的起落架轻轻颠摇着渐渐收拢，把地上的草都刮了起来，接着，飞机便离开地面猛地调了一个头，我们惊魂未定，威利已驶上了航道，在午后的日光中渐渐飞远了。

“谢谢你带着我飞，”我们看着威利的飞机逐渐消失时，玛丽说道。“我们走吧，让我们做好朋友，好好爱对方，也为了非洲的存在而爱非洲吧。再也没有什么比非洲更让我爱的了。”

“我也是。”

夜里我们一起躺在大帆布床上，外面火光熊熊，树上又有我挂的提灯，亮度足以射击了。玛丽并不担心，但我可担心。帐篷四周有那么多绊索和陷阱，让人觉得身处一张蜘蛛网中一般。我们靠得很近，她说：“在飞机里的时候有多好啊。”

“是啊。威利飞得很稳。他也很当心那些猎物。”

“但他起飞离开时把我吓了一跳。”

“他只是对自己的驾驶技术很骄傲而已，你别忘记，机上什么也没载。”

“我们忘了给他肉了。”

“没忘。姆休卡把肉带过去了。”

“我希望这回肉不会坏。他一定有一个很可爱的妻子，因为他看上去很幸福，待人也很好。谁要是有个恶妻，很快就可以让人看出来。”

“那有个坏丈夫怎么样呢？”

“也能看出来。但有时要慢得多，因为女人更勇敢也更忠实。讨厌的大猫，明天我们能不能过一天正常日子，不要有什么神秘可恶的事？”

“什么是正常？”我问她，一边望着火光和提灯发出的摇曳的光。

“噢，那头狮子。”

“那头正常善良的好狮子。不知道它今晚在哪里。”

“我们睡觉吧，希望它和我们一样幸福。”

“你也知道，它给我的印象从来不是一只真正快活的狮子。”

接着她便真的睡觉了，呼吸轻柔，我把我的枕头折起来，好硬一些，以便于让我更清楚地看到帐篷开口外面的东西。夜晚的声音一切如常，我知道四周没有人。一会儿，玛丽会需要更大的空间以便睡得舒服些，她会迷迷糊糊地起身睡到自己的帆布床上去，她的床已经翻了下来，铺好并挂上了蚊帐。我看她睡好后，就会穿上毛衣、防蚊靴和一件厚睡袍走出去，生起火来，坐在火边守夜。

存在着各种各样的实际问题，但在夜色、火光和星光中这些问题都显得很小了。仍有些事让我担心，为了不再想这些事，我便走到用餐帐篷里倒了四分之一杯的威士忌，掺了些水，拿回到火边来。我坐在火边喝酒时，因为老爹不在感到很孤单。我们曾经有很多次一起坐在火边，我真希望他就在我身边，给我些指点。营里的东西太多了，完全有人会对我们发动一次全面进攻的。金·克和我都肯定在拉伊托齐托克和附近地区有许多茅茅，他两个月前就发信号说有茅茅，结果却被告知这完全是胡思乱想。我相信恩古伊说的，坎巴茅茅不会到我们这儿来。但我想这伙人只是我们所有问题中最容易解决的一个。很显然茅茅在马萨伊人中有传教士的，而且正在组织在乞力马扎罗山参加伐木行动的吉库尤人。但是他们有没有军事组织却是我们难以得知的。我并未获警察当局授权，又只是个代理巡猎员。而且我几乎肯定假如我陷入麻烦，不会有多少人支持我，当然这个想法也可能是错的。我的工作有点像昔日受委派要在美国西部组织一队武装人员一样。

金·克早餐后到了，头上戴的贝雷帽遮住了他的一只眼睛。他的娃娃脸面色通红，又盖了灰蒙蒙的一层灰土，在多用途越野车后部的手下显得一如既往的快活、利索、气势汹汹。

“早上好，将军，”他说。“你的骑兵部队呢？”

“先生，”我说。“他们在掩护主体呢。营地就是主体。”

“我看主体是玛丽小姐。你想出这些对策没把自己太累着吧？”

“你自己看上去倒有些战斗得过分疲劳了。”

“事实上我已经累得不行了。不过有些好消息。我们在拉伊托齐托克的那些朋友们终于马上就要全部入网了。”

“有什么命令吗？金·克雷兹？”

“继续操练就好，将军。我们喝杯凉爽些的，我得看看玛丽小姐，然后就走。”

“你晚上一直在开车？”

“我记不得了。玛丽很快就过来吗？”

“我去叫她来。”

“她如今枪法怎么样？”

“只有上帝知道，”我虔诚地说。

“我们最好有一个短信号，”金·克说。“如果他们按常理出来的话，我就给你一个货物已收到的信号。”

“如果他们在这里露面，我也给你发个同样的信号。”

“如果他们到这里来，我想会有人向我报告的，”他看到蚊帐掀开了便又说，“玛丽小姐，你看上去可爱极了。”

“嗽，”她说。“我真爱春季，这可绝对是柏拉图式的爱。”

“女主人，玛丽小姐，我是说，”他说着鞠一个躬。“对你视察部队表示感谢。你可是他们的荣誉上校。我肯定他们一定感到万分荣幸。我说，你能不能坐偏座鞍？”

“你也在喝酒？”

“是啊，玛丽小姐，”金·克严肃地说。“另外我再说一句，我们不希望由于你对‘侦猎员春季’公开宣布爱慕之情而对你提出种族通婚的指控。区长永远也不会知道这件事。”

“你们两人不仅在喝酒，还在拿我开玩笑。”

“没有，”我说。“我们两人都爱你。”

“但你们还是在喝酒，”玛丽小姐说。“我能给你们弄点什么？”

“一点斯特克啤酒和一顿可口的早餐，”金·克说。“同意吗，将军？”

“我会走开的，”玛丽说。“如果你们要谈什么秘密，或者想喝啤酒喝得痛快些的话。”

“亲爱的，”我说。“我知道以前打仗的时候，指挥作战的人总是把每件事在发生之前都告诉你。不过有很多事金·克是不告诉我的。我肯定也有人不会提前许多时间告诉金·克什么事情的。还有驻扎在可能是敌方地盘中心的时候也没有人会把所有事告诉你的。难道你想在对我们的一切布署都了解的情况下一个人四处走动吗？”

“从来没有人会让我一个人四处走动，总是有人看着我，好像我不能保护自己会走丢弄伤似的。反正我对你说的话烦透了，你老是用一些奇怪现象和危险来吓唬我。你不过是个一早起来喝啤酒的家伙，把金·克也带坏了，你手下人的纪律真让人觉得羞耻。我看到他们当中至少有四个显然一晚上都在拼命喝酒。我看到的时候他们酒还没醒呢，一个劲地开玩笑、傻笑。有时候你们这些人真是可笑。”

帐篷开口外传来一声响亮的咳嗽声。我走出去，发现又是探子。他喝醉了，看上去比以前还要高，还要威严，身上裹的披肩和头上戴的馅饼式男帽也更为注目了。

“兄弟你的一号探员已经到了，”他说。“我能不能进去跪倒在玛丽小姐夫人的脚下向她问好？”

“猎长正在与玛丽小姐谈话呢，他很快就会出来的。”

猎长走出用餐帐篷，探子鞠了一躬。金·克像一只猫一样闭上了他通常很快活、慈祥的双眼，把探子身上的醉意，如同洋葱表皮或大蕉的皮一般地剥了下来。

“镇上有什么消息，探子？”我问。

“大家都很奇怪，你们既没有沿主街飞行，也没有在空中显示一下大英帝国的威力。”

“把‘威力’这个词儿拼拼看，”[①]金·克说。

---

① 在英语中表示“威力”的词 might 与表示“螨虫”的词 mite 读音一致，金·克知道探子一定会把“威力”拼成“螨虫”，这么说是在开探子玩笑。

“为尽我报告之职，我并没有拼出这个词，只是发了这个词的音，”探子继续说。“村里所有的人都知道老板在找祸害村子的大象，没时间进行空中表演。下午晚些时候，那个受过传教士教育的村主，就是乘坐过老爷飞机的那位村主，回到了村里，随即便受到了大胡子锡克人①的酒店和杂货铺里一个孩子的跟踪。那孩子很聪明，把与他接触的所有人都记下来了。村子以及附近不远的地区内可证实为茅茅的人的数目在一百五十到二百二十名之间，那位在天上飞过的村子主人到后不久，阿拉普·梅纳就出现在村子里。他一来就和往常一样，一味喝酒直至喝醉，一点不把职责放在心上。他滔滔不绝地谈论着老板，即现在正在我面前的您。他说的那些相信的人还不少呢；他说，老板在美国国内占据的位置与阿迦汗②在穆斯林王国所拥有的地位相当。还说您在非洲的这个地方是为了履行您和女主人夫人玛丽小姐所立下的一连串誓言。其中的一个誓言说的是女主人夫人玛丽小姐必须在圣婴耶稣的生日之前杀死一头马萨伊人指认的杀害牲畜的狮子。大家知道并相信一切事情的成败都系于此事。我已对几伙人说这个誓言兑现后老板和我要乘坐老板的一架飞机去麦加朝拜。有谣言说一个年轻的印度女郎为了对猎长的爱已奄奄一息。还有谣言说……”

“闭嘴，”金·克说。“你从哪儿学来‘跟踪’这个词的？”

“如我微薄的薪金许可，我也是会去看电影的。对一名探员来说，电影里可有不少能学的东西。”

“这事我也不追究了，”金·克说。“告诉我村里的人认为老板正常吗？”

“大人，人们怀着极大敬意认为老板疯了，认为老板是继承了圣人们的伟大传统。也有流言说如果尊贵的玛丽小姐夫人不能在圣婴耶稣的生日之前杀死那头掠夺成性的狮子，就会自焚而死。听说

---

① 指辛先生。
② 伊斯兰教伊斯玛仪派对领袖的称呼。

英国殖民当局已对此事给予准许，并且你们已标记并砍伐了几棵特殊的树木作她葬礼时点火的木柴。这些树可供马萨伊人制药，是什么药只有您两位大人知道。听说如果这场所有部落都被邀请参加的自焚仪式当真发生，就要举行一次为期一周的恩戈麦鼓会，鼓会之后老板将会娶一位坎巴族姑娘为妻，人已经选好了。”

“镇上就没别的消息了？”

“几乎没有了，”探子谦逊地说。“有些人在谈要礼仪性地杀死一头豹子的事。”

“你可以走了，”金·克对探子说。探子鞠了一躬便退到一棵树的树荫下。

“看来，欧内，”金·克说。“玛丽小姐最好是漂亮绝顶地把那头狮子杀死。”

“是啊，”我说。“我这么想已有一段时间了。”

“难怪她有些易怒。”

“是不奇怪。”

“这事与帝国或白人的尊严都没关系，你目前看上去已经离我们这些浅肤色的人越来越远了。这事实际上已经变得很个人化。你的装备供应商为了不被绞死，把他没有武器许可证的五百发子弹给了我们。到了自焚那天，把这些子弹放在点火柴堆的正中间恐怕会很引人注目的。可惜我不太懂自焚的规定程序。”

“辛先生会告诉我的。”①

“玛丽小姐可要受点热了，”金·克说。

“我知道自焚总难免有点热的。”

“她会把狮子杀死的，不过别惹她发火。处理这事你对她的态度要温和，要圆滑，还要想法让狮子有自信。”

“我们就是这样计划的。”

---

① 关于自焚仪式，参见序言中有关注释。辛先生为印度来的锡克教徒，故对这套程序应该比较熟悉。

我与金·克的人和托尼谈了会儿，说了几个笑话，他们便走了。他们的车绕着营地转了很大一圈以免扬起灰尘。凯第和我又谈了谈营地和可能会出现的情况。他非常高兴，我便知道情况都不错。清晨露水尚浓时他就过河到公路上去看过，并没有发现人的踪迹。他还让恩古伊经过修整有飞机跑道的草坪走了一个大圈子，也没看见什么。也没人到任何一个村子里去。

“我们的人连续两晚去喝酒，他们一定以为我是个不负责任的傻瓜，”他说。“不过，我已经让人去对他们说我正在发烧。老板您今天必须睡觉。”

“我会的。不过我现在必须去看看女主人想干什么。”

我在营地里发现了玛丽，她正坐在最大的一棵树下的一只扶手椅子里写日记。她抬头看见我，对我笑了一笑，我感到很高兴。

“对不起我生气了，”她说。“金·克对我说了一点你们遇到麻烦的事，我只是不太高兴它们在圣诞节的时候来。”

“我也是。你已经吃了不少苦了，我真希望你能开开心心的。”

“我很开心。今天早上多美啊，我正享受着晨光呢，看看鸟儿，认认它们的名字。你看到那只很漂亮的金丝雀了吗？只要能让我看看鸟儿我也已经满足了。”

营地四周已安静下来，大家又重新回到了正常的生活。玛丽觉得我们从来不许她单独打猎我感到很难过，其实我早已认识到白人猎手之所以报酬这么丰厚的原因，我也理解为什么他们总是频繁更换营地，让雇主在他们可以进行有效保护的地方打猎。我知道帕先生决不会让玛丽到这儿来打猎，也决不会允许部下胡来。但是我不会忘记女人几乎总是与带她们打猎的白人猎手堕入情网；我希望能发生些惊天动地的事，好让我有机会成为保护雇主的英雄，让我的合法妻子像爱一名猎手一样地爱我，而不是把我看成一个让她讨厌的保镖。这种大显身手的机会在现实生活中是不常有的，就算有也很短暂，因为你不会让危险的情况不断发展，雇主便往往会以为对付这种情况是极其简单的。看来我受斥责是很自然的事，我的表现一点也不像个讨女人欢心的硬汉。

我走过去到大树下的大椅子里睡了一觉，醒过来时看到丘卢岭那边的云团已经飘了过来，堆积在大山这一侧的上空，黑压压的一片。太阳还没给遮住，但已经有风吹过来，让你有山雨欲来风满楼的感觉。我向姆温迪和凯第大喊起来。等到雨水像一块厚实的白布一般扫过平原穿过森林然后减弱为一块破碎的雨帘时，大家都已行动起来了，有的调整帐篷支索的松紧，有的把绑着支索的柱子砸结实，还有的在挖排水沟。雨很大，风也很猛。有一阵子，我们睡觉的帐篷眼看就要被刮走了，但因为我们在迎风的一面打下了好几根桩子，绳索还是把帐篷拉住了。后来风平息下来，但雨仍下个不停，当晚一直在下，第二天几乎下了一整天。

在前一个下雨的晚上，当地一名警察捎来了金·克的口信："货物已通过该地。"那名士兵全身湿透了，他的车半路抛锚，他是步行过来的。小河河水太深，无法通过。

我很奇怪金·克这么快就得到了消息而且还能捎回来。他一定在半路遇见一名正要向他报告情况的侦猎员，然后让一名手下乘一辆印度卡车把信带了过来。没有什么不清楚的了，我便披上雨衣，在大雨中踩着厚厚的烂泥，绕过水流湍急的小溪和湖泊，来到伙计营房把情况告诉了凯第。他对这么快就有信号来感到很吃惊，不过也因为终于可以解除警戒而感到高兴。在雨里继续操练会是一个很棘手的难题。我让凯第注意，阿拉普·梅纳一来，就让他到用餐帐篷里去睡觉，凯第则说阿拉普·梅纳不至于笨到会在下这么大的雨时还会过来到火边去站岗。

结果阿拉普·梅纳还是来了。他在极其恶劣的暴风雨中从坎巴村那边走过来，已经浑身湿透了。我给他一杯酒喝，问他想不想留下来，换上件干衣服到用餐帐篷里去睡一觉。但他说他宁可回到村里去，因为那里有他的干衣服，而且由于这雨可能会再下一整天，甚至可能下两天，他想还是回去的好。我问他有没有看到这雨下起来，他说他没有，其他人也没有，谁要是说有就是撒谎。一周以来一直像要下雨的样子，而真下起来之前又没有半点迹象。我给他一件我的开衫让他穿在最里面，又让他穿上一件防水的短滑雪外套，并在他背后的口袋里放了两瓶啤酒。他喝了一小口酒就走了。他是个很好的人，我真希望我从小就认识他，一生都和他一起度过。如果真是这样，我们在某些地方的生活一定会变得十分奇特；我想了一会儿，感到很高兴。

我们被过多的好天气宠坏了，年纪大些的人比那批年轻人更不能忍受雨水，更觉得不舒服。而且因为他们是伊斯兰教徒，不喝酒，即使看到他们浑身湿透了，你也不能让他们喝一口暖一暖。

很多人在讨论马切科斯他们自己部落所在的地方是不是也下了这么大的雨，普遍的看法是否定的。但看到雨不停地下了一整晚，大家都高兴起来，相信北部肯定在下雨。坐在用餐帐篷里听着雨滴重重敲打帐篷的声音使我感到很惬意，我一边看书一边啜着酒，对什么事也不担心。现在什么东西也不由我控制了，和往常一样，我欢迎身上没有责任的轻松，欢迎什么也不用杀、不用追、不用保护、不用密谋、不用保卫、不用参加的绝妙的懒散，欢迎看书的机会。我们书袋里的书许多已经看完了，但我们的必读书目里有的还没看仔细，而且还有二十册西默农[①]用法语写的书我没看过。假如你在非洲宿营时遇到下雨出不去，再也没有比读西默农的书更好的事了。只要有他的书，雨下得多久我也不在乎。西默农的书，你也许每读五本可以找出三本好的来，但他的书迷在下雨时连他的坏书也会看，我一般每本都看一看，标明好书坏书，西默农的书没有中间档次。将六本书分了类，准备跳过一些页数，我便开始阅读，高

① 西默农（Georges Simenon，1903—1989），比利时法语小说家，写过大量犯罪心理分析小说和侦探小说，以写梅格雷探案闻名。

高兴兴地把自己所有的问题都转嫁给梅格雷。他遇到蠢事，或在奥菲弗河堤①漫步的时候，我也还能忍受，他对法国人睿智而深刻的理解则使我读得津津有味。这种对法国人的理解只有他因为是一个法国人才能获得。法国人由于受某条晦涩的规定的禁止，不能通过peine des travaux forcés à la perpétuité② 来了解自己。

玛丽小姐看到这雨一点儿没有比先前小，且越来越不像要停的样子，似乎也不抱什么指望了，她已放弃了写信的努力开始阅读起一些有趣的东西来。她读的是马基雅弗利的《君主论》。我心里想着要是这雨下三、四天会怎么样。假如我读完一本、一页或一章时能停下来想一想的话，手头这些西默农的书够我读一个月。而受连续不断的雨的驱使，我甚至可以每读一章便思考一番，不过不是想西默农，而是想其它一些事情，这么一来，过一个月绝对不会有什么问题，而且会过得很有意义。即使没有什么酒可喝，不得已只能去用阿拉普·梅纳的鼻烟，或试着喝一点用我们已逐渐了解的药性树本植物酿成的各类酒也不要紧。看着玛丽小姐读书时堪称典范的态度和安详美丽的脸容，我心中想的是，一个像她这样，青少年时期刚过不久便受到每日成灾的新闻报道、芝加哥社会生活中的问题、欧洲文明的毁灭、大城市遭受轰炸、对另外一些大城市进行报复性轰炸的人私下里说的一些话、仅靠某种止痛油膏缓解痛苦的婚姻中那些大大小小的灾难、问题和无数伤痛、治疗牛痘的原始手段、搅成了一团的较新较细致的暴力、不断变换的场景、不断增长的知识，以及对不同艺术、领域、人群、野兽和感觉的探索等等所有这些熏陶的人会有什么样的遭遇；我心里想，不知道连续下六周的雨会对她意味着什么。然而我接着便想起她有多好多能干多勇

① 奥菲弗河堤，巴黎塞纳河边的一处河堤。

② 法语，意为“被迫日日夜夜工作的痛苦”。这句话表达了法国人对工作的厌恶和轻蔑，上文所说的“晦涩的规定”即指法国人民族性中崇尚生活享受的原则。法国人经常讽刺美国人生来就是为了工作，而在这里海明威对法国人进行了一番调侃。

敢，想起这么多年来她忍受了多少不快，觉得她雨天会比我强些。正在思考着，我看到她放下了书，走过去从钩子上取下雨衣穿上，戴上软帽，冒着笔直向下的大雨出去探望她手下的部队。

我早晨已见过他们了；他们觉得不舒服，但还算愉快。他们都有帐篷可呆，有锄子铲子用来挖排水沟，而且他们以前也看到过和经历过雨。在我看来，假如我将试图在一顶小帐篷下安然度过雨日不被淋湿，我是不会欢迎穿防水衣、着高筒靴、戴帽子的人来视察我们生活条件的，尤其是因为他们不可能做什么事来改善我的条件，最多是让人多给我些当地产的格罗格酒①而已。但接着我意识到这种想法不对，要在旅行时与同伴处好，就不能对人过分苛求，毕竟去看望一下部队是她所能做的唯一有意义的事。

她回来后，把帽子上的水甩掉，把柏帛丽②雨衣挂在撑帐篷的柱子上，然后把靴子换成了干拖鞋。我问她部队的情况怎么样。

“他们不错，”她说。“他们把炊火遮盖起来的方法可真妙啊。”

“他们有没有在雨中立正？”

“别闹了，”她说。“我就是想看着他们怎么在雨里煮饭。”

“你看到了？”

“请你别闹了，既然在下雨，我们还是高高兴兴地享受一下吧。”

“我是在享受。让我们想想雨停以后会有多好吧。”

“我可不一定去想这个，”她说。“现在什么事也不能干我感到很高兴。我们每天的生活都很刺激很奇妙，能被迫停下来回味是很不错的。游猎结束后我们会希望有时间能多多回味。”

“我们可以看你的日记。你还记不记得我们以前在床上读你的

---

① 由朗姆酒或威士忌兑水而成。

② 防雨布的商标名。

日记的情形？我们回想起暴风雪后穿越蒙彼利埃[①]附近和怀俄明东端雪地的美妙的旅行，想起在雪地里留下的足迹。还想起以前你开车的时候我们在得克萨斯境内一直沿着边境行驶，一路看看老鹰，还与那艘叫黄祸的蒸汽客轮比赛谁开得快。你还记得这些事吗？你那时记的日记很有意思。你还记得那只老鹰抓到了一只老鼠，因为太重又扔了下来的事吗？”

“那次我一直又累又困。那时候我们很早就会停车到一家有写字台灯的汽车旅馆里去。现在要写就难一些了，每天天一亮就起身，又不能在床上写，非得出来写才行，灯一亮许许多多叫不出名来的虫子就会围过来。要是我知道打搅我的虫子的名字就好办些了。”

“我们应该想想像瑟伯[②]和乔伊斯[③]这样可怜的人最终有多惨，他们到后来连自己写的东西也看不出来了。”

“有时候我也看不清我的东西。感谢上帝也没有其他人能看得清，我写的那些东西还是不看为妙。”

“我们尽写些粗俗的笑话，我们这群人都爱开这种俗玩笑。”

“你和金·克的玩笑俗得不行，老爹的也怪俗气的。我知道我也会说些粗俗的笑话，不过不像你们这些人这么糟。”

“有些笑话在非洲是笑话，但不能流传，因为人们不能理解在一个到处是动物而且有食肉动物的天地里那儿的情况和那些动物是个什么样子。从来不了解食肉动物的人不会明白你在说的是什么。那些不需要杀死动物就能吃上肉的人，那些不理解这些部落，不懂得什么是自然的情况和正常的情况的人也不会明白。我知道我没说清楚，小猫，不过我会想法写下来好让别人能懂我的意思。但你不

---

① 美国佛蒙特州首府。

② 瑟伯（James Thurber，1894—1961），美国幽默作家，漫画家，《纽约人》杂志编辑（1927—1933）。

③ 乔伊斯（James Joyce，1882—1941），爱尔兰小说家，多用“意识流”手法，代表作《尤利西斯》。

得不说很多大多数人不理解也不会想到去做的事。”

“我明白，”玛丽说。“写书的都撒谎，你怎么能跟一个撒谎的人去争高低呢？你怎么能和写自己如何射杀了一头狮子，如何用卡车把狮子运回营里，狮子却突然活了过来的人比高低呢？你又怎么能和一个说大卢瓦哈河[1]里满是鳄鱼的人比真实性呢？不过也没有必要比。”

“是没有必要，”我说。“我也不会这么做的。但你也不能怪那些说谎的人。写小说的其实不过是个天生会说谎的人，他利用他自己所知道的事情或者别人所知道的事情来编故事。我是个写小说的，所以我也是个说谎的人。”

“但是你在告诉金·克，或者老爹，或者我狮子做了什么，豹子做了什么，或者野牛做了什么的时候，是不会撒谎的。”

“是不会，但那是在私下里说话。我为自己辩解的理由是，经过我编写，真实就比本来更加真实。这就是区分好作家坏作家的标志。如果我用第一人称写作，又声称这是小说，当今的批评家还是会努力去证明这些事从来没在我身上发生过。这就像努力证明笛福不是鲁滨逊·克鲁索并因此断言那是本坏书一样愚蠢。对不起，我听上去大概像是在演讲。不过下雨天我们可以一起演讲一番。”

“我喜欢谈论写作，谈论你相信、了解和关心的事。不过只有下雨天我们才能这样谈。”

“我知道，小猫。这是因为我们现在的情况有些特殊。”

“要是从前我与你和老爹在一块儿的时候我就知道那该多好。”

“从前我从来没有来过这里。从前的日子现在看来是过去了。实际上现在比那时有趣得多。在从前我们是不可能像现在这样成为朋友和兄弟的。老爹不会允许我这么做的。我和姆考拉变得情同手足的时候，别人把这看成是不体面的。人们只是容忍了我们。现在

---

① 东非的一条河流。

老爹什么事都对你说，这些事在从前他是不会对我说的。”

“我知道。他能告诉我我感到很荣幸。”

“亲爱的，你是不是谈得烦了？能够看书而又不被雨淋着我很高兴。你也该写信了。”

“不，我喜欢这样和你谈话。工作活动一多，我们除了在床上就没有在一起的机会了，这种时候我就很想和你谈话。我们在床上时总是很开心，你对我说的话我也很爱听。我记得你说的话，记得我们有多么愉快。不过我们现在的谈话是不同的。”

雨点仍然不断地重重敲击着帆布。雨声把一切声音都掩盖了，敲打帆布时的节拍和韵律没有丝毫变化。

“劳伦斯[①]想写这事来着，”我说。“但我看不懂他写的东西，因为里面故弄玄虚的东西太多了。我从来不相信他和一个印度女孩睡过觉。也不相信他碰过一个印度女孩。他当时是个在印度人的地区游览的记者，生性敏感，胸中有仇恨，有理论，也有偏见。另外他文笔很美。不过他这个人写了一段时间以后必定会对写作恼怒起来。他干过一些了不起的事情，而当他开始想出许多理论的时候他差不多马上就要发现某一件大多数人所不知道的事情。”

“我读他的书很明白，”玛丽小姐说，“但是这与村子有什么关系？我很喜欢你的未婚妻，因为她很像我，而如果你还需要一个妻子，她是个很好的人选。但是你用不着借某个作家来为她找借口。你说的是哪个劳伦斯，戴·赫还是托·爱[②]？”

“好了，”我说。“我认为你说得很对，我要读西默农的书了。”

“你为什么不到村子里去，趁下雨天在那里住一阵？”

---

① 戴维·赫伯特·劳伦斯（D.H. Lawrence，1885—1930），英国作家，作品集自然主义、现实主义、神秘主义于一体，主要作品有《查泰莱夫人的情人》、《虹》等。

② 托马斯·爱德华·劳伦斯（T.E. Lawrence，1888—1935），美国军人、学者，第一次世界大战时曾受命加入阿拉伯军队，经历极富传奇色彩，著有《七根智慧之柱》等。

“我喜欢呆在这里。”

“她是个好女孩，”玛丽小姐说。“要是下了雨你还不去她会认为你没有风度。”

“想要和好吗？”

“想，”她说。

“太好了。我不会再乱谈什么劳伦斯，什么黑色侦探小说了。雨天我们就呆在这里，让坎巴村见鬼去吧。反正劳伦斯也不会太喜欢那个村子的。”

“他喜欢打猎吗？”

“不喜欢。这不是说明他不好，感谢上帝。”

“那你的女孩是不会喜欢他的。”

“我想也是。不过感谢上帝这也不说明他坏。”

“你以前认识他吗？”

“不认识，我有一次下雨天在洛代翁街上西尔维娅·比奇①的书店外面看到过他和他的妻子。他们正一边交谈一边看橱窗，没有进去。他妻子穿着花呢上装，身材高大，他身材瘦小，罩着一件很大的外套，留着胡子，眼睛很明亮。他看上去身体不太好，我看到他被雨淋湿心里不是滋味。西尔维娅的书店里面倒是很温暖很舒适。”

“我奇怪他们为什么不进去。”

“不知道。那时候人们还不会与不认识的人谈话，至于向别人要亲笔签名更是很久以后的事了。”

“你怎么认出他来的？”

“店里炉子后面挂着一张他的相片。我非常欣赏他一本叫做《波斯长官》的故事集和一本叫《儿子与情人》的小说。他以前写

---

① 西尔维娅·比奇，海明威于1921年底第一次来到巴黎后经人介绍所认识的一位朋友，她经营的书店在20年代是旅欧美国作家经常去买书的地方。

意大利也很出色。”

“任何会写作的人都应该能写意大利。”

“这话不错。但即使对意大利人来说这也是很困难的，而且反倒比任何其他人来写都要困难。假如哪个意大利人能把意大利写得还算可以，就是个奇才了。司汤达写米兰写得最好。”

“有一天你说所有的作家都是疯子，今天又说他们都是撒谎的人。”

“我说过他们都是疯子吗？”

“当然，你和金·克两人都这么说。”

“那时候老爹在这儿吗？”

“对。他说所有的猎区监管都是疯子，所有的白人猎手也都是疯子，而白人猎手是被监管、作家和机动车逼疯的。”

“老爹总是正确的。”

“他对我说永远也不要理睬你和金·克，因为你们两个都疯了。”

“我们是疯了，”我说。“不过你千万不能告诉外头的人。”

“但你不是真的认为所有的作家都是疯子吧？”

“只有好作家才疯。”

“但那个人写了一本关于你有多疯的事，你就很气愤。”

“不错，因为他根本不知道发疯是怎么回事，也不知道发疯如何起作用。就像他对写作一窍不通一样。”

“这真是复杂，”玛丽小姐说。

“我现在不会对你解释的。我会想法写下来让你看看作家到底是怎么回事。”

于是我又坐了一会儿，重新开始读 La Maison du Canal①，脑子里想到那些动物给淋湿的样子。河马今天一定很高兴。但是对其它动物，尤其是狮子豹子这些猫科动物来说，今天根本算不上什么

---

① 法语书名：《运河边的小屋》。

特殊的日子。这些动物烦心的事够多的了，下雨只会对其中从没经历过的那些感到烦恼，而唯一没有经历过下雨的只是上次下雨之后出生的动物。不知道大型猫科动物下这么大的雨时是否也捕猎。它们肯定是要捕猎的，为了活命嘛。下雨天捕猎一定容易些，但狮子、花豹、猎豹一定讨厌在捕猎时被淋得这么湿。也许猎豹不那么在乎，因为他们有点像狗，皮毛是能够防水的。蛇洞里一定都灌满了水，蛇会爬出来，下雨时飞蚊也会被赶出来。

我又想我们这次来非洲有多么幸运，能在一个地方住得这么久，能对动物分别地有所了解，也认识了蛇洞和住在里面的蛇。我第一次来非洲时，猎队总是匆匆忙忙地从一个地方搬到另一个地方，为的只是猎到更多可以当纪念品的猎物。当时要想看见眼镜蛇就像要在怀俄明的公路上看到响尾蛇那么困难。而我们现在已发现了很多眼镜蛇藏身的地方。当然发现这些地方也是偶然的，但它们都在我们驻扎的地区之内，我们以后还可以回去看。偶然，我们会杀死一条蛇，那也是藏身于某一个地区在其藏身地区附近猎食，就像我们在自己的地区内一样，不过这一回从自己的地区爬了出来。是金 · 克让我们有特权驻扎在这片国土上一个极其美妙的地方，能对它有所了解，而且能干一些事情从而有理由待在这地方，为此我对他非常感激。

猎取野兽作纪念品的时光在我的生命中早已成为过去了。我仍喜欢干净利索地射杀猎物。但这次我打猎是为了大家能有肉吃，为了帮助玛丽，为了消灭那些由于某种原因应该被消灭的野兽，是为了控制掠夺性动物、食肉动物和害兽。在马加地我曾射死一头黑斑羚当纪念品，并杀死一头大羚羊来吃，结果因为羚角大也成了纪念品。在那里，我还在一个危急关头射杀了一头野牛，当时我们食物紧缺，便把这牛吃了，那对牛角很值得收藏，因为它能让我们想起玛丽和我共同经历的一次小危险。现在我想起这件事很开心，而且知道今后回想起这件事来也总是会十分开心的。这件事属于你会在睡觉前、睡梦中和内心痛苦时想起来的那类事。

“你还记得那天早晨遇见野牛的事吗，小猫？”我问她。

她从餐桌对面望了我一眼，说：“别问我那种事。我现在想的是狮子。”

那晚吃过冰冷的晚餐后我们便早早上床了，玛丽下午晚些时候已经写完日记，这会儿正躺在床上听着绷紧的帆布上重重的雨声。

然而虽然雨声均匀我仍然没能睡好，两次一身冷汗地从恶梦中醒来。第二个恶梦非常可怕，醒来后我便从蚊帐底下把手伸出去摸索水壶和那个方形的杜松子酒瓶。我把东西拿到床上，再把蚊帐塞回到毯子和帆布床的气垫下头去。在黑暗中我把枕头对折，好让头靠在上面躺在床上，又找到那香脂小枕头放在脖子下面，然后又摸到了腿边的手枪和电筒，随后旋开杜松子酒瓶的瓶盖。

黑暗中就着沉重的雨声我喝了一口杜松子。这酒喝起来很纯很温和，给了我一些抗拒恶梦的勇气。这样的恶梦我以前也有过，这一次跟以往的一样可怕。我知道玛丽小姐猎狮的时候我是不能喝酒的，但第二天下雨我们是不会去猎狮的。不知什么原因，今天晚上睡得很糟。很多个晚上都睡得很好，把我都惯坏了，还以为再也不会做恶梦了呢。现在我可是领教了。也许这是因为防雨帐篷封得很严实，通风不良的缘故，也许是因为我一天里没有运动的缘故。

我又喝了一口酒，味道比第一口还要好，更像以前喝的烈性酒。这并不是什么特别可怕的恶梦，我心想。我还经历过比这更糟的呢。但我知道我早就和让人冷汗淋漓的真正的梦魇永别了，现在我只有好梦和坏梦，而一晚上大多数时间是在做好梦。

接着我听到玛丽说：“爸爸你在喝酒吗？”

“是的，怎么了？”

“能不能给我也喝点？”

我把酒瓶从帐子底下递过去，她伸出手来接住了。

“水在你那儿吗？”

“在，”说着我把水也递过去。“你床头也有酒和水。”

“但你告诉我拿东西要小心，我又不想开灯把你吵醒。”

“可怜的小猫。你睡着过吗？”

“睡着过。但我做了一些非常可怕的恶梦。太可怕了，早饭前不能谈。”

“我也做了些恶梦。”

“吉妮酒壶还给你，”她说。“万一你还要喝。把我的手握紧好吗？让我知道你没有死，金·克没有死，老爹也没有死。”

“不。我们都好好的。”

“太感谢了。你也睡吧。你不爱什么其他人吧？我是说白人。”

“不爱。白人、黑人或浑身上下都是红色的人，都不爱。”

“太太平平睡一觉我的好人，”她说。“谢谢你让我半夜喝到好酒。”

“谢谢你把我的恶梦赶走。”

“这是我要做的许多事件当中的一件，”她说。

我躺着又想了好一会儿，想起去过的许多地方，经历过的真正困难的遭遇，想到雨停以后会有多好，恶梦算得了什么，接着我便睡过去，然后又冒着冷汗醒过来惊吓不已，但当我侧耳细听，听到玛丽均匀轻柔的呼吸声时，便又闭上眼，决定再试着睡一次。

第五章

早晨，天气阴冷，大山上空云层密布。又刮了一会儿大风，下了几阵雨，但像前两天那样连续的暴雨是不会再下了。我到营房那边去和凯第谈话，他身上披着件雨衣，头上戴着顶旧帽子，兴高采烈的样子。他说大概明天天气就好了。我对他说等女主人醒过来以后再开始做，把绑绳索的柱子敲紧，把湿绳索弄松。看到挖水沟挖得很好，睡觉、用餐的帐篷都没有湿他很高兴。他已经让人去生火，一切事情都好起来了。我告诉他说我梦见保留地那边雨也下得很大。这是在撒谎，但如果老爹那里传来好消息①，我这个大谎就会成为正确有力的预见。假如你想发表预言，最好是发表比较容易实现的预言。

不过凯第对我说的梦很留心，假装当真的样子。接着他告诉我说，他梦见直至沙漠边缘塔那河的整个区域的雨都很大，六支游猎队被雨水封锁，好几个星期不能行动。他说这话是有意要使我的梦显得不起眼。我知道他已经记住我说的梦，还会去检验一番，但我想我必须对自己说的话加以支持。于是我又说我还梦见大伙把探子吊死了，这倒是真话。复述这个梦的时候，我把整个过程一五一十地告诉了他：在哪里，如何干的，为什么，探子的反应，还有后来我们是如何把他放在猎车里拉出去喂鬣狗的。

凯第多年来一直十分憎恨探子，他喜欢这个梦，但反应审慎，他要让我明白他自己从来没有梦见过探子。我知道这一点很重要，但我还是继续用行刑的细节来引诱他。他听得非常高兴，然后便义正辞严而又惆怅不已地说："你可不能干这样的事。"

"我是不能干。但也许我的梦可以。"

"你可不能搞 uchawi②。"

"我又不搞 uchawi。你看见过我伤害任何男人或女人吗？"

“我不是说你是个巫师。我是说你不能做一个巫师，也不能把探子吊死。”

“如果你想救他，我可以把这个梦忘记。”

“梦是好梦，”凯第说。“但惹的麻烦太大了。”

大雨刚过的那天是传播宗教绝佳的日子，而雨天本身则容易使人们忘却他们的信仰的诱人之处。雨已经彻底停了，我坐在火边喝茶，越过湿透了的土地眺望远方。由于没有日光打扰，玛丽小姐仍睡得很熟。姆温迪带着一壶新沏的热茶到火边的桌前来给我斟了一杯。

“雨可真不少啊，”他说。“总算下完了。”

“姆温迪，”我说。“你知道马赫迪[③]是怎么说的。他说，自然之法昭示我们天际之雨降落大地以满足万物之需要，大地葱茏青翠全因天雨滋润，雨水稍歇，地表之水即渐趋干涸，由此可见天雨与地水之间有引力相维系，而神示之于人类理智正如天雨之于地水。”

“对营地来说这雨水是太多了，对村子里倒不错，”姆温迪严肃地说。

“‘正如天雨停歇使地水渐趋干涸，人类理智若无上天启示亦将失去其纯洁和力量。’”

“我怎么知道那是马赫迪说的？”姆温迪说。

“问切罗就知道了。”

姆温迪嘟囔了一声，他知道切罗虽极其虔诚，却并不懂神学。

“还有如果要吊死探子，该让警署来吊，”姆温迪说。“凯第让我说的。”

“那不过是个梦而已。”

---

① 指那里也下雨。

② 斯瓦希里语，意为“巫术”。

③ 马赫迪（Mahdi），原义为伊斯兰教徒所期待的救世主，这里指 1881 年领导苏丹起义的宗教领袖穆罕默德 · 阿姆得。

“梦有时候很有作用的，杀起人来像枪一样利索。”

“我会把梦告诉探子的，这样梦就没有什么威力了。”

“巫术，”姆温迪说。“Uchawi kubwa sana.[①]”

“Hapana uchawi.[②]”

姆温迪打断了我的话，几乎是很粗鲁地问我还要不要茶。这时他转头向营地望去，露出他中国式的侧影。我看到了他要让我看的是什么。正是探子。

探子来的时候身上湿漉漉的，怪不高兴的样子。他高贵的骑士风度还没有完全消失，但已被雨浇去了不少。他见了我立刻咳嗽了一声，告诉我他真的是病了，这个咳嗽可是正当合理的。

“早上好，兄弟。你和我尊敬的夫人觉得这天气怎么样？”

“这里下了些雨。”

“兄弟我身体不太舒服。”

“你有没有发烧？”

“有。”

他没有说谎。他脉搏次数为一百二十。

“坐下来喝口酒，吃一片阿司匹林，我再给你些药。回家去睡觉吧。现在路上能开猎车吗？”

“能。到村里去的路是沙子铺的，碰到水塘车子可以绕过去。”

“村里怎么样？”

“村里的田都灌溉过了，这雨没什么用。山这边过去的冷空气让村里的人很不好过。连鸡也很难过。和我一起来的还有个女孩子，她父亲需要治胸口疼的药。你认识她的。”

“我会把药给你们的。”

“你不来她很不高兴。”

“我有我的工作。她好吗？”

---

① 斯瓦希里语，意为“很大很大的巫术”。

② 斯瓦希里语，意为“不是巫术”。

“她还好，就是很忧伤。”

“告诉她，要是有事我会到村里去的。”

“兄弟，那个吊死我的梦是怎么回事？”

“不过是我做梦，我不应该在用早餐前告诉你。”

“但其他人已经听说了。”

“你不知道才好。这不是个正式的梦。”

“让人吊死我可受不了，”探子说。

“我绝不会吊死你的。”

“但其他人可能会误解我做的事。”

“你只要不和敌对方打交道没人会要吊死你的。”

“但我必须不断与敌对方打交道。”

“你懂我说的意思。好了，到火边去暖暖身子吧，我去准备药。”

“你真是我的兄弟。”

“不，”我说。“我是你的朋友。”

他向火堆走过去，我打开药箱取出些阿的平[①]、阿司匹林、搽剂、硫粉和治疗咳嗽的润喉糖，心里真希望自己能对巫术有点小小的反抗。但我的确能记起第三个恶梦里处死探子的所有细节，让我对自己夜间的想象力感到十分羞耻。我告诉他该吃些什么药，什么药是给那女孩父亲的。然后我们一起向伙计营房走去，我把两听鱼干和一玻璃罐的硬饼干给那女孩，便让姆休卡开车送他们回村里去，然后立即回来。她给我带来了四枚玉米。我跟她说话的时候，她从没有抬头看一眼，像个孩子似的把头靠在我胸前。从右侧爬上车时，见没人看得见，她便垂下胳膊，用她整只手紧紧抓住了我大腿的肌肉。她坐上车后我也做了这个动作，她并没抬头看我。接着我想，管它三七二十一，便吻了吻她的头顶，她大笑起来，跟以往一样地放肆。姆休卡笑了笑，便把车开走了。车道是沙质的，上面有一些积水，但底下还是坚硬的。猎车在两列树木中开远了，没有

① 一种治疗疟疾药品的商标名。

人回头看一眼。

我对恩古伊和切罗说一等玛丽小姐醒来吃过早饭，只要路面允许，我们就到北面去进行一次常规巡查。我让他们去拿枪，刚下过雨，枪该清洗一下。我对他们说要擦得仔细，枪膛里的油要全擦干。天气还是很冷，风也起来了，太阳躲在云后面。但大雨已经停了，至多可能再有一些阵雨。大家工作都很认真，没有胡闹的。

玛丽早餐时心情很愉快。她半夜醒来以后睡得不错，做的梦也全是好梦。她做的恶梦是老爹、金·克和我全都被杀死了。她不记得细节了，只记得有人捎来了信，记得好像我们遇到了一次伏击。我想问问她有没有梦见探子被吊死，但转念一想这会影响她的心情，现在重要的是她醒过来时很高兴，正盼望过一个好天。我想我反正是个粗汉，命也不值钱，在非洲卷入什么自己都不明白的事也不足惜，但我不想把她也卷进去。她卷入的事已经够多了。她到伙计营房来学过音乐、击鼓、唱歌，对大家都很亲切和气，让每个人对她都心生爱慕。我知道过去老爹是不会允许她这么做的。但过去的日子已经过去了。老爹知道得最清楚。

用完早餐，猎车也从村里回来了，玛丽和我便把车驶出去，一直驶到没有可开的路为止。地干得很快，但有的地方仍比较危险，车轮有时会打滑，有时会陷到地里去，不过明天猎车再开过这些地方就会很安全了。即使在车道已较结实的硬地上情况也差不多。再向北去，地上泥土湿滑，要驾车通过是不行的。

你可以看到平原上钻出了不少嫩绿的新草，猎物散在各处，对我们毫不在意。猎物还没有大规模行动起来，不过我们在车道上看到一些象的足迹，一清早雨一停它们就向沼泽那边过去了。我们那天在飞机上看到的那群，它们的脚印很大，即使把脚印在湿泥里容易散开来的特点考虑在内，那些脚印也还是很大的。

天气仍很阴沉，冷风飕飕地刮过。平原上，车道上面及两侧满是鸻科鸟，它们急急忙忙地奔跑吃食，飞起来的时候发出尖利放肆的叫声。鸻科鸟共有三种，只有一种是真正好吃的。但营里那些人是不会吃这种鸟的，认为我打它们是浪费子弹。我知道平原上可能有鹬，不过我们以后也可以打。

“我们还可以再往前开一会儿，”我说。“前面有块地比两边高出不少，我们可以转到那儿去。”

“那就继续走吧。”

接着开始下雨了，我便想我们还是尽快调头驶回营去为好，以免车子陷到什么松软的地里去。

我们离营地已经很近了。背倚着一片树木和一层灰雾，营地欢欢喜喜地出现在我们面前，炊烟已升到空中，绿白相间的帐篷看上去很舒适很有家的感觉。一些沙鸡在开阔的草原上就着小水塘喝水。我和恩古伊便下车准备打一些来吃。玛丽则直接回营去了。沙鸡四散在长蒺藜草的短草丛中，头凑得很低，就着水塘喝水。人一靠近它们便劈劈啪啪地飞起来。但如果你在它们向上飞时迅速射击，沙鸡是不难打到的。这些沙鸡中等个头，样子好像是假扮成山鹑的滚圆的沙漠鸽。我很喜欢它们像鸽子或红隼一般古怪的飞行方式，以及它们完全飞上天后巧妙利用窄长后展的翅膀的样子。干季的时候，早晨会有成群成群的沙鸡飞到水边来。向我们飞过来或飞过我们头顶的沙鸡中，我和金·克只打飞得最高的，每一枪打中不止一只沙鸡便要付一先令的罚金。然而要像现在这样把它们惊起来，情况就截然不同了。把沙鸡惊起来的时候，你是听不到那种沙鸡群在空中交谈时发出的咯咯声的。而且我也不喜欢在营地这么近的地方开枪。因此我只打了四对，若只有我们两个人吃可以吃两顿，若大伙都过来吃，也足够吃一顿的了。

游猎队成员不喜欢吃沙鸡。我也并不喜欢沙鸡，不如对小鸨、短须野鸭、鹬和有翼距的鸻鸟那么喜爱。但是沙鸡吃起来很可口，很适于晚饭时吃。刚下起来的小雨又停了，但薄雾和云团已经降到山脚下了。

玛丽正坐在用餐帐篷里喝兑了苏打的堪培利酒。

“你打得多吗？”

“八只。打这些鸟有点像在‘山岗猎场俱乐部’里打鸽子。”

“它们逃走时比鸽子快得多了。”

“我想不过是看上去如此而已，因为它们发出劈劈啪啪的响声，又比鸽子小。没什么鸟逃走时会比一只真正训练有素的赛鸽快。”

“天啊，我真高兴我们现在在这里，而不是在俱乐部里射击。”

“我也是。我不知道还能不能再到那里去。”

“你会有机会去的。”

“我不知道，”我说。“我想也许不会再去了。”

“我不知道还能不能重新做的事是太多太多了。”

“要是我们根本不用再回去有多好啊。我真希望我们没有任何地产、财产，也没有责任。我希望我们只拥有一套游猎的装备、一辆好猎车和两辆好卡车。”

“我就会是天底下帆布篷里最受人欢迎的女主人。我完全能想象出这会是个什么样子。人们会乘着私人飞机到这儿来，飞行员会出来替飞机里的男人开门，那男人就会说：‘我敢打赌你认不出我是谁，我敢打赌你不记得我了。我是谁？’总有一天有个人会说这个话，然后我就让切罗把我的步枪拿来，一枪射中那人两眼之间正中的部位。”

“然后切罗可以划他一刀，把他变成伊斯兰教徒合法的食物。”

“他们又不吃人。”

“坎巴人以前就吃人。就是你和老爹老是称为过去的好时光的那个时候。”

“你已经有一点是坎巴人了。你会不会吃人？”

“不会。”

“你知不知道我一辈子从来没有杀过一个人？你还记得不？那时候我想要和你分享一切事情，但感到可怕极了，因为我从来没有杀过德国兵，当时人人都变得非常担心。”

“我记得很清楚。”

“我是不是应该表演一下杀死偷走你的爱的女人时所说

的话？”

“假如你给我也倒一杯堪培利苏打水的话。”

“这没问题，我要说给你听。”

她倒出一些红色的堪培利苦味液，掺了些戈登杜松子，再取虹吸苏打水瓶喷了些苏打水进去。

“杜松子是对你听我表演的报酬。我知道这段话你已经听了好几回了，但我还是喜欢说。说出来对我有好处，听一听则对你有好处。”

“好吧，开始吧。”

“啊哈，”玛丽小姐说。“看来你以为你做我丈夫的妻子会比我要好。啊哈，看来你以为你们两人是天造地设的一对，你比我更适合他。啊哈，看来你以为你们两人在一起能过天仙般的生活，至少他将得到一位懂得共产主义、精神分析，懂得‘爱’这个字的含义的女人的爱？你懂什么爱，你这个邋遢的老泼妇？你对我丈夫了解多少？对我们一起做过的事、共同拥有的东西又了解多少？”

“说得好！说得好！”

“让我说下去。听着，你这个肮脏的女人，该长肉的地方不长，该显示出一些种族血统的地方又堆满肥肉的女人。我在三百四十码开外杀死过一头无辜的雄鹿，吃它的肉的时候眼都不眨一下。我射到过和你长得差不多的牛羚。我还射死过一头很大很漂亮的大羚羊，它比所有的女人都美，它的角比所有的男人都更有吸引力。我杀死的动物比你看到过的都要多。我奉劝你断了用花言巧语勾引我丈夫的念头，滚出这个地方，要不然我就把你杀死。”

“说得太好了。你不会用斯瓦希里语说这些话吧？”

“没必要用斯瓦希里语说，”玛丽小姐说。每次她表演完都有拿破仑在奥斯特里兹[①]似的感觉。“这套话是为白种女人准备的，当

① 奥斯特里兹（Austerlitz），奥地利镇名，奥斯特里兹之战（1805.12.2）中拿破仑以少胜多，大破奥地利和俄国军队，瓦解了第三次反法联盟。

然不适用于你的未婚妻。一个怜爱妻子的好丈夫如果只是想多要一个妻子，为什么无权拥有一名未婚妻呢？这是很体面的事。我这话是针对那些自认为能比我使你生活得更幸福的肮脏的白种女人说的。那些自以为了不起的女人。”

“这段话很精彩，你每说一次就更加清晰有力。”

“这是我的真心话，”玛丽小姐说。“我说的每个字都是很认真的。不过我已经努力使我的话里不带任何刻薄或粗俗的东西了。我希望你不要以为‘花言巧语’这个词与玉米有什么关系[①]。”

“我没这么想。”

“那就好。她给你带来的玉米很好。你认为我们可不可以把这些玉米放在灰烬上烤一次试试看。那样烤出来的玉米我很喜欢。”

“当然可以。”

“她这回给你带来四根有什么特别的意义吗？”

“没有，两根给你，两根给我。”

“我真希望有人爱我，也给你带些礼物来。”

“每次大伙都送你礼物，你也是知道的。营里一半的人为你砍牙刷。”

“这倒不错，我已经有很多牙刷了。马加地那次剩下的就不少。不过你有一个这么漂亮的未婚妻我还是很高兴。我真希望世上一切事情都能像这儿山脚下的事情一样简单。”

“这儿的事实际上一点儿也不简单。我们不过是运气比较好。”

“我知道。我们必须待彼此好一点以免辜负了这个好运气。嗽，我希望我的狮子会来，希望自己长得高些，不至于看不清狮子错过了时机。你知道它对我有多么重要吗？”

“我想我知道。大家都知道。”

---

① 英语中的花言巧语为 mealie-mouthed，而玉米为 mealies，字形相似。

“我知道有些人认为我疯了。但从前的人会去寻找圣杯或金羊毛[①]，也没人认为他们愚蠢啊。一头大狮子总比什么杯子或羊毛要值点钱，有点意思吧。我可不管那些杯子有多么神圣，羊毛有多么金光闪闪的。每个人都有一些真正想要的东西，狮子对我来说就意味着一切。我知道为了它你已经付出了很多耐心，大家都付出了很多耐心。但现在我肯定这场雨之后我会看到它的。我都等不及听到它的吼声的那个晚上了。”

“它的叫声很好听，你不久就会看到它了。”

“外人绝不会理解的，但打到狮子就能弥补一切了。”

“我知道。你不恨它吧？”

“不恨。我爱它。它很漂亮也很聪明，我不用告诉你我要杀它的原因。”

“当然不用。”

“老爹知道，他向我解释过。他也对我说过那个枪法蹩脚的女人，说大家一起帮她射狮子，结果狮子中了四十二枪。我还是不说这些的好，没人会懂的。”

但我们其实是理解的，因为我们是一起看到那头大狮子的脚印的。那些脚印的大小是一般狮子脚印的两倍。由于脚印是印在薄薄的尘土上的，而刚下过的雨仅仅是湿润了一下尘土而已，所以这些脚印的大小是真实的。我当时正在向一头牛羚靠近想为营里的人打一些肉，但恩古伊和我发现了那串脚印，都用草茎指向地面，这时我看到汗珠从恩古伊的额头上冒出来。我们一动不动地等玛丽过来，她看到那串脚印时，深深地吸了一口气。那时她已看到过许多狮子的足迹，也看到过我们打死几头，但这几只脚印是难以令人置信的。恩古伊不断地摇着头，我能感觉到自己的肋下和胯间也正在出汗。我们像猎狗一样地追踪那串脚印，发现它在一条泥泞的小溪

① 寻找圣杯的是传说中不列颠半岛上凯尔特人阿瑟王的圆桌骑士，寻找金羊毛的是希腊神话中宙斯之子半神赫拉克勒斯。

边喝过水，然后沿着洼地向峭壁那儿走去。我从来没有看到过这样的脚印，在那条小溪旁它们显得更清晰了。

我还没想好要不要再回去找那头公羚，找到了我可能会开枪，而来复枪的射击声可能会把那头狮子赶出这块地方。但我们需要肉，而在这块地方打不到很多肉。这里由于食肉动物太多，所有的猎物很容易受惊。你杀死的每一头斑马的马皮上都有黑色的让狮爪抓开过的疤痕，所有的斑马都和沙漠大羚羊一样怕生，难以靠近。这块地方是水牛、犀牛、狮子和豹子出没的地方，但除了金·克和老爹谁也不喜欢在这儿打猎，连老爹在这里打猎也感到紧张。金·克一向沉着勇敢，但最后却勇气尽失，他从来不承认会有什么危险，但最后还是不得不开着枪逃出来。老爹说他在这地方打猎时总会遇到麻烦，不过他在金·克之前，在机动车被带到东非之前好几年就到这里来过。为了避开日间在树荫下就可达到华氏一百二十度的高温，他是在夜间穿过这些危机四伏的平原的。

我们看到狮子脚印时我便想到这些事，后来我们开始算计那头牛羚时，我满脑子想的也是这些事，但那狮子的足迹已如烙印般深深留在我的脑海中了。我知道玛丽已经看到过其它狮子，一定想象得出那头狮子沿这条足迹走来时是个什么样子。我们后来还是把那头味道极为鲜美，长着张马脸，动作笨拙，比世上一切东西都更为无辜的茶褐色牛羚给打死了，是玛丽往它头、颈交接处开了一枪把它结果了的。她做这件事是为了锻炼枪法，而且这件事也总得有人来做。

坐在帐篷里我想到这事在真正的素食者看来会有多么恐怖，但任何吃过肉的人都知道必须有人先把动物杀死，既然玛丽难免要杀生而又想尽量不让动物感到痛苦，她就必须学习，必须锻炼。那些从来不抓鱼，连一罐沙丁鱼都没抓过，见到路上有蝗虫就要停车，连肉汤也从不喝的人不应该去谴责在白人窃取他们土地前就在这里打猎谋生的人。谁知道当地人看到胡萝卜、小胡萝卜、报废电灯泡、用旧的唱片和冬天的苹果树会是什么感觉。谁知道过度老化的飞机、嚼过的口香糖、雪茄烟蒂或是让木蛀虫蛀得满是窟窿的被丢弃的书给人什么感觉。我手头那份猎务部所颁发的章程里，对上述情况均只字未提，也没关于治疗雅司病①和性病的规定，而这却是我日常工作的一部分。关于被砍下的树枝、尘土、叮人的苍蝇也一概未提，只有舌蝇被提了一句：见苍蝇分布区表。得到狩猎执照的猎手如持有有效的许可证，可以在规定时间内在过去是保留地，如今是被管辖区域的马萨伊族的部分领土上打猎。他们手里持有一份允许捕杀动物的清单，他们要缴纳一笔纯象征性的费用，这笔费用是用来支付给马萨伊人的。但过去冒极大的险在马萨伊领土打猎捕食的坎巴人，如今已被禁止这么做。侦猎员对他们像对偷猎犯一样地追捕，而那些侦猎员大多数也是坎巴人。金·克和玛丽觉得侦猎员比他们自己更受欢迎。

所有侦猎员几乎都是来自狩猎的坎巴人的极为优秀的战士。坎巴族人的生活正日趋困难，他们一直用自己传统的方法耕种田地，但也在缩短本该持续一代人时间的休耕期，因为坎巴族人数不断增加，而土地却没有增多，相反却和非洲其他地方一样遭到了侵蚀。坎巴战士一直替大英帝国的战争出力，而马萨伊人却从来没有替帝国打过仗。马萨伊人成为被娇惯和保护的对象，是因为他们长得太美，可能会激起在肯尼亚或坦噶尼喀境内为帝国军队服务的塞辛格那类同性恋人的爱欲。马萨伊人很漂亮，极其富有，过去是专业战士，而如今已有好长时间不愿作战了。他们原来就有毒瘾，如今又渐渐染上了酗酒的毛病。

马萨伊人从来不杀死大猎物，只关心自己的牲畜。马萨伊和坎巴族之间的矛盾全因偷窃牲畜而起，从来与杀死大猎物无关。

坎巴人憎恨马萨伊人，认为他们是受政府保护、故意摆阔的有钱人。同时他们也鄙视马萨伊人，因为他们的妻子全然不忠，几乎

---

① 经皮肤接触感染雅司螺旋体而发生的疾病，对皮肤的损害如梅毒，流行于热带地区。

全部感染梅毒，他们自己又不会追踪猎物，而这后一点是由于他们的视力让苍蝇传播的龌龊的病给毁了，又因为他们的矛用过一次就会弯，更重要的是因为他们只有在毒品的影响下才有勇气。

坎巴人热爱战斗，也的确是真正地战斗，不像马萨伊人的战斗通常是在勉强糊口也无法维持时受毒品刺激而爆发出来的集体性的疯狂举动。坎巴人一向有他们的猎手，而如今已无处可猎。他们也喜爱喝酒，但受部落法规严格的控制。他们不会喝得酩酊大醉，喝醉是要受到严厉惩罚的。肉曾是他们的主食，但如今已全吃完了，而他们又被禁止狩猎。部落内的非法猎手就像过去英国的走私犯和禁酒时期[1]把好酒运到英国来的人一样受欢迎。

我许多年前在那里的时候情况还不是这么糟，不过也不怎么好。坎巴人对英国人是完全忠实的，即使是年轻人、无法无天的男孩子，都一样忠实。不过年轻人的心被搅乱了，情况完全不是很简单的。茅茅不被信任，因为这是吉库尤人的组织，而且他们的誓言也让坎巴人很反感。但是茅茅组织还是有所渗透。所有这些在《野生动物保护条例》里都是找不到的。金·克曾经对我说，如果我有常识的话，要用常识，还说只有蠢货才会卷入麻烦。我知道我有时候可以归入那类人中，因此便想尽量小心地运用我的常识尽我所能避免成为蠢货。长期以来我一直对坎巴人有认同感，现在既然已越过我们之间最后一个严重的障碍[2]，这种认同感已相当完全了。实现这种认同感是没有其它方法的。部落之间任何结盟关系只能以一种方法来达成。

下过雨了，我知道每个人都不会像前段日子那样担心家里了，要是我们能搞到些肉，大家就都会很高兴了。肉能使人强壮，即使是老人也信这个理。营里的老人中间我想切罗是唯一可能没有性能

---

① 禁酒时期，指美国历史上1922—1930年间的时期，全面禁止生产、销售或运输酒精饮料。

② 指越狱的坎巴茅茅已落入法网，对营地已不构成威胁。

力的人，但对此我不是很肯定。我本可以问恩古伊，他会告诉我的。不过这问题不能随便问，切罗和我已经是很老的朋友了。坎巴族的男人只要有肉吃，七十好几了还照样有做爱的能力。不过有些肉对人的好处比其它肉更大。真不知道我怎么会开始想这些的。我是从我们第一次看到去峡谷峭壁的巨狮的足印那天捕杀那头牛羚想起的，接着又不着边际地胡想开去；这些想法就像一个老人说的故事。

“我们出去打些肉来怎么样，玛丽小姐？”

“我们是需要点肉了，是吗？”

“是啊。”

“你刚才在想什么？”

“坎巴人的问题和肉。”

“你是说坎巴人的麻烦？”

“不是，问题是泛指。”

“那还好。你作了什么决定了？”

“决定是我们需要吃肉。”

“好了，我们该去打猎了吗？”

“现在开始很不错，如果你愿意走一走的话。”

“我是想走一走。我们回来后可以洗个澡换身衣服，然后火就会生起来了。”

我们找到了通常在公路与小河交接处附近的那群黑斑羚，玛丽杀死了一头只有一只角的老公羚。那头公羚很肥，长得不错，把它杀死当肉吃我没什么良心不安。它不可能成为猎务部送人的纪念品，而且既然从一群羚羊里给赶了出来，也不可能再对繁殖黑斑羚起什么作用了。玛丽那枪很漂亮，打中它的肩部，正是玛丽瞄准的部位。切罗很为玛丽骄傲，只要差了哪怕是百分之一秒的时间，他就不能把老公羚给合法的屠宰了。那时，玛丽枪法如何已完全被视为上帝的安排，既然我们信奉不同的上帝，切罗便把这完全归功于他的上帝了。老爹、金·克和我都看到过玛丽是如何达到完美的射击状态，惊人准确地射中目标的。现在轮到切罗了。

“Memsahib piga mzuri sana.”切罗说。

“Mzuri，mzuri.”恩古伊对她说。

“谢谢，”玛丽说。“这是第三次了，”她对我说。“我现在高兴极了，也有自信了。射击这件事真是奇妙，不是吗？”

我正在想那枪有多么奇怪，忘了回答玛丽的问题。

“杀动物是有些狠毒，但营里有肉吃真是太好了。为什么现在肉对大家都这么重要了？”

“肉一直就是重要的。肉是最为古老、最为重要的东西之一。非洲人一直很喜欢吃肉，但是如果他们打起猎来像荷兰人在南非时候那样，猎物很快就要给打光的。”

“但我们保护猎物是为了这些本地人吗？我们到底是在替谁管这些猎物？”

“为了猎物本身，为了给猎务部赚钱，让白人继续在这里打猎、找乐子，也让马萨伊人多赚点钱。”

“我喜欢我们为了猎物本身而保护猎物，”玛丽说。“不过其它那些理由好像有些见不得人。”

“什么样的理由都找得到，”我说。“不过你看到过比这儿更加鱼龙混杂的地方吗？”

“没有，不过你和你那帮手下当中也是什么人都有。”

“我知道。”

“不过说真的，你自己脑子里清不清楚呢？”

“还没呢。我们现在是过一天算一天。”

“好吧，不过我还是喜欢呆在这儿，”玛丽说。“说到底我们到这儿来也不是为了加强非洲的秩序。”

“的确不是。我们是来拍照片，再给这些照片写几行说明的，还有就是找点乐子，学点我们能学的东西。”

“不过我们肯定和这儿的事也脱不了关系。”

“我知道。但是你在这儿开心吗？”

“从来没这么幸福过。”

这时恩古伊来到我们面前，指着右边的路说：“Simba.”

路上赫然印着那狮子的大脚印，大得令人难以置信。

左右脚掌印上清楚留着那条老疤的痕迹。狮子穿过这条路的时间差不多就是玛丽打那头公羚的时间。它已经向零落的灌木地带那边过去了。

“是它，”恩古伊说。这一点是毫无疑问的。运气好些的话，我们原本可以在路上遇到它的。不过即使这样，狮子也会很小心地躲开我们让我们过去的。它是头很聪明的狮子，从不性急。太阳快要落山了，云层那么厚，再过五分钟就会暗得不能射击了。

“现在事情不复杂了，”玛丽高兴地说。

“到营里去把汽车开过来，”我对恩古伊说。“我们回去和切罗一起守着公羚肉等你来。”

那天晚上我们各人上了自己的床，还没睡着，就听到了狮子的吼声。它在营地北方，吼声很低，渐渐往下沉，最后化为一声叹息。

“我睡到你那儿去，”玛丽说。

我们在黑暗中紧靠着躺在蚊帐里，我用手臂搂着她，接着我们又听到了一声狮吼。

“那是它，不会错的，”玛丽说。“我真高兴听到它吼的时候我们是一起躺在床上。”

它向西北方向而去，发出低沉的咕哝声，然后又是一声吼。

“它是在叫母狮子还是在生气？它到底在做什么？”

“我不知道，亲爱的，我想它是为下雨在生气。”

“不下雨的时候它也会吼的，上次我们就在灌木丛里找到过它的脚印。”

“我不过是开玩笑，亲爱的。我只是听到它的吼声罢了。我能想象出它停下来寻觅猎物的样子，明天你会看到它把什么地方的土给翻起来了。”

“它这么厉害，可不能随便开玩笑。”

“我要是想帮你的忙就非得拿它开开玩笑不可。你不希望我现在就开始为你打狮子捏一把汗吧？”

“听它的声音。”

我们躺在一块儿听它的声音。一头野狮子的吼声是无法描述的。你只能说你注意听了，狮子吼了。这种吼声与大都会戈德温迈耶电影片头里狮子的吼声是完全不同的。你听到这种声音的时候，先感到它在你的阴囊里回响，然后就觉得向上涌起，流遍全身。

“它让我觉得身体里都空了，”玛丽说。“它真是黑夜之王。”

我们仍侧耳听着，狮子又吼了一声，继续向西北方向而去。这一次的吼声最后变成了一声咳嗽。

“现在就希望它能开始捕猎，”我对她说。“别再多想它了，睡好些吧。”

“我非想它不可，我就是要想它。它是我的狮子，我爱它，尊敬它，而又必须把它杀死。除了你和营里这些人它对我是最重要的了。你知道它有多重要。”

“知道得太清楚了，”我说。“但你该睡了，亲爱的。也许它这么吼是为了不让我们睡觉。”

“那就让它去吧，”玛丽说。“如果我们想杀死它，它有权利不让我睡。它做的每件事情，关于它的每件事情我都爱。”

“但是你该睡一会儿了，亲爱的。它不会喜欢你不睡觉的。”

“它一点也不关心我，我关心它才想杀它的。你应该明白。”

“我明白。但是你应该睡得好些，我的小猫。明天一早就要开始干了。”

“我会睡的。但我还想再听它说一次话。”

她已经很困了，我的思绪又开始漫游起来。这个姑娘一辈子从来没想要杀过什么东西，直到在战争中落入一些坏人[①]的手里才学

① 指海明威本人及其朋友。

会这些。她用绝对纯正的方法猎狮子的时间已经太长了，没有专业猎手的帮助，这可不是一桩好差事，很可能对于一个人来说是一件很坏的事，而现在就显然是很坏。这时狮子又吼了一声，咳嗽了三次。咳嗽声从它所在的地方直接传到帐篷里来。

“我现在要睡觉了，”玛丽小姐说。“我希望它不是不得已才咳嗽的。它会不会感冒了？”

“我不知道，亲爱的。你现在能睡好吗？”

“我已经睡着了。但你必须在天还远远没亮的时候就把我叫醒，不管当时我睡得有多沉。你答应吗？”

“我答应。”接着她便睡着了，我身子紧靠着帐篷壁，觉得她已柔柔地睡着了，而我的左臂也开始疼了，便把手从她头下抽出来，觉得这下她可以睡得更舒服了。然后我便缩到大帆布床的一个小角上聆听狮子的动静。它一直很安静，直到三点钟才开始捕猎。这之后所有的鬣狗都叫起来，狮子开始进食，时而发出几下粗哑的声音。母狮们没有出声。其中一头我知道快要下崽了，不会理它，另一头则是它的女友。我想天亮时地可能还是太湿，找不到它。不过机会总是有的。

第六章

早上天还远远没亮时姆温迪就带着茶过来把我们叫醒了。他说了声“Hodi”①，把茶留在了帐篷开口外的桌子上。我拿了一杯进来给玛丽，然后到外面穿衣服。那天是多云天气，看不到星星。

切罗和恩古伊在黑暗中过来取枪和弹夹，我把我的茶拿到外面的桌子上去，一个在用餐帐篷里侍候的孩子在桌旁生火。玛丽正在漱洗穿衣，仍然半睡半醒的。我从空地上走出去，一直走到过了“大象头盖骨和三大丛灌木”的地方，发现脚下的地仍很潮湿。晚上地已干了不少，比前天肯定是干了许多。但我仍然怀疑能不能把车开到我猜想狮子昨晚捕猎的地方去，而且我肯定在那儿以及从那儿到沼泽之间的路上仍然会过于潮湿。

沼泽这个名字还真是不够正确。那里的确有一个长约四英里，宽一英里半，流水很多的纸莎沼泽。但我们称为沼泽的地方还包括环绕那片沼泽长着高高树木的地区。其中许多树木生长的地势较高，有些长得很俊俏。树木在真正的沼泽周围形成了一条森林带，但有些地方的树木被觅食的大象拖倒，使人无法通行。这片森林里住着几头犀牛，几乎总是有几只象，有时还会有一大群象。另外还有两群野牛呆在里面。豹子藏身于这片森林的深处，捕食就到森林外面来。我们那头狮子到这里的平原来捕食时，这片森林就是它的避难所。

这片高大茂密、有不少倒树的森林是开阔的覆盖着树林的平原和优美的林中空地的西部边界，平原和空地的北侧是平坦的盐碱地和断断续续的火山熔岩地带，这个地带又通向我们这块地方与丘卢岭之间的另一片大沼泽。东侧是一片出没着长颈羚的很小的一个沙漠，再往东去是一排断断续续的铺着灌木的丘陵，在靠近乞力马扎罗山脉侧翼处高度有所增加。其实那里的地形并非如所描述的那样简单，但从一张地图上，或者从平原及林间空地的中心看起来就是这样的。

那狮子习惯于白天在平原或不完全连续的空地上捕猎，吃过以后，便躲入那一条森林带中。我们的计划是在它捕猎时找到它，然后再向它靠近，幸运的话还能在它去森林的途中截住它。如果它自信起来，不再一路走到森林里去，我们就可以从它猎物地点一直追踪到任何它喝完水后躺下来的地方。

玛丽穿好衣服，沿着穿过草坪的小路向隐藏在一排树木中用绿色帆布搭建的厕所走去，而我已经在想那头狮子了。只要有一线成功的希望，我们就必须对它下手。玛丽太矮小，在那种地方是看不到狮子的。我希望我们能发现狮子用过餐，从平原上泥潭的表面喝了些水后已经离开，到平原上的某个灌木丛或空地上的某片树林中睡觉去了。

猎车已准备就绪，姆休卡已经坐在了方向盘前。玛丽回来时，我已将所有枪支检查了一遍。当时天已亮，但要射击还嫌太暗。云层仍然浮在大山山坡上很低的地方，尽管天越来越亮，却没有要出太阳的迹象。我沿着来复枪的准星向大象头盖骨瞄准，天色仍然太暗，不便射击。切罗和恩古伊两人都是严阵以待的样子。

“你感觉怎么样，小猫？”我对玛丽说。

“好极了。你认为我会有什么感觉？”

“你用聚光镜吗？”

“当然，”她说。“你呢？”

“用的。我们就是在等天更亮一些。”

“对我来说天已经够亮了。”

“对我来说还不够。”

“你得治治你的眼睛了。”

---

① 斯瓦希里语，意为“我可以进来吗”。

“我对他们说我们回来再吃早饭。”

“那我会头痛的。”

“我们带着些吃的东西。在后面那个盒子里。”

“切罗带的弹药够我用吗？”

“你问他。”

玛丽问了切罗一声，他说他有“Mingi risasi”①。

“要不要把右手袖子卷起来？”我问。“你让我提醒你的。”

“我没让你这么恶声恶气地提醒我。”

“你干吗不对狮子发火却要对我发火？”

“我对狮子一点也不生气。你想现在的光线够不够你看清楚了？”

“Kwenda na simba②，”我对姆休卡说，然后又对恩古伊说：“站在后面，看好。”

我们出发了，轮胎在快要干的车道上一点都不打滑。我把两只靴子都伸出去，靠在排气阀门上。从山那边吹来的晨风很凉，我把来复枪放在肩膀上瞄准了好几回，感觉不错。虽然用了大的黄色聚光眼镜，我发现光线还不够亮，要射击仍不可靠。不过离我们要去的地方还有20分钟，而每过一分钟光线都有所增强。

“光线应该没有问题，”我说。

“我知道不会有问题的，”玛丽说。我回头看了她一眼。她坐得很挺，嘴里嚼着口香糖。

我们继续沿着车道往前行驶，途中经过简易飞机跑道。到处都有猎物，新草似乎已比前一天早晨长高了一寸。草地上还长出了密密的白花，整片草坪看上去白茫茫的一片。车道上较低的地方仍有些水，我示意姆休卡把车开到车道的左侧去以避免积水。长着花的草地很滑。光线始终不断地增强。

---

① 斯瓦希里语，意为“很多子弹”。
② 斯瓦希里语，意为“去找狮子”。

姆休卡发现接下来两片空地的另一端的两棵树上停着许多鸟，便指给我们看。如果鸟儿仍在树上，就意味着狮子仍在寻找猎物。这时恩古伊用掌心拍了拍车顶，我们便停下了车。我记得当时我觉得很奇怪，虽然恩古伊站得更高，却还是姆休卡先看到鸟。恩古伊跳下地，弯着腰走到猎车一侧以便不破坏车的轮廓线。他抓住我的一只脚，向左边那条森林带指去。

几乎周身黑色的大黑鬣狮正向高高的草丛里慢跑，双肩和巨大的脑袋摆动着。

“你看到它了？”我轻轻地问玛丽。

“看到了。”

它这会儿正向草丛里钻，只看得见它的头部和肩膀，接着就只看得见头了，草丛摇摆着，在它身后合拢。它显然听到了猎车的声音，也可能它先前就在向这片森林里走，路上看到我们的车往这儿开。

“你到那里面去是没有意义的，”我对玛丽说。

“我知道，”她说。“要是我们早点出来的话就会发现它了。”

“刚才天太暗不能射击。要是你把它打伤又没打死，我就得在那片草丛里追它了。”

“我们以前也不得不追过它呀。”

“让那些事见鬼去吧。”

“那你建议我们怎样去接近它？”她很生气，但生气也只是因为大干一场将狮子打死的前景已化为泡影的缘故，而并没有让愤怒冲昏了头脑以致于要求我们允许她到比她人还高的草丛里去追捕一头受伤的狮子。

“我想如果它看见我们继续行驶根本也不过去看一下它的猎物，就一定会自信起来。”接着我打断自己的话说，“进来，恩古伊。继续向前开，姆休卡。”然后我们的车就沿着车道缓缓前进，恩古伊坐在我身旁。他和姆休卡——我的两个朋友兼兄弟——都望着栖息在树上的兀鹫。我对玛丽说：“你想要是老爹会怎么做？把狮子赶到草丛和砍倒的树木里去，然后再把你带过去，而你又太矮看不清楚？我们到底要干什么？是要把你杀死还是杀死狮子？”

“别叫喊，你弄得切罗都不好意思了。”

“我没有叫喊。”

“有的时候你真该注意听听你自己说话的声音。”

“你听，”我低低地说了一声。

“别叫我听，也别压低嗓门说话。还有不要再说什么在赌注已下的危急关头要警惕之类的话。”

“有你在有时候猎狮可真是有趣。有多少人在这件事上对你不起了？”

“老爹和你，我不记得还有什么其他人了。金·克大概也会的。要是你这个猎狮将军样样都懂，我问你为什么狮子已经离开猎物那些鸟还不飞下来？”

“是因为那两头母狮或其中一头还没离开，或者正卧在不远的地方，是吧？”

“我们要不要去看一看？”

“只能再开一段路到远些的地方看，以免惊动了什么东西。我希望它们都能自信起来。”

“现在我对‘我希望它们能自信起来’这句话有点听烦了。要是你没法改变自己的思想，可以试试改变你的语言。”

“你打这头狮子有多久了，亲爱的？”

“好像已经打了不知有多久了，要不是你和金·克拦着，我三个月前就能把它杀死了。”

“因为当时我们不知道是不是这头狮子。那也可能是从干旱的安波塞利来的狮子。金·克并不觉得良心不安。”

“你们两个人的良心不过是任何为丛林发了疯的罪犯都会有的良心，”玛丽小姐说。“我们在什么地方能看到母狮子？”

“沿这条路再往前约三百米，也就是你右方四十五度的地方。”

“风力怎么样？”

“差不多是二级，”我说。“亲爱的，为了这狮子你要疯了。”

“我难道不比任何人都更有权利这样吗？我当然是已经疯狂了。但我对待狮子很认真。”

“我也是，真的。而且我想我对它们的关心不比你少，尽管我从来不说。”

“你说得够多了。别担心。不过你和金·克两个是一对自觉罪孽深重的谋杀犯。你们专给动物判死刑然后亲自执行。金·克比你问心无愧多了，他手下的人训练得很好。”

我碰了碰姆休卡的大腿让他停车。“看，亲爱的。那儿就是被杀死的斑马的残骸，旁边是那两头母狮。我们现在能和好成为朋友了吗？”

“我们一直是朋友，”她说。“只是有些事你误会了。望远镜能借我看一下吗？”

我把我们那副高档望远镜递给她，她便向两头母狮望去。肚子里有小狮子的那头体型很肥大，连狮鬃都似乎看不见了。另一头母狮可能是它成年的女儿，也可能只是一位忠实的朋友。它们各自躺在一丛灌木下躲避阳光。快要当妈妈的那头母狮沉静而有尊严，茶褐色的脚爪沾血发了黑；另一头母狮很年轻，肢体柔软，嘴部四周也一般地发黑。斑马剩下已经不多了，但它们仍守护着自己的财产。从晚上听到的声音来看，难以分辨到底是这两头母狮替那头雄狮杀死了猎物，还是那头雄狮先动手，随后两头母狮再加入进来的。

一丛绿色灌木中最大的那棵树上以及两棵小树上都停满了兀鹫，数目肯定在一百只以上。兀鹫都很大，两肩往上耸，随时准备向下扑，但是那些母狮离躺在地上的那匹斑马的带条纹的后腿和颈部太近了。我发现一只整洁漂亮长得颇像狐狸的豺等在一片灌木的边缘处，接着又发现一只。但我没看到鬣狗。

“我们不能吓着它们，”我说。“我主张不要向那边靠近。”

玛丽现在又是好朋友了。看到任何狮子都会使她兴奋。她说：“你认为斑马是它们杀的，还是那头狮子杀的？”

“我想是雄狮杀的，先吃完了它想吃的部分，两头母狮是很久以后才过来的。”

“这些兀鹫晚上会下来吗？”

“不会。”

“数目可真多啊。看，那几只把翅膀张开想要干呢，就像我们那里的美洲鹫一样。”

“兀鹫太丑了，真不配当皇家猎物。还有，染上牛瘟或其它牲畜的疾病时，它们的粪便很快就会把病传给其它动物。这个地区兀鹫太多了。其实这里给杀死的任何猎物只需要昆虫、鬣狗和豺就能清理干净，鬣狗还能杀死生病或太老的野兽，而且当场吃掉，不会散得到处都是。”

看到躲在灌木下的母狮和大量簇拥在树上令人恐怖的兀鹫，我的话不免太多了些。谈这两头母狮和兀鹫；谈我和玛丽又是朋友了；也谈我今天不必让我心爱的玛丽与狮子较量了。还有，我憎恨兀鹫，坚信它们作为食腐动物的用途被大大高估了。有些人得出结论说兀鹫是非洲伟大的垃圾清理工，因而封它们为皇家猎物，其数量不该被减少，它们在传播疾病方面的坏作用在皇家猎物这个神奇的字眼面前，变得有如道听途说一样地微不足道了。坎巴人认为这很滑稽，而我们总是称它们为国王的鸟。

现在它们贪婪地停在斑马残骸的上方，看起来可一点也不滑稽。那头大母狮起身打了个哈欠，走出去再次用餐，一等它走到肉跟前，两头大兀鹫就飞了下来。那头年轻的母狮晃动了一下尾巴向兀鹫冲过去，像猫儿挥动爪子般地向它们拍打过去，兀鹫便只能赶快跑开，扑着沉重的翅膀向上飞。接着，年轻的母狮在大母狮旁俯下身子也开始用餐，兀鹫仍旧呆在树上，离斑马最近的那几只由于饥饿难忍，都快要失去重心掉下来了。

吃完剩下的斑马肉不会花母狮很长时间的。我告诉玛丽最好别去打扰它们用餐，我们应该继续往路前方开，就像没看到它们一样。我们前方有一小群斑马，再过去有些角马，另外还有许多斑马。

“我喜欢看它们用餐，”玛丽说。“不过要是你认为我们最好继续向前走，我们也可以去瞧瞧盐碱地的情况，可能还会看到野牛。”

于是我们便一直行驶到盐碱地的边缘，但没看到任何野牛或野牛踪迹。地面仍然太湿太滑不好开车，再向东去也是如此。我们在盐碱地边缘发现了两只母狮向猎物方向走去的足迹。足迹是新的，判断不出它们是什么时候进攻猎物的。但我认为猎物肯定是雄狮杀死的，恩古伊和切罗都同意。“如果我们按来路返回，也许它对猎车就会见怪不怪了。”玛丽说。“我现在头不痛，能吃早饭是很好的。”

这正是我希望她建议做的事。

“如果我们一枪也不打。”我卡断了话头，因为我本来想说这样就能让狮子自信起来的。

“也许它会认为这不过是一辆开来开去的车罢了，”玛丽替我说完了那句话。“我们要吃一顿可口的早餐，然后我把该写的信全写完，我们俩都要和和气气地做好的小猫。”

“你是一只好猫。”

“我们要像旅游者一样驶回营里去，看一看四周诱人的新草。吃早饭前的感觉真好啊。”

然而我们回到营地准备用早餐时，却发现那名年轻警官正坐在溅满了泥巴的巡逻车里等我们。车停在一棵树下，他的两个士兵在后面的营房那里。我们过去的时候，他从车里出来，年轻的脸上布满了极深的亲切和责任感。

“早上好，老板，”他说。“早上好，夫人。看来你们一早便巡视了一回。”

“你要不要吃点早餐，哈里？”我说。

“如果不会为你们添麻烦的话。发现什么有趣的事吗，总督大人？”

“不过是查看了一下牲畜。警署里有什么消息？”

“他们抓住那伙人了，总督大人。他们是在另一边将犯人制服的。纳芒加北部。你可以把你的人叫回来了。”

“战斗一定很精彩吧？”

“细节还不知道。”

“真遗憾我们在这里不能一起行动。”

玛丽小姐向我看了一眼以示警告。她不喜欢让年轻警官与我们一起用早餐，不过她知道这个男孩怪孤独的；虽然她难以容忍傻瓜，但直到她看到混身是泥的车子里筋疲力尽的警察之前还是和善的。

“本来你们的帮助对我一定是极其重要的。总督大人，我们的计划几乎是天衣无缝的。我唯一担心的是这位年轻的夫人。如果你能原谅我的话，我想说这可不是女人干的活。”

“我根本没有参与这事，”玛丽说。“你要不要再来些肾肉和火腿？”

“您参与了，”他说。“您是防护屏的一部分，我在我的报告里提到了您。也许这不如出现在新闻报道里那样光采，但总是个人记录的一部分。在肯尼亚战斗过的人总有一天会感到十分自豪的。”

“我发现每次战争后人们往往变得讨厌透顶，”玛丽小姐说。

“只有那些没有战斗过的人看来才是这样，”年轻的哈里说。“战斗的男人，以及战斗的女人，请允许我这么说，行为都是遵循一定规范的。”

“喝些啤酒吧，哈里，”我说。“有没有下次作战的内幕消息？”

“总督大人，这个消息您会知道得比任何人都早的。”

“你对我们太好了，”我说。“不过我想对大伙儿来说这是很大的荣誉吧？”

“太正确了，”年轻的警官说。“从某种意义上说，我们是最后一代建造帝国的人。从某种意义上说，我们就像罗兹[1]和利文斯敦[2]一样。”

“从某种意义上说是这样的。”

那天下午我到坎巴村里去了。天气很冷，因为太阳躲在大山上空的云层后面，而从降落的雨水一定都已凝结成了雪的高度又吹来一阵强风。坎巴村位于海拔约六千英尺的地方，而大山高度则在一万九千英尺之上。大雪以后从山上刮过来的强劲冷风对于住在高地上的人来说真是一种刑罚。在地势更高的丘陵地带，房屋——我们不称它们为茅舍——一般都建在山的褶层里以免受冷风袭击。但这个坎巴村却正处在风口上。那天下午，村子里冷得刺骨，空气中弥漫着尚未完全冰冻的粪便的气味，所有的鸟和野兽都已经避风去了。

被玛丽称为我的岳父的老人已染上了伤风咳嗽，背部又有严重的风湿痛。我把药给他，再把斯隆搽剂替他擦上。坎巴人里没人认为他真是那女孩的父亲，但因为根据部落法规和习俗他可以算作是女孩的父亲，我就只好尊重他了。我在房子里风吹不到的地方替他治疗，他女儿在一旁洗衣服。她腰上系着姐姐的孩子，身上穿着我最后一件完好的羊毛衫，头上戴着一顶一个朋友给我的钓鱼帽。我朋友让人在帽的前沿绣上了我名字的首字母缩写，觉得这对我们大家都有些意义。她决定把帽子要过去之前，这个标记总让我感到很窘。她在羊毛衫里面穿的是最后一次从拉伊托齐托克买来的那件已经洗过很多次的连衣裙。她身上带着姐姐孩子的时候我与她说话是不太符合礼仪的，而按照道理她是不应该看她父亲接受治疗的，于

① 罗兹（Cecil John Rhodes，1853—1902），英国殖民者，开普敦殖民地总理，以在南非开采钻石矿和金矿致富，成立德比尔斯采矿公司（1880）和英国南非公司（1889）。

② 利文斯敦（Robert Livingston，1654—1728），苏格兰人，殖民地开拓者。

是她就一直垂着眼睛。

那个他的名字的含义为未来岳父的人在斯隆搽剂的酷刑下显得不太坚强。恩古伊对斯隆搽剂很了解，由于他对这个村子里的人根本不在乎，便希望我能把搽剂揉进他的皮肤里去，有一次还示意我让一两滴药剂落到不该涂药剂的地方。两颊都有漂亮的部落印记的耳聋的姆休卡非常高兴地注视着一个他认为毫无价值的坎巴人受他该受的苦。但是我涂斯隆搽剂时非常讲医德，使包括女儿在内的所有人都很失望，大家便都失去了兴趣。

“Jambo tu,”我们离开的时候我对那位女儿说，她挺着胸垂着眼说，“No hay remedio.”

我们上了车，谁也没对谁挥手告别，肆虐的冷风和一本正经的告别逐渐把我们和林子隔开了。我们看到一个村子如此悲惨都感到很难受。

“恩古伊，”我问。“这个村子的男人怎么这么没有用，而女人又这么出色？”

“好男人经过这村子后都走了，”恩古伊说。“新路铺好以前，只有这条路通到南方去。”他对这村子里的男人很气恼，因为他们是一文不值的坎巴人。

“你认为我们应不应该把这个村子占领下来？”

“应该，”他说。“你和我，还有姆休卡和那些年轻人。”

我们这么说着，便进入了非洲虚幻世界，由过去和现在的现实所防御和加强的虚幻世界。这并非是一个供人逃避或做白日梦的世界。这是一个由真实的虚幻所构成的无情的活生生的世界。既然我们可以在完全不可能有犀牛的季节里每天都看到它们，也就没什么不可能的事了。既然恩古伊和我能同一头本身就不可思议的犀牛用它自己的语言交谈，而它也会向我们回话，而且我还能用西班牙语咒骂侮辱它让它羞愧地离开，那么这种虚幻即使与现实相比也是合情合理、符合逻辑的了。西班牙语被认为是玛丽和我都懂的语言，而且是我们原住地古巴行使一切功能的通用语言。他们知道我们还有一种秘密的部落内部使用的语言。我们和英国人之间，除了肤色和互相容忍的态度之外，是不被认为有任何共同点的。马伊托·麦纳克尔和我们一起在这里的时候深受仰慕，因为他嗓音低沉，气味独特，彬彬有礼，而且他来非洲时已同时会说西班牙语和斯瓦希里语。人们对他的疤痕也十分崇敬，至于他本人，由于操一口带浓重卡马圭[1]口音的斯瓦希里语，并且貌似公牛，差不多也受人崇敬。

我向人解释说他是自己国家里的王子，而当时该国之国君均十分圣明，还说他拥有良田万顷，牲畜无数，所产之糖亦无以计数。由于糖是仅次于肉的深受所有坎巴人喜爱的食品，又由于老爹在凯第面前证实了我的话，还由于马伊托本人显然是饲养牲畜的能手，对所谈之事物十分精通，而且谈起饲养之道来，声音恰似一头从不以势压人、不野蛮骄横、也不自高自大的雄狮，因此马伊托是深受坎巴人喜爱的。他在非洲的所有时间里，我关于他只撒过一个谎，是有关他妻子的。

作为马伊托真正的仰慕者，姆温迪有一次直截了当地问我马伊托有几个妻子。所有的人都想知道这件事而从老爹那里又得不到这类数据。姆温迪那天正好心情郁闷，他们显然正在讨论这个问题。我不知道他支持哪种看法但很显然人们要求他来解决这个问题。

我思考了一下这个问题及其种种不寻常处后便说："在他的国家里没有人会想要去数他有几个妻子的。"

"是，"姆温迪说。这是老人应该使用的语言。

其实马伊托只有一个妻子，长得很漂亮。姆温迪出去的时候神色仍然跟先前一样沉郁。

这一天，从那村子里回来的时候，恩古伊和我一直在考虑那个独特的我们占领村子的方式，计划着永远也不会发生的行动。

"好吧，"我说。"让我们去占领。"

"好极了。"

---

① 古巴中东部城市。

“黛芭给谁？”

“她是你的。她是你的未婚妻。”

“好。我们攻占了村子以后，要是他们派一连 K.A.R.[①]来，我们怎么守得住呢？”

“你可以向马伊托要军队。”

“马伊托现在人在香港，那是中国的地方。”

“我们还有飞机呢。”

“不能打仗的。没有马伊托我们怎么办？”

“我们就上山去。”

“那上面可冷了。这个时候上去要冻死的。而且这样村子也丢了。”

“战争是狗屎，”恩古伊说。

“我要在这句话下面签名，”我说。这时我们两人都很高兴。“不行，我们要一天一天地占领村子，以天为单位。现在我们已经有老人们相信他们死后能得到的东西了。我们打猎打得不错，有好肉吃，等到女主人猎杀她要猎的那头狮子大家又有好酒喝，只要我们活着，就能把猎区变成一个愉快的地方。”

姆休卡耳朵不太好使，听不见我们在说什么。他就像一辆运行良好但仪表已全部拆除的汽车。这是一般来说发生在梦里的情况，但姆休卡的眼力比我们任何人都好，他还是最好的野地驾驶员，而且他还有十分发达的第六感觉，如果世上有这种感觉的话。恩古伊和我知道我们的话他一个字也没听到，但我们开到营地停下车后，姆休卡却说：“这样比较好，好得多了。”

他的眼中充满仁慈怜悯，我知道我永远也不会成为他这样善良的好人。他把他的鼻烟壶给我。他的鼻烟属于普通的种类，里面没有一点阿拉普·梅纳喜欢添加的额外成分，但味道很不错。我用三

---

① K.A.R，全称为 Kenya Artillery Regiment，即肯尼亚炮兵团，曾在意属埃塞俄比亚等处战功卓著。

只手指抓了很大一撮，放在上嘴唇下边。

我们几个人这天都滴酒未沾。天冷的时候，姆休卡总像只鹤一般耸着肩。天空仍很阴沉，云层一直铺到平原上，我把鼻烟壶还给他时，他说："你是坎巴人。"

我们都明白这一点，也不可能改变这种状况。他盖上车，我则向帐篷走去。

"村里还好吗？"玛丽小姐问。

"不错，就是有点冷，不太好受。"

"那里有没有人需要我做什么事？"

你真是个好心可爱的小猫，我这么想着，便说："没有，我看一切都不错。我要去给寡妇找个药箱，然后教她怎么用。如果因为他们是坎巴人她孩子的眼睛就得不到治疗，那可太惨了。"

"不论因为他们是什么人都不行，"玛丽小姐说。

"我要出去跟阿拉普·梅纳谈一谈。洗澡水准备好的时候你能不能让姆温迪来叫我？"

阿拉普·梅纳认为狮子那晚不会再出来觅食了。我告诉他狮子早晨跑进森林去时步态看起来很沉重。他还不太相信那两头母狮会在那天晚上出来捕猎，虽然它们可能会，而雄狮也可能与它们一起干。我问他应不应该将一头死猎物捆好或用树枝盖好，以便把狮子引过来。他说狮子太聪明了。

在非洲大部分时间是在谈话中度过的，人们不识字的地方都是如此。一旦开始打猎你就一句话也不会说了。你与同伴互相理解而且天气太热，舌头好像粘在了嘴里似的。但是晚上为打猎定计划的时候通常谈话是很多的，不过最终事情很少按计划发生，尤其是计划太复杂的时候。

晚些时候我们两人都上床以后，发现对狮子判断有误。我们听到它在我们修建了那条简易的飞机跑道的那块地的北边吼叫，然后它便离开了，时不时吼一声。还有一只不是那么引人注意的狮子也吼过几声。接着安静了好一阵。再后来又听到鬣狗叫，从它们的叫声和尖细发颤的哭声来判断，我肯定已经有狮子杀死猎物了。然后传来狮子打斗的声音。狮子打斗声安静下来后，鬣狗就开始嚎叫、狂笑。

“你和阿拉普·梅纳说今晚会很安静的，”玛丽睡意蒙眬地说。

“有人杀了什么东西，”我说。

“你和阿拉普·梅纳明早再谈这事吧。现在我得睡了，明天好早些起来。我希望能睡个好觉，这样就不会发脾气了。”

第七章

我在餐桌前坐下，桌上放着火腿和蛋、吐司、咖啡和果酱。玛丽正在喝第二杯咖啡，看上去很高兴。“我们这样打它真的有用吗？”

“有用。”

“但是它每天早上都从我们手里逃走，我们也有可能一直都打不到它。”

“不会的。我们现在要引它再往外出来一点，这样它就会犯错误，你也就可以把它杀死了。”

下午吃过晚饭后我们实行了一次控制狒狒数量的行动。我们负有控制狒狒数量增长保护各村庄的责任，但一直以来我们实行控制的方式很愚蠢，总是趁它们呆在开阔地上的时候捉住它们，在它们跑进森林躲起来之前对它们开火。为了不使热爱狒狒的人感到伤心或愤怒，我就不讲细节了。这次那些凶狠的野兽并没有向我冲过来，我走过去看它们时，它们已经死了，可怕的犬牙一动也不动，我们带着四只让人恶心的死狒狒回营时，发现金·克已经到了。

他浑身上下都是泥，看上去很疲倦，但也很高兴。

“下午好，将军，”他说。他向猎车后部望了一眼，笑了笑。“是狒狒啊，两对。收获真丰富啊。要把它们在罗兰监狱吊起来示众？”

“我考虑集体示众，金·克，你和我吊在中间。”

“你还好吗，爸爸？玛丽好吗？”

“她不在这里吗？”

“不在。他们说她和切罗出去散步了。”

“她很好。狮子让她有点心烦，不过她斗志还旺盛。”

“我的斗志已快没了，”金·克说。“我们要不要喝点什么？”

“我喜欢在打完狒狒后喝杯酒。”

“大规模捕杀狒狒的好时机就要到了，”金·克说。他脱下贝雷帽，手伸到紧身上衣口袋里掏出一只牛皮纸信封。“读读这个，把我们的责任记住。”

他叫恩古伊把酒拿来，我便看了一遍行动命令。

“这很有道理，”我说。我看的时候，暂时把与我们没关系的部分和需要查看地图才知道我们在哪里行动的部分都跳过去。

“是有道理，”金·克说。“我的斗志不是因为这个才降低的，这是我斗志还没有消失的原因。”

“你的斗志出了什么问题？道德问题？”

“不。是行为问题。”

“你以前一定是个了不起的问题孩子。你的问题比亨利·詹姆斯[①]书里的人物的问题都要多。”

“你不如说汉姆雷特，”金·克说。“还有，我并不是问题孩子。我是个很快活很讨人喜欢的孩子，只是微微胖了一点。”

“玛丽今天中午还在想你回来呢。”

“聪明的女孩子，”金·克说。

我们望着玛丽和切罗穿过草坪上嫩绿的新草走过来；两人一般高矮，切罗的肤色黑得不能再黑，缠头巾又旧又脏，身上穿着一件蓝色外套，玛丽的金发在阳光下闪闪发亮，绿色射击服在嫩绿新草的衬托下显得颜色很深。他们交谈得很欢快，切罗扛着玛丽的来复枪，抱着她那本又厚又重的鸟类图册。他们在一起看上去总是像昔日马德里竞技场里表演的怪人。

金·克洗完澡出来没有穿衬衣，他身体的皮肤很白，与他红棕色的脸庞和脖颈形成了鲜明的对照。

---

① 亨利·詹姆斯（Henry James，1843—1916），美国小说家、评论家，主要作品有长篇小说《一位妇女的画像》等。

“瞧他们，”他说。“多般配的一对。”

“想象一下假如你以前从来没有看见过他们，撞上他们俩时会是什么感觉。”

“再过一个星期草就会长得比他们高了。现在已快长到他们的膝盖了。”

“这不能怪草不好，它们才只长了三天而已。”

“你好，玛丽小姐，”金·克喊道。“你们俩在干什么？”

玛丽很骄傲地挺直了身子。

“我射杀了一头角马。”

“谁允许你这么做的？”

“是切罗。切罗叫我射杀它的。它一条腿断了，的确断得很厉害。”

切罗把那本厚书换到另一只手上，然后甩动手臂向我们展示那条腿的样子。

“我们想你们正需要一头诱饵，”玛丽说。“你们是需要的，不是吗？它就在路边。后来我们听到你们经过的，金·克，但是看不到你们。”

“你们把它杀死做得很对，而且我们也的确需要一头诱饵。但是你怎么会一个人去打猎的？”

“我没有。我正认鸟呢，已经列了一个单子了。切罗不肯带我到有任何猛兽的地方去。后来我就看到了那头角马，站在那里，很忧伤的样子，他的腿看上去很糟，骨头都突了出来。切罗说射杀它，我就把它杀了。”

“Memsahib piga. Kufa! [①]”

“正好打在它耳后。”

“Piga. Kufa! ”切罗说，他和玛丽小姐骄傲地对望了一眼。

“这是我第一次在你、爸爸和老爹不在的时候担负起射杀猎物

① 斯瓦希里语，意为“女主人开了枪，角马就倒下死了”。

的责任。”

“我能不能吻你一下，玛丽小姐？”金·克说。

“当然可以。但是我浑身都是汗。”

他们互相吻了一下，然后我们也互相吻了一下，玛丽说：“我也想吻一下切罗，但我知道我不该这么做。你知不知道黑斑羚冲我们叫起来像狗一样。谁也不怕切罗和我两个人。”

她与切罗握了握手，切罗便把她的书和来复枪带到我们帐篷里去。“我最好也去洗一洗。谢谢你不怪我杀死那头角马。”

“我们会派一辆卡车去把它运回来，再放到该放的地方去。”

我们向自己的帐篷走去，金·克也到他的帐篷里去穿衣服。玛丽用游猎专用的肥皂洗了个澡，换了一身衬衣，又闻了闻用另一块肥皂洗过在太阳里晒干的新衬衣。我们两人喜欢看对方洗澡，但金·克在营里的时候我不看，因为这可能会刺激他。我便坐在帐篷前的一把椅子里阅读，她走过来用双臂抱住我的脖子。

“你还好吧，亲爱的？”

“不好，”她说。“我感到骄傲极了，切罗也是，我那枪可准可狠了，就像回力球击中球场壁一样。它可能连枪声都没听到，我和切罗就在握手庆贺了。你知道第一次担负起一件事的全部责任是什么感觉吗？你和金·克一定了解，他就是为这个才吻我的。”

“任何人随时都会吻你。”

“也许会吧，如果我要他们这么做的。或者逼他们这么做。但这次不一样。”

“那你为什么不高兴，亲爱的？”

“你知道的。别假装不知道。”

“不，我不知道，”我在说谎。

“我瞄准的是它肩部的中心位置。它的肩又大又黑又很有光泽，我当时离它大概有二十码远。它侧对着我，朝我们望着。我看得到它的眼睛，那对眼睛看上去忧伤极了，好像就要哭出来一样。我从来没有看到过谁像它那样忧伤，它的腿看上去也糟透了。亲爱的，它长长的脸上真的是充满了忧伤。我不用把这事告诉金·克吧？”

“不用。”

“我也不用告诉你的。但我们是要一起去猎狮子的，可现在我那该死的勇气全没了。”

“你会打得很漂亮的。和你一起打狮子我感到很骄傲。”

“糟糕的就是我有时也能打出几枪准的。你知道的。”

“你每打出漂亮的一枪我都替你记着。有时候你能比艾斯康迪多[1]任何人都打得漂亮。”

“你不过是想帮我恢复自信罢了。但剩下的时间太少了。”

“你的自信会恢复的，我们不告诉金·克。”

我们派了辆卡车去运角马。他们把它运回来后我和金·克爬上车去看了一眼。死了的角马一向是很丑的，躺在车上的这头大腹便便，满身尘土，往日威风已荡然无存，头上灰色的角没有丝毫的特征。“玛丽这枪打得真是高明啊，”金·克说。角马双眼呆滞，舌头伸在外面，舌头上也沾满尘土，耳后头盖骨根部的地方给打穿一个洞。

“你看她实际上瞄准的是什么地方？”

“她离角马只有二十码。假如她想的话完全有权利瞄准那个地方的。”

“要我说的话，她瞄准的是肩部，”金·克说。

我什么也没说。想要愚弄金·克是没有用的，如果我骗金·克，他是不会原谅我的。

“腿怎么回事？”我问。

“可能有人晚上开着车追它，也可能是别的事。”

“你看这伤口有多久了？”

---

① 艾斯康迪多（Escondido），美国加州圣地亚哥县的一个城市。海明威曾在那里参加过一些打猎俱乐部的活动。

“两天，都长蛆了。”

“那是山上什么人干的。晚上我们这儿没听到汽车的声音。它弄伤了腿也总是可以下山的，但绝对不会拖着这条腿上山的。”

“它可不像你我，”金·克说。“它是头角马。”

猎车是停在拴马树下面的，大家都陆续下车。金·克向侦猎长及过来的其他侦猎员解释了一下他希望他们把诱饵吊在什么地方。只要把尸体从路上拖到树那边挂在鬣狗够不着的地方就行了。如果狮子过来看见诱饵，会把它拉下来的。还有，要把诱饵从昨晚狮子觅食的地方拖过。金·克让他们尽快出去把诱饵挂起来，然后就回营。我自己的人则把所有的狒狒诱饵都挂了起来，我又让姆休卡把车洗干净。他说他已经在小溪边停下来洗过车了。

我们都洗了澡。玛丽先洗，我帮她用大毛巾擦干，还帮她提着防蚊靴。她在睡衣上套了件浴袍，走到火边趁他们煮饭时和金·克一起喝一杯。我和他们呆在一起，等到姆温迪从帐篷里出来说“可以洗澡了，先生”，我便把酒带进帐篷，脱下衣服，在帆布浴盆里躺下来，涂上肥皂，泡在热水中好好松弛了一番。

“那些老人说狮子今晚会干些什么？”我问姆温迪。他正在叠我的衣服，并把睡衣、睡袍和我的防蚊靴放出来。

“凯第说夫人的狮子可能会上钩也可能不会。老板怎么认为？”

“和凯第一样。”

“凯第说你对狮子下毒药了。”

“没有。不过是一点好药，狮子死了才看得出来。”

“它什么时候会死？”

“吃完药后三天。我说不准是哪天。”

“Mzuri。也许它明天就会死。”

“我想不会，但也有可能。”

“凯第也认为不会。”

“他认为什么时候？”

“三天之后。”

“Mzuri。请把毛巾递给我。”

“毛巾就在你手边。你要的话就拿吧。”

“我很抱歉，”我说。斯瓦希里语里没有抱歉这个词。

“不用说对不起，我不过是说毛巾在哪儿罢了。你要不要我擦背？”

“不，谢谢你。”

“你感觉舒服吗？”

“舒服。怎么了？”

“没有原因。我就是想知道。”

“我感觉很舒服。”我站起来走出浴盆开始把身子擦干。我想说我感觉很舒服很松弛有些困不太想说话，希望能吃到肉而不是面条但却不想打猎，我对我三个孩子因为不同的原因都很担心，我担心那村子，有点担心金·克，非常担心玛丽，我这个好巫医是冒牌的，但并不比别人更冒牌，我但愿辛先生不要陷入麻烦之中，我希望我们到圣诞节非进行不可的行动能一帆风顺，我还有二百二十多粒实弹，希望西默农书写得少些精些。我不知道老爹洗澡时和凯第都谈些什么，但我知道姆温迪想要表示友好而我也是如此。但我今晚不知何故感到很累，他心里明白，也很担心。

“你问我一些坎巴语里的词吧，”他说。

于是我便向他请教坎巴语里的词，并想法记住，然后向他表示感谢，便走到外面在火边坐下来。我穿着一条爱达荷州买来的旧睡裤，裤腿塞在一双香港制造的暖和的防蚊靴里，身上穿的是一件从俄勒冈潘得顿买来的暖羊毛睡袍。我喝了一杯兑苏打水的威士忌，威士忌是辛先生给我的圣诞礼物，又喝了些从山上流淌下来的溪流里取来的、用内罗毕制造的苏打水虹吸管活化了的开水。

我在这里是个陌生人，我想。但我的威士忌不同意，而一天里的这个时候威士忌是正确的。它说我不是陌生人，虽然威士忌可能正确也可能错误，但我知道晚上的这个时候威士忌的意见总是正确的。不管怎么说我的靴子算是回到家了，因为他们是鸵鸟皮做的，我还记得我是在香港的哪家制靴店里找到那张皮革的。不对，不是我发现那张皮革的，是另外一个人。接着我便开始回想是谁发现了的，回想在香港的那些日子，回想各种不同的女人，猜测她们在非洲会是什么样子，还想到我能认识几个热爱非洲的好女人有多么幸运。我见识过一些为了来非洲而来非洲的真是很可恶的女人，也见识过一些典型的淫妇和酒鬼，对她们来说，非洲只是另一个可供她们更大程度地满足淫欲和尽情发酒疯的地方而已。非洲则总是接纳她们并在某些方面改变她们。

如果她们无法改变自己，便会憎恨这块地方。

金·克回营使我非常高兴，也使玛丽非常高兴。他自己也很高兴，因为我们已成为一家人，分开的时候总是彼此挂念。他热爱自己的工作，对工作本身及其重要性的相信几乎已到了狂热的地步。他热爱他这个行业，想关心它保护它，我想大概这就是他所信仰的全部了，除此之外他只奉行一套极为严厉、复杂的伦理准则。

他比我最大的儿子年纪略轻些，如果我在三十年代按原计划到亚的斯亚贝巴去过上一年并与国内通信的话，可能早就认识他了，因为我所要住的那家人的儿子是他最好的朋友。但我后来并没有成行，因为墨索里尼的军队已比我先行一步①，要让我在他家里住的那位朋友也被派遣去充任另一份外交职务，因此我便错过了在金·克十二岁时认识他的机会。我遇见他的时候，他已经经历了一场极为艰难又徒劳无益的战争，而他初出茅庐时所在的那个受大英帝国保护的国家②战后也被帝国抛弃。他在战争中指挥的是非正规军，坦白地说，率领非正规军作战是最吃力不讨好的作战方式。如果行

---

① 1935年10月3日，墨索里尼在位第十三年意军从厄立特里亚侵入埃塞俄比亚独立王国。这是他实现其“新罗马帝国”野心的一个行动。

② 指缅甸，见第三章注。

动出色本方没有死伤却使敌方遭受重大损失，总部会视此为无理的罪责难逃的屠杀。如果被迫在极端不利条件下作战，虽取得胜利但人员损失惨重，那么评语就将是："在他指挥下战死的人太多了。"

一个指挥非正规军的老实人除了遇到麻烦，是没有任何别的机会的。甚至任何真正忠实有才干的战士除了被消灭还有什么其它前途也是让人怀疑的。

我遇见金·克时他已在另一个英国殖民地①开始了另一份事业。他从未感到过委屈也从不回想往事。喝酒吃意大利式面条时他对我们描述一个刚从英国国内来到的文官是如何指责他说了一句这年轻人的妻子可能会听到的粗话的。我因为金·克不得不受那些人的气替他抱不平。那些老式的殖民绅士的嘴脸如今已家喻户晓，倍受揶揄，但是除了沃②在《小黑鬼》的结尾处以及奥韦尔③在整本的《缅甸岁月》里以外，还没有别人在他们的作品中触及这些新一代殖民长官。真希望奥韦尔还活着。我把最后一次见他的情形告诉了金·克。那是一九四五年在巴黎，巴尔吉之战④刚刚结束，他穿着有点像平民服的服装来到一家豪华旅馆的一一七房间，想从这里的小军火库里借支手枪，因为"他们"正在跟踪他。他想要一支隐藏方便的小手枪，我找了一支给他，但警告他说要是用这支手枪打人，那人最终很可能会死，但要过很长一段时间。不过手枪毕竟是手枪，况且他要这支手枪多半是当护身符看待，而不是真想当武器使。

他看上去形容憔悴，身体衰弱，我就问他愿不愿意留下来吃点

---

① 指肯尼亚。

② 沃（Evelyn Waugh，1903—1966），英国小说家，擅长讽刺英国上流社会流弊。著有长篇小说《衰落与瓦解》、《荣誉之剑》三部曲等。

③ 奥韦尔（George Orwell，1903—1950），英国小说家、新闻记者，信奉社会民主主义。主要作品有反乌托邦小说《一九八四》等。曾以缅甸殖民地为题材写过系列散文。

④ 巴尔吉之战（1944.12.16—1945.1.16），盟军在这次战役中收复了法国，并向德国本土挺进。

东西。但是他不得不走。我对他说可以给他两个人，如果“他们”真在跟踪他，也可以有个照应。我的人与当地的“他们”很熟悉，“他们”决不会打扰他、侵犯他。他没有同意，说只要有支手枪就够了。我们询问了几个共同的朋友的有关情况后他就走了。我派了两个人在门口追上他，再跟他走一段，看一看有没有人跟踪他。第二天他们报告说：“爸爸，没人跟踪他。他是个时髦人物，对巴黎很熟。我们问过某人的兄弟，他也说没人在跟踪他。他与英国大使馆有联系，但不是特务。这不过是道听途说。你想不想要一张他行动的时间表？”

“不要。他玩得开心吗？”

“开心，爸爸。”

“我很高兴。我们不用再为他担心了，他带着手枪呢。”

“那手枪不顶用，”两人中的其中一个说。“但你警告过他了，是吗，爸爸？”

“是的。他本来想要哪支手枪就可以拿哪一支的。”

“如果他喝杯斯丁格的话也许会感觉好些。”

“不行，”另一个人说。“斯丁格太危险了。他有那支手枪就很高兴了。”

这事我们就谈到这里。

金·克睡不好，常常一晚上大部分时间都醒着看书。他在卡吉亚多的房子里有一个很好的藏书室，我也有整整一个大野营袋的书，放在用餐帐篷里的几只空箱子里，充当一个藏书室。内罗毕斯坦利饭店里有一个一流的书店，沿街走过去还有一家，只要我到内罗毕去，就会把大多数看上去值得一读的书买回来。对金·克来说，阅读是缓解他失眠症的最佳药剂。但这并不能医好他的毛病，因此我经常看到他的帐篷里彻夜亮着灯。因为他是有事业的人，而且家教良好，因此他与非洲女人是不可能发生任何关系的。他也不觉得她们漂亮或吸引人。我所认识和喜欢的非洲女人对他也不感兴趣。但有一个我认为是我所认识的最好的人之一的属于伊斯玛仪派的印度女孩却全心全意又毫无希望地爱着金·克。她已使他相信爱他的是她居于深闺足不出户的姐姐，是姐姐让她给他带礼物捎信的。这故事很忧伤，很纯洁，也很巧妙，我们都很喜欢。金·克和那姑娘一点关系也没有，他只有在到她家开的铺子里去的时候才对她说几句客气话。他希望的是内罗毕的白人女孩，不过我从来没与他谈起过那些女孩。玛丽大概与他谈过。但是我们三人在一起的时候是不会谈严肃的私事的。

在村里时就不一样了。在那里无书可看，也没有收音机，我们便只能谈话。我问寡妇和决定要成为我妻子的女孩为什么她们不喜欢金·克，起初她们不愿告诉我，最后寡妇解释说告诉我是不礼貌的。原来问题出在气味上。所有肤色与我相同的人一般气味都很难闻。

我们当时坐在一条河的岸边一棵树下，我正在等一群狒狒，根据它们的声音来看，它们正向我们坐的地方前进。

“猎长大人的气味很好闻，”我说。“我一直都能闻到他的气味，很好闻。”

“Hapana，”寡妇说。“你闻起来像是村里的人，像烟熏过的兽皮，像我们的啤酒。”我不喜欢非洲啤酒的味道，也不能肯定是否喜欢自己身上有这种气味。

女孩把头靠在我的背上，贴着我知道满是汗渍凝成的盐粒的丛林衫。她的头在我的肩的后部摩擦了一会儿，然后移到我脖颈上，接着便伸到前面来让我吻她。

“你看到了？”寡妇问。“你的气味和恩古伊一样。”

“恩古伊，我们两人气味一样吗？”

“我不知道我有什么气味。没有人知道自己的气味。不过你的气味和姆休卡一样。”

恩古伊靠在树干另一侧往下游望着。他两腿屈起，头部靠着树干，身边放着我的新矛。

“寡妇你和恩古伊说说话吧。”

“不行，”她说。“我要看着这个女孩子。”

女孩把头枕在我腿上，摸着我手枪的皮套。我知道她希望我用手指顺着她鼻部轮廓和嘴唇向下触摸，碰碰她下巴的线条，然后顺着她额头的发际和两鬓划一个方形，接着触摸她耳朵四周的皮肤，最后再到头顶。这种求爱方式是极为微妙的，寡妇在一旁我只能做这个。但是如果她需要，也可以轻柔地在我身上探索一番。

“你这个粗手粗脚的美人。”

“我是个好妻子。”

“你让寡妇走开。”

“不行。”

“为什么？”

她把理由告诉我，我又吻了一下她的头顶。她双手非常细致地探索着，然后抓起我的右手放在她想让我放的地方。我把她搂得很紧，把另一只手也放在了该放的地方。

“不行，”寡妇说。

“Hapana tu，①”女孩说。她翻过身来脸朝下伏在原来枕头的地方，用坎巴语说了一些我听不懂的话。恩古伊向下游望，我向上游望，寡妇已经挪到树背后去了。女孩躺在我身上，我们两人无法消释的悲伤融合在了一起。我伸手到树边把来复枪拿过来放在右腿边。

“睡觉吧，”我说。

“不。我晚上再睡觉。”

“现在就睡。”

“不睡。我能不能碰一下？”

“可以。”

“像一个最后的妻子。”

“我粗手粗脚的妻子。”

---

① 斯瓦希里语，其中的 Hapana 仍表示否定，意为“不能”、“不行”。

她又说了一些我听不懂的坎巴语。恩古伊说："Kwenda na campi."

"我得留下，"寡妇说。但恩古伊已迈着他满不在乎的步子离开了，在树丛里投下一道长长的阴影。寡妇和他一起走了一段，又用坎巴语说了几句话。然后她在我们后面离我们四棵树之遥的地方停下来开始站岗，向下游方向张望。

"他们走了吗？"女孩问。

我说走了，她便靠上来，我们俩紧拥着躺了下去，她把嘴放在我的嘴上，我们吻得很仔细。她喜欢这样亲热喜欢探索，感到我有任何反应或者摸到我的伤疤时都很高兴。她还用拇指和食指捏着我的耳垂，表示她想在上面穿孔。她从来没有穿过耳朵孔，但希望我能摸一摸她耳朵上要为我穿孔的地方。我仔细地摸了摸，然后吻一吻，又很轻地咬了一咬。

"用你最锋利的牙齿咬得重些。"

"不行。"

她咬了一下我的耳朵，告诉我该咬什么部位，我感觉很舒服。

"你以前为什么不穿耳孔？"

"我不知道。我们部落的人都不穿。"

"穿孔比较好。比较好也显得比较诚实。"

"我们会一起做许多有益的事的。"

"我们已经做了不少。但我想成为一个有用的妻子，不仅仅是玩玩的，也不是最后得离开的。"

"谁会离开你？"

"你，"她说。

我已经说过，坎巴语中没有表示爱和表示抱歉的字眼。但我用西班牙语告诉她说我非常爱她，她从头到脚每块地方我都爱，我们数了数我爱的东西，使她非常高兴。我也很高兴，我想我并没有半点撒谎，我的整个感情更不是虚假的。

我们躺在树下，我已经听到了狒狒向河边过来的声音。睡了一会儿，寡妇走回到我们身旁的树下，在我耳边轻轻说了一声："Nyanyi.[①]"

风沿溪水方向向我们吹来，一群刚从灌木林里出来的狒狒正踩着浅滩上的岩石穿越小溪，准备向玉米田的围篱进军。田里的maize（我们的饲料玉米）已长到十二至十四英尺高了。狒狒闻不到我们的气味，也没看到我们躺在斑驳的树影里。狒狒从灌木林里悄悄地走出来，像一支突击队一样开始过河。走在前头的是三头很大很老的公狒狒，其中一头更大些。三头狒狒走得都很小心，它们的扁圆脑袋、长嘴和又大又重的双颚，不断转动摇晃着。我看得到它们大块的肌肉、结实的肩膀、敦实的臀部、或拱起或下垂的尾巴和它们庞大笨重的躯体。它们身后是整个狒狒部落，一些雌狒狒和小狒狒还在陆续从灌木丛里走出来。

女孩慢慢地向旁边滚过去一些，以便让我能自由射击。我仍然躺着，缓慢仔细地把来复枪举起来放在腿上。然后我把枪栓向后拉，先用扣扳机的手指握住枪栓上的小球，再让枪栓向前滑到打开的位置，这样便没有发出咔嗒声。

我躺在地上向那只最大的老公狒狒的肩部瞄准，然后轻轻扣动了扳机。我听到了砰的一声，但顾不上定睛看一眼我打的狒狒，便翻身站起来开始向另两只大狒狒射击。它们都踩着岩石往回走，想退回到灌木丛里去。我先打中第三只，又打中了正从它身上跳过去的第二只老狒狒。我回头看了一眼第一只打中的狒狒，发现它已脸朝下倒在了水里。我最后射中的狒狒还在尖叫，我便又开了一枪结果了它。其它的狒狒都已不见了踪影。我在灌木丛里重新装上子弹，黛芭问我能不能让她握一下来复枪。她握着枪时模仿阿拉普·梅纳做了个立正姿势。"刚才枪筒很冷，"她说。"现在又这么热。"

人们听到枪声都从村子里赶来，探子和他们在一起，恩古伊也

---

① 斯瓦希里语，意为"狒狒"。

拿着矛过来了。他没有回营，而是到村里去了，这回我知道他身上散发的是什么气味了。原来是非洲啤酒的气味。

“死了三头，”他说。“全是重要将领。缅甸将军，朝鲜将军，马来亚将军。Buona notte.[1]”

他是在阿比西尼亚时从K.A.R.那里学会说“Buona notte”的[2]。他从黛芭手里把来复枪拿过去。黛芭握着枪时神情严肃，双眼望着岩石上和水里的狒狒尸体。这个景象并不悦目，我便让探子去对村里的男人和男孩说，让他们把狒狒从溪水里拖出来，靠在玉米田的围篱上，要让尸体坐起来，把狒狒的前肢交叉地放在两腿上。还有，过会儿我会送些绳子过来，我们就可以把死狒狒吊在篱笆上以将其它狒狒吓跑，或者也可以把狒狒放在适当的地方当诱饵使用。

探子把命令发布下去，黛芭仍然带着严肃、正式和超然的神情看着人们将大狒狒从水里拖上岸再靠墙放成设计好的样子。死狒狒手臂很长，肚皮很可憎，脸部扭曲变形，双颚使人看了十分害怕。其中一只靠在围篱上时头向后仰，作遐想状。另两只的头则向前沉如在沉思一般。我们离开了这一幕，向停在村子里的我们的猎车走去。恩古伊和我并排走着，来复枪又到了我手中，探子走在我们旁边，黛芭和寡妇走在我们后面。

“都是大将，强将，”恩古伊说。“Kwenda na campi？”

“你感觉如何，老侦探？”我问。

“兄弟我已经没有感觉了。我心已碎。”

“出什么事了？”

“是寡妇。”

“她是个很好的女人啊。”

---

① 意大利语，意为“晚安”。

② 恩古伊曾参加肯尼亚炮兵团（K.A.R.），在埃塞俄比亚与意军作过战。具体见第三章及第六章的注释。

“是啊。但现在她想要你做她的保护人，对我一点也不尊重。她想带着我一直如父亲般照顾着的小男孩和你一起到马伊托去。她想照顾黛芭，而黛芭想给玛丽小姐夫人当助理妻子。大家都往这个方向想，她整夜整夜地对我谈这件事。”

“这可太糟了。”

“决不应该让黛芭替你扛枪。”我看到恩古伊对他看了一眼。

“她没有扛枪，只是拿着。”

“她也不应该拿。”

“这是你的意思？”

“不是。当然不是啰，兄弟。是村里的人这么说的。”

“让他们都闭嘴，要不然我就不再保护这座村子了。”

这句话有点不值钱。但探子本身也有些不值钱。

“而且你也没时间去听村里任何人的看法，因为让黛芭拿枪不过是半小时以前的事。你可别开始像个阴谋家似的。”我心里想的则是你可别至死也改不了阴谋家的脾性。

说着我们已来到了村里。村里红色的土地、参天的圣树和精致的茅舍一切如常。寡妇的儿子用头撞了撞我的腹部，然后站着让我吻他的头顶。我却只是拍了拍他的头顶，再给了他一先令。这时我想起来探子每月只挣六十八先令，那么一先令就几乎是他半天的工资了，给一个小男孩嫌多了些。因此我把探子从猎车边叫过来，在自己丛林衫的口袋里摸了摸，发现几张让汗水粘在一起的十先令纸币。

我剥开两张给了探子。

“不要再议论谁替我拿枪的问题。这个村子里没有一个男人配替我拿尿盆的。”

“我说过有这样的男人吗，兄弟？”

“给寡妇买些礼物，也让我知道一下镇上的情况。”

“今天晚上去太晚了。”

“到路边去等英国先生的卡车。”

“要是没有车来怎么办，兄弟？”

通常他的回答是：“是，兄弟。”到第二天再说：“车没有来，兄弟。”这样我便欣赏他的态度和作过的努力。

“那就天亮时去。”

“是，兄弟。”

我很同情村里的人，同情探子、寡妇，以及大家的希望和计划，我们驾车离去，没有回头看。

那是下雨之前好几天的事了，那时狮子还没回来。现在已经没有理由再去想这件事了，之所以会想起来，不过是因为今天晚上我替金·克难过而已。由于习俗、法律和个人选择的限制，他可能要独自一人度过游猎的时光，而且只能靠读书来消磨漫漫长夜。

我们带来的书中有一本阿伦·佩顿的《迟来的鹬》[①]。我觉得这本书的文体过分圣经化，又显示出一种极度的虔诚，简直没有可看性。宗教虔诚就像是先在搅拌器里混合然后一桶一桶地运到工地上去的水泥，将这本书构建了起来。书里不仅仅是有一种虔诚的氛围，虔诚好比油轮沉没后覆盖在海面上的油层一般无所不在。但金·克说这是本好书，因此我也会硬着头皮往下看，但最终仍觉得看佩顿塑造的那些愚蠢、狭隘、讨厌，并因为一九二七年的一条法令[②]背上了沉重的负罪感的人物完全是浪费时间。但我读完全书的时候终于明白了金·克的评价是对的。佩顿所欲塑造的正是这样一群人物，但因为佩顿本人极其虔诚，便试图回忆过去岁月，设身处地地为这些人着想，至少可以说他除了引用更多的圣经文字以外已无法再谴责他们了。由于心胸宽大，佩顿最终接纳、肯定了这些

---

① 阿伦·佩顿（Alan S. Paton，1903—1988），南非作家，曾任南非自由党主席（1953—1968），反对种族隔离。主要作品有小说《哭吧，亲爱的祖国》。

② 1927年的法令指一条种族隔离法令。自1910年南非成立以来，种族隔离趋向不断上升。下文所说的金·克喜欢这本书的原因可能是在非洲种族隔离过程中白人复杂的心理触动了金·克，使他想起了自己在缅甸与东非的感受。

人。不过我早就知道金·克为什么喜欢这本书，只是想起这个理由来让人很伤心。

金·克和玛丽兴高采烈地谈着一个叫伦敦的城市。我对那个城市的了解大都是道听途说来的，只有在最不寻常的情况下对它有具体的认识，因此听他们交谈时我想到的是巴黎。对巴黎的各种情况我都很了解。由于我对这座城市的认识深刻，感情深厚，除了与那些当年也在巴黎的人一起，我是从不喜欢谈论这个城市的。那时候，我们都有属于自己的咖啡馆，总是一个人独自去，除了侍者什么人也不认识。这些咖啡馆是神秘的地方，过去所有热爱巴黎的人都有属于自己的咖啡馆。它们比俱乐部要更宜人些，在那里你会收到一些你不希望寄到你寓所的邮件。通常你知道两三家秘密咖啡馆，其中总有一家会是你工作和读报的地方。这家咖啡馆的地址你是从来不会告诉任何人的，每天早上你都要到那儿去，坐在露台里喝杯奶咖，吃个奶油蛋卷，然后等他们把你桌子所在的那个角落打扫干净，就进屋去坐到那个靠窗的座位上开始工作，同时侍者仍然在清扫、擦拭店里的其他地方。四周有人工作有助于你自己工作，感觉很好。等到顾客陆续进店的时候，你就把你喝的半瓶维奇矿泉水的钱付了，离开咖啡店沿码头走到可以喝杯开胃酒、吃顿午饭的地方。你可以到秘密的地方去吃午饭，也有一些你认识的人们去的餐馆。

最佳的秘密去处总是让迈克·沃德发现。他对巴黎的熟悉和喜爱超过了我所认识的任何其他人。一旦一个德国人发现了什么秘密去处，就要遍邀朋友来庆祝。我和迈克爱搜索的地方是有一两种好酒、有一个通常很古怪的好厨师、而且正希望赶在出卖店堂或破产前做几笔生意的小店。我们不想找那些越来越成功、蒸蒸日上的地方。查理·斯威尼找到的秘密去处老是这种地方，等到他带你到那儿去的时候，这个秘密早已广为流传，需要排队才能有座位了。

但查理在秘密咖啡馆这件事上相当慷慨，同时也很注意替自己和别人保守咖啡馆的秘密。当然我们互相交流的咖啡馆都是我们的第二选择，也就是说是下午或傍晚去的咖啡馆。一天中这个时候你可能会想与别人谈谈话，我有时便会趁这个时候到他的二等咖啡馆去，他也会到我的二等地方来。有时候他会说想带一个女孩让我见见，我也可能会告诉他说要带一个女孩子。我们带的女孩都是有工作的。不工作的女孩对你是不会认真的。除了傻瓜以外是没有人会养一个女孩子。你不想白天里有一个女孩老是在你面前，也不想让她给你添麻烦。假如她想和你好而又有工作，那么她就是认真的。这样你需要她时，她能与你共度春宵，你会在晚上陪着她，她需要礼物时，你会送给她。查理总能结交些漂亮温顺的女孩子，而且都有工作，都很敬业，而我从来不把许多女人带到他面前炫耀，因为当时和我好的是我旅馆的服务员。以前我从没有认识过年轻的旅馆服务员，因此这次经历给我很大启迪。她最大的长处就是出门半步都不行，更不用说与人出去社交了。我最初作为房客认识她时，她正爱着一个巴黎保安警察队警察，那位战士的制服上饰有马尾旗，挂满勋章，留着小胡子，营房就在区里不远的地方。他每天定时值勤，身材很好，我们见了面总是正式地称呼对方为“Monsieur①”。

我并不爱我们的服务员，但那时候晚上我觉得很寂寞。于是第一次她上楼来用插在门上的钥匙开了门，再上一段扶梯进了我的阁楼。我的床在窗户旁边，从床上能看到蒙特帕那斯公墓的美景。她脱下毡底鞋，睡到了我的床上，然后问我爱不爱她，我效忠地回答她说：“那是自然的。”

“我知道是这样，”她说。“我一直一直都知道。”

她很快脱了衣服，我则望着照在公墓上的月光。她闻上去没有村里人的气味，但很干净也很纤弱，是因为吃的东西是结实的但营养不足的缘故吧。我们两人都看不到自己是什么模样，但对此都抱尊重的态度。不过当她告诉我说最后一名房客已经回来了的时候我脑海中一直在想象我们俩的样子。我们躺了一会儿后她又说她不会

---

① 法语，意为“先生”。

真正爱上保安警察队的成员。我就说我认为 Monsieur 是个好人，是 un brave homme et trfès gentil，[①]他骑马的样子一定很帅。但她说自己可不是一匹马，况且有不方便的地方。

就这样他们谈论伦敦的时候我一直想着巴黎，我又想到我们大家身世各不相同，能相处融洽是很幸运的，我祝愿金·克晚上不再孤单，我还想到自己能和玛丽这么可爱的人结婚有多么幸运，便决心把村子里的事处理好，成为一个真正的好丈夫。

“你一直没说话，将军，”金·克说。“我们说话让你烦了？”

“年轻人从来不让我觉得烦。我喜欢听他们随意聊天，让我不觉得自己老了没有用了。”

“别胡说了，”金·克说。“你刚才表情怪深沉的，在想什么？你没有想不愉快的事吧？是不是在担心明天会发生的情况？”

“我担心明天要发生的事的时候，你会看到我帐篷里深夜还亮着灯的。”

“又胡说了，将军，”金·克说。

“别说粗话[②]，金·克，”玛丽说。“我丈夫是个很细腻敏感的人，他讨厌粗话。”

“我高兴有东西使他讨厌，”金·克说。“我喜欢看到他性格中好的一面。”

“他把好的一面隐藏得很深。你在想什么，亲爱的？”

“巴黎保安警察队里的一名警察。”

“看到没有？”金·克说。“我一直说他有很细腻的一面，显示出来的时候完全地出人意料。在细腻上他与普鲁斯特[③]很相似。告诉我那人是不是很有吸引力？我尽量做到思想开通。”

---

① 法语，意为“一个勇敢的人，心肠也很好”。

② 金·克两次说“胡说”的时候都使用粗俗的字眼。

③ 普鲁斯特（Marcel Proust，1871—1922），法国小说家，其创作强调生活的真实和人物内心世界。以长篇小说《追忆逝水年华》（7 卷）而闻名世界。

“爸爸和普鲁斯特过去曾在同一家旅馆里住过，”玛丽小姐说。“但是爸爸老是说时代不同。”

“天知道到底事情在怎样发展，”金·克说。今晚他很愉快，一点也不焦躁。玛丽那惊人地适合于遗忘的记忆使她抛开了所有的问题，也感到很愉快。有些事玛丽可以用我所见过的最可爱最彻底的方式遗忘。吵了架也许会使她一晚上不高兴，但到一周结束的时候，她就可以把不愉快完全彻底地忘记。她有一种与生俱来的有选择性的记忆力，但这对她本人并没有太大好处。在她原谅自己过去所犯错误的同时也原谅了别人。她是个很奇怪的女孩，我非常爱她。目前她只有两个缺点。第一是她太矮，很难不施诡计便把狮子杀死。第二她心肠太好，成不了杀手，我已得出结论，因为心软，她向一头动物射击时不是退缩一下，就是打偏一点。我觉得这一点很有吸引力，从来不因为这一点而恼火。不过她自己是感到恼火的，因为在理智上她已经认识到我们猎杀动物的理由和必要性，而在作出决定她决不会杀像黑斑羚这样好看的动物只杀丑陋凶恶的野兽后，打猎对她来说也已逐渐成为一种乐趣。这六个月来她每天都打猎，已经学会喜欢打猎了，从根本上来说打猎是件羞耻的事，但如果干得干净利索还不算丢脸，即便如此，她性格中善的一面仍下意识地起作用使她打偏目标。我为玛丽的善良爱她，同样道理，我无法爱那些能够在圈放即将送屠宰场的牲畜的临时围栏里工作的女人，或者忍心把病狗病猫杀死的女人，或是会将在赛跑中摔断了腿的马处死的女人。

“那个士兵叫什么名字，”金·克问。“阿尔贝蒂尼？”

“不，他名字叫 Monsieur。”

“他在耍我们，玛丽，”金·克说。

他们又开始继续谈论伦敦。因此我也开始思考伦敦，觉得那地方不算很讨厌，虽然噪音是多了些而且不太正常。我意识到对伦敦我其实是一无所知的，便又开始思考巴黎，比上一次想得更深入细致。说实在的，我是在担心玛丽的狮子，金·克也是一样，只不过我们处理此事的方式不同罢了。当事情真的发生的时候总是很容易的。但玛丽的狮子我们已打了很长时间，真希望能把这只该死的狮子尽快结果掉。

最后，当各种不同的 dudus，即各类爬虫飞虫甲壳虫的总称，在用餐帐篷的地上铺上了厚厚的一层，人走上去都会发出轻微嘎嘎声时，我们便去睡觉了。

“别担心明天的事，”金·克向自己的帐篷走去时我对他说。

“过来一下，”他说。我们在到他帐篷去的半路上停下来，这时候玛丽已经进了我们的帐篷。“她瞄准那头倒霉的角马哪儿了？”

“她没告诉你吗？”

“没有。”

“睡觉去吧，”我说。“反正无论如何我们要到第二幕才上场的①。”

“你们不能干夫妻间的那回事？”

“不能。切罗恳求我做这事都有一个月了。”

“她真令人敬佩，”金·克说。“连你也略让人有些敬佩。”

“不过是一群海军司令②而已。”

“晚安，司令。”

“在我失明的眼睛上放一架望远镜，再替我吻一下蠢驴哈代③。”

“你把我们的战场搞错了。”

---

① 这句话指金·克和海明威只能在玛丽开枪射中狮子后再开枪。

② 英语中“令人敬佩的”一词 admirable 和“海军司令”一词 admiral 拼法和读音都十分接近，所以海明威接金·克的话说了这句话。

③ 海明威的这句话，正如金·克紧接着所说的那样，是故意误引英国海军统帅纳尔逊（Horatio Nelson，1758—1805）临死前说的一句话。纳尔逊因作战负伤，右眼失明，失去右臂，在特拉法尔角海战中大败法国－西班牙联合舰队（1805），本人却受伤阵亡。临死前他希望亲眼看一下自己的胜利果实并亲吻其大副哈代。海明威句中的哈代可能指金·克因失眠只能靠阅读英国作家哈代的书来度过漫漫长夜。

这时狮子吼了一声。金 · 克和我握了一下手。

"它大概听到你乱引纳尔逊的话了，" 金 · 克说。

"它听你和玛丽谈伦敦听烦了。"

"它嗓音很好，" 金 · 克说。"上床吧，司令，睡一会儿。"

晚上我听到狮子又吼了几次。接着我便睡着了，一会儿，姆温迪进来扯我的帆布床上脚那一头的毯子。

外面天还很黑，但已有人在生火。我把茶给玛丽端过去，把她叫醒，但她感觉不太舒服。她病了，抽搐得很厉害。

"想不想休息一天，亲爱的？"

"不想，可我感觉糟透了。也许喝过茶会好一点。"

"我们可以取消行动的，让狮子多休息可能反而更好。"

"不，我想去。不过先要让我设法感觉舒服些，如果我办得到的话。"

我走出去用盆里的冷水洗了洗，用硼酸水冲洗了一下眼睛，穿上衣服走到火边。我看到金 · 克在帐篷前刮脸。刮完后，他穿上衣服走过来。

"玛丽有些晕晕乎乎的。"

"可怜的孩子。"

"她还是想去。"

"这很自然。"

"你睡得怎么样？"

"不错。你呢？"

"很好。你想它昨天晚上在干什么？"

"我想它就是四处走了走，还发了点声音。"

"它说了许多话呢。想不想和我一起喝瓶啤酒？"

"这对我们没坏处。"

我过去拿了瓶啤酒和两只玻璃杯，等着玛丽出来。玛丽走出帐篷沿小路走进厕所。她回来后又去了一次。

"你感觉如何，亲爱的？" 她端着茶走到火边的桌子旁时我问她。切罗和恩古伊正把枪支、望远镜和子弹包从帐篷里取出来放到猎车上。

“我感觉一点也不好。有什么可治的吗？”

“有，但会让你发困。我们还有土霉素，应该对两种情况都有效，但也会让你感觉不对劲。”

“为什么我一定要赶在狮子在这儿的时候得病？”

“请别担心，玛丽小姐，”金·克说。“我们会让你好起来的，狮子也会越来越自信的。”

“但我想出去打它。”

她显然十分痛苦，看得出病又发作了。

“亲爱的，我们今天早上就放过它，让它休息一下。反正我们也只能这么做了。你别担心，照顾好你自己。金·克反正还能再多呆几天。”

金·克手心向下摇了摇头表示否定。但玛丽没看到他这个动作。

“它是你的狮子，你不用着急，状态好些再打它也不迟，只要我们不去打扰它，狮子会越来越自信的。今天早上如果我们干脆不出去会好得多。”

我走到猎车那边说我们不出去了。接着我到火边去找到了凯第。他看上去完全明白这回事，但说话很小心很有礼貌。

“夫人病了。”

“我知道。”

“可能是面条吃坏了，也可能是痢疾。”

“对，”凯第说。“我想是面条的缘故。”

“肉不新鲜。”

“对，也许只是一小块不新鲜。做面条时天很黑。”

“我们不管狮子了，要照顾好夫人。狮子会自信起来的。”

“Mzuri，”凯第说。“快走吧。你去打些鹑鸡或珠鸡来，让姆贝比亚给夫人熬汤喝。”

我们可以确定，即使狮子看到了诱饵，也一定没有去碰。我和金·克便乘他的巡逻车到野外去看了一看。

我向恩古伊要了一瓶酒。酒瓶是包在湿口袋里的，晚上的凉气还留了些在瓶上。我们把巡逻车停在一棵树的树荫下，一边喝酒，一边越过蒸干的泥沼眺望玲珑的汤姆逊瞪羚、乌黑的角马的一举一动，以及在晨光下仿佛呈灰白色的斑马。只见斑马穿过沼地，奔向另一边的草丛，最后向丘卢岭跑去。那天早晨的丘卢岭披上了一层深蓝色，看上去似乎极遥远的样子。转身再看我们的大山便觉得很近，好像紧挨着营地背面一样。山上的雪很多，在阳光下很耀眼。

“我们可以让玛丽小姐踩着高跷打猎，”我说。“这样她就可以在草丛里看到它了。”

“这并不触犯狩猎法。”

“或者也可以让切罗扛一架分阶式梯子，就像图书馆里让人取上层书架上书的那种梯子。”

“这个主意太妙了，”金·克说。“我们可以在梯级上加垫子，这样她就可以把来复枪放在所站那级上面的梯级上休息一下。”

“你不认为这会太笨重吗？”

“要让梯子移动灵活是切罗的任务。”

“那模样一定很好看，”我说。“我们可以在梯子上装一台电扇。”

“我们可以把梯子造成电扇的样子，”金·克快活地说。“不过那样大概会被认为是车辆，成为非法物品。”

“要是我们推着那玩意儿前进，让玛丽在里头像松鼠一样不断往上爬，那算不算不合法？”

“任何滚动的东西都是车辆，”金·克的口吻公正严明。

“我走路的时候也会左右‘滚动’。”

“那你也是一辆车，我来开你好了，你有六个月的时间，然后就要给装船运出殖民地。”

“我们得要小心啊，金·克。”

“谦虚谨慎不已经是我们的口号了吗？”

“瓶里还有酒吗？”

“还有些残渣，我们分着喝吧。”

第八章

玛丽打狮子的那天天气很好。这大概就是那天唯一使人高兴的地方了。夜间绽放了许多白花，因此太阳出来前曙光初现时所有的草坪看上去都犹如盖着一层新雪，沐浴在透过薄雾照射下来的月光中。天还没亮玛丽早就起身穿好了衣服。她已经把丛林外套的右手袖子卷了起来，把.256 口径曼尼利彻步枪里的子弹也检查了一遍。她说她感觉不好，我相信她说的是真话。我和金·克对她打招呼，她只是简单地应了一声，我们都注意管住自己不讲笑话。我不知道玛丽对金·克有什么不满的地方，但他那种在无疑是十分严肃的工作面前漫不经心的样子玛丽肯定不喜欢。我认为她对我生气是很有益处的。她情绪不好的时候就会变得残忍起来，就能打出我所知道的她的水平所允许的最致命的一枪。这一点符合我的最终的也是最了不起的理论：她太善良，不会杀死任何动物。有的人打枪很随意；有的人打枪速度奇快，但并不忙乱，仍有足够的时间像外科大夫切下第一刀时那样仔细地将子弹装好；还有的人打枪很机械，除非发生了什么事阻碍了他们射击的程序，一般每一枪都能致命。那天早晨玛丽小姐看上去充满了要外出射击的坚定决心，藐视一切对待生活态度不够严肃的人，虽身体状况欠佳——如果打偏，这就是她的借口——但有一股顽强、专注、不成功便成仁的狠心。我觉得这样很好。这是一种新的态度。

我们在猎车旁等待天亮好出发，大家都很严肃、冷酷。每天清早恩古伊的脾气都很恶劣，因此他不仅严肃、冷酷，还怒气冲冲的。切罗也很严肃、冷酷，但稍稍有些快活。他就像一个要去参加葬礼，但对死者没什么感情的人。姆休卡如往常一样高兴，耳聋听不见，便用锐利的双眼寻找着黑暗中的第一线亮光。

我们大家都是猎手，而此刻正是打猎这件神奇的事的开端。打猎常常被传得神乎其神，但其实它大概比宗教都要古老。有些人称得上是猎手，有些人则不行。玛丽小姐是一名猎手，而且是一名勇敢可爱的猎手。但她进入这一行很晚，开始打猎时已经不是个孩子了，打猎过程中发生的许多事情都出乎她的意料，令她有那种小猫长成大猫后初次发情的感觉。她把所有这些新知识和感受到的新变化都归为我们知道而别人不知道的东西。

目睹玛丽经历了所有这些变化，现在又看着她几个月来以严肃顽强的态度追杀一头狮子，发生再大的困难也不怕，我们四人觉得自己像是一名年轻斗牛士的一群助手。只要斗牛士态度严肃，助手也会严肃起来。助手们对斗牛士的缺点都了如指掌，助手们也从不同的方式得到很好的回报。大家都曾许多次对斗牛士彻底失去了信心，但后来信心却总是又恢复了。当我们有的坐在车里有的在车附近走动，等待天足够亮好出发时，我有一种强烈的斗牛开始之前的感觉。我们的斗牛士神情严肃，因此大家都很严肃，因为我们对我们的斗牛士有一种不同寻常的爱。我们的斗牛士身体不大舒服，这样一来我们就更有必要保护她，使她做任何事时都能得心应手一些。当我们或坐或靠，感到睡意渐消时，我们跟猎手一样感到心情愉快。猎手大概是最幸福的人了，他们的新的一天总是新鲜、充满未知数的，而玛丽也是一名猎手。她给自己规定了这样一个任务，由老爹指导、训练和教化，要以绝对纯的和完美的方式猎杀一头狮子。老爹收她为最后的学生，把从没能强加于任何其他女人的道德观念灌输给了玛丽，致使她猎杀狮子的方式不许是通常的方式，而必须是最理想的方式。老爹最终在玛丽身上发掘出隐含在女性躯体内一种好斗的公鸡的精神，发现她是一名充满爱心、大器晚成的猎手，唯一的缺点是打出的子弹没人说得准会飞往哪里。老爹把这道德观念给了她，然后自己必须离开。玛丽现在已具备了那种道德观念，但现在身边只有金 · 克和我，而我们两人都不像老爹那样真正值得信赖。就是在这种情况下，玛丽再一次踏上了她那一再延迟的斗牛征途。

姆休卡对我点了点头，表示光线已经可以打猎，我们便出发穿过昨天仍是嫩绿一片，今天已遍地白花的田野。我们的车开到与森林的树木平行、左边是一片枯黄的高高的草丛的地方时，姆休卡悄无声息地把车停了下来。他把头转过去，我看到了他脸颊上箭头状的疤痕和其它一些划破过的痕迹。他什么也没说，我便顺着他的视线望去。那头巨大的黑鬣狮正向我们走来，全身只有巨大的头部露在硬挺枯黄的草丛之上。

“你看我们慢慢调头回营如何？”我小声对金·克说。

“我很同意，”他也小声说。

我们说话的时候狮子转身往森林里跑去，一会儿就连影子也看不见了，只有高高的草在摇晃。

我们回营吃早饭时玛丽认识到我们为什么这么做，并且同意这个决定是正确、必须的。但一场斗牛又一次在她准备就绪、严阵以待的时候取消了，我们自然也成了不受欢迎的人。现在再说狮子最终犯了一个错误已经没有意义了。金·克和我都已经肯定我们能打到它了。它晚上没有进食，因此早上出来寻找诱饵。现在它又回森林去了。它会饿着肚子睡会儿觉，如果没人打搅它，它应该会在傍晚时分再次出来觅食；这是说它应该会这样。假如它到时候不出来，金·克第二天就无论如何要离去了，又要让我和玛丽两人单独干了。但狮子已经打破了自己的行为模式，犯了一个严重的错误，我再也不担心打不到它了。如果金·克不在，只有我和玛丽两人打这头狮子，我可能会更高兴些，但我也喜欢与金·克一起打猎，而且我也不至于蠢到希望我和玛丽单独在一起时出任何问题。金·克对可能发生的状况说得太清楚了。我总是有一种非常美好的错觉，认为玛丽会正好打中她该打的地方，然后狮子会像我看到过很多次其它动物倒下时一样地倒下去，然后就成了一只死狮子。要是狮子倒地却不死，我就再对它开两枪，这事再简单不过了。就这样，玛丽射杀了她的狮子，并一直为此心情愉快，她会知道我只是喂了它一些盘提拉药[1]，会永远深深爱我，阿门[2]。这已经是第六个月了，我们一直都盼望着这个日子。就在此时一辆我们从未见过的全新型号、更大更快的新巡逻车穿过一个月前覆盖着尘土、一周前泥浆遍地、现在则满目白花的神奇的田野，驶进了营地。驾车的是一名中等个子的红脸汉子，身着一件褪了色的肯尼亚警官的卡其制服。一路驶来使他满面尘土，只有微笑时眼角边白色的皱纹不见灰尘。

“有谁在家吗？”他走进用餐帐篷时一边脱帽一边问道。透过帐篷朝大山方向那一端的开口处挂着的一条麦斯林纱制成的帘子，我看见那警车正开过来。

“大家都在，”我说。“你好吗，哈里先生？”

“我很好。”

“坐下来让我给你弄点喝的。你可以在这里过夜吧？”

他坐下来像只猫一样可爱地伸了伸腿，转动了一下肩膀。

“我今天什么也没能喝。一般来说这会儿是不喝酒的。”

“你想喝什么？”

“和你一起喝瓶啤酒怎么样？”

我打开酒瓶，倒出酒，举杯时我发现他已渐渐松弛下来，疲倦已极的双眼对我微笑了一下。

“让他们把你的东西放到年轻的帕特的帐篷里去，就是那个空着的绿色帐篷。”

哈里·邓恩为人害羞，工作过度，心地善良，做事有决心。他喜欢非洲人，理解他们，但受雇在这里执行纪律和上级的命令。他既温存又粗野，没有报复心，不愤世嫉俗，不蠢，也不会多愁善感。在这个人人牢记仇恨的国度里他却不记仇，我未见过他在任何事上耿耿于怀。他是在一个孳生腐败、蔓延仇恨、纵容暴力、歇斯

---

① 指海明威在狮子诱饵中投下的轻毒药。

② 阿门为基督教徒祈祷完毕后所说的词。在这里表示以上所说均为海明威之心愿。

底里相当普遍的年代里执法，每天的工作量都超过常人所能承受的极限。他从不为晋升而工作，因为他知道自己工作的价值。有一次玛丽小姐把他比作一座活动堡垒。

“你在这儿过得快活吗？”

“很快活。”

“我也听说了一些。在圣婴耶稣出生日前要杀死一头豹子是怎么回事？”

“打豹子是为了写那本杂志里的图片报道，九月份的时候我们正为那本杂志准备照片。这是你认识我之前的事。我们当时有个摄影师，拍了几千张照片，我为他们选用的照片写上说明文字并就此写篇短文。照片里有一张很漂亮的豹子图片，我射中那头豹子，但它不是我的。”

“这是怎么回事？”

“我们当时正在追踪一头很聪明的大狮子。地点是在尤阿索涅里的另一边，比马加地还要远的峭壁下面。”

“那地方我一点也不熟悉。”

“我们试图靠近那头狮子，我的这位朋友和他的扛枪伙计就爬上一座低矮的石山向前眺望狮子是否出来。狮子是要留给玛丽的，因为我的朋友和我以前都猎杀过狮子。因此，当我们听到他开枪，接着又看到什么东西吼叫着倒在尘土里的时候，都不知道发生了什么。原来是一头豹子，由于地上尘土很厚，豹子倒下时掀起了密密实实的一团；豹子不断咆哮着，谁也不知道它会从哪里冲出那团尘土。我的这位朋友马伊托从石山上向豹子开了两枪，我也向尘土移动着的中心开了一枪，然后我猫着腰移动到右边，那是它自然会从那个方向冲出来的地方。随后它把头只从那团尘土中露了一露，仍自吼叫不停，我便抓住机会打中了它的颈部，之后尘土便渐渐平息下来。这有点像昔日在偏远西部的一间酒馆外面尘土飞扬的空地上进行的一场枪战。区别是豹子手中没有枪，但它离我们很近，很可能伤人，而且它情绪又十分暴躁。摄影师拍了一些马伊托与豹子、我们大伙与豹子以及我和豹子在一起的照片。豹子应该算是马伊托的战利品，因为是他首先击中豹子的，而且又再次击中。不过拍得最好的那张照片是豹子和我一起拍的，杂志社想用那张，我说不行，除非我独自猎杀一头神气的豹子。至今为止我已失败三回了。”

“我不知道你们的规矩这么严格。”

“不幸得很，就是这么严格。这也是法律。打到一枪并追猎到底。”

阿拉普·梅纳和侦猎长带回消息说两头母狮和那头幼狮曾在离我们很远的盐沼边缘地带捕食。诱饵还没有被翻出来，只被鬣狗扒拉过，略微露出来一些，两名侦猎员很小心地重新把它掩盖好。诱饵周围的树上停着许多兀鹫，狮子肯定会被吸引过来的。不过这些兀鹫无法吃到作为诱饵的斑马的遗骸，它们飞得够高的，狮子肯定会被引来。它晚间没有吃东西，也没有捕食，既然它尚未感到饥饿也未受到惊扰，我们几乎可以肯定能在傍晚时分在开阔地上发现它。

我们终于吃午饭了，玛丽很快活，对我们也很和善。我记得她甚至问我要不要再来点冻肉。我说不，谢谢，我吃得已经够了。她就说这对我有好处，任何喝酒很多的人都需要吃菜。这不仅是一条古老的道理，也是我们都读过的一期《读者文摘》里一篇文章的基本论点。那期《读者文摘》现在正躺在厕所里。我对她说我已经决定以一个真酒鬼的政治纲领参加竞选，对选民们做到童叟无欺。如果传言不虚，丘吉尔喝的酒是我的两倍，他最近刚刚获得诺贝尔文学奖。我不过是想要逐步增加我喝酒的强度，这样我自己获诺贝尔奖的时候，喝过的酒便不至于太少。谁说我得不了诺贝尔奖呢①？

金·克说诺贝尔奖和我得的奖一样好，我应该争取赢得这个奖，即使单单是为了吹嘘一番也是好的，反正丘吉尔能获这个奖至

① 海明威于1954年获诺贝尔文学奖。恩古伊紧接着所说的奖是海明威1953年获得的普利策文学奖。

少在部分上也得归功于他的口才。金·克说他并没有像他应该做的那样密切地关注这个奖项的情况，但他认为我的宗教题材的作品和我对土著的关心很可能为我赢得这个奖。玛丽的意思是只要我偶尔试着写些什么，就可能凭我的写作获得这个奖。这句话令我十分感动，于是我说一旦她打完狮子，我就什么也不做，天天写作让她开心。她说哪怕我只写一点点东西，也会使她高兴的。金·克问我是否打算写一些关于非洲神秘之处的作品，假如我打算用斯瓦希里语写的话，他可以给我弄一本关于内地斯瓦希里语的书来，对我将有莫大的帮助。玛丽小姐说我们已经有这本书了，但她认为即使有这本书，我还是设法用英语写书为好。我提议自己抄写那本书的部分章节以便能学会内地的文体。但玛丽小姐说我用斯瓦希里语连一句正确的话也不会写，一句正确的话也不会说，我非常伤心地同意她说她的话不错。

“老爹说得那么好，金·克也是，你真是一个耻辱。我真不明白怎么会有人把一种语言说得像你这么糟糕。”

我想说，多年以前，曾有一度我的斯瓦希里语似乎就要说得相当不错了。但我愚蠢地打消了在非洲继续呆下去的念头回到了美国，结果只能用各种方法来消除对非洲的思念之情。我还没有机会回去，西班牙内战就爆发了，我卷入到那场影响世界的战争中去，不管好歹参加了很久，最终才又回到了非洲。能够回来是不容易的，因为要挣脱由各种责任编结起来的锁链非常困难，这条锁链虽然看起来如蛛网般轻盈，却像钢铁链条那样把人牢牢拴住。

大伙都非常愉快，开着玩笑互相捉弄，我也开了点玩笑，不过很留心显得十分谦虚而充满悔过之情，希望能赢回玛丽小姐的青睐，并能使她保持心情愉快，以便对付可能会出现的狮子。我一直在喝布尔沃干果汁，发现这种饮料非常可口。我们喝的这些是金·克从卡吉亚多的店里买来的，口味清爽，提神醒脑，丝毫不影响打猎。布尔沃是一夸脱一夸脱卖的，瓶口有螺旋纹，以前晚上醒来时我就用这种果汁来代水喝。玛丽那位心肠特别好的表姐妹曾送给我们两只小巧的四方形枕头，枕套用粗麻布制成，里面装满了香脂棒。我睡觉的时候总把我的那只枕头垫在颈下，侧睡时就把耳朵枕在上面。那只枕头有一股我孩提时极为熟悉的密歇根的气息，真希望旅行途中能有一只沁香的用草编成的篮子来装这只枕头，夜晚便把篮子吊在蚊帐顶下面。布尔沃干果汁喝上去也有密歇根的气味。我始终记得那家果汁坊，它的门是从来不上锁的，只装了一个搭扣和一根木头销子；我也记得那些压榨苹果时使用的袋子发出的清香气味，那些袋子用完后便铺开晒干，以后又铺到很深的盆里，人们赶着马车将苹果送来榨成汁后就会把应该给果汁坊的那份留在盆里。苹果汁坊的水坝下方有一个深潭，坝上落下的水在潭里转了个圈，又回到坝下。如果你在潭边耐心垂钓，便总能捉到鳟鱼。我每钓到一条，就会把鱼杀死并放在树荫下的大柳条鱼篓里，并在鱼身上盖一层蕨树叶子，然后我便走进果汁坊，从墙上取下一只挂在果汁盆上方钉子上的铁皮杯子，掀开一只盆上沉重的粗麻布盖舀一杯苹果汁来喝。我们现在喝的苹果汁，特别是那枕头，勾起了我对密歇根的回忆。

坐在餐桌边时我很高兴看到玛丽的身体状况正在恢复，我希望狮子能在傍晚时分露面，让玛丽能把它打得如蛇粪般不能动弹，从此小姐就能过上幸福的生活。我们吃完了午饭，大家心情都很舒畅，都说要打个盹，让我在该去打狮子的时候再把玛丽小姐叫醒。

玛丽几乎是一躺到帆布床上就睡着了。帐篷后部是掀开撑着的，一阵凉爽的微风从山那边吹来，穿过帐篷。通常我们是面对着帐篷的开口处睡的，但现在我将枕头放到帆布床的另一头对折起来，把那只香脂枕垫在颈下，脱下靴子和长裤，借着背后过来的充足的光线阅读。我读的是吉拉尔德·汉利[①]写的一本非常好的书，

① 吉拉尔德·汉利（1916—1992），爱尔兰作家，以有关英帝国历史的小说著称。下文提到的《夕阳西下时的领事》出版于1951年，以埃塞俄比亚为背景。

他还写过另外一本名叫《夕阳西下时的领事》的好书。这本书讲的是一头作恶多端的狮子是如何将书中差不多所有的人物都一一杀死的。金·克和我过去会在早晨上厕所时读这本书，想要给自己一点灵感。书中有几个人物并未被狮子杀死，但也都遭到了其他悲惨的命运，因此我们并不在乎。汉利写得很好，这本书非常出色，给猎狮的人很大的启迪。有一次我看到一头狮子向我飞奔而来，当时就极受震撼，至今仍有震动的感觉。那天下午我看这本书的时候速度很慢，因为这么一本好书我不想把它看完。我希望狮子能把主人公或老少校杀死，他们两人都是思想崇高、心地善良的角色，由于我已经喜欢上这头狮子，便希望它能杀死一些级别较高的人物。不过狮子的战绩已经够出色了，它刚杀死一个很有同情心，也很重要的人物，这时我决定还是拯救其他人为好，便起身套上长裤，拖着没拉拉链的靴子去看金·克是不是醒着。我在他的帐篷外咳嗽了一声，就像探子总是在用餐帐篷外咳嗽一样。

"进来，将军，"金·克说。

"不了，"我说。"一个男人的家是他的城堡。你感觉能够去面对猛兽了吗？"

"现在还太早。玛丽睡过了吗？"

"她还睡着呢。你在看什么书？"

"林德伯格[1]的书。好看得要命。你在读什么？"

"《狮子的一年》。我正翘首盼望着那头狮子呢。"

"你读那本书已有一个月了。"

"六个星期。你对飞行的奇迹有何新认识？"

那年我们两人虽然都已年纪不轻，却都对飞行的奇迹充满了兴趣。一九四五年我乘坐一架过度老化又未经修缮疲惫不堪的 B－17

---

① 林德伯格（Charles A. Lindbergh，1902—1974），美国飞行员，因单独完成横越大西洋的不着陆飞行（1927.5.25）而闻名世界，著《圣路易斯精神号》，记述其飞行经历。

客机回国时曾对飞行的奇迹彻底放弃了幻想。

时间到了，我把玛丽叫醒，扛枪伙计们把她的来复枪和我的大枪从床下拖出来，并检查了一下实心弹和软头弹。

“它在那里，亲爱的。它在那里，你会打到它的。”

“已经晚了。”

“什么也别想了，出来上车吧。”

“我得穿上靴子，这你总该知道。”

我帮她穿上靴子。

“我该死的帽子在哪儿？”

“你该死的帽子在这儿。到最近的巡逻车上去，要走过去，别跑。除了要打到它之外什么也别想。”

“别对我说这么多话。让我安静会儿。”

玛丽和金·克坐在车前座上，姆休卡在驾车。恩古伊、切罗、我和侦猎员坐在开放式后座上。我检查了一下 30－06 猎枪的枪筒和弹盒，以及我口袋里的子弹夹，又检查了一下后瞄准器小孔，并用一根牙签把孔里的尘土全部剔除。玛丽笔直地握着她的来复枪，我能清楚地看到刚刚擦过的乌黑的枪筒，看到那条把后瞄准器两翼固定在下面的司各奇胶带，还看到她的后脑勺和她那顶旧帽子。太阳正挂在山顶上，我们已经驶出了长着花的平原，正沿着与树林平行的老路向北去。开着开着，狮子的足迹便出现在我们右边。车停了下来，大家都下了车，只有姆休卡仍坐在方向盘前。足迹通向右边的一丛树木和灌木，再过去就是用一堆断树枝覆盖着的诱饵所在的那棵独树了。它并没有在享用诱饵，兀鹫也没有。它们都等在树上。我回头看了看太阳，还有不到十分钟的时间它就要沉到西面远山的后面去了。恩古伊已经爬上了蚁山正从顶上仔细查看。他把手靠近脸指了一下，这样就几乎看不出他的手在动，然后他便飞快地从小山上跑下来。

“快，”他说。“它在那里。还是快上车吧。”

金·克和我又看了一眼太阳，金·克挥动了一下手臂示意姆休卡把车开过来。我们爬上车，金·克就对姆休卡说他希望把车往哪儿开。

“但是狮子在哪里呢？”玛丽问金·克。

“我们把车就停在这里，”金·克对玛丽说。“狮子一定在较远一点儿的那丛树木和灌木里。爸爸把守左翼，堵住它不要让它跑回到森林里去。你和我径直往前走，到狮子跟前去。”

我们向狮子一定会在那儿的地方前进时，太阳仍挂在山顶之上。恩古伊在我身后，在我俩的右边，玛丽走在最前面，金·克紧跟在后面，切罗则跟在金·克身后，他们径直向底部长着稀疏灌木的树丛走去。我已经看得到狮子了，但仍然继续向左移动，每一步都向侧前方跨出。在夕阳下狮子显得巨大、乌黑，狮身很长，夹杂着黄褐色、灰色和金色，它正望着我们。它望着我们，我想的是它把自己置于一个多么糟糕的地位。我每跨一步，它就少一点逃到过去曾多次避难的安全地带中去的机会。狮子已经没有选择了，它过会儿要么向我冲过来，要么向玛丽和金·克方向冲出去，除非受了伤，它是不会想到要这么做的。另外它只能试着往下一个由树木和浓密的灌木遮盖着的隐蔽所的方向跑，而那地方离我们所在之处总有四百五十码远，要过去，它就得穿越开阔的平原。

我觉得我不需要再往左移动了，便开始朝狮子的方向挪动。狮子仍站在那里，狮腿埋在灌木中，我看见它的头转过来向我瞥了一眼，然后又迅速转回去望着玛丽和金·克。它的头巨大、乌黑，不过它转动头的时候，头部与身体相比并不显得太大。它的身体庞大、沉重，而且很长。我不知道金·克会把玛丽带到离狮子多近的地方。我并没有看着他们。我看的是狮子，等待着枪声响起。我已经不需要再靠近了。如果狮子向我这个方向过来，这点距离将使我有时间把它杀死。我肯定如果狮子被打伤，一定会向我这里冲过来，因为他的天然隐蔽所在我身后。玛丽一定马上就要开枪打它了，我心想。她不可能走得更近了。不过也许金·克希望她离狮子更近些。我用眼角余光扫了他们一眼，但仍然低着头，两眼紧盯着狮子。我看到玛丽想要射击，但金·克不让。他们并不准备继续靠近，因此我猜想一定有些灌木枝叶挡在玛丽和狮子之间。我紧紧盯着狮子，发现当最高的山峰遮盖住太阳后，狮子身上的色彩发生了变化。现在的光线仍适于射击，但天马上就要暗了。我仍然紧紧盯着狮子，它略微向右移动了一点，然后又对玛丽和金·克看了一眼。我看得到狮子的眼睛。玛丽仍然没有射击。然后狮子又微微移动了一下，这时我听到了来复枪的枪声和子弹击中时沉闷的声音。她射中狮子了。狮子跃入灌木，接着从另一边出来，向北部那丛浓密的树林跑去。玛丽在对它开枪，我肯定她射中了它。狮子大步向前跳跃，巨大的头颅前后摆动。我的枪也响了，在它身后掀起一团尘土。我用枪瞄准着它随着它移动，在它经过我的时候便扣动扳机，于是我就又在它的身后了。金·克的大双筒枪也在开火，我看到枪弹掀起的簇簇尘土。我再次在瞄准具里找到狮子，将准星移到狮子前面后射击，但只在它前方掀起一蓬尘土。狮子此时步履沉重，但仍拼命前行，在瞄准具里它变得越来越小，几乎肯定能跑到那个隐蔽的地方了，就在这时候我再次用瞄准具向已经很小且正迅速逃走的狮子瞄准，轻轻地将准星前移，一等超过它的头便扣动扳机，这一枪没有扬起尘土。我们还没听到子弹的铮铮声便看到狮子挥动着前腿向前滑倒，巨大的头颅垂了下去。恩古伊在我背上重重拍了一下，把手臂搂住了我。狮子挣扎着要站起来，金·克又对它开了一枪，狮子躺倒了。

我走到玛丽身边吻了她一下，她很高兴但有些不对劲。

“你比我早开枪，”她说。

“别这么说，亲爱的。是你开枪打中它的。我们一直都在等你打，怎么可能比你先开枪呢？”

“就是啊，夫人打中它了，”切罗说。他一直站在玛丽身后。

“当然是你打中它的。我想你第一次打在它腿上，然后又击中了它一次。”

“但狮子是你打死的。”

“我们必须阻止它受伤后跑进那丛密林里去。”

“但是你首先开枪的。你心里明白。”

“我没有。问金 · 克。”

我们都向狮子躺着的地方走去。那段路很长，我们每走一步狮子便大一些，已经死亡的样子也更清楚一些。太阳已经落山，天色正迅速变暗。打猎的光线已经没有了。我感到全身精力已被榨干，非常疲劳。金 · 克和我两人都被汗水浸透了。

“当然是你打到它的，玛丽，”金 · 克对她说。“爸爸在狮子跑到空地上之后才开枪的。你打到它两次。”

“它站着不动对我们看的时候我就想打它，为什么不行呢？”

“有些枝条可能会使子弹偏向或爆炸。因为这个原因我才让你等的。”

“然后它就开始移动了。”

“必须等它移动后你才能打它。”

“但真的是我首先打到它的吗？”

“当然。你打狮子前是没人会开枪的。”

“你不是在撒谎哄我高兴吧？”

这一幕切罗以前也看到过。

“Piga! ”他用力地说。“Piga， Memsahib. PIGA! ”

我用手侧面拍了一下恩古伊的臀部，眼睛望着切罗，恩古伊便向他走过去。

“Piga，”他用刺耳的嗓音说，“Piga Memsahib. Piga bili.”

金 · 克到我身边来和我一起走，我说：“你干吗要出汗？”

“你把准星往上移了多少，你这个杂种？”

“一英尺半。两尺吧。那枪有点像射箭。”

“我们往回走时量一下距离。”

“谁也不会相信我在这么远打中狮子的。”

“我们相信。这就够了。”

“我们过去吧，让她认识到她打中了狮子。”

“她相信孩子们说的。你让狮子背上开花的。”

“我知道。”

“你听得出子弹击中的声音传回来要多久吗？”

“听得出。过去跟她谈谈吧。”

巡逻车在我们身后停了下来。

我们来到了狮子的身边。它是玛丽的，玛丽现在明白了。她看到这头狮子有多长、多黑、多漂亮、多慑人心魄了。骆驼蝇在它身上爬，它黄色的眼睛尚未完全失去神采。我将手插进狮子浓密的黑鬣中抚摩了一遍。姆休卡已经停好巡逻车，走过来握了握玛丽的手。玛丽正跪在狮子身旁。

接着我们看见卡车从营里开出穿过平原向我们驶来。听到枪声，凯第便率大家出来了，只留下两个守卫在营里看家。他们唱着狮子歌，从卡车里拥出来，这时玛丽对这是谁的狮子已毫无疑问了。我曾看到过许多头狮子被杀死，看到过许多次庆祝。但从没看到过一次像这样的。我希望玛丽能尽情享受。我肯定玛丽已经没事了，我便往前向狮子企图跑进去的那丛树木和浓密的灌木走去。它几乎就要能跑进去了，我想象得出要是金·克和我不得不到那里面去把狮子挖出来会是个什么样子。我要趁天黑前到那里瞧一瞧。只差六十码它就跑到了，而等我们到这里天也就黑了。我边想着先前可能会发生的情况，边往回走去看他们庆祝和拍照留念。卡车和巡逻车车前灯的灯光聚集在玛丽和狮子身上，金·克正在拍照。恩古伊从巡逻车贝壳状的袋子里取出吉妮酒壶给我送过来，我喝了一小口，然后把酒壶递还给恩古伊。他喝了一小口，摇了摇头，又把酒壶递给我。

“Piga，”他说了一声，我们俩都大笑了起来。我又长长地喝了一口，感觉很暖和，好像蛇褪皮一样甩掉了身上的压力。直到这时候我才意识到我们终于射杀那头狮子了。从理论上来说，在那不可思议的如利箭出弩般的一枪打中狮子并将它击倒和恩古伊拍了一下我的背部时，我就意识到了这一点。但由于后来玛丽不放心、不满意，并向狮子走去，大家便表现出有些不动感情、超然事外的样子，仿佛只是一场进攻结束了。但现在我终于开始放松，心情快活起来。这是因为有酒喝，同时大家又在庆祝拍照；拍照是必须的，但当时摄影条件差得可恨，时间太晚，没有闪光灯，也没有专业摄影师来使玛丽的狮子在胶卷上获得不朽。也因为我看到玛丽在车灯灯光下充满幸福，神采奕奕的脸，看到过于沉重、玛丽无力抬起的狮子巨大的头颅，我为玛丽自豪，又喜欢这头狮子，同时感到自己内心变得空空的。还因为看到凯第俯身在玛丽上方抚摩着狮子令人难以置信的黑鬣并露出他犹如一条倾斜伤口般的微笑，听到大家似鸟儿般用坎巴语低声诉说着喜悦之情，每个人对这头大家的狮子都发自内心的自豪，看到玛丽在车灯灯光照耀下像一个很小的（但并不小得令人无法容忍）、快活的天使，看到大家都爱她和这头大家的狮子。这头狮子既属于我们大家，也是玛丽的，因为她追猎这头狮子已达数月，而且用那句禁忌语来说，她是在赌注已下的危急关头凭借自身力量射中狮子的。

切罗和恩古伊已经把事情经过告诉凯第了，他向我走来，与我握了握手说："Mzuri sana Bwana. Uchawi tu."

"是运气，"我这么说；上帝知道我只能这么说。

"不是运气，"凯第说。"Mzuri. Mzuri. Uchawi Kubwa sana."

接着我想起自己已经计算到今天下午是狮子的死期，想到一切终于结束了，玛丽已经胜利了，然后我与恩古伊、姆休卡、老爹的扛枪伙计和我们宗教里的其他人说了几句话，我们都摇晃着脑袋笑起来，恩古伊要我再从吉妮酒壶里喝口酒。他们想等我们回营去喝啤酒，但希望我现在就能和他们一起喝一点。他们只是用嘴唇碰了碰壶口而已。玛丽拍完照站起身，看到我们在喝酒就把酒壶要过去喝了一口，再递给金·克，酒壶递回来后，我又喝了一口，便在狮子身边躺下去，用西班牙语对它柔声说话，请求它原谅我们把它杀死。躺着的时候，我用手摸狮子身上的伤口。伤口共有四个，玛丽打中的是它的一条腿和一侧的臀部。抚摩狮子背部时我找到了狮子脊柱上被我击中的地方，以及金·克在狮子肩后胁腹前部击出的更大的弹孔。我抚摩狮子时一直都在用西班牙语对它说话，许多十分可恶的骆驼蝇从狮子身上爬到我身上，我用食指在狮子前方的尘土里画了一条鱼，然后又用手掌把图形抹去。

回营去的路上，恩古伊、切罗和我都没有说话。我听到玛丽问金·克我是不是真的没有在她开枪以前开枪，金·克告诉她说是她击中了狮子。他说是玛丽首先击中狮子的，还说这种事情往往不尽如人意，一旦一只猎物受伤，就必须被杀死，我们这回幸运极了，玛丽应该感到高兴才是。但我知道她高兴过，而她的高兴已经消逝，因为事情并不像她六个月来所一直盼望、梦想、害怕和期待的那样。看到她这样我感到很难过，深知对其他人来说这毫无关系，但对玛丽来说却是至关重要的。但即使我们重猎一遍狮子，情况也不可能和这一次有什么两样。金·克把玛丽带到离狮子这么近的地方，因为他有权利要让她射出了不起的一枪，而任何别人都做不到。假如狮子被玛丽击中后向他们冲过去，金·克只有放一枪的时间，射不准，狮子就扑到他们跟前了。当狮子扑过来时他的大枪如在二三百码的距离向狮子射击是很费劲的，但这样的射击也是又准又狠的。我们对这一点都很清楚，这可不是开玩笑的。玛丽在那样的距离开枪射击是极其危险的，金·克和我都知道在他带她走到的那个距离，玛丽最近打过一头活猎物，差不多打出了一个十八英寸的偏差。现在这时候是不应该谈论那件事的，但恩古伊和切罗也都知道那件事，而它已有很长一段时间每每在晚上睡觉时纠缠着我。狮子决定逃进那片浓密的树林是因为在那个隐蔽处它可以伤人的机会是很大的，它作出了正确的选择，而且几乎成功了。它不是一头愚蠢的狮子，也并不胆怯，它想要逃到对自己有利的地方去。

我们回到营地，坐在篝火边的椅子里舒展开双腿，开始大杯大杯地喝酒。我们需要老爹在场，但他不在。我已经让凯第为营里的人开几瓶啤酒，就等他过来了。啤酒喝下肚去，如突然降落的一场豪雨将汹涌澎湃、顶着一层泡沫的水流灌入干涸的河床中。一等他们决定了由谁来抬玛丽，他们就从帐篷后冲出来，高唱着狮子歌跳起舞来，他们弯着腰，舞姿粗犷。侍奉用餐的大伙计和姆休卡拿来一把椅子，凯第边跳舞边鼓掌把玛丽引到椅子前坐下，他们便将她抬起，先是绕着篝火舞了一番，接着将她抬到营房那里绕着躺在地上的狮子转了一圈，然后穿过营房绕着炊火和伙计们生的火又舞了一圈，最后又绕着猎车和伐木卡车转，这样来来回回抬了好几回。所有的侦猎员都脱得只剩短裤，除了年纪大些的每个人都如此。我向玛丽那有光亮的头部和那些托着她晃腰跺脚跳着舞随后又向上伸出手去碰她的黝黑健美的躯体望了一会儿。这是场狂野精彩的狮子舞，跳完后他们将玛丽坐着的椅子在篝火边放下，大家一一同她握手，仪式就结束了。她很幸福，我们高高兴兴地美餐一顿后就上床去了。

半夜里我醒了过来，便再也睡不着了。我是突然醒来的，周围一点声音也没有。然后我听到了玛丽均匀、平稳的呼吸声，便顿觉欣慰起来，总算可以不要每天早晨都让她去和狮子作战了。接着我又开始难过，因为狮子的死并不如她所希望和计划的那样。那场庆祝，坎巴人狂野的舞蹈，以及她所有朋友的爱和忠诚已经将她的失望心情麻醉了。但我肯定再过一百多个早晨，猎杀这头了不起的狮子时产生的失望情绪会苏醒过来。她没有意识到自己当时身处多大的危险。也许她意识到，只是我不知道而已。金·克和我都不想告诉她有多么危险，因为我们两人都出色地消除了危险，我们在傍晚的凉风中弄得大汗淋漓并没有徒劳无功。我脑海里又浮现出狮子对着我看时眼中的神色，它看了我一眼之后就垂下眼帘，然后转向玛丽和金·克，以后视线就没有离开过他们。我躺在床上，心中纳闷一头狮子怎么可以在仅仅三秒多一点的时间里就从一个位置跑出一百码之远。它跑动时紧挨着地面，比猎犬的速度更快，到了猎物跟前才纵身跃起。玛丽的狮子体重远远超过四百磅，体格强壮，叼着一头奶牛跃过一排带刺的防兽围栏是没有问题的。我们追猎这头狮子已经有许多年了。它非常聪明。但我们还是使它放松警惕犯了一个错误。我很高兴它死前能躺在高高的黄色的圆形土丘上，垂着尾巴，将巨大的狮爪松松地摊在前头，最后望一眼自己生活过的地方，望一眼远方泛着蓝色的森林和大山高处的皑皑白雪。金·克和我都希望玛丽的第一枪就能把狮子打死，如果打不死最好狮子能向前扑。但狮子是用它自己的方法对付我们的。玛丽的第一枪对它来说顶多像是被利刺狠狠地螯了一下。在它向密林里奔跑企图在里面与我们周旋时，腿上部的一块肌肉中了第二枪，对它来说也最多不过像是重重挨了一巴掌而已。我不愿去想我那次远程射击给了它什么感觉，我原本没什么具体目标，只希望能擦到它身体将它刮倒，没料竟偶然地击中了它的脊柱。那可是一颗二百二十格令的实心弹啊，我根本不必去想打到身上会是什么感觉。我很高兴金·克精确的远距离射击立即就让它咽了气。狮子总算打死了，我们会怀念追捕它的时光的。

我努力想要睡着，但又开始想那头狮子，琢磨着假如让它跑到了那丛密林接下来我们会如何行动，我想起其他人在相同情况下的种种经历，但转念又觉得，让这些胡思乱想都见鬼去吧。这是我应该和金·克或者和老爹一起讨论的话题。我真希望玛丽会醒过来说："我真高兴我打到我的狮子了。"但这个要求太奢侈了，此时是凌晨三点。我想起司各特·菲茨杰拉尔德[①]写的灵魂什么什么总是凌晨三点之类的话。许多个月以来，凌晨三点离我们起床穿衣穿好靴子去追猎玛丽小姐的狮子的时间只有两小时或一个半小时。我将蚊帐拉起一个角，伸出手去找到了果汁瓶。瓶上带着夜晚的凉气，我把两只枕头对折加厚，然后靠在上面，将那只粗糙的四方形香脂枕垫在颈下，开始思考灵魂的问题。首先我必须在脑中核实一下菲茨杰拉尔德说过的话。这句话在他一连串的文章里出现过，这些文章都写到他已经抛弃了现世生活，抛弃了旧有的极端卑下的理想，

① 菲茨杰拉尔德（Francis S. Fitzgerald，1896—1940），美国20年代文艺复兴代表作家。著有长篇小说《了不起的盖茨比》等。

正是在那些文章里他首次将自己称为一个破裂的盘子。将我的回忆延伸回去，我便记起了这句话。原话是这样的：“灵魂的真正黑暗的夜总是在凌晨三点。”

在非洲，在这么一个夜晚，无法入眠时我想起了这句话，觉得自己对灵魂其实是一无所知的。关于灵魂人们说得很多也写得很多，但有谁真正了解呢？我认识的人里没有一个明白灵魂是怎么回事，连有没有灵魂也不知道。对灵魂的信仰似乎是非常奇怪的，我想即使我了解一些关于灵魂是什么，要想对恩古伊、姆休卡及其他人解释清楚也会是相当困难的。醒来之前我在做梦，梦见自己有一个马的身子，人的脑袋和肩膀，心里纳闷为什么人们以前没有发觉。这个梦很有逻辑，是针对我身体内发生变化完全成为人的那一刹那。看上去这个梦是个健康的好梦，不知道如果我告诉别人，别人会怎么想。我已然醒了，喝着凉爽新鲜的苹果汁，但我仍能感到在梦里我的身体是马身子时的肌肉。这个梦并无益于我加深对灵魂的理解，我便试着思考我所能相信的灵魂该是个什么东西。也许我们的灵魂并不像大家说的那样，而是更接近一汪干旱时不减少，冬天里不结冰的清澈淡泊的泉水。我记得自己还是个孩子的时候，芝加哥白袜队有一个名叫哈里·罗得的第三守垒员，他总是将对方投往第三垒线底部的球打出界，直到对方投球手被累趴下或由于天黑比赛取消为止。我当时年纪还很小，凡事在我眼里都很夸大，但我清楚地记得天渐渐变暗时，哈里仍继续将球击出界，由于那时棒球场里还没安灯，观众便开始大喊：“主啊，愿主拯救你的灵魂。”这大概是我对灵魂的认识最为深入的一次了。我曾一度认为我是个男孩时灵魂被风吹掉了，后来又回到体内。但年轻时我十分自负，又听到、读到这么多关于灵魂的事，便认为自己有一颗灵魂。想到这里，我又开始想如果玛丽小姐、金·克、恩古伊、切罗或者我之间的任何一个人被狮子杀死，我们的灵魂是不是会飞到什么地方去。我对此无法相信，认为我们死了就是死了，也许比狮子死得还要彻底，谁也不会再担心自己的灵魂。最糟糕的事是把尸体运到内罗毕去的旅程及随后的调查。但我知道的只是假如玛丽和我给杀死了，金·克的事业会受到很大的损害。要是金·克死了那他就是倒霉了。要是我死了我的写作也就完了。切罗和恩古伊都不会想要被杀死的，而要是玛丽小姐死了，将会令她本人十分吃惊。死是该避免的事，能够不必把自己放在一天又一天死亡随时会发生的处境中真是一种解脱。

不过所有这些与“灵魂的真正黑暗的夜总是在凌晨三点”有什么关系呢？玛丽和金·克有没有灵魂？就我所知，他们没有宗教信仰。但是如果人们都有灵魂，他们也必然会有。切罗是个极其虔诚的伊斯兰教徒，因此我们必须承认他有灵魂。这样就只剩下恩古伊、我和狮子了。

现在这里是凌晨三点，我伸一伸刚才还是马腿的腿，心想还是起身出去到用木炭生起的火旁坐一坐，享受一下黑夜余下的时光和第一道曙光吧。我套上防蚊靴，披上浴袍，在袍子外面系上手枪腰带，走到外面火堆的余烬旁边。金·克正坐在余烬旁的一把椅子里。

“我们为什么要醒着？”他轻轻地说了一声。

“我梦见我是一匹马。这梦就像真的一样。”

我把司各特·菲茨杰拉尔德的事和他的那句话告诉金·克，并问他对此有何想法。

“当你醒来时，任何时候都可以十分糟糕，”他说。“我不明白他为什么选择三点钟。不过这句话听起来很好。”

“我想这只不过是在表达恐惧、担忧和悔恨。”

“我们两人这些东西是够多的了，不是吗？”

“当然，多得可以卖了。不过我想他指的是自己的良心和绝望。”

“你从来没有绝望过，是吗，欧尼？”

“还没有过。”

“要是你将会有绝望情绪的话，那你很可能现在会有了。”

“有时候绝望离我只有咫尺之遥，摸都摸得着了，但我总又是将它拒之门外。”

“说到把什么东西拒之门外，我们是不是该一起喝瓶啤酒了？”

“我去拿。”

帆布小袋里的一大瓶斯特克啤酒也很冷，我将啤酒倒在两只玻璃杯里，把酒瓶放在桌上。

“对不起我得走了，欧尼，”金·克说。“你认为这事对她的打击会很大？”

“是的。”

“你来克服这个问题吧。也可能她一点事也没有。”

第九章

我走进帐篷，看玛丽醒了没有。她睡得很沉。她醒过来后喝了些茶又睡过去了。

“让她睡吧，”我对金·克说。“到九点半再剥狮子皮也没什么大不了的。她能睡就让她睡吧。”

金·克在看林德伯格的书，而那本《狮子的一年》今天早上我没有兴趣读，于是便拿了一本鸟类图册看起来。这本新书由普瑞德和格兰特合著，写得不错。我知道自己一门心思光顾着追猎一只野兽而顾不上好好观察鸟类损失很多。如果没有那些野兽，我们就能悠哉游哉地观察鸟类了。我知道我把鸟类太疏忽了。玛丽就比我好得多。她总是能看到那些为我所忽略的鸟儿，还能仔细地观察它们，而我呢，就坐在轻便折椅里眺望远方。一边看着鸟类图册，心里边后悔，自己真够蠢的，浪费了多少时间啊。

在家的日子里，我会坐在那水塘尽头的树荫下，看食蜂鹟轻点水面，叼出虫子，水波的反光照在它们灰白的胸脯上，绿莹莹的。那时我很快乐。我还喜欢看鸽子在三角叶杨树上做窝，欣赏知更鸟唱歌时的曼妙姿态。候鸟们春来秋往，总令我兴致大增。而在下午看小麻鸦飞到塘边饮水，或在沟渠里翻寻雨蛙，那真是充溢着欢乐。可如今身在非洲，虽然在营地四周，在树上、荆棘里、灌木中，总有各种各样美丽的鸟雀，有的还会在地上跑来跑去，但我却只把它们看作是几点会动的颜色，玛丽则不一样，她爱那些鸟儿，并且还能叫出它们的名字。我心里纳闷，自己怎么意趣全无，对这些鸟儿竟是丝毫没有感觉。真丢人啊。

很久以后我才想通，原来自己只注意那些食肉、食腐的动物，而对于鸟儿呢，只注意那些味道不错的，或是和打猎有关的。我又琢磨，自己究竟留意哪些鸟呢？一算竟然有这么一长串我觉得还不错的鸟呀，我决定对营地周围的鸟类多加观察，遇上不认识的，要向玛丽请教。最重要的是要真正仔细观察它们，而不是一瞄而过。

我认为像我这样的视而不见真是莫大的罪孽，而且要犯这种罪极其容易。随后，糟糕的事情往往会接踵而至。我想要是我们总是视而不见的话，还有什么理由再活在这个世界上呢？我试着把我对周围小鸟视而不见的原因找了出来，部分是因为有关严肃狩猎的书我看得过多不能自拔，注意力便难于集中到这些小东西身上，另外呢，当然是因为猎后回营为放松一下而喝酒。我佩服马伊托，他为了牢记非洲的一切，滴酒不沾。金 · 克和我却是两个酒鬼。不过我知道我们喝酒既不是习惯使然，也不是为了逃避什么，只不过是有意想让高度敏感的接受能力麻木一会儿，就像一张感光性能很高的底片，不能一直让它曝光。如果那接受能力一直得不到休息，那可怎么受得了啊。我想，你可为自己找了一个不错的理由。你明白你和金 · 克喝酒是因为你贪恋杯中物，玛丽也一样，而且以此为乐。你还是进去瞧瞧玛丽醒了没有吧，我想。

于是我走了进去，看她还在睡。她睡着的时候总是很美丽。那张脸看不出是喜还是忧。它只是在那儿。不过今天她面颊的轮廓太漂亮了。我真希望我可以让她快乐啊，不过我知道我能做的唯一一件让她快乐的事情就是让她继续睡觉。

我拿着那本图册又走了出来，看见了一只伯劳、一只椋鸟和一只蜂虎。后来我听到帐篷里有些动静便又走了进去，看见玛丽坐在帆布床沿上正穿她的鹿皮鞋呢。

“觉得怎么样，亲爱的？”

“很糟。你先朝狮子开了一枪，我真不想看见你。”

“那么我就先滚到一边去呆上一会儿吧。”

在营房外边，凯第告诉我侦猎员们正在计划搞一次大型恩戈麦鼓会。营里每个人都将跳舞，整个村子的人也会跑来参加的。他说啤酒和可口可乐不够了，我说我和姆休卡、阿拉普 · 梅纳还有村子里任何想买东西的人坐猎车去拉伊托齐托克采购。凯第另外还要一些粗玉米粉，这我会买一袋或买几袋，还有糖。拉伊托齐托克有一家印第安杂货铺，店主是阿迦可汗的信徒，那儿出售的玉米食品经卡吉亚多带到这里，坎巴人很喜欢。其他印第安大店铺卖的那种玉米粉就不那么受欢迎了。我已经学会通过看颜色、用手摸、尝味道来挑选出他们喜欢吃的那种玉米粉，但常常会弄错，所以姆休卡会给我把把关。不喝啤酒的穆斯林们，还有那些参加鼓会的姑娘大妈们，可以喝给他们买的可口可乐。路过第一个马萨伊村子时，我会让阿拉普·梅纳下车去通知那些马萨伊人来看狮子，让他们知道它已经被射杀了。不过他们没有被邀请参加鼓会，因为这鼓会严格地只许坎巴人参加。

我们把车停在加油站和准备采办物品的铺子前，让凯第下去。我把步枪向后递给做过老爹扛枪伙计的姆温基，他把枪在前排椅子背后的架子上固定好。我告诉凯第，我要到辛先生店里去定购啤酒和饮料，又吩咐姆休卡将车子加满油，开到辛先生店外，停在树荫下。我没有和凯第走进那大店铺里去，而是在树荫下走到了辛先生那儿。

屋子里很凉爽，闻得到厨房里烧饭做菜的味道和锯木厂里木屑的味道。辛先生只有三箱啤酒，不过他认为还能从街对面的一个地方再搞两箱来。这时从隔壁那家屋子破旧的酒馆里来了三个年纪较大的马萨伊人。我们都是朋友，于是我们便颇为庄重地互相敬礼问候。我可以闻得出来他们刚刚喝过金吉普雪利酒，那股酒劲使他们的庄重神态之中带着亲密。辛先生只有六瓶冰镇啤酒，我便又去给这三位买了两瓶，自己也买了一瓶，同时告诉他们玛丽小姐射杀了那头狮子。大伙儿互相敬了几杯，然后再为玛丽小姐和那头狮子干杯，然后我便告辞了，因为我得与辛先生在后屋谈买卖。

其实并没有什么真正的买卖。辛先生想和我一块儿吃点儿东西，喝一杯兑水的威士忌。他要告诉我什么，我却听不懂，他便出去找了个在教会学校读书的男孩来做翻译。那年轻人穿一条长裤，白衬衫塞在裤腰里，脚上套一双又大又重的黑色方头靴子，这些穿着表明了他的文化教养。

“先生，”他说，“辛先生要我告诉你那三个马萨伊头人一直在占你的便宜，为了啤酒。他们常聚在隔壁那家被称作茶馆的啤酒馆里，看到你来了，便走到这里来，目的只是要占你的便宜。”

“我认识那三个年长者，他们不是头人。”

“我这是跟欧洲人讲话的习惯，常常用头人这一称呼，”这教会学校的男孩说。“不过辛先生的观察是准确的。他们利用你对他们的友谊是为了可以有啤酒喝。”

辛先生郑重其事地点点头，递过来一瓶白杜鹃酒。“友谊”和“啤酒”这两个英文单词，他算是听明白了。

“有一点一定要讲清楚。我不是欧洲人。我们都是美国人。”

“这没什么区别。你可以归入欧洲人一类。”

“这种划分要改过来。我不是欧洲人。辛先生和我是兄弟呀。”

辛先生往杯里倒水，我也跟着他这么做。我们互相敬酒并拥抱。然后两人站起来去看那幅石印油画。画中，辛先生的祖先两只手各掐住一头狮子的脖子。这幅画深深地打动了我们。

“我猜想你相信圣婴耶稣吧？”我问那教会学校的孩子。

“我是一名基督徒，”他语气庄严地说。

辛先生和我苦着脸互相瞅了一眼，各自摇了摇头。然后辛先生跟翻译说了些什么。

“辛先生刚刚说他为你和你的手下留下了三瓶冰镇啤酒，那三个马萨伊年长者再来的话，他用酒招待他们。”

“太好了，”我说。“你能去看看我的人是否已经把车开过来了吗？”

他出去后，辛先生用食指敲了敲脑袋，又拿起那只大肚方瓶给我倒了一杯白杜鹃酒。他说他感到很遗憾我们来不及一块儿吃些东西。我则告诫他晚上不要到那些该死的路上去。他又问我对那翻译有什么看法，我说他很优秀，他有脚上那双结实的黑靴子来证明他是一个基督徒。

“你手下的两个人和那辆卡车在外面，”翻译进来说道。

“是辆客货车，用于打猎。”我说着出去示意姆休卡进来。他身着一件格子衬衫，厚嘴唇，高高的个儿，猫着腰，面颊上有英俊的坎巴族箭形印记。他对站在摆有布匹、念珠、药物和其它稀奇玩意儿的柜台后面的辛太太致意，并赞赏地看着她。他爷爷是个食人生番，爸爸是凯第。他至少有五十五岁了。辛先生递给他一瓶六分之一加仑装的冰啤酒，又把我那瓶递给我，都是起掉瓶塞的。连喝三瓶后，他说，“我给姆温基送一些过去。”

“不用了。我们还有一瓶冰的，就给他喝吧。”

“我现在带过去吧。我们两人会注意观察。”

“还有两瓶，”辛先生说。姆休卡点了点头。

“给翻译来杯橙汁吧，”我说。

翻译手里拿着饮料说道：“在您的马萨伊朋友们回来之前，先生，我能问您几个问题吗？”

“什么问题？”

“先生，您有几架飞机呀？”

“八架。”

“那您一定是天下最富有的人之一啰。”

“是的，”我谦虚地答道。

“先生，那么为什么您要到这儿来当一个巡猎员呢？”

“那为什么有些人要上麦加？或者去其他一些地方？为什么你要去罗马呢？”

“我不信奉天主教。所以我不会去罗马。”

“我从鞋子上就看得出来你不是那一派的。”

“我们在很多方面与天主教有相同之处。不过我们不搞崇拜偶像。”

“太糟糕了。有很多形象是非常了不起的。”

“我希望当一名侦猎员，受先生您或者猎长的雇佣。”

刚说到这儿，那几个马萨伊年长者回来了，另外又跟了两个新的伙伴。我从来没有见过他们。年纪最大的马萨伊朋友告诉我，狮子给他们带来许多麻烦，它们不但叼走牛和马，而且还叼驴子、骡子、婴儿、妇女和羊。他们希望我和玛丽小姐能为他们除了这一大害。所有的马萨伊人现在都已经相当醉了，其中有一个甚至有点儿动作粗鲁起来。

我们认识许多品性纯良，功勋卓著的马萨伊人；早先他们是滴酒不沾的，不像坎巴人天生就喝酒，但后来由于纵情滥饮，马萨伊人便分崩离析。一些年长的仍能记起当初他们是居主导地位的，个个强悍有力，而非如今这样是一个梅毒缠身、崇拜耕牛的部落，只有人类学研究者对他们有好奇。新来两个中年长的一位上午十一点钟的时候就已经醉了，现在说话粗鲁。这一点从他提的第一个问题就看得很明显，于是我决定通过翻译使我们之间说话正式一些，同时想到，这五个年长者都手持长矛，显得部落的纪律很糟糕，基本上可以肯定地说，要是谁的话语中带有挑衅的意思而那翻译如实译出，那么他是头一个会被长矛扎伤。而如果和这五个喝醉了酒又手持长矛的马萨伊人在这店铺的狭小堂屋里发生争论的话，那么我是一定会被捅伤的。不过有翻译在场，我就能用手枪击倒三个酒鬼朋友，而不只是一个或者两个。我把枪套推到腿前面，高兴地瞥见套扣没扣紧，便用小指头一勾把它打开了。

“翻译吧，穿大鞋子的，”我说。“说什么就如实翻译吧。”

“他刚才说，先生，他听说您的某一个夫人，他讲是女人，杀了头狮子。他说他觉得奇怪，在您的部落里是不是由女人来猎狮子的？”

“转告这位我从未见过面的头人阁下，在我们的部落有时候是让女人杀几头狮子的，这就像在他们的部落里他让年轻武士喝金吉普雪利酒。那些年轻武士把时间都用于喝酒却从来没有杀死过一头狮子。”

这时候翻译大汗淋漓，情形并没有什么改善。一个面目俊朗的马萨伊老头，大概和我一样年纪，或许更大些，说了几句话，翻译说，“先生，他刚才说，如果您先前想有礼貌地与他像头人与头人之间那样地交谈，您就能学会他的语言，那样你们就能像两个男子汉那样在一起说话。”

事情就到此为止了，真是无聊，于是我说，“告诉这个我直到现在才认识了的头人，我很惭愧没有好好地学习他的语言，猎狮子是我的职责。我带来的这个老婆也要尽同样的义务，昨天她射杀了一头狮子。这儿有两瓶冰镇啤酒，是给我手下留的，不过我倒愿意和这位头人分享一瓶，这瓶就我和他两人喝，其他的头人，辛先生会用葡萄酒招待的。”

翻译把这段话译完，那马萨伊人走上来和我握了手。我扣上枪套扣，把枪套轻轻地推到腿边它原来的地方。

“给翻译来杯橙汁，”我对辛先生说。

翻译把它接了过去。那个先前想找麻烦的马萨伊人这时神秘却又不失诚恳地对他说了几句话。翻译喝了一大口饮料清清嗓子，对我说，“这位头人提一个完全属于您个人的问题，那会猎狮的老婆您是花了多少钱买来的。他说这么一个老婆，生起孩子来能像一头公牛一样了不起。”

“跟这位我看起来智慧出众的头人说，买这个老婆我花了两架小飞机，再加一架更大一些的飞机，还有一百头牛。”

那马萨伊老头和我又喝了几杯，然后又很快很严肃地对我讲了些什么。

“他说不管是买怎样一个老婆，那都是一个大价钱，没有哪个女人能值那么多。他说您刚才说到牛，是母牛还是公牛？”

我解释说，飞机不是新的，都参过战。牛则都是母牛。

那老迈的马萨伊人说这就比较好理解一些了，但还是没有什么女人能值这个价。

我也同意这个价钱不便宜，不过这样一个老婆值得。我说，我现在非得回营地去不可了。我又给大家要了一杯葡萄酒，那只大啤酒瓶则给了那个马萨伊老头。刚才我们用的是杯子，我把我喝过的那个杯子倒扣在柜台上。他劝我再喝一杯，我便倒了半杯仰脖而尽。我们互相握握手，我闻到他身上散发出皮革、烟草、干牛粪和汗液的混合气味，还不难闻。我走出大门来到路上，外面阳光刺眼，猎车部分地在树荫下。辛先生在车的后部放了五箱啤酒，他那男孩拿出了报纸包着的最后那瓶冰镇啤酒。他把马萨伊人喝掉的啤酒和葡萄酒的费用计算出来后写在一张纸上，我照着付了钱，又给了翻译一张五先令的票子。

“我倒是更愿意您能雇我呢，先生。”

“除了当翻译外，我不能雇你。你提供了服务，我付了钱。”

“那么就让我跟着您做翻译吧。”

“能在我和动物间进行翻译吗？”

“我可以学呀，先生。我会讲斯瓦希里语、马萨伊语、查加语，当然还有英语，这您也看到了。”

“会说坎巴语吗？”

“不会，先生。”

“我们要说坎巴语的。”

“这学起来很容易，先生。我可以教您说标准的斯瓦希里语，而您可以教我打猎还有兽语。千万别因为我是个基督徒就对我有成见啊。是父母把我送进教会学校读书的。”

“你不喜欢教会学校吗？要记住上帝随时在聆听啊。他听得见你说的每一个字。”

“不喜欢，先生。我讨厌教会学校。别人连哄带劝，我又无知，这样才成了个基督徒。”

“什么时候我们会带你到外面去打猎的。不过你一定要赤脚、穿短裤。”

“我恨这双鞋，先生。因为麦克客里老爷的缘故我非得穿着它不可。要是有谁向他报告说我不穿鞋，或者说我和您在辛先生的铺子里，我会受罚的。哪怕我只喝可口可乐。喝可口可乐是走向堕落的第一步，麦克客里老爷说。”

“我们过些日子会带你去打猎。不过你并不是来自一个以狩猎为生的部落。去打猎又有什么好处呢？你会给吓坏的，而且还会不开心。”

“先生，只要您能记着我，我会证明我的能力给您看的。我会把这五先令作为定金去本基的铺子里买根长矛。晚上我会光脚走，把脚磨炼得像个猎手的脚一样。您要我证明，我就证明给您看。”

“你是个好小伙子，不过我不想动摇你的宗教信仰，也没什么可以提供给你。”

“我会证明给您看的。”他说。

“再见，”我说。然后转头对姆休卡，“到铺子里去吧。”

铺子被马萨伊人挤得满满的，一些人在买东西，另一些人在看别人买。女人肆无忌惮地把你从头看到脚，那些留着深赭色猪尾辫和刘海的年轻武士们兴高采烈，也相当傲慢。马萨伊人身上的气味颇好闻，女人们的手都是凉的，与你握手时，她们从不抽回去，而是动也不动乐滋滋地感觉着你那温暖的手掌，还仔细地看。本基的铺子既敞亮又热闹，就像家乡的星期六或是每个月发薪日时的印第安杂货铺。凯第买到了上等的粗玉米粉，还有鼓会上所需要的可口可乐之类的软饮料。这会儿他对高层货架上的一些无关紧要的东西指指点点，说要挑一挑，其实他想借此机会多看看那个可爱聪明的印第安小妞；那小妞一心暗恋着金·克，而我们大伙儿对她极有好感，要不是自知任何努力都是白费气力的话，就会都爱上她了。凯第瞧着她，看她怎么把东西拿到手，再放在他面前。这是我第一次发现凯第这么喜欢观察这小妞儿，同时又觉得挺高兴的，凯第的小辫子可让我们给抓住了。她对我说话，声音悦耳动听。她问玛丽小姐怎么样，又说狮子被杀掉她感到非常高兴。看着她，听着她的嗓音以及与她握手，使我很高兴，同时我自然看到凯第对这姑娘多么入迷！只有在那时我才注意到他打扮得挺神气，穿着他最好的猎装，干干净净，熨得笔挺，头上还围着那条漂亮的包头巾。

铺子里的店员们按着姆休卡的指示，开始将一袋袋的食品和一箱箱的饮料往外搬，我付了钱，又为鼓会买了半打哨子。由于店里人手不够，凯第也帮着搬箱子，我便出去守在来复枪旁。其实我很高兴一块儿帮忙搬东西的，不过这不妥当。我们自己人在一起打猎时，大家总是一道出力，但如果在镇子上或是公共场合里，这样做会被人误解，所以我就坐在前面的座位上，两腿夹枪，听那些想搭车下山的马萨伊人向我提要求。这辆猎车是由一辆雪佛兰卡车改装的，制动性能良好，不过装上了这些货物，我们最多也只能再带六个人。我们曾经带过十二个人，甚至更多，但转弯就太危险，有时还使马萨伊女乘客晕车。我们从来也没有带武士下山去过，倒是经常把他们往山上带。起初有人对此很有意见，不过现在这已经成了规矩，那些我们带上来的人也会对其他人解释。

终于所有的货物都装上了车，四个妇女连同她们的大包小包、瓶瓶罐罐，还有其他杂物给安置在后排座位上，另外三个坐在第二排，凯第坐在她们的右边，我、姆温基还有姆休卡坐在前排。车子发动起来，这些马萨伊人向大家挥手道别，我打开裹在报纸里的冰镇啤酒的盖子，然后把它递给了姆温基。他打了个手势，叫我先喝，自己则在椅子里沉下身去，避开了凯第的视线。我喝了一口再给他，他深深地蜷在那儿，从嘴角灌了些啤酒进去，这样那大瓶子就不会因为翘得太高而被凯第看见。他把酒递还给我，我又把它递给了姆休卡。

“等一会儿，”他说。

“等到哪个女的晕车的时候，”姆温基说。

姆休卡小心地开着车，在陡降的拐弯处分明能感到车载很重。通常在姆休卡和我之间会坐一个马萨伊女人，一个我们知道不会晕车的女人，而另外两个我们不清楚是否会晕车，就让她们坐到第二排椅子上恩古伊和姆温基中间。现在我们都觉得，三个女人因为凯第在那儿被浪费了。其中有一个是远近闻名的美人，跟我一样的身高，身材极出色，而那双手也是我握过的最凉最专注的。平时她常坐在第一排姆休卡和我的中间，一手拉着我，另一只手则轻柔而又故意地挑逗着姆休卡。一双眼睛就盯着我们看，只要看到她的挑逗使我们有了反应，就会放声笑起来。她的美是一种古典美，皮肤细腻润滑；她的作风是放肆的。我知道恩古伊和姆休卡都讨好她。她对我满是好奇，喜欢挑逗我，喜欢看到我有反应。每次她下车到她想去的地方，总有某个男人跟她一起下，然后在晚些时候他们两人再步行回到营地。

可是今天我们坐车下山，大家望着车外这片我们生活的土地，姆休卡甚至一点啤酒也不能喝，因为他父亲凯第就坐在他后面；先前我们在瓶子的包裹纸上撕去一小块作了个记号，记号下面的酒都归姆休卡。这会儿我在思考一些有关道德规范的问题，一边和姆温基喝啤酒。根据基本的道德标准，我的两个最好的朋友跟这马萨伊女人去快活快活是毫无问题的，但是我现在正努力跟坎巴人打成一片，而且黛芭和我对彼此之间的关系都很看重，如果我那么做的话，就是不负责任，放荡，不严肃。不过话又说回来，如果在与马萨伊女人有自然接触的机会，人家对我挑逗，而我却不作出明显的反应，那就会引起各种麻烦。这种对于我们部落习惯的简单研究总能使拉伊托齐托克之行愉快而有意义，不过，有时候，要是你还没有悟出个中道理，它们会使你灰心丧气和迷惑不解，除非认识到，如果你想成为一个良好的坎巴人，那就必须做到永远不气馁，也决不承认自己有什么困惑。

终于车后的人喊了起来，说有个女人晕车了，我便示意姆休卡停车。我们知道凯第会趁机到灌木丛里撒尿，所以当他非常认真地使自己得以轻松的时候，我把酒瓶递给了姆休卡，他很快地喝完属于他的那份，把剩下的留给姆温基和我。

“在酒没热之前都把它喝掉吧。”

大家重又上车。三次下人之后，搭车的乘客一个也不剩了。猎车涉溪流，穿猎区，驶往营地。一群黑斑羚正跑过一个林子，我和凯第便跳下车来前去射击。衬着浓绿的枝叶，它们看上去红红的，我轻轻地打了一声呼哨，一头年轻的雄斑羚回过头来张望。我屏住呼吸，轻轻一扣扳机，击中了它的脖子。凯第跑过去按伊斯兰教法宰割它；其它的黑斑羚蹄不沾地的都窜入林中躲藏起来。

我没有去看凯第干活，所以就凭他的良心了；我知道他不像切罗那样心地善良。不过我实在不愿白白地把猎物给这些伊斯兰教徒，就像刚才我并不希望射中它一样。于是我踏着松软的青草慢悠悠地来到了凯第身边；他已经割断了斑羚的喉咙，正在笑哩。

“Piga mzuri，”他说。

“当然啰，”我说。“Uchawi.”

“Hapana uchawi. Piga mzuri sana.”

第十章

树底下站着许多人，营地那边也有许多人，女人们披着色彩亮丽的上衣，戴着漂亮的、宽的珍珠项链和手镯。她们棕色的头发和脸显得很可爱。大鼓从村里运来了，侦猎员们另外又弄来三只。虽然时间还早，但恩戈麦鼓会已经大致呈现出它的模样了。我们的车驶过人群和堆放着的鼓会上要用的各种器物，停到了树荫下面。女人和孩子跑出来看猎物从车上卸下来。我把来复枪交给恩古伊去擦拭，向用餐帐篷走去。山风此时刮得正猛，帐篷里凉爽怡人。

“你把我们所有的冰镇啤酒都拿走了，”玛丽小姐说。她气色好多了，情绪也比较好。

“我带回来一瓶，在包里。你怎么样，亲爱的？”

“金·克和我都好多了。我们找不到你的子弹。只有金·克的。我那头狮子剥了皮洗干净后，看上去那么高贵和好看，又和它生前一样有气派。在拉伊托齐托克玩得高兴吗？”

“是的。我们该办的事都办了。”

“欢迎他吧，玛丽小姐，”金·克说。“带他四处转转，那会让他感觉舒服。以前看过恩戈麦鼓会吧，我的好哥们？”

“是啊，先生，”我说。“在我自己家乡也有类似的活动，很受大家的欢迎。”

“是在美国叫作‘棒球’的那种吗？我总以为那是一种在柱子间跑过来奔过去的游戏。”

“先生，在我的家乡，我们的恩戈麦是为庆祝丰收的舞会。我想很像你们的板球。”

“很像，”金·克说。“但这次是个新的恩戈麦。全部由当地人跳舞。”

“先生，这多有趣，”我说，“我能陪同您称她玛丽小姐的这位可爱的年轻女士去这次鼓会吗？”

“已经有人提出过了，”玛丽小姐说。“我将和猎务部的春戈先生一起去。”

“玛丽小姐你可真坏透了，”金·克说。

“先生，春戈先生是不是就是那个身材魁梧，留小胡子，穿短裤，头上插有鸵鸟毛的那个人？”

“他看上去是一表人才啊，先生。是在猎务部里和您共事的吗？先生，我得说，您的这帮伙计们棒极了。”

“我爱上春戈先生了，他是我的英雄，”玛丽小姐说。“他告诉我说你是个吹牛大王，根本就没有射杀过狮子。他说所有的小伙子们都知道你是个骗子。恩古伊和其他几个只不过假装是你的朋友，因为你老是送东西给他们，从来不要求他们遵守纪律。那天你喝得醉醺醺地回家来，恩古伊把你在巴黎花大价钱买的你最喜欢的那把小刀弄断了；他说光是这件事就看得出问题。”

“噢，噢，”我说。“我记起来了，在巴黎我见过老春戈。是的，是的。想起来了。对，没错。”

“不对，不对，”金·克心不在焉地说道。“不，不，不是春戈先生，他跟我们不是一伙的。”

“是的，是的，”我说。“我想他是的，先生。”

“春戈先生还告诉我另外一件有趣的事情。他说你在实心枪弹上涂上坎巴族的箭毒，都是恩古伊替你做的，所以什么一枪毙命的把戏全是箭毒的作用。他主动把自己的腿弄破让它淌出一条血，然后让我看这箭毒在这条血里扩散得有多么快。”

“我的天哪。先生，你认为她和你的同事春戈先生一道去参加鼓会妥当吗？那么做可能会没有一点儿问题发生，不过她毕竟还是位‘太太’呀，先生。她还是必须负起‘白人的责任[①]’啊。”

---

① 所谓“白人应将其文明带给落后民族”的责任。语出英国作家鲁·吉卜林（1865—1936）的诗。

"她和我一块儿去，"金·克说。"玛丽小姐，给我们弄点儿喝的；算了，还是我来吧。"

"这我还能做，"玛丽小姐说。"你们两人别做出这么恶毒的一副样子。春戈先生这一套全是我编出来的。在这儿，除了老爹和他的那伙异教徒，还有你和老爹，以及你们晚上的胡思乱想和所干的那些坏事总得有人有时候说几个笑话吧。你们今天早上几点起床的？"

"不是太早。不过总还是算今天吧？"

"日子一天撞进另一天撞进另一天撞进另一天，"玛丽小姐说。"这是我非洲咏怀诗中的一句。"

"玛丽小姐正在创作一首有关非洲的长诗，但麻烦的是有时她脑子里想好了几句却忘记把它们写下来，然后这些句子便像梦一样消逝。她虽然曾记下几句却不愿给任何人看。对她这首非洲长诗，我们一直是充满信心的，我现在依然如此，不过我觉得要是她能写下来就更好了。我们那时候都在读刘易斯[①]翻译的古罗马维吉尔的《农事诗》。我们有两本，但总是不见了或者是放错了地方，我还从来没有见过有哪本书能叫我们这样容易地就放错地方的。我所知道的关于那曼图亚人[②]的唯一缺点就是他使所有智商平平的人都觉得自己能够写伟大的诗篇。但丁只不过让疯子自认为能写伟大的诗篇。那当然不是真的，但是几乎没有什么是真实的，尤其是在非洲。在非洲，一件在黎明时看来是真实的事物到了正午便成为一个假象，你对它是毫不相信的，就好像不相信太阳炙烤下的盐碱地另一边真有一个玲珑剔透、水草丰美的湖泊一样。你曾在上午的时候穿越盐碱地带，知道那儿根本没有这样一个湖泊。但眼下这片湖泊却显得那么地真实可信，美不胜收。

"真的是诗里的一句吗？"我问玛丽小姐。

---

① 塞西尔·戴－刘易斯（1904—1972），英国诗人，文艺评论家。

② 即维吉尔。

“是，当然是啰。”

“那就快把它写下来吧，趁它还没有听上去像一起交通事故。”

“你不要嘲笑人家的诗，就像射击人家的狮子一样。”

金·克抬头看我，像个厌倦了的学生。我说：“我把我那本《农事诗》找来，如果你想看的话。就是不带路易斯·布洛姆菲尔德序言的那本。这个办法可以区分它们。”

“你可以认出我那本，因为书里有我的名字。”

“还有路易斯·布洛姆菲尔德作的序。”

“布洛姆菲尔德是哪个？”金·克问。“像是个军事术语？”

“他是个写文章的，在美国有个闻名遐迩的农庄，在俄亥俄州。这个农庄使他声名大噪，牛津大学便嘱他写个序言。他说在字里行间他能看见维吉尔的农庄、维吉尔的牲口、维吉尔的农夫，甚至维吉尔本人严肃粗犷的五官，或是体形，我忘了是哪一个。如果他是个农夫那就一定是指他的体形啰。不管怎么说，路易斯看见他了，他说，无论对哪一类读者，那本身就是一首或一组壮丽永恒的诗篇。”

“一定是我的没有布洛姆菲尔德序言的那本，”金·克说，“我想被你丢在卡吉亚多了。”

“我那本里面写着我的名字，”玛丽小姐说。

“好啊，”我说。“你那本《内地斯瓦希里语教材》上也有你的名字，而它现在就在我的屁股口袋里，不过给汗湿了，书页都粘在一块了。我把我的给你好了，你可以在里面签上大名。”

“我才不要你的呢。我要我自己那本。你为什么偏要出这么多汗把它粘得这么牢把它毁坏了呢？”

“我不知道。很可能这是我毁坏非洲的阴谋的一部分吧。它在这儿。我建议你还是拿那本干净的为好。”

“这本里面有我自己写的原书没有的一些字，还有一些批注。”

“真是不好意思。一定是哪天早上我摸黑错放到口袋里去的。”

“你从来不犯错误的，”玛丽小姐说。“这我们都知道。另外如果你认真地学习斯瓦希里语，而不是整天讲些别人听不懂的语言，看一些别的书而不光看法语书，你的日子没准会好得多呢。我们都知道你读法语书。可是千里迢迢地跑到非洲来读法语书，有这个必要吗？”

“也许有吧。我不知道。这是我第一次有了全套的西默农。那间开在豪华旅馆长过道里的书店里的女店员真是好人，服务得真周到，把整套书给我弄来了。”

“然后你就把它们留在坦噶尼喀帕特里克的家里。几乎全都留在那儿了，除了几本。你认为他们会看吗？”

“不知道。帕特有些地方像我，有点儿怪怪的。他也许会看，也许不看。不过他有个邻居，老婆是法国人，他们也许会给她看的。不，帕特会看的。”

“你有没有学过法语，有没有学习如何把法语讲得合乎语法一些呢？”

“没有。”

“你真是不可救药。”

金·克冲我皱了皱眉头。

“不对，”我说，“我不是不可救药，因为我还有希望。哪一天我没有希望了，你会头一个知道的。”

“你的希望是关于什么的呢？犯糊涂吗？拿别人的书吗？关于狮子的事情说谎吗？”

“你在押头韵呢。就讲讲‘说谎[1]’这个词吧。

“现在我躺下睡觉。

---

① 下面的诗里并没有“说谎”出现，而只有“躺、躺下”，这是因为这两个意思在英语里是同一个词 lie。

改变动词‘躺’的词形我与谁同眠
那会多么销魂。

“日日夜夜都和我交欢
热情似火，没有雨夹雪，无需烛光
当你入睡山峦冰冷近在咫尺

“黑树林带并非紫杉，
但雪依然是雪。
下雪了与我交欢吧

“为何山峦变近了
又离得更远。

“和我交欢吧我的爱人。
你带来了什么样的玉米？”

这样说话有损斯文，尤其是对一位正受维吉尔诗句熏陶的人，这时候开午饭了，而午饭永远会在误会时造成休战机会，它的妙处在于给误会双方提供了一个安全的藏身之处，就像——人们曾经这么说——罪犯在逃避法律惩罚时躲进了教堂一样，尽管我对那个庇护所从来就不大相信。于是我们结束争论，饭后玛丽小姐去睡午觉，我则去参加鼓会。

这次鼓会和以往的非常相像，不过这次特别好，特别令人快乐，侦猎员们付出了很大的努力。他们穿着短裤跳舞，所有人脑袋上都插着四根鸵鸟毛，至少一开始是这样，两根是白色的，两根染成了粉红色，为了不让它们掉下来，他们又是用皮带，又是用绳子，在头发上绑的绑，缠的缠，什么办法都用上了。他们戴着脚铃，跳得很好，优美的舞姿中透出从容和训练有素。鼓有三只，一些人在铁皮罐子或是空汽油桶上击打。鼓会上安排了四个传统舞蹈以及三四个即兴舞蹈。少妇、姑娘还有孩子们到了跳后面几个舞时才加入进来。他们一直跳到黄昏时分才进入舞阵当中，分成两排跳。从孩子和姑娘们跳舞的姿势你能看出她们习惯于在村子里跳奔放得多的舞蹈。

玛丽小姐和金·克出来了，拍了些彩照。每个人都向玛丽小姐表示祝贺，她也和他们一一握手。侦猎员们表演灵巧的身手。其中一个向一枚半埋在土里、边缘朝上的硬币做了个侧手翻，待两脚向上时停住，双手撑地并慢慢弯曲手臂，俯下脑袋衔起硬币，然后再一个翻身双脚着地。这动作难度极高，而那个最健壮最灵巧，最善良最温和的侦猎员丹杰将它完成得非常漂亮。

多数时候我坐在树荫下面，一边用手掌根部在一只空汽油桶上击打着基本的节奏，一边看着人们跳舞。探子走过来蹲在我的身边；他围着那条仿佩斯利涡漩纹花呢披巾，脑袋上戴一顶馅饼式男帽。

“您怎么不高兴呢，大哥？”他问。

“我没有不高兴。”

“大伙儿都知道您不高兴。高兴起来吧。看看您的未婚妻，她是今天恩戈麦鼓会的皇后呀。”

“别把手放在我的鼓上。你把鼓声弄没了。”

“您敲得真好，大哥。”

“好个屁。我根本就不会敲。我只求不坏了大家的好事。你难过什么？”

“猎长先生粗声粗气地骂了我一通，把我赶走。尽管我们工作干得非常好，他却说我在这儿是吃干饭的，要把我差到一个很容易就丧命的地方去。”

“随便到哪儿你都有可能会丧命的。”

“是的。不过在这儿我对您有用处，就是死我也开心。”

舞现在跳得愈加狂放了。我喜欢看黛芭跳舞，但又不想看。这么简单，其他跟着跳这种舞的，我想也是一个样的吧。我知道她在向我炫耀舞技呢，因为她是在靠近空汽油桶的这一头跳。

“她真是个俊俏的姑娘，”探子说。“鼓会上的皇后呀。”

我一直敲到舞跳完了才站起身来，瞧见恩贵利穿着他那件绿色的袍子，便让他去看看姑娘们是不是要喝可乐。

“到帐篷里来，”我对探子说。“你病了，是不是？”

“大哥我真是在发烧。您给我量量体温就知道了。”

“我给你拿一些阿的平来。”

玛丽还在拍照片；姑娘们站得笔挺，胸脯把桌布似的围巾顶了起来。姆休卡正把几个姑娘召集在一起，我知道他是想要给黛芭好好地拍一张。我望着她们，看见黛芭站在玛丽小姐面前，眼帘低垂，十分害羞，站得笔直。她这会儿没有一点儿与我在一起时的那种放肆模样，像个士兵一样立正站着。

探子的舌头白得如同喷过一层石灰，我用汤匙把儿压住他舌头朝里一看，看见他的喉咙口有那么一块黄的，另外还有一块，黄中带白。我把温度计放到他舌下，一量竟有一百零一点三度。

“你病了，老伙计，”我说。“我给你打一针青霉素，再吃几片青霉素药片，然后用猎车把你送回家去。”

“我说我病了吧，大哥。可是没人在意。我能喝一杯吗，大哥？”

“青霉素一点儿也不痛。它对你喉咙会有好处的。”

“这我相信，大哥。如果您证明我生病了，您认为猎长先生会让我留下来为您效劳吗？”

“一生病你就再也蹦跶不起来啰。我看要把你送到卡吉亚多的医院去。”

“大哥，不要，求您了。您在这儿就能把我治好；不管什么紧急情况，我都会随时听您调遣，打起仗来我就是您的眼睛、您的耳朵和您的左右手啊。”

老天爷帮帮忙吧，我心里想，不过他产生这些念头，既不是喝醉了酒，也不是打了吗啡针什么的，而是喉咙有脓毒或者扁桃体发炎。这些话即使光在嘴上说说也够豪迈的。

我把酸橙汁和威士忌各一半倒在玻璃杯里，调成半杯，它能减轻嗓子的疼痛，然后我再给他打针吃药，再开车送他回家。

这混合饮料让他喉咙好了一些，而那酒一落肚，他又神气起来。

“大哥我是一个马萨伊人哪。我不怕死。我蔑视死亡。我被老爷们和一个索马里女人给毁了。她把什么都拿走了：我的财产，我的孩子，还有我的名誉。”

“你跟我讲过。”

“是啊，但现在既然您给我买了那柄长矛，那么我就要重新振作。您已经让人去买可以使人恢复青春活力的药了吗？”

“药就要买来了，但只有当一个人心中还有青春活力的情况下这药才能使它恢复过来。”

“我有啊。大哥，我保证。我感到它现在就在我身体里膨胀起来哩。”

“就是那东西。”

“可能。不过我能感觉到自己又有青春活力了。”

“我现在就要给你药，然后开车送你回家。”

“不，大哥，求您了。我是和寡妇一块儿来的，她必须和我一道回家。现在回去对她是太早了。上次鼓会我就和她失散了三天呢。我要等着和她一块乘卡车回去。”

“你该躺在床上。”

“我看最好还是等等寡妇。大哥您可不知道恩戈麦鼓会对一个女人来说有多危险呀。”

这危险我倒略知一二，但我不希望探子在喉咙这么糟糕的时候说话，不过他又问道：“我能在吃药前再喝最后一杯吗？”

“行啊。从治疗的角度来说，我认为可以。”

这次我在酸橙汁里加了些糖，冲调出大大的一杯来。如果他打算等那寡妇的话，时间可长了，而不一会儿太阳就要落山，天会冷的。

“我们两人一起可以做大事，”探子说。

“我不知道。你不认为我们应该先分头做些大事来锻炼一下吗？”

“你说一件，我便去做。”

“你喉咙一好我就想一件出来。现在有许多小事还等着我做哩。”

“我能帮你做一件小事吗，大哥？”

“这些不行。这些小事我非得自己做不可。”

“大哥，如果我们一起做大事的话，您能带我去麦加吗？”

“今年我可不一定去麦加。”

“那么明年呢？”

“如果真主安拉希望的话。”

“大哥，您还记得布历克森老爷吗？”

“当然啰。”

“大哥，很多人说布历克森老爷没死呢。他们说他的债主死光之后他就会出现，他会像圣婴耶稣那样重返人间。这只是个比方，并不是说他真会像耶稣那样出现。这种传闻可信吗？”

“我想这不是真的。布历克森老爷确实死了。我的朋友看见他死在雪地里，脑袋被打开了。”

“太多伟大人物死掉了。我们当中没几个还活着。大哥，给我讲讲您的信仰吧，人们都谈论它。您信仰的是哪一位伟大的神？”

“我们称之为神力无边的大神‘基奇’。这不是他的真名。”

“我明白了。他也去过麦加吗？”

“他去麦加就像你我去赶集逛店铺一样。”

“您是像我听说的那样直接代表他吗？”

“只要我配得上。”

“但您能行使他的权威吗？”

“那不是你能问的。”

“大哥，原谅我的愚昧吧。但他是通过您来传话的吗？”

“如果他愿意他就通过我来传话。”

“他们能不能，我是说那些人不……”

“不要问。”

“那……”

“我来给你打针吃药，然后你走吧，”我说。“在用餐帐篷里谈宗教不合适。”

探子不相信口服青霉素，我倒希望口服药能对一个将来会干大事的人起作用，不过，要是用大针头给他注射过后他并不显示出英雄气概，那不令人失望吗？然而他喜欢药的可口滋味，津津有味地喝了满满两大勺。我陪他喝了两勺，怕他万一被毒死，也因为谁都不知道在一个鼓会上会发生什么。

“味道很好，您认为它灵吗，大哥？”

“伟大的大神本人也吃它，”我说。

“安拉保佑，”探子说。“我什么时候能喝瓶子里剩下的酒？”

“早上醒来时。如果你在晚上醒过来那就吞些药片吧。”

“我已经感觉好些了，大哥。”

“现在走吧，去照顾那寡妇。”

“我去了。”

在整个这段时间，我们一直听见鼓声、脚铃细碎的颤动声和交通哨的声音。我还是无精打采，也不想跳舞，于是，探子走后，我调了一杯戈登杜松子酒和堪培利酒的混合酒，又倒进些苏打水。如果这个与双倍剂量的口服药配得好，有些事情会得到证明，尽管不一定在纯科学的领域里。它们看来混合得非常和谐，噢，如果有作用的话，那就是使鼓声变得尖了一些。我仔细听着，看警哨声是否也尖了些，但它们好像没有变。我觉得这是个极好的兆头，便从一个滴着水的帆布水袋里拿了一瓶冰镇啤酒，回到鼓会中去。有人正在敲打着我那个金属鼓，我便找了棵大树背靠着坐下来，我的朋友托尼过来坐在我身边。

托尼人不错，是我最好的朋友之一。他是个马萨伊人，在坦克部队里当过中士，是个勇敢、能干的士兵。虽然可能不是英国军队中唯一一名马萨伊人，至少也是仅有的一个马萨伊中士。他在猎务部里为金·克做事，我总是嫉妒金·克有他这样一个出色的技师，忠诚，全心全意，总是乐呵呵的，而且他讲一口好英语，无可挑剔的马萨伊语，自然，也讲斯瓦希里语，一些查加语和坎巴语。他的身材一点儿不像马萨伊人，短短的罗圈腿，壮实有力的胸膛、胳膊和脖子。我曾教过他拳击，经常在一起过过招，彼此是非常要好的朋友和伙伴。

“是个很棒的鼓会，先生，”托尼说。

“是呀，”我说，“你不跳舞吗，托尼？”

“不，先生。这是个坎巴族的鼓会。”

他们现在在跳一种非常繁复的舞蹈，年轻的姑娘们也在跳着，作剧烈性交状。

“有几个很漂亮的姑娘。哪个你最喜欢，托尼。”

“您喜欢谁呢，先生？”

“我拿不定主意。有四个真正漂亮的姑娘。”

“有一个是最美的。您知道我指的是谁吗，先生？”

“她很可爱，托尼。她是哪儿来的？”

“坎巴族的村子，先生。”

她的确是最美的，比最美更了不起。我们两人都注视着她。

“你看到玛丽小姐和巡猎队长了吗？”

“是的，先生。他们刚刚还在这儿。玛丽小姐射杀了她一直在追猎的那头狮子，我真高兴。您还记得早先这头狮子杀马萨伊人就像用长矛刺泡泡糖一样吗，先生？您还记得那个叫‘无花果树’的营地吗？打那时起已经是多长的一段时间啊，先生，她最终射杀了那头狮子。今天早上我给她讲了一句马萨伊谚语。她跟您说了吗？”

“没有，托尼。我想她没有。”

“我对她讲的是这句：‘大雄狮死的时候，四周总是很静’。”

“对极了。这会儿鼓会虽然闹哄哄的，四周却很静。”

“您也注意到了，先生？”

“是啊。我整天都心如止水。你想喝点啤酒吗？”

“不，谢谢您，先生。今晚会有拳赛吗？”

“你想打一场吗？”

“如果您想打的话，先生。不过现在有许多新来的小伙子想试试身手。明天没有鼓会，我们可以打得更加过瘾。”

“就在今晚，如果你愿意的话。”

“明天或许好一些。有一个小子不讨人喜欢。人虽不坏，但不讨人喜欢。您是知道那种人的。”

“城里来的？”

“有点儿，先生。”

“他会拳击吗？”

“并不真的会，先生。但出手很快。”

“打得中吗？”

“是的，先生。”

“现在跳的是什么舞？”

“新排的拳击舞。您看到了吗？他们现在是在近击，左勾拳，就是您所教的打法。”

“打得可比我教的好。”

“明天最好，先生。”

“不过明天你要走了呀。”

“我忘了，先生。请原谅我。自打那大雄狮死后我变得健忘了。等我们回来后再比一场吧。我这就去检查卡车。”

我动身去找凯第，见他站在跳舞场地的边缘。他看来神情专注，兴致勃勃。

“天黑时请开卡车把他们送回家去，”我说。“姆休卡的猎车也能带几个。夫人累了，我们要早点儿吃晚饭，然后便睡觉。”

“Ndio，”他表示同意。

我找到恩古伊，他说：“Jambo Bwana，黄昏时这么说真可笑。”

“Jambo tu，”我回答道，“你为什么不跳舞呢？”

“规矩太多了，”他说。“不是我跳舞的日子了。”

“也不是我的。”

那天晚饭我们吃得很愉快。厨子姆贝比亚做的面拖狮里脊小条肉味道好极了。九月份，我们第一次吃狮里脊肉，引起了一场辩论，把它看作是一种怪异行为或野蛮行径。如今人人都吃，它成了佳肴。这肉白如小牛肉，质嫩味美，而且不带任何野味腥臊气。

“我想没人能把它和一家正宗意大利餐馆里的 Costoletta Milanesa[①] 区别开来，只会觉得这肉味道更好一些，”玛丽说。

我第一次看见狮子被剥皮时就断定它的肉不会差。我以前的扛枪伙计姆科拉就告诉我狮里脊肉吃起来味道是最棒的。但那时我们被老爹管得很严，他竭力想把我培养成一名真正的绅士，至少要算得上半个，而我决没有胆量去割下一条里脊肉让厨子去炸。然而今年我们杀了第一头狮子后我叫恩古伊割下两条狮里脊肉时，情况已不同了。老爹说这很野蛮，没有人吃狮子肉。但这一次差不多肯定是我们今生最后一次在一块儿游猎了，所以我俩都为那些未能一起做过的事而感到懊悔，而不是后悔那些一起做过的事情，因此他只是很随便地说了一句不同意，而当玛丽指点姆贝比亚如何炸这里脊肉，当大伙儿闻到了它的香味，当他看见狮子肉怎样被切得完全像小牛肉一样而我们又如此津津有味地品尝着它的时候，他也试着吃了一些，也喜欢上它了。

“你在美国落基山脉打猎时吃熊肉。味道像猪肉，不过太肥了。猪肉你能吃，而比起熊或狮子来，猪吃的东西恐怕更脏。”

“别烦我了，”老爹那时说。“我正在吃这该死的玩意儿。”

---

① 米兰式煎牛排。

“难道不好吃吗？”

“不。该死的。真好吃。不过不要烦我了。”

“多吃些吧，老爹先生。请再吃一点儿，”玛丽说。

“好吧。我再吃点儿，”他挤出又高又尖假装抱怨的嗓音说。“不过在我吃的时候不要始终盯着我看。”

这个玛丽和我都深爱的老爹，这个在我认识的所有人中我最喜欢的一个，谈一些有关他的事，我们两人都很高兴。玛丽讲述了在那次漫长的行车途中老爹告诉她的一些事情，他们曾一起穿过坦噶尼喀，而我们则去大卢瓦哈河流域以及波哈拉平原一带打猎。听着这些往事，又想象着那些他没有讲过的事情，老爹仿佛就在我们身边，我想，即使他不在场，他也能使那些困难的事情变得容易对付。

而此刻我们吃着狮子肉，觉得它与我们如此亲近，觉得它最后一次与我们作伴，味道这么好，这感觉真是妙不可言。

那天晚上玛丽说她很累，便到自己的床上去睡了。我醒着躺了片刻，然后出去坐在火堆旁。坐在椅子里，我望着火，一边想着老爹。他不能长生真让人难过，不过令人高兴的是他总是能够和我们在一起；过去我们有幸共同经历了三四件事，而现在还能像过去的时日里一样，我们能愉快地相处，尽兴地谈笑，这真是一种幸福呀。想着想着我便入睡了。

第十一章

在清晨散步时看见恩古伊大步轻快地穿过草地，一边想着我们是多么好的兄弟，我便觉得自己在非洲做一个白人简直蠢极了。我又记起二十年前我被带去听一个穆斯林传教士讲道，他向我们这些听众解释黑皮肤的好处以及白皮肤的不利之处。我已被晒得黑黝黝的，足以冒充一个混血儿了。

“仔细瞧瞧白人吧，”那传教士说。“要是他顶着日头走路，准被太阳烤死。如果他的身体暴露在太阳下，皮肤会起泡乃至溃烂。这可怜的家伙必须呆在阴凉地方，喝酒糟蹋自己，因为他不能面对第二天日出时他心中的恐惧。看看这个白人和他的女人们；他的夫人们。那女人走进太阳里，浑身上下就会布满褐色斑点，就像麻风病的前兆。如果她继续在太阳里走，日头会把她的皮剥去一层，就像她从火里走过似的。”

在这个怡人的早晨，我不再继续回想那篇针对白人的讲道。已经过去很久了，许多更生动的部分我已记不得了，只有那关于白人天堂的部分我还没忘。我还记得那天堂又如何被描绘成白人的另一个可怕的信仰，在这信仰的驱使下，他用棍子在地上击打白色的小球，或者把较大的球在类似大湖里捕鱼用的那样的网的两边来来回回地打，直到太阳晒得他受不了，他才躲进俱乐部，死命地喝酒，要是他的女人不在身边，还会大骂圣婴耶稣。

恩古伊和我一同穿过一个树丛，那儿有个眼镜蛇洞。那眼镜蛇可能外出不知到哪儿串门去了。我们两人没有一个是捕蛇高手。不过白人应该有此嗜好，而且也有必要，因为蛇一旦给踩上了是会咬牛和马的，而且在老爹的农场里，有一笔长年为此而设立的好几先令的奖金，不管捕到眼镜蛇还是鼓腹巨蝰。不过为酬金去捕蛇真是下等。我们知道眼镜蛇移动迅捷，身体柔软，会找一些小得似乎它们不可能进去的洞来栖身，关于这一现象我们还讲笑话哩。有些故事讲的是一些凶猛的曼巴蛇会以尾巴着地高高竖起，追逐那些无助的殖民者或骑在马上的勇武的巡猎员，不过这些故事我们听了并不在意，因为它们从南方传过来，在南方据说拥有各自名字的河马为找水喝会长途跋涉数百里干旱地带，那儿的蛇会干一些类似《圣经》里记载的业绩。我相信那些故事一定是真的，因为那是有名望的人写的，不过那儿的蛇不像我们这儿的蛇，在非洲只有你自己的蛇才是重要的。

我们的蛇或害羞或愚笨或神秘，却都强健有力。我虽大肆表现自己在捕蛇方面的热情，但那可能除了玛丽小姐外，谁也骗不了；不过我们都讨厌那种会吐信的眼镜蛇，因为金·克就是被这种蛇咬的。今天早晨当我们发现那眼镜蛇不在洞里，没有回去过，我就对恩古伊说它很可能是托尼的爷爷，我们对它还是放尊重些为好。

恩古伊听到这话后高兴极了，因为蛇是所有马萨伊人的祖宗。我说也有可能这蛇是他在那个马萨伊村中的情人的祖先。她高高的个儿，是个可爱的姑娘，浑身上下有一股“蛇气”。恩古伊的兴致被刺激了起来，但想到他那位非法的情人的祖先可能是蛇，他稍微有点儿害怕；我就问他有没有想过，马萨伊女人的手很凉，更奇怪的是，她们身体的其它部位有时候也很凉，这也许跟她们体内的蛇血有关。一开始他说这不可能，说马萨伊人一直都是这样的。随后，当我们并肩朝营地那一片林子走去时，高高的树木在褐色的高低不平的土地和山顶积雪的映衬之下现出黄黄绿绿的轮廓；营区还没有进入视野，只有那些大树已经告诉我们它就在那儿了，这时候他说那可能是真的。他说意大利女人的手就是忽冷忽热的。那手可能是冰凉的，但随即变得像温泉一样的暖，而在其它情况下又变得像热泉一样灼烫，如果你能记得起那种感觉的话。他们乱搞男女关系，而遭受惩罚得腹股沟淋巴结炎的人数却跟马萨伊人一样很少。

说不定马萨伊人体内真的有蛇血。我说下一次杀死一条蛇后，我们要摸摸蛇血看。我从没有伸手去碰过那向外喷射的蛇血，因为我觉得很恶心，我知道恩古伊也受不了。但我们还是决定要摸一下，而且还要让别人也摸一下，只要他们抵抗得住那恶心的感觉。这一切对我们每天都在进行的人类学研究是有利的；就这样我们继续向前走，一边思考着这些问题，以及那些我们试图联系到人类学的较大利益的我们自己的小问题，直到在那些黄黄绿绿的树木下出现了营地的帐篷，在第一道曙光的照耀下，大树正现出明亮的深绿色和闪光的金色，我们看见了营地火堆上升起的淡色的烟，看见了侦猎员们走出营房来活动，还有在我们那深深掩映在林木之中的篷帐前的火堆旁，在新一天阳光照耀下的金 · 克的身影，他坐在木桌旁的轻便折椅里，手握一瓶啤酒在看书。

恩古伊拿过来复枪，连同那把旧猎枪一起扛在肩上。我朝火堆走过去。

“早上好啊，将军，”金 · 克说。“你们起得好早啊。”

“我们打猎的可要吃得起苦，”我说。“我们靠两只脚打猎，而危险时刻存在。”

“总得有人在什么时候把那该死的危险消除，要不然你自己就会遭殃。来点儿啤酒吧。”

他从瓶子里小心翼翼地往杯子里倒酒，在杯子将满酒差一点儿就要溢出时非常缓慢地一个气泡又一个气泡地倒，直到杯子装满。

“闲人总归有活儿干，”我说着举起杯子。它盛得满满的，琥珀色的啤酒沫挂在杯壁上像是雪崩时伸出山崖的冰雪。我轻轻地、一滴不洒地把它送到嘴边，用上唇抿了第一口。

“对一个不成功的猎手来说这就不坏了，”金 · 克说。“就是这样坚定的手和布满血丝的眼睛成就了我们英格兰的伟大。”

“身在碎瓦铁沙之下，我们且听从神谕饮下此杯，”我说。“你越过大西洋了吗？”

“我过了爱尔兰，”金 · 克说。“一片碧绿。我差不多能看见勒布尔热[1]的灯火了。我将要学习怎么飞了，将军。”

“很多人以前都这么说过。问题在于你怎么飞呢？”

“我身子一挺飞出去就是了，”金·克说。

“用你的双脚，在危险的时候吗？”

“不。是坐飞机。”

“坐飞机可能比较明智一些。小子，你想把这些原则运用到生活中去吗？”

“喝你的啤酒吧，比利·格雷厄姆[2]，”金·克说。“我走后你打算干些什么呢，将军？我希望你可别精神崩溃呀。没有精神创伤吧？我希望你能顶得住。现在守住侧翼还不晚呀。”

“哪个侧翼？”

“任何一个。这是我脑子里残留的几个军事术语之一。我总是不让他们攻破侧翼。在真实生活里你总是要防守侧翼，在某一处牢牢守住。在我守住侧翼之前我一直受挫。”

“Mon flanc gauche est protégé par une colline，”我清楚地记了起来。“J’ai les mittrailleuses bien placés.Te me trouve trés bien ici et je reste.”[3]

“你用外语来搪塞我，”金·克说。“快倒上一杯。趁今天早上我那帮捣蛋鬼还在为所欲为，还没有为了市镇的利益而要饭之前，我们外出去完成测量。”

“你看过《莎士比亚中士》这本书吗？”

“没有。”

“我会带给你的。达夫·库柏给了我一本。是他写的。”

“不是写往事的吧？”

“不是。”

---

① 巴黎北部一座市镇。

② 格雷厄姆（1918— ），美国基督教福音派传教士、浸信会牧师。

③ 法语：“我的左侧有一个山丘掩护。”“那些机枪架设得不错。我觉得这儿挺安全，便留守下来。”

在这之前我们一直在看一本《回忆录》，是在一份纸张很薄的航空刊物上连载的，这刊物是降落在恩德培[1]的“彗星号”飞机上的刊物，后来送到了内罗毕。我不喜欢一篇东西像在报纸上那样分期刊出。但我很喜欢《莎士比亚中士》，也喜欢那个达夫·库柏，不过他老婆我就不敢恭维了。在《回忆录》里她频频出现，这使金·克和我都十分反感。

“金·克，你打算什么时候写你的回忆录？”我问道。“你不知道老人多忘事吗？”

“我没有很多地想过写回忆录。”

“你会的。老家伙已经没有许多还健在的了。你现在就可以动笔写些关于早年的东西了。写在前几卷里。《很久以前在那遥远的阿比西尼亚》会是一个引人入胜的题目。跳过大学时代和在伦敦及大陆上游来荡去、居无定所的日子，径直写《苏丹军队中的一个年轻人》，然后转而叙述你初当巡猎员的经历，那段你还能回忆起来的光阴。”

“不知我是否可以模仿你在《意大利前线一位未婚母亲》中表现出的那种硬朗朴实的风格？”金·克问道。“除去《在两面旗子下》不算，那是你最叫我喜欢的一本书。是你写的不是？”

“不是。我的那本叫《卫兵之死》。”

“也是本好书，”金·克说。“我从来没有告诉过你，但我用那本书来指导我的生活。我上学时妈妈塞给我的。”

“你并不真想出去搞什么无聊的测量吧？”我说着，心里还抱着一线希望。

“说对了。”

“我们需要带几个中间人做见证吗？”

“没有这种人。我们就自己用步子测量吧。”

“那就出去吧。我去看看玛丽小姐是不是还睡着？”

---

① 乌干达南部城市。

她喝了茶，还在睡，看上去仿佛还会睡上两个小时。她闭着双唇，贴着枕头的脸庞如象牙般光滑。她呼吸均匀，但在她转动脑袋的时候我能看出来她正在做梦。

我摘下恩古伊挂在树上的来复枪，钻进那辆巡逻车，在金·克旁坐下。我们开着车，后来终于发现前些日子留下的那些脚印，也找到了玛丽小姐射杀狮子的地点。许多地方都起了变化，就像任何旧战场上的情况一样，不过我们还是找到了她的弹壳，还有金·克的，往左面再远些是我的。我把一颗揣进了口袋。

“现在我把车开到它被射杀的地方，然后你沿直线走，步测一下。”

我看着他的车开了出去，他棕色的头发在清晨太阳的照耀下闪着光；那条大狗回头望了望我，又转过去笔直地看着前方。车绕了个圈子，停在了密密的灌木林的这一侧，我从距那颗在最西面发现的弹壳左侧一步之遥的地方开始迈步子，朝车的方向走去，边走边数。我背着来复枪，右手握着枪管。开始走的时候，巡逻车看上去很小。狗被放了出来，金·克也在四下里走动。他们也很小，有时我只能看见狗的头和脖子。我走到车跟前，站在那片倒伏的杂草旁边，狮子起初就是趴在那儿的。

“多少？”金·克问道，我告诉了他。他摇摇头，问，“你带着吉妮壶吗？”

“带着。”

我们各自喝了一口。

“这一枪打得有多远，我们就是死也不能告诉任何人，”金·克说。“不管我们是醉还是清醒，无论是跟下贱的人还是很有身份的人在一起。”

“死也不说。”

“现在我把速度表打开，你把车直线开回去。我再来步测一次。”

我们两人步测的结果相差两三步，速度表的读数和我们的步测也略有不符，我们便从总数里减去四步。然后我们驱车回营，望着山峦，心里不是滋味，因为我们在圣诞节之前不会再一块儿去打猎了。

金·克和他的人走后，我独自一人，想着玛丽小姐低落的情绪。我并不真的孤单，因为还有玛丽小姐、这个营地、我们自己的伙计们、众人称作基波的大山乞力马扎罗，还有飞禽走兽、新开的一片片鲜花和从地下孵出来的吃花的虫子。还有褐色的鹰飞下来叼虫子吃，所以鹰就和小鸡一样地普遍了。腿上长着褐色长毛的以及头是白色的鹰跟珍珠鸡一起忙着吃虫子。虫子在飞禽之间造成休战，使它们都走到了一起。大群大群的欧洲鹳来吃虫子，它们都挤在这一片平原上，穿行在高高的白花丛中，平展开来面积达好几英亩。心绪不佳的玛丽小姐不喜欢鹰，因为它们对于她所具有的意义不如对于我那么多。

她从来没有在我们家乡山区的那些高高的杜松树丛下呆过，躺在那儿手握.22来复枪，眼望下面的伐木区，趴在山路尽头等着老鹰飞下来吃一匹死马；那死马是为了猎熊而设的诱饵。现在熊被杀死了，它便成了鹰饵，以后它又会当熊饵用的。你第一眼看到那些鹰时，它们高高地在天上翱翔。天还黑的时候你就已经爬到了树丛下；当太阳离开山路对面的山峰时你就已看见了它们从阳光里飞出来。这山峰只是长着草的山冈那拱起的山脊，顶上有嶙峋的山石，山坡上散布着杜松树丛。这片地带远近地势很高，如果你到达了如此高度，那就可以在这儿轻松旅游一番。鹰远远地朝雪山飞来，你如果是站着而不是躺在树丛下面的话就能看见它们。天上有三只鹰，它们在气流中旋转往复，扶摇攀升，你观赏着，直到阳光刺目。你闭上双眼，太阳红红的还在。你睁开眼，从遮阳篷的边缘望出去，能看见那展开的翼尖和宽宽的扇子似的尾巴，也能想象到那长在大脑袋上的鹰眼在注视你。清晨天气寒冷，你看着外面，看见那匹马，看见它那排现在暴露在外面的老牙，以前你只有掀起它的嘴唇才能看得见。它的唇温柔厚实。你把它牵到这个地方受死，卸去笼头的时候，它像一向受训练的那个样子站着。当你抚摩他黑色头颅上的那块长着灰色长毛的发亮的一块时，它探下头来，用嘴唇在你脖子上夹了一下。它目光向下看见那匹你拴在树林边上的那匹配着鞍具的马，仿佛在纳闷：它在这儿干啥，又有什么新游戏了？你记得，它在黑夜里一直都能看得有多远啊，而你在根本看不见的时候，在前面的小道沿着突出的岩石穿过林区的情况下，你把一张熊皮横包在马鞍上，手抓着马尾，沿小道而下。它的判断始终是正确的，并懂得所有的新游戏。

因此你在五天前就把它牵了上来，因为这事总要有人去做，而且这件事你能做，即使不那么温和却并无痛苦，不过，后来发生不同情况又有什么区别呢？麻烦在于，到最后它以为这是一个新游戏，正在学习。它用那副厚嘴唇甜甜地亲了我一口，然后便去注意另一匹马的站位。它知道自己的蹄子开裂了你是不能去骑它的，不过这是个新游戏，它想要学。

“再见吧老凯特，”我边说边抓住它的右耳，用手指在它的耳根处抚摩，“我知道你会为我这么做的。”

当枪举起来的时候，它当然不明白，还想再亲我一口，表示一切都正常。我本来想可以不让它看到的，可它还是看到了，它认识这东西，一动不动地站着，浑身在发抖。我一枪打在它的印堂上，它四足跪下，接着全身倒地。它成了一个捕熊的诱饵。

现在我趴在杜松树丛下，伤心极了。我一生对老凯特的感情始终如一，或者说，我那时是这样对自己说的。我看它的双唇，已不见了，因为被鹰叼了去；它的眼睛也没了；那块被熊撕开的地方，身子已经凹陷；还有在我干扰之前熊叼去了它一块肉的部位。我等着鹰飞下来。

终于来了一只。它降落时像炮弹击地爆炸一样发出巨响。它拍动双翼，伸出有长毛的腿，张着脚爪，往马身上撞击，仿佛是要把它杀死。随后它耀武扬威地踱了一圈，便开始在马的伤口上啄起来。另外一些温良些，飞得较缓慢，不过都长着长长的羽翼、粗粗的脖子、大脑袋、尖嘴巴和金色的眼睛。

我趴在那儿瞧着被我杀死的老朋友的身体被它们争抢啄食，觉得它们在空中时比较可爱一些。不过既然它们就快要一命呜呼了，就让它们再吃一会儿吧，让它们走来走去，争着闹着，把自己夺去的那份内脏细细咬碎。我真希望自己有一把猎枪啊，可是没有。终于我端起那把.22温彻斯特，仔细瞄准，一枪打在一只的脑袋上，另两枪打在身体上。它想飞，但飞不起来，翅膀平摊着栽了下来；我不得不顺着山坡向上去追它。几乎所有别的鸟兽受伤后都朝山坡下滚。但是鹰却是往上坡跑。我追上这只鹰，握住它那对捕捉猎物的双爪上部的腿，又用穿鹿皮鞋的脚踩住它的脖子，把它的翅膀反折起来抓住。此时它的眼中满是仇恨和鄙夷，我从来也没见过其它鸟兽有像这只鹰这样看着我的。它一身金色的羽毛，完全发育的身子大得足以抓起一头加拿大盘羊羔子；要把它抓在手里真是嫌大。看着这些鹰和珍珠鸡走在一起，想着这些飞禽不跟别的动物合群，我为玛丽小姐心情不好而难过，但我无法告诉她这些鹰对我意味着什么，也无法告诉她我把这两只鹰杀掉的原因；后一只的脑袋被我往林子里的一棵树上砸了个稀烂，至于用它们的皮在那个叫瘸鹿镇的居留地上换了些什么东西，也是无法对她说的。

我们是乘着猎车外出时看见鹰和珍珠鸡在一起的，是在那片林间空地上；那地方在那年早些时候被一个有两百多头象的庞大象群横穿而过，毁坏得不成样子，树木有的被拔起，有的被折断。我们到那儿去是为了查看一下那边的野牛群，也准备着有可能撞上头豹子，我知道那头豹子栖息在那片未受毁坏的林子里，紧靠长纸莎草的沼泽地。不过除了毛虫出没和飞禽之间的奇怪休战之外我们什么也没见到。玛丽又找到了几棵可以充数的圣诞树，我却总是想着鹰和过去的日子。过去的日子本以为比较简单，却并非如此，它们只是更加艰苦。在居留地上要比在村子里苦。或许不是这样吧。我并不真的知道，不过我确实知道白人总是夺取别人的土地，把他们弄到一个居留地去，在那儿他们被折磨或者被毁掉，就像在集中营里一样。在这儿他们把居留地称为“保护区”，关于如何管理现今被称为“非洲人”的土著居民，有着许多热诚而不现实的做法。然而猎手们不允许打猎，武士们也不准许开仗。金·克恨偷猎者，因为他既然总要信奉些什么，他便宁可信奉自己的工作。他当然会坚持说要是他没有这种对于工作的信仰他就不会干这项工作；他这么说也许有道理。甚至老爹在一次大规模的非法骗猎行动中也有他自己的非常严格的“盗之道”；是最严格的。顾客的钱财虽说应该尽可能地敲诈，但是对顾客必须有个交代。所有“了不起的白人猎手”都会谈及他们如何热爱猎物，痛恨杀生，但是通常他们所想的，是把猎物留给下一个会来这里的主顾。他们不会无谓放枪惊吓了猎物，而是要留出一块地方以便把下一个主顾和他的老婆或者另一对主顾带到那里，要让这块地方看起来就像未经破坏、没有人来捕猎过的原始非洲，这样他们就可以让主顾们得到最大的收获，同时他们自己也就可以在主顾们身上狠狠地敲竹杠。

许多年前有一次老爹将所有这些情况都告诉了我；当我们狩猎结束后在海岸边钓鱼时他说：“你知道，一个人的良知不会让他将这套把戏对人做上第二遍。我意思是说如果他喜欢主顾的话。下一次你再来，如果有自己的运输工具，最好带来，我会给你找几个小伙子，你就可以到你曾经去过的任何地方去打猎，你也可以去新的地方，花销决不会大于你在家乡打猎。”

不过后来的现象表明，富人们喜欢开销大；他们一次一次地回来，钱花得越来越多，而且好像越是别人不能做的事情就越有吸引力。年纪大的富人死了，总有新的富人来，而随着畜牧市场的发展，猎物越来越少。这也是殖民地一种收入极高的产业，正因为这个原因，猎务部，也就是管理这个产业从业人员的部门，在发展过程中制定了那些可以处理，或几乎可以处理所有问题的规范原则。

现在考虑到规范没什么好处，而对瘸鹿镇贩货的回忆只稍有一点用处；在那儿你坐在一个圆锥形帐篷前面的一张黑尾鹿皮上，你射杀的那两只鹰头尾巴上下颠倒放在那儿，使可爱的白色尾端和松软的羽毛能被人看见，顾客来看货色，你什么也不说，不讨价还价。最希望能得到它们的这个沙伊安[①]人除了鹰尾巴上的羽毛之外什么也不在乎。他根本就不把其它部位放在眼里，或者说其它部位都已经被切掉拿走了。在他看来，鹰呆在居留地的地面上跟高高地飞翔在天空中没什么区别，而即使它们降落到一堆灰岩上注视着田野的时候也是不可接近的。有时候在暴风雪中它们背靠岩石抵御飞雪，结果被人发现并被射杀。不过对这种要在暴风雪中干的事情，只有年轻人才能干些什么，但他们已经不在了。

你只是坐着，什么也不说，什么也不讲，偶尔伸出手去碰碰那尾巴，轻轻地捋一捋上面的羽毛。你想到你的马儿，想到两只鹰被射杀之后顺山道过来的第二头熊——这时候马还是猎熊的诱饵——想着自己在暗淡的光线下，一枪过去射低了少许，在林子边缘击中了它，那时风向正好，它在地上打了个滚，随后站起来，嚎叫着，挥动着两条前腿，拍打着仿佛要打死某个正在咬它的什么动物，接着它扑倒在地，又弹了起来，就像一辆卡车翻下高速公路那样；在它往下滚的时候，你又补射了两枪，打后一枪时，它离你已经很近，你闻到了皮毛的焦味。你想到它，又想到第一头熊。熊皮已经被剥下，你从衬衫口袋里掏出那些已经处理过的灰白色熊掌，放在鹰尾后面。你根本不说话，买卖开始了。已经很多年很多年不见有灰白色熊掌了，所以你做了个好买卖。

今天早晨的买卖不怎么样，最好的东西是那些鹳。玛丽在西班牙只见到过两次。第一次是我们越过高地前往塞戈维亚省时，在卡斯蒂利亚的一座小镇上看到的。这个镇有一个很漂亮的广场，我们到那儿时是一天中最热的时候，我们从炫目的日头下走进那家幽暗凉爽的小客栈，为的是把酒囊装满。客栈里阴凉惬意，冰镇啤酒凉得透人心肺；这个镇每年都要在那可爱的广场上搞一天自由斗牛，

---

① 北美阿耳岗昆印第安人的一个部落。

届时只要愿意谁都可以与三头从牛圈里放出来的不少类型的公牛斗一斗。人们几乎总是非死即伤。这可算是一年中的一件大事。

这一天出奇的热，在卡斯蒂利亚那座俯瞰过许多次斗牛活动的教堂钟楼顶上，玛丽小姐发现有几只鹳在那儿做了个窝。客栈老板娘把她带到楼上的房间去，那儿她可以给它们拍照，而我则在酒吧里与当地卡车运输公司的老板聊天。我们谈到那些风格迥异的卡斯蒂利亚小镇，那些镇上的教堂顶上总有鹳巢。据我从这运输公司老板所了解到的来看，现在鹳巢并没有减少。在西班牙人们是不会去骚扰这些鹳的。它们是受人尊敬而为数不多的鸟类之一，当然也是这些镇子的福气。

客栈老板向我说起了我的一个同胞，好像是个英格兰人；他们以为他是个加拿大人，来到这个镇子已有一段时间，身无分文，只有一辆坏了的摩托车。无疑他最终是会得到钱的，他也已经向马德里订货，要一些修理摩托车所需要的零件，但零件还没到。镇上人人都喜欢他，他们真希望他此时还在这儿，那样我就可以遇上一个同胞了，说不定还是同一个村镇的呢。他到什么地方写生去了，不过他们说可以叫人去把他找回来。老板讲了一件有趣的事：我的这位同胞一句西班牙语都不会讲，除了 joder① 这个词。所以他被称作“joder 先生”。如果我想留口信给他的话，可以让客栈老板转达。我不知道对这位有一个如此明确的名字的同胞该留什么样的口信，最后把一张五十个比塞塔的钞票折叠起来，折叠的方式是那些老在西班牙旅行的人都熟悉的，然后把它留给了老板。见到我这么做，大家都很高兴。他们都保证说：joder 先生今晚在酒吧里不花掉十个杜罗是不会离去的，不过老板和老板娘一定会给他吃些东西的。

我问他们 joder 先生画得怎么样，那运输公司老板答道：“那个人既不是贝拉斯克斯②、戈雅③，也不是马丁内斯·德·莱昂。这

① “打搅”、“烦扰”等意思。
② 贝拉斯克斯（1599—1660），西班牙画家，西班牙国王腓力四世的宫廷画师。
③ 戈雅（1746—1828），西班牙画家，对欧洲 19 世纪绘画有很大影响。

一点我向你保证。不过时代在变化，我们又能对谁妄加评论呢？”玛丽小姐从楼上下来，她说她拍到了几张漂亮清晰的鹳的照片，不过这些照片可能值不了几个钱，因为她没有望远镜头。我们付了账，喝了冰啤酒，和大家道别后驾着车驶出广场，顶着烈日，沿陡峭的山坡往上，把镇子留在了下面，向位于高地上的塞戈维亚而去。我把车停下，低头回望那座小镇，看见公鹳正往钟楼顶上的窝飞去，姿态可爱。它先前是在河边，那儿有妇女们捶打衣物，后来我们看见一小群山鹑越过道路，再后来，同样是在这人迹罕至的长着欧洲蕨的高地，我们看见一只狼。

就是在那一年我们在去非洲的路上到了西班牙。现在我们在这片被象群毁坏的青黄错杂的树林里，在树林被毁坏的差不多同时我们正越过高地驶向塞戈维亚。在一个会发生这些事情的天地里我没有时间烦恼。我曾经以为自己肯定再也看不到西班牙了，而回到西班牙，只是为了领玛丽去参观普拉多[①]。既然我已经把自己真正喜爱的画牢牢记在心里，仿佛我是这些画的主人，所以在我去世前没有必要再去看了。但是如果可能的话，而且不必妥协，也不丢面子的话，我和玛丽一块儿去参观是十分重要的。我希望她能去看纳瓦拉省，以及两个城堡，我还希望她能去高地看看狼以及在村子里做窝的鹳。我想带她去看看那只钉在巴尔科·德·阿维拉教堂大门上的熊爪，不过指望它还在那儿是有些近于幻想了。不过我们很容易看到了鹳，而且会看到更多，还看见狼。我们爬到塞戈维亚附近一个风光明丽的山冈上朝它俯视，我们是在不经意间到的那儿，我们过来的这条路短途游客是不走的，只有长途旅行者才会在不经意中发现它。在托莱多[②]周围已经没有这样的山路了，然而如果你想看看塞戈维亚而翻过高地，你是能够看到的。我们仔细观看这座城市，仿佛一直住在那儿一直看到它却从来不知道它在那儿的人头一

① 西班牙一著名博物馆。
② 西班牙中部城市。

次看到它似的。

有这样一个理论，说的是有那么一种清新纯洁的气质，你只能有一次机会把它带给一座美丽的城市或一幅了不起的画。这只是一种理论，我认为它不是真实的。每一次我去看任何我钟爱的东西，都把这种清新纯洁带到它面前，不过带一个别人去更让人高兴，而且这使我不觉得孤单。玛丽喜爱西班牙和非洲，而且还自然而然地领悟到了一些奥秘，不过她几乎没觉察到自己领悟了这些东西。关于这些奥秘的东西，我从来没有对她作过任何解释；我只讲过一些技术性的事情、可笑的事情以及一些她自己发现到却使我觉得乐不可支的那些事情。企盼一个你爱的女人会喜欢所有你喜欢的东西，这种想法是愚蠢的。可是玛丽热爱大海，喜欢生活在一艘小船上，还喜欢钓鱼。她喜爱画，在我们第一次去美国西部时她就喜欢上了那儿。她从来不模仿任何东西，这是她的一大天赋，因为我曾经与一位了不起的模仿者有过密切联系，他对于所有事物都加以模仿。与一个真正的模仿者一起生活会使一个人觉得很多事情都很乏味，他就会渐渐地喜欢一个人独处而不愿有人作伴。

这天上午天渐渐热了起来，山上的凉风还没有吹过来，我们在那被象群毁坏的林子里新开辟出一条小道来。大家挥刀猛砍，通过了两三块枝杈交错的地方，最终出了林子来到了那片开阔的草地，这时我们看到第一群鹳鸟正在觅食。它们数量很多，是真正的欧洲鹳，身上黑白两色，一对红腿。它们在找毛虫，仿佛像执行命令的德国鹳。玛丽小姐喜欢它们，对她来说它们是很重要的，因为我们俩在看了那篇说鹳正濒临绝种的文章之后，都很担心，现在我们发现这群鹳倒是挺有头脑的，竟能像我们一样到非洲来；不过看到它们并没能使她解除忧虑。我们继续朝营地而去。玛丽小姐不高兴，我不知如何是好。事实证明，鹰也好，鹳也好，从它们两者来看，我根本没有任何保卫能力，我开始明白她的烦恼真是很严重啊。

“你整个早上一言不发，反常极了，都在想些什么呀？”

“想那些鸟啊，走过的地方啊，还有你多么好啊。”

"你真好。"

"我可不是在做精神锻炼。"

"我会没事的。人们并不是老在无底的坑里跳进跳出。"

"下届奥运会会设立这个项目的。"

"那你很可能会赢。"

"有人支持我。"

"支持你的人跟我那头狮子一样，都死了。哪一天你特别得意的时候，很可能会把你的支持者都枪毙了。"

"看呀，那儿又有一群鹳。"

当一个营地里只有两个人，同时一种忧愁持续很长时间，而且傍晚六点刚过不久天就黑了的时候，非洲是一个危险的地方。我们不再谈论狮子，也不再去想它们，玛丽的烦恼所生存的空间又被日常琐事、奇异的浪漫生活，以及夜晚的来临所塞满。当火熄下去时，我从卡车今天下午运来的那一堆枯木之中抽出一根又长又沉的放到炭火里去。我们坐在椅子里，看着夜晚的微风把炭火吹旺起来，看着木头被燃着。微风从积雪的山上轻柔地吹过来，轻得你只能感觉到它的凉意，不过你能看见它吹动火苗。你有许多方法能看见风，不过最美的却是在夜里，看着你生的火明亮起来，看着火苗低下去和高起来的时候。

"我们两人从没单独地坐到火边过，"玛丽说。"我很高兴现在只有我们两人与我们的火在一起。那根圆木能烧到早上吗？"

"我想能吧，"我说。"如果风不刮起来的话。"

"现在早上不再盼望打狮子了，这感觉很奇怪。你现在没有什么问题或烦心的事情了，对不对？"

"没有。现在一切平静，"我撒了个谎。

"你怀念你和金·克碰到过的所有问题吗？"

"不。"

"没准现在我们可以拍一些真正漂亮的野牛照片，还有其它一些很好的彩照。你认为那些野牛跑哪儿去了呢？"

“我认为它们跑到丘卢岭去了。等威利把那架塞斯娜开过来我们就能知道了。”

“这难道不奇怪吗？成千上万年前大山上滚下那许多石头把一个地方变成为不可能到达，以致它与人隔绝，从人们开始乘车的时候起，谁也到不了那儿。”

“现在他们没有车就孤独无助了。当地人不愿再做脚夫，苍蝇也会叮死那些驮畜。非洲仅存的一些地方是受到了沙漠和苍蝇的保护，采采蝇[①]是动物最好的朋友。它只咬死外来的动物和入侵者。”

“这难道不奇怪吗？我们打心眼儿里爱这些动物，但几乎每天要杀死它们来吃。”

“这就好比你虽爱护小鸡，却在早餐时吃鸡蛋，有时候想吃的时候还会吃童子鸡。”

“这是不同的。”

“当然不同。不过本质上是一样的。这么多猎物现在赶过来吃新草，我们可能会有很长一段时间没有狮子的麻烦了。如今我们有这么多的猎物，它们没有必要去骚扰马萨伊人了。”

“不管怎么说马萨伊人的牛实在是太多了。”

“是呀。”

“有时候我觉得我们为他们保护畜群是很傻的。”

“在非洲如果大部分时间里你自觉不是傻子，那么你就是愚蠢透顶，”我想我的口气很自负。不过夜已深，是到了作归纳的时候了，各种推论该像星星，有一些是远远的、冷冷的，勉强可以看得见，另一些则总是那样清晰，那样明亮。

“你觉得我们该上床睡觉了吧？”我问道。

“睡吧，”她说。“做一对好猫咪，把所有不对劲的事都忘掉。我们上了床就可以听夜之声了。”

---

① 也称舌蝇。

我们上了床，心情愉快，彼此恩爱，没有烦恼，只管聆听夜里各种各样的声音。我们离开篝火后，有只鬣狗走近帐篷。我已经钻到蚊帐里面，盖上毯子，背靠着帐篷帆布之墙，玛丽则舒舒服服地占据着帆布床的一大半。它嚎了几声，是一种怪异的升调，另一只回应着。它们从营地里穿了过去，走远了。风吹过来，我们可以看到火明亮起来，玛丽说："我们这两只猫咪呆在非洲，有温暖忠实的火堆作伴，四周还有野兽过着它们的夜生活。你是真心爱我的，对吗？"

"你说呢？"

"我想是的。"

"你这不知道吗？"

"是的，我知道。"

过了一阵子，我们听到两头捕食的狮子在咳嗽，鬣狗不再作声了。从往北去很远的地方，在长颈羚出没的那块地区的那一边，靠近那多石的树林的边缘，传来狮吼，是一只大狮子的沉重的带震颤的吼声。后来那狮子又咳嗽和咕哝的时候，我把玛丽紧紧地搂在怀里。

"是一头新来的狮子，"她轻声说道。

"是啊，"我说。"我们没有听到过任何关于它的坏话。我会对那些抱怨它的马萨伊人非常非常留心。"

"我们会好好关心它，对不对？那样它就会是我们的狮子，就像我们的篝火是我们的一样。"

"我们还是让它属于它自己吧。那是它真正喜欢的。"

她睡着了，过了一会儿我也睡了过去，当我醒过来又听到狮吼的时候，她已经不在了。我听见她在自己的床上轻轻的呼吸声。

第十二章

“夫人病了？”姆温迪一边问，一边把枕头放好，让玛丽可以头朝帐篷宽大的开口处躺着，又用手掌摸了摸帆布床上的气垫，再把床单平整地铺在垫子上，把边缘紧紧地塞到气垫下面。

“是啊，有一点儿。”

“可能是吃了狮子肉的原因。”

“不会的。杀狮子前她就病了。”

“狮子跑得非常远，非常快。它死的时候非常生气非常难过。这可能使肉里有了毒。”

“狗屁，”我说。

“这可不是狗屁，”姆温迪一本正经地说道。“猎长先生也吃狮子肉。他也病了。”

“猎长先生的病早在萨兰盖就患上了。”

“在萨兰盖也吃狮子肉呀。”

“就是狗屁，”我说。“我射杀狮子之前他就病了。在萨兰盖没人吃狮子肉。在萨兰盖打了猎来到这儿之后才吃狮子肉的。在萨兰盖狮子剥皮后所有的肉都装进箱子里了。那天早上根本就没人吃。你记忆力很差。”

姆温迪罩在绿色长袍下的肩膀耸了一耸。“猎长先生吃了狮子肉就病了。夫人也病了。”

“谁吃了狮子肉没事呢？我！”

“魔鬼呀，”姆温迪说。“我以前曾看见你差一点病死。很多年前当你还是个小伙子时你射杀了狮子后就差一点病死。每个人都以为你死了。鸟儿这么想。先生们这么想。夫人也这么想。每个人都记得你就要死的那个时候。”

“我吃狮子肉了吗？”

“没有。”

“我杀死狮子前生病了吗？”

“是的，”姆温迪勉强地回答道。“病得很厉害。”

“你和我谈得太多了。”

“我们是老人了。如果想说的时候就说吧。”

“结束谈话，”我说。他这种混杂英语我已经听腻了，对于我们谈论的问题我也不感兴趣。

“夫人明天坐飞机去内罗毕。内罗毕的医生能治好她的病。从内罗毕回来身强体壮。Kwisha，”我说道，意思是“结束”。

“很好，”姆温迪说。“我把所有的行李都准备好。”

我走出帐篷，恩古伊正在那棵大树下等着呢。他拿着我的猎枪。

“我知道一个地方有两只鹧鸪。为玛丽小姐去射杀它们。”

玛丽还没回来。我们发现那两只鹧鸪在那片高大蓝桉林旁的一块旱地上洗沙浴呢。它们个头虽小，但羽翼丰满，十分漂亮。我冲它们挥了挥手，它们便矮着身子朝灌木丛窜去，我开了枪，一只还在地上就被我打死，另一只刚飞起也被我射中。

“还有吗？”我问恩古伊。

“就这一对。”

我把枪递给他，两人开始向营地走去。我拎着这两只肥壮的鸟，它们的身子摸上去还有余温，安详的眼睛，绒毛在微风中颤动。我要让玛丽在那本鸟类图册里查一查它们。我很肯定我以前没见过这种鸟，它们可能是乞力马扎罗当地的品种。一只可以烧一锅好汤，另一只完全让她享受会对她很有好处。我会给她吃些土霉素和哥罗丁使她完全恢复健康。土霉素吃还是不吃我拿不定主意，不过她对此药好像没有什么不良反应。

我正舒舒服服地坐在阴凉的进餐帐篷里，这时候看见玛丽朝我们的帐篷走了去。她洗了洗脸，然后走向我这儿，进了进餐帐篷，坐了下来。

“我的天啊，”她说。“我们能不提这个吗？”

“我可以开猎车载着你来去。”

“不要。那家伙大得像个灵车。”

“那现在把这玩意儿给喝了，如果你挺得住的话。”

“一杯兼烈酒下肚，我会不会全线崩溃呀？”

“你并不一定要喝。不过我经常这么做，这不还在这儿吗？”

“我都不敢肯定我是不是还在这儿呢。要是能确定一下倒是挺有意思的。”

“那我们就来确定一下。”

我调了一杯兼烈。然后说药不忙着吃，她可以进去躺在床上休息休息，如果愿意还可以看看书，要是她愿意我可以读给她听。

“你打到了什么呀？”

“一对很小的鹧鸪，像小山鹑。一会儿我就把它们拎进来给你看看。你晚饭就吃它们了。”

“午饭吃什么呢？”

“瞪羚肉汤和土豆泥，味道好极了。你很快就会好起来的，你并没有病到食不下咽的地步呀。据说土霉素的疗效比亚特伦还要好。不过我们要是有亚特伦的话，那就更好。我敢肯定药箱里就有。”

“我老是口渴。”

“我知道。我去教姆贝比亚怎样做米汤，把它灌进瓶子里，再放在水袋里凉着，你想喝多少就喝多少吧。它能治口渴，而且能让你觉得身上有劲。”

“我不明白为什么我动不动就生病。我们的生活方式多么健康。”

“小猫，你动不动就发烧。”

“可是我每天晚上都吃抗疟药呀，你忘记吃药时我还提醒你呢；晚上坐在火边我们也总是穿着防蚊靴呀。”

“是啊。可是我们在沼泽地里追野牛的时候被叮了几百次呢。”

“没有，几十次而已。”

“我被叮了几百次。”

“你块头大呀。搂住我的肩膀抱紧我吧。”

“我们是走运的猫咪，”我说。“随便是谁，只要到了一个热病肆虐的地方，都会发烧的，我们到过两个热病高发地区呀。”

“但是我吃药啊，我也总是提醒你吃药的。”

“所以我们没有发烧。可我们也去过那些昏睡病流行的地方呀，你知道那里有许多采采蝇？”

“即使在格伍阿索·恩叶里附近它们也是极其猖獗的。我记得傍晚回家的时候，它们叮起人来就像是烧红的眉毛镊子。”

“我可从来没见过什么烧红的眉毛镊子呀。”

“我也没有。可它们在那只犀牛出没的密林中咬起人来就是像那样。那只犀牛把金·克和基波都赶进了河里。不过那是风景优美的营地。我们第一次独立地打猎的时候，真开心啊。比起有人跟我们在一起打猎要开心二十倍。我那时脾气很好很顺从，记得吗？”

“在那一大片绿色的林地里，一切都和我们挨得那么近，仿佛我们是第一批去到那里的人类。”

“那儿地上有苔藓，树很高，几乎终年不见阳光，我们比印第安人还轻手轻脚地走路，你把我引到瞪羚的身边，非常靠近，它居然没有看见我们，我们还从营地看到一群野牛过那条小河；这些你还记得吗？那个营地真是太好了。每天晚上都有豹子穿过营地，就像在家乡的农场里每天晚上出去巡夜的博伊西或者威利先生。你还记得吗？”

“是的，我的好猫咪。你不会再觉得难受了，土霉素今天晚上或者明天早上会把你的病压下去的。”

“我想它现在就已经开始发挥效力了。”

“如果它真的不管用，屈奇以前就不会说它的药效比亚特伦和卡布索内都要好的。如果你一味希望据说很神奇的药发挥作用，它们就会弄得你提心吊胆。不过我记得在人们说亚特伦很神奇的时候，当时它真的很有效。”

“我有一个绝妙的主意。”

“什么好主意呢，宝贝我的好猫咪？”

“我刚刚想到，我们可以让威利把塞斯娜开过来，你和他可以去巡视一下所有那些野兽，商量一些问题，然后我和他回内罗毕去找个好大夫，把痢疾或不管是什么病治好。我还可以给每个人买圣诞礼物，以及其它所有过节需要的物品。”

“我们称之为‘圣婴耶稣诞生日’。”

“我叫它圣诞节，”她说。“我们需要一大堆东西呢。你不会觉得太铺张吧？”

“我认为这是个好主意。我们让恩巩格告诉他。你想要飞机什么时候来呢？”

“后天怎么样？”

“明天以后的日子就数后天最好了。”

“我这就去静静地躺一躺，感受积雪的山上吹来的微风。你走吧，给自己弄杯喝的，看看书，舒服一下吧。”

“我去教姆贝比亚怎样做米汤。”

玛丽到中午觉得好多了，下午又睡了一觉，傍晚时分就觉得很好了，肚子也饿了。土霉素能够药到病除，我很高兴，而且她没有什么不良反应。我把手摸在我的枪把上对姆温迪说，“我用一剂灵验而又神秘的药治好了玛丽小姐，不过明天我就让飞机送她到内罗毕去，好让一位欧洲医生证实我的诊治。”

“好极了，”姆温迪说。

那天晚餐我们吃得较少，但吃得很好，心情愉快，这又是一个快乐的营地。吃狮子肉导致的疾病与不幸——这在今天早晨还在折磨人——已经消失，仿佛根本就没有发生过似的。任何不幸发生时，总会有一些说法来解释，首要的和最重要的说法往往归因于某个人或某件事。玛丽小姐被认为本人有大霉运，她正在吃它的苦头，不过她也被认为将给别人带来极大的好运。她很受人们疼爱。阿拉普·梅纳对她真心崇拜，金·克的主要侦猎员春戈爱着她。阿拉普·梅纳的宗教信仰十分混乱，简直不可救药，因此他很少崇拜什么人或物，但他终于还是对玛丽小姐非常崇拜，这种崇拜有时会达到狂喜之极，几乎不亚于施暴后所得到的快感。他爱金·克，不过那只是一种小学生的迷恋加上忠诚感。他对我也逐渐地非常喜欢起来，而且这种情感发展到后来我不得不向他表明我爱的是女人而非男人，尽管我与男性可以有深厚持久的友谊。他把一肚子的爱真心诚意地撒满了乞力马扎罗的一面山坡，也挚诚地爱男人、女人、儿童、男孩、女孩、各种各样的酒，以及能够弄得到的烈性大麻，并几乎总是得到回报；他要爱的实在太多了，现在他把这种了不起的爱的本领集中在玛丽小姐身上。

阿拉普·梅纳不算非常英俊，虽然穿着制服的时候显得潇洒英武，帽子上的耳扇总是整洁地翻起在耳朵上方，形成一个结，像希腊女神们梳的那种有点儿改变的“普绪客”[①]式发髻。虽然这个家伙曾经偷猎过大象，但现今已经改邪归正，而且既然他觉得自己已经是个不折不扣的正派人了，便一心一意地要把心中那份真诚献给玛丽小姐，就像奉献出自己的贞操一样。坎巴人是不搞同性恋的。我不清楚伦布瓦人的情况，因为我只有阿拉普·梅纳这么唯一的一个关系比较密切的伦布瓦朋友，不过我要说的是，不管是男人还是女人都能强烈地吸引住他，而且玛丽小姐一头短得不能再短的非洲发型，衬出一张纯粹含米特少年的脸庞，身体却有一个标致的马萨伊少妇那样的魅力，这就使阿拉普·梅纳热诚地爱上她并进一步把爱变成了崇拜。他不叫她“妈妈”，即非洲人对那些他们觉得不该叫“夫人”的已婚白种女人的惯常称呼，而管她叫“妈咪”。谁也没管玛丽小姐叫过“妈咪”，所以她让阿拉普·梅纳不要这样称呼

① 希腊、罗马神话中人类灵魂的化身，以长着蝴蝶翅膀的少女形象出现。

她。但这已是在他搜遍自己肚中的英语单词库存后所能找出来的最高头衔了，因此他便只好叫她“妈咪玛丽小姐”或者“玛丽小姐妈咪”；这就要看他是刚刚吃过烈性大麻和金鸡纳树皮呢，还是仅仅和他的老朋友——酒精接触了一下。

晚饭后我们坐在篝火旁，谈到了阿拉普·梅纳对玛丽小姐的痴情。我正在为那天没有见到他而担心的时候玛丽说：“像在非洲这样人人都能彼此相爱不是坏事呀，是不是？”

“对呀。”

“你肯定不会因此而突然引发什么糟糕的事情吧？”

“如果是欧洲人，这随时都能引发糟糕的事情。他们狂喝滥饮，弄得一团糟，分不清彼此，然后把这种状况归咎于海拔高度。”

“跟海拔高度有些关系吧，或者该说是在赤道上的海拔高度吧。在这地方一杯纯杜松子酒喝上去像水一样，这是我所知道的第一个会发生这种情况的地方。这可是真的，所以一定与海拔高度或别的什么东西有些关系。”

“当然是有什么因素的。但我们努力工作、徒步打猎，出汗之多，把喝进去的酒统统带了出来，我们攀登该死的悬崖，又在山上到处爬，所以不必担心酒会误事。它们都从毛孔里渗出来了。宝贝，你上茅房来回走的路，要比大多数来打猎的女人在整个非洲走的路都要多。”

“我们还是不要提茅房吧。现在去那儿有条不错的小路，而且那儿总是有最好的读物。你那本关于狮子的书看完了吗？”

“还没有呢。我要把它留到你走了以后再看。”

“不要准备太多的东西等我走了以后做。”

“只有这个。”

“我希望你能从这本书里学会小心和听话。”

“好的。”

“不，你才不会呢。有时候你和金·克是两个淘气包，这你是知道的。当我想到我的丈夫——一个好作家，一个值得尊敬的人——和金·克在那些可怕的晚上干那些可怕的事情时我就有那种想法。”

“我们晚上要去研究动物啊。”

“才不是呢。你们总干些鬼把戏，互相逞能。”

“小猫儿，我可真的不这样认为。我们做那些事是为了取乐呀。哪一天你不想做些事情使自己快乐的时候，你等于已经死了。”

“但你们没有必要去做那些会要你们性命的事情呀，不要把猎车当作你们在越野障碍赛马中骑的一匹马。你们两人的骑术也都没有好到可以在安特里的跑马场上骑马。”

“太对了，所以我们才只开猎车呀。金·克和我有老实庄稼汉们的简单的娱乐方式。”

“你们两个是我见过的最滑头、最危险的庄稼汉。我甚至不想试图约束你们，因为我知道这毫无希望。”

“别因为你要离开了就说我们的坏话呀。”

“我没有。我只不过是在想到你们俩还有你们那些寻欢作乐的点子时被吓了一跳。不管怎么说，谢天谢地，金·克不在这儿，你一个巴掌拍不响。”

“在内罗毕你玩得开心些，找医生检查一下。想买什么就买什么，别为村子里的事担心。这儿一切都会井井有条，没人会去冒不必要的险。你走后我会规规矩矩，你会为我骄傲的。”

“你为什么不写些东西呢？这样我才会真正地为你骄傲的。”

“可能我会写些东西的。谁知道呢？”

“只要你更爱我，我不在乎你的未婚妻。你更爱我，对吧？”

“我更爱你，你从城里回来后我会更加爱你。”

“我真希望你也能来呀。”

“我才不呢。我讨厌内罗毕。”

“对我来说它却是全新的，我愿意去了解它，那儿的人也很好。”

“那就去吧，玩得开心些再回来。”

“现在我倒希望我可以不走了。不过和威利一块儿飞行真是快乐，然后再飞回到我这只大猫咪身边，再给每人捎上些礼物，真是开心。你会记得去打一头豹子的，对不对？你要知道你曾向比尔保证要在圣诞节前打一头豹子的。”

“我不会忘记的，我会去打的，你就放心吧。”

“我只是想确定一下你没有忘记。”

“我没忘。我也会刷牙的，还会记着晚上放下帐篷幕布，不让鬣狗钻进来。”

“别开玩笑了。我要走了。”

“我知道，这一点也没什么好笑的。”

“我会回来的，还会让你们大吃一惊。”

“我最大最好的惊喜永远是见到我的小猫咪。”

“在我们自己的飞机里那就更好。我还有一个绝妙的、特别的惊喜，不过这是个秘密。”

“小猫儿，我想你该去睡觉了，因为虽然我们现在成功了，你还是应该好好休息一下。”

“那就把我抱上床吧。今天早上我以为自己快撑不住了，当时我想你得抱我了，就像现在那样抱我吧。”

我于是把她抱了进去。她的重量正是你把所爱的女人抱在怀里时应有的分量，不轻也不重；她的身量既不太高也不太矮，没有那些高个儿美国靓妞们那左摆右晃的长腿。抱着她很轻松，也很舒服。她滑到床上，就像一条船顺利下水一样。

“床真是个美妙的地方，对不对？”

“床是我们的祖国。”

“谁说的？”

“我啊，”我相当自豪地说。“用德语说起来更富有感染力。”

“我们不必讲德语真是太好了，不是吗？”

“是啊，”我说。“特别是因为我们不会说。”

“在坦噶尼喀和科蒂那你说德语真是有感染力。”

“我装出来的。所以听起来才那么有感染力。”

“你说英语时我非常爱你。”

“我也爱你。好好睡吧，明天旅途会一路顺风的。我们两人都会像好小猫一样睡觉，会很高兴，你会好起来的。”

威利的飞机发出的嗡嗡声响彻了整个营地，我们快步出来，跑到那根上面静静地垂着个风袋的剥了皮的树干前。我们瞧着他在那片卡车为他压平的长着花的地面上来了个短促而轻巧的降落。我们从飞机上卸下东西来，又往上面装了些东西。我翻阅信件和电报，玛丽和威利则在前排座位上谈话。我把玛丽和我的信分拣出来，把有“先生”或“太太”称呼的信都放在玛丽那一堆里，然后看电报。没什么特别糟糕的，有两份挺鼓舞人心。

用餐帐篷里，玛丽在桌边看信，我和威利分喝着一瓶啤酒，我拆看那些看上去最令人不悦的信件。不回复是可以对付一切的办法。

“仗打得怎么样了，威利？”

“我想我们还占领着政府大楼。”

“托尔酒吧呢？”

“当然也在我们手里啰。”

“新斯坦利酒店呢？”

“是那片黑暗而血腥的地方吗？我听说金·克组织了一批空姐，来回巡逻，最远到了格里尔酒店。那儿给一个叫杰克·布洛克的家伙占了。非常大胆的一着。”

“谁控制着猎务部呢？”

“我真的不太想说。我得到的最新消息说两派旗鼓相当呢。”

“‘旗’我知道，”我说，“可这只‘鼓’是谁呢？”

“我想是个新手吧。我听说玛丽小姐射杀了一头漂亮的大狮子。我们能把它带回去吗，玛丽小姐？”

“当然啰，威利。”

下午雨停了，让威利说准了。他们坐着飞机走了以后，我感到非常孤单。我并不想到镇上去，我知道我独自和人们呆在一起，单独地处理问题，独自生活在这乡野里会有多快乐呀，不过没有玛丽我觉得孤单。

人在雨后总觉得孤单，不过我庆幸手边有这些信，虽然它们送到时并无什么意义。我又把它们按顺序给整理了一下，还有那些报纸，包括《东非标准报》、航空版的《泰晤士报》、纸张薄得好比薄薄的洋葱皮的《电讯》、《泰晤士报文学副刊》以及航空版的《时代周刊》。信打开来一看，味同嚼蜡，使我庆幸自己是在非洲。

有一封是我的出版商谨慎地花了可观邮费航空转寄给我的。它来自依阿华的一位妇女：

古巴，哈瓦那

欧内斯特·海明威先生

几年前，我拜读了你的《过河入林》，那时它在《世界主义者》连载。开场部分对威尼斯美妙的描写之后，我希望该书接下去的部分里文笔应该继续保持，并能达到相当的水平，可是我非常失望。你当然有机会揭露导致战争的腐败，有机会指出军事机构自身的伪善。但是，你笔下的军官主要抱怨个人的不幸，即因为损失了两个连的士兵而没有获得擢升。对那些年轻人却几乎或者根本没有感到悲哀。总的看来，这本书就像是写一个老头徒劳地试图说服自己和其他的老年人，年轻，美貌，甚至还富有的少妇会爱上这么一个老头本人，为爱他而爱他，而并不是因为他能给她财富和显赫的地位才爱他。

随后，《老人与海》出版了，我便去问我哥哥。他已成熟，曾在——战时服过四年半的兵役。我问他，这本书在感情表现方面是否比《过河入林》成熟一些，他做了个鬼脸，说并非如此。

一帮子人竟会给你颁发普利策奖金，这真叫我惊讶。至少并不是每个人都同意。

这张剪报取自《德·莫奈记录论坛报》上哈兰·米勒主持的《咖啡小谈》专栏，我早就想把它寄出去了。只要再加上“海明威情感幼稚、乏味透顶”便是篇完整的评论了。你讨过四个“老婆”，如果你道德尚未完善，起码也应该从以往的错误中学到一点常识啊。在你死去之前，为什么不写些有价值的东西呢？

格·斯·海尔德夫人

于依阿华　格思里中心

一九五三年七月二十七日

这女人一点儿也不喜欢那本书，不过这完全是她的权利。如果那时我在依阿华的话，我一定会把她的购书款退还给她，以表彰她的文章写得如此雄辩以及她提到了“══战”，我看应该是“二战”，而不该是又长又丑的两横。我又看了看那份夹在信里的剪报：

可能我对于海明威有点儿苛刻：我们时代最名过其实的作家，不过仍是一位好作家。他的主要缺点：（1）幽默感贫乏（2）幼稚的现实主义 （3）很少的理想主义，或者说一点也没有 （4）吹嘘多毛的胸膛。

我独自坐在空荡荡的用餐帐篷里看信，想象着那位感情成熟的兄长——他或许正在厨房里一边吃着从冰箱里取出的点心一边做着鬼脸，或坐在电视机前面观看玛丽·马丁扮演的彼得·潘[①]，这时

① 苏格兰剧作家James Barrie所著剧本名及其中的主角，一个不肯长大的小孩。

候我觉得真惬意。我又想这位女士真是好心，从依阿华给我写信，而要是她那位感情成熟又会扮鬼脸的兄长此刻能在这儿摇头的话，那多开心呀。

你不可能把什么都占了，写东西的老头，我富有哲学意味地对自己说道。有所得必有所失嘛。你只需把那个感情成熟的老兄抛到一边去就行了。抛开他，我对你说。你一定得独自干，小子。于是我把他抛到一边，继续读我们那依阿华女士的信。我给她想了个西班牙语名字“我们采苹果的姑娘”，在这个绝妙的名字浮现在我脑海中的时候，我感到胸中涌起一阵暖意，其中有虔诚，也有惠特曼式的诗意。把这种暖意集中在她的身上，我提醒自己。不要走神去想那个扮鬼脸的人。

读读那位杰出的青年专栏作家的文章也是令人兴奋的。它具有一种简单而迅速的心灵净化作用，也就是埃德蒙·威尔逊①所说的“认知的震撼”。这位专栏作家如果出生于大英帝国，那就一定能获得工作许可，他在《东非标准报》里便会前程似锦；认识到他的品质时，就像一个人步向悬崖的边缘，我又想到了给我写信者那位做鬼脸的哥哥那张可爱的脸，不过我对这位做鬼脸者的感情现在已经改变了，它不再像过去那样可爱，我竟然看见他坐在玉米秆中间听着它们生长的声音，两只手却不住地颤抖。在村子里我们有和美国中西部的玉米长得一样高的玉米。不过从来没有人听见它们在晚上长秆的声音，因为晚上比较凉，玉米在下午生长，不过即使它在晚上长，你也听不见，因为鬣狗、豺狼和狮子捕食时互相谈话，还有豹子会发出各种声响。

那个依阿华蠢娘们，给陌生人写信，谈一些她一窍不通的事情，去她的吧，我祝愿她有幸能够早日驾鹤西归，不过我又记起了她最后一句话：“在你死去之前，为什么不写些有价值的东西呢？”我想，你这无知的依阿华蠢娘们，这一点我已经做到了，而且我还

① 埃德蒙·威尔逊（1895—1972），美国文学评论家、作家。

要再做它许多遍呢。

贝伦逊身体很好，这让我高兴。他在西西里，这使我担心，不过这是没有必要的，因为他比我清楚得多自己在做些什么。玛琳碰到一些麻烦，不过在拉斯维加斯她却一直吉星高照，信里附上了剪报。信和剪报都很令人感动。古巴的房子情况还好，不过开销很大。所有的牲畜都好。纽约银行里还有存款。巴黎银行里也有存款，不过比较少一些。在威尼斯的各位，除了那些在疗养院里的和患有不治之症已奄奄一息的病人之外，都还不错。我的一个朋友在一次交通事故中伤得很重，这让我想起清晨驾车沿海滩行驶，突然车头下倾，钻进那不透光的迷雾里的情形。从对他身上各处骨折的描述看来，我不敢肯定这个酷爱打猎的人是否还能重新端起枪来。一位我认识、景仰、爱慕的女人患了癌症，诊断说活不过三个月。另外一个与我相识已有十八年的姑娘，我们初次见面时她只有十八岁，之后我便爱上了她，并和她成了朋友；她嫁过两次，并且靠自己的聪明赚了一笔钱，希望她还保存着。她把生命中有形的、可数的、耐用的、可存的以及可抵押的东西都得到了，除此之外则全部失去，在这段时间里我的爱依然如故；她给我写了封信，信中充满各种消息、流言蜚语和伤心的事情。信里有真正的新闻，那些伤心事情也并非假的，至于那些牢骚话则是所有的女性都自然会有的。她这封信在所有的来信中是最使我伤心的，因为她现在不能来到非洲，在这块土地上能过上快乐的生活，哪怕只是两个星期。既然她来不了，我便明白我是再也见不到她的了，除非她丈夫让她出差到我这儿来。那样的话，所有我曾经答应带她去的地方，她都可以去看一看，不过现在我是不会去了。她可以和她丈夫一同去，然而他们在一起总是很紧张。他老是打长途电话，长途电话对于他来说，就像是看日出对于我、看星星对于玛丽那样必不可少。她可以花钱大量购物、聚敛财产，在昂贵的馆子里吃饭。康拉德 · 希尔顿[1]将

① 经营旅馆业的美国大企业家。

为了他们夫妇俩在所有那些我们以前计划游览的城镇里开办或计划开办宾馆。现在她没有什么问题了。在康拉德·希尔顿的帮助下，她可以舒舒服服地把自己堕落的躯壳放在床上，始终离长途电话机仅一臂之遥；当她夜里醒来时，就可以真正明白一无所有是什么，而今天晚上应该干什么，还可以练习数钞票，数着数着她便睡了过去，那样她就能睡得迟一些，不要早早地迎接明天。我想康拉德·希尔顿可能会在拉伊托齐托克开一家宾馆，那样她就能到这儿来观观山景了，而宾馆里的导游会带她去见辛先生、布朗和本基的。他们说不定还会在地方警署旧址上竖一块纪念碑，并且到盎格鲁—马萨伊商店里去买几根长矛作纪念。而宾馆房间里都挂有图画，画面上头戴有豹皮圈的帽子、或暴躁或冷静的白人猎手们在奔跑，在每张床边与长途电话机放在一起的，不是基甸国际[①]赠送的《圣经》，而是几本上面有作者亲笔签名的《黑心的白人猎手》和《珍贵的东西》，这些书都是用一种特殊的多效纸印制而成，作者的肖像印在护封背面，即使在暗处也是闪亮的。

这家宾馆里，所有的安排突出了二十四小时的狩猎，保证客人能有机会猎所有的猎物，每晚在卧室里可以看高低频同轴传声的电视，饭桌上的菜肴丰富，服务人员皆是反茅茅突击队员和更高水平的白人猎手，宾馆还在细小处向客人们献殷勤，比方说入住的第一晚吃饭时每个客人会在盘子旁边发现一张猎区荣誉监管的委任状，而在第二个晚上，最迟在最后一晚，又会发现自己已是东非职业猎手联合会的荣誉会员，想着这一些，我很高兴，不过，在玛丽、金·克和威利都在一起之前，我不会把这些想得太多。当记者的玛丽小姐想象力可谓非凡。我从来没有听见过她在第二遍讲一个故事的时候讲得跟第一遍一样，我总是觉得她在把故事加以改造，以便以后重版。我们还需要老爹也在身边，我要得到他的许可，在他万

① 前称“基甸社”，1899 年成立于美国，专事在旅馆、医院等处放置《圣经》。

一死去时把他竖放在大堂里。他的家人可能会反对的，不过我们会仔细地讨论一下，然后作出一个最完善的决定。老爹从来就不很喜欢拉伊托齐托克，他认为这个镇子多少像个罪恶的渊薮，我相信他希望自己能被葬在他自己国家的高山上。但是我们至少可以讨论这件事情。

现在，意识到笑话、嘲讽以及对任何事情可能引发的最坏结果的藐视是驱散孤寂的最好方法，而愤世嫉俗的幽默是最有效的，如果说不是最持久的（因为它必然是短暂的而且常常被人说得很不好听），认识到了这一点，我笑着读这封悲伤的来信，同时想象着那座新建的拉伊托齐托克希尔顿宾馆。太阳差不多已经完全落山了，我知道玛丽现在已经到了新斯坦利宾馆，很可能在洗澡。我喜欢想象她洗澡的样子，我也希望今晚她在城里玩得开心。她不喜欢那些我经常光顾的低级酒吧，我想她很可能会在旅行者俱乐部或类似这种地方，我也很高兴以这种方式娱乐的人是她而不是我。

我不再去想她了，思绪转到黛芭身上。我们曾经答应带她和寡妇去买衣料，好参加圣婴耶稣的诞辰庆典。我带着未婚妻堂而皇之地去买衣服，挑选布料，然后由我来付账，同时有四十到六十个马萨伊女人和武士在旁围观，这是拉伊托齐托克在这社交季节或很可能在别的任何时节会发生的正式而有权威性的一个活动。作为一个作家——这是个不光彩的，但有时感觉也不错的职业——我纳闷，亨利·詹姆斯在睡不着觉的情况下会怎样应付。我记得他站在威尼斯的一个旅馆的阳台上，抽着一根上好的雪茄，想象着这座城市里发生着什么事情，这是个使人十分容易惹祸上身却很难摆脱麻烦的城市；晚上睡不着的时候，我总是很愉快地想象亨利·詹姆斯站在他所住旅馆的阳台上，俯视着下面的城市和过往行人，这些人有他们的需求、他们的职责、他们的问题、他们的精打细算，他还看到人们愉快的乡间生活和健康有序的运河航行；我想到詹姆斯并不知道去其中的某一个地方，只是在阳台上抽他的雪茄。这会儿，在晚上，我感到快乐，我能入睡就睡，不想睡觉就不睡，我喜欢想想黛芭又想想詹姆斯；我还想，要是我把詹姆斯嘴里那支安神的雪茄拔出来递给黛芭会怎么样？黛芭可能会把它夹在耳朵上，或者递给恩古伊。恩古伊在阿比西尼亚的时候学会了抽雪茄，那时身为一名肯尼亚炮兵团的步枪手，他对白人士兵及那些随军杂役颇为不满，为了要震住他们，他还学了不少其它东西。之后我不再去想亨利·詹姆斯和他那支安神的雪茄，不再去想那条可爱的运河；刚才我曾想到，要是运河上吹起一阵好风，我那与风浪搏斗的朋友和兄弟们就可以省一些力气了。我也不再去想那个粗壮、矮胖、秃脑袋的家伙，他走起路来神态一本正经，老是爱提关于进攻出发线的问题；我想到黛芭，想到了那大房子里那张手工打磨的烟灰色大木床，它上面铺着兽皮，并无气味，还有那四瓶圣餐啤酒是我付的钱，为的是能睡那张大床，我的动机是高尚的，那啤酒也有它合乎部落风俗的名称。我想，在众多举行仪式派用场的啤酒中，它该被叫作“喝了以后能在丈母娘床上睡觉的啤酒”，拥有它就相当于在约翰·奥哈拉[①]的社交圈子里拥有一辆卡迪拉克，如果现在还有这样的社交圈子的话。我衷心希望现在还有这样的圈子；我想到了奥哈拉，就是那个胖得像吞下了整整一船《烧炭人》杂志的蟒蛇似的家伙；他乖戾起来就好比一头被采采蝇叮咬的驴子，步子沉重，即将死亡，却浑然不觉；我相当愉快地回忆起他初次在纽约社交界亮相时系的是一条白边夜礼服领带，介绍他的女主持人当时有多紧张呀，她很有友情地表示希望他将来不要默默无闻；想到这些，我祝他运气好，快乐无限。任何人不管在多么糟糕的情况下，只要想起在他最风光日子里的奥哈拉便会开心起来的。

我想到了我们圣诞节的打算，我是一向喜欢过圣诞节的，身在许多国家时都能记得圣诞节。这次圣诞，我知道，如果不是精彩绝伦就会是糟糕透顶，因为我们决定邀请所有的马萨伊人和坎巴人都来参加，就像是这样一个恩戈麦鼓会：如果搞得不好，那就会是最

① 约翰·奥哈拉（1905—1970），美国小说家。

后一次。届时玛丽小姐的那棵魔树该会亮相，马萨伊人会认出那到底是一棵什么树，如果玛丽小姐不知道的话。我拿不定主意是否要告诉玛丽小姐她那棵树实际上是一种力量猛烈的大麻树，因为对于这个问题会有种种考虑。首先，玛丽小姐坚决地选中了这一种树，而它已经被坎巴人接受，作为她那种没有人知道的或是叫什么“小偷河瀑布”部落规矩的一部分，把它跟她必须射杀那头狮子那件事一同接受下来。阿拉普·梅纳私下对我说，这树能让他和我迷糊好几个月，而要是一头大象吃了玛丽小姐选中的这棵树，它也会迷糊好几天。

我知道玛丽小姐在内罗毕肯定度过了一个愉快的夜晚，因为她不是傻子，而那又是我们唯一的一座城市，在新斯坦利又有新鲜的熏鲑鱼和善解人意的虽然很少说话的侍者领班。那从大湖里捕上来的不知叫什么名字的鱼儿，滋味还和从前一样的鲜美，鱼上有咖喱，但是她痢疾刚好是不该吃的。但是我能肯定她还是大饱了一次口福，我希望她这会儿是在某个很不错的夜总会里。我又想到了黛芭，想到我们该如何去买些料子以便更好地衬托出她身上那一对令她又骄又羞的山峰？又该怎样把这些布料剪裁得更合她的身材呢？对这一点她心里早就有数了吧。我们怎么才能挑选出最漂亮的花布呢？穿着长裙的马萨伊女人，这些身患梅毒、双手冰冷的美人们，尽管身旁有苍蝇在飞，还有她们那些愚蠢荒唐、神情造作的在美容院里工作的丈夫，她们是不是会充满好奇地大胆地注视着我们呢？而我们这些坎巴人，没有一个人耳朵穿过孔，但个个傲慢，目空一切，因为马萨伊人有太多的事情不懂，我们会摸这些衣料，看布料的图案，还买一些其它的东西；这样就在店里使自己出了风头。

第十三章

当姆温迪在早晨把茶端来的时候，我已经起床，坐在火堆的灰烬旁，身上穿着两件羊毛套衫，外面是一件羊毛夹克。晚上天气变得很冷了，我纳闷这样的天气对今天意味着什么。

“要火吗？”姆温迪问道。

“一个人取暖的小火就行了。”

“我送来，”姆温迪说。“你最好吃点东西。夫人走了，你忘记吃东西。”

“打猎前我不想吃东西。”

“可能打很久。你现在吃吧。”

“姆贝比亚还没醒。”

“老头们都醒了。只有年轻人还睡着。凯第说要你吃东西。”

“好吧，我吃。”

“你想吃什么？”

“鳕鱼丸和土豆煎饼。”

“你吃瞪羚肝和熏咸肉吧。凯第说夫人说告诉你吃退烧药。”

“退烧药在哪儿？”

“这儿，”他把药瓶拿出来。“凯第说要我看着你把它们吃了。”

“好吧，”我说。“我把它们吃了。”

“你穿什么？”姆温迪问。

“起先穿短靴子和保暖的夹克，等热了再换系子弹的皮衬衫。”

“我叫其他人做好准备。今天非常好的天气。”

“是吗？”

“人人都这么看。甚至切罗。”

“好呀。我也觉得今天是个好天。”

“你没做什么梦吗？”

“没有，”我说。“真的没有。”

“好，”姆温迪说道。“我告诉凯第。”

吃罢早饭，我们沿着向北穿过长颈羚区域的较好走的路径直向丘卢岭开进。返回沼泽地的野牛们现在该在山里了。这条从古老的村寨通往山区的小道，由于有泥浆而显得灰蒙蒙的，而且相当难走。不过我们在这条路上一直走到尽可能远，然后把姆休卡留在车里，我们则离开小道，因为我们知道泥浆会慢慢地被太阳晒干的。此时日头炙烤着平原，我们便避开它，向又陡又小，山路崎岖的山岗上爬去，山岗上满是熔岩团，还有新长出来的密密的青草，因下过雨而被打湿。我们没打算猎杀野牛，不过带上两支枪还是有必要的，因为山里有犀牛呢，前天我们还从塞斯纳上面看见三只。纸草沼泽的边缘，水草新鲜丰美，野牛该是正努力向那儿去吧。我想数数它们有几头，并给它们拍照，如果可能的话，还想找到那头角很奇特、身形伟岸的老公牛，我们已有三个多月没见过它了。我们不想吓着它们，或是让它们知道我们在后面跟着它们，只是想察看它们，好等玛丽回来后去给它们好好地拍几张照片。

我们的路线与野牛的路线互相交叉，这一大群牛在我们的下面行进。牛群中有趾高气扬的领头公牛、身躯高大的老母牛、小公牛，还有小母牛和小牛犊。我能望见弯弯的牛角、牛身上深深的皱褶、晒干了的泥浆，以及它们擦坏的皮肤，能望见缓缓移动着的黑色一片，面积很大的灰色一片，还有那些鸟，小小的个子，嘴巴尖尖的，忙忙碌碌如草坪上的椋鸟。野牛缓慢地走着，边走边吃草，把身后的草都吃光了；牛身上浓烈的气味向我们传来，蝇子也就飞来了。我把衬衫扯上来罩住自己的头，数着牛，有一百二十四头。风向正好，所以野牛闻不到我们的气味。鸟儿也看不到我们，因为我们所处位置比它们高，只有苍蝇发现我们；不过显然它们没有传递消息。

已近正午，天热得很。运气就在前面，可我们却并不知道。我们驾车穿越狩猎区，大伙儿的眼睛都注意着每一棵可疑的树。我们正在找的这头豹子，惹了很大的麻烦，在一个村子里它咬死了十六只羊，所以那儿的人要我杀了它。我是在为猎务部办事，因此允许在追猎这头豹子时动用车子。这头一度被官方定为害兽的豹子，现在是皇室猎物，不过它决没有听说自己的地位被提升了，否则它决不会杀死那十六只羊，弄得自己变成一个罪犯，重又沦为害兽，跟起初一样了。一个夜晚它只能吃一只羊，所以它咬死十六只羊实在是太多了。还有，其中八只属于黛芭家。

我们来到一个景色好看的林中空地，在我们的左边有棵大树，它的一根树枝在高处水平地笔直地向左边伸出去，另一根颜色较暗一些的则笔直地向右边伸出。这棵树呈绿色，树顶枝叶浓密。

“那棵树是豹子藏身的好地方，”，我对恩古伊说。

“太对了，”他很平静地说。“有一只豹子在那里。”

姆休卡见我们在张望，虽然他听不见我们说话，而且从他那边也看不见豹子，他还是停了车。我拿起一直横放在腿上的那支老式斯普林菲尔德猎枪下了车，在地上站稳后我看见那头豹子伸直着身子，沉重地压在右边的那根高高的树枝上。它花点斑斑的长身子上，散落着在风中摆动的叶子造成的阴影。在这样一个明媚可爱的日子里，它爬到了离地面六十英尺的一个理想的地方，就犯了个比无谓地咬死十六只羊更大的错误。

我举起枪，吸了口气，然后非常小心地对准它耳后脖子上隆起的那一处开了一枪。这一枪打得高了，根本没有中，它把身子完全放平，又长又重地贴在树枝上，我退出子弹壳，朝它的肩部又打了一枪。只听“哗啦”一声巨响，它跌下来，身体形成一个半圆。尾巴朝上，脑袋朝上，背朝下。在下落过程中它的身子弯得像一轮新月，随后重重地摔在地上。

恩古伊和姆休卡重重地拍我的背，切罗和我握手。老爹的扛枪伙计也与我握手，并哭了起来，因为这豹子摔下来真叫人感动呀。他还以坎巴人的习惯把我的手紧紧地捏了又捏，不过他这么做旁人是看不出来的。不一会儿，我用空闲的一只手装上子弹，而兴奋不已的恩古伊把滑膛枪换成了.577口径的猎枪，我们便小心翼翼地向前走去，去看看这个咬死我老丈人家十六只羊的灾星。可是豹子的尸体却不在那儿。

它摔落的地面上凹下去了一块，地上有沾着血的爪印，亮红色一大块一大块的，引向树左边那一片稠密的灌木。那灌木密得像红树沼泽里的根茎一样，现在可没有谁来以坎巴人的习惯把我的手紧紧地捏了又捏了。

“先生们，”我用西班牙语说。“形势发生了巨大的变化。”这是真的。我曾经从老爹那儿学到过一些应付的办法，但是每一只受伤的豹子窜入稠密的灌木丛中之后会如何挣扎都是不一样的。没有两只豹子的反应会一模一样，除了它们肯定会再出来，会出来拼命之外。这就是为什么我开始时要瞄准它脑袋和脖子的连接处开枪。不过现在既然已经射偏了再做事后分析已经晚了。

第一个问题来自切罗。他被豹子伤过两次，又是个老人，没人知道他有多老，但肯定老得够当我的爸爸了。他兴奋得像只猎狗，想进入灌木丛去。

“你他妈的离得远点，回到车子上去。”

“不，老板，”他说。

“快，太危险了，快，”我说。

“快。”他说，而没有说“快，老板”。这样对我们说话简直就是侮辱。恩古伊把温彻斯特12型装上SSG，即英语中所说的大号铅弹。我们从来没用过SSG，我不想发生塞膛，所以我装上新从弹匣里取出来的八号铅弹，并将剩下的子弹放进口袋。如果在近身处，一支装满小号子弹的猎枪弹药总量的杀伤力不亚于一发炮弹；我记得曾经看见过它在一个人身上发生的作用：皮夹克的背部有个小洞，其边缘又青又紫，而所有的弹药全部在胸腔爆炸。

“走，”我对恩古伊说。我们循着血爪印往前走，我用猎枪掩护负责追踪的恩古伊，老爹的扛枪伙计拿着那枝.577在车子里殿后。切罗没有爬到车篷上，而是坐在汽车后座里，从三根长矛里挑了根最好的拿在手里。恩古伊和我循着沾血的爪印徒步行进。

从一个血块里他拾起一块尖锐的骨头碎片递给我。这是一片肩胛骨，我把它放到嘴里。并不为什么，我想都没想就这么做了。这块骨头把我们和那头豹子拉近了些，我咬了咬，尝着新鲜血液的滋味，和我自己的血的味道差不多。我知道那头豹子被我射中时还不止是失去了平衡。恩古伊和我循着这些带血的爪印行进，发现它们进入了以一大片红树为主的灌木丛中。灌木丛的叶子很绿而闪亮，豹子不规则窜跳形成的足迹一直进入灌木丛中，在叶子的低处沾有血迹，跟豹子蜷伏时的肩膀高度一致，那是它钻进去时留下的。

恩古伊耸了耸肩，摇了摇头。我们俩的神经紧紧地绷住了，此刻没有白人以他了不起的智慧在那儿善解人意地轻声说话，也没有白人因他手下伙计们的愚蠢感到震惊而厉声下命令并且像骂那些胆怯畏缩的猎狗似地咒骂他们。这会儿有的只是一头脱逃的希望很小的受伤的豹子；先前它在高高的树杈上被人射中，摔了下来，要是一个人的话早就摔死了，现在它就在那儿，如果它还保持有猫科动物那种可爱而非凡的活力，那么任何进去捉它的人就会被它咬成残废或者重伤。我真希望它不曾咬死过那些羊，我也没有签过什么合同答应去捕杀它，并允许有关的照片刊登在任何全国发行的杂志上。我满足地咀嚼着那块肩胛骨，朝车子招了招手。碎骨头尖利的一端刺破了我的腮帮子，我尝到了自己的血那种熟悉的味道，混合着豹血的滋味。我像政治家向众人发命令似地说了一句：“Twendi kwa chui，”意即：“让我们向豹子前进！”

“向豹子前进”对我们来说并不容易。恩古伊手执斯普林菲尔德30－06，他的眼神很好。老爹的扛枪伙计拿着那枝.577，一开枪他自己就要一屁股坐到地上，他的眼力和恩古伊的一样好。我拿着那支虽旧但为我所钟爱的老式温彻斯特12型滑膛连发枪，它烧焦过一次。零件重配过三次，通体被手摩擦得很光滑。它的射击速度比蛇还快。我与它三十五年作伴，如同密友，有秘密一起保守，而成功的喜悦或是危难临头时的惶恐，彼此之间不必明说，它对于我就如同一个人的一个终身朋友。我们从那个有血爪印的入口进去，越过灌木丛里那些缠绕交叉的根茎，到了左侧，也就是西边的尽头，在那儿我们可以看见车停在拐角处，不过我们看不见豹。然后我们一路匍匐返回，并且不住地往根茎掩蔽的暗处里面张望，直到我们爬到了另一边的尽头。没有看到豹子，我们便又爬回到血爪印那儿，深绿色的叶子上血依然很新鲜。

老爹的扛枪伙计在我们后面站了起来，把那支大枪的保险打了开来。这会儿我坐下来，开始把枪内的八号铅弹从左到右地横扫着射进缠绕在一起的树茎里去。打到第五发时那头豹子雷霆般地大吼一声。吼声从稠密的灌木丛深处传来，位置在叶子上的血迹偏左的地方。

“你看得见它吗？”我问恩古伊。

“看不见。”

我又装了长长的一匣子弹，朝吼声传来的地方连打了两枪。那豹子又吼了一声，随后咳嗽了两声。

“快打，”我对恩古伊说，他便朝吼声传来的地方开了几枪。

豹子又吼了一声，恩古伊说：“快打。”

我冲着吼声打了两枪后，老爹的扛枪伙计说：“我看见它了。”

我们站了起来，恩古伊看见了，我却不能。“打吧，”我对他说。

他说，“不。让我们离豹子近一点。”

我们就这样又走了进去，不过这一次恩古伊清楚我们该往哪儿走了。我们只能走进一码左右，因为有一块长有根茎隆起的地面。在爬行时恩古伊在我腿上敲敲这边、拍拍那边，向我指明方向。接着我看见了豹子的耳朵、脖子隆起的地方最上面的小斑点，以及它的肩膀。我朝着它脖子和肩膀连接处开了一枪，接着又开了一枪，不再有吼声发出，我们便向后爬出来。我再次装上子弹，我们三个绕过灌木丛的西边尽头向停在远处的车子奔跑。

“死了，”切罗说道。“打得太好了。”

“死了，”姆休卡说道。他们两人都能看见那只豹，而我却不能。

他们跳出汽车，我们便一起慢慢地进灌木丛去。我让切罗拿着长矛殿后，他却说：“不。它死了，老板。我看见它死的。”

我用猎枪掩护恩古伊砍出一条路来，他挥舞着大刀披荆斩棘，仿佛它们是与我们势不两立的敌人一样。然后他同老爹的扛枪伙计一起把豹子拖了出来，我们把它托起来扔进了车子后部。它是头好豹子，我们追猎它很成功，很快乐，我们几个像兄弟一样，而且没有白人猎手、巡猎员或侦猎员参加。它是一头坎巴族的豹子，因为在一个不合法的坎巴村子中无谓地咬死那些羊而遭惩罚。我们全都是坎巴族的，大家现在都很口渴。

切罗是唯一认认真真打量那豹子的一个，因为他曾经被豹子伤过两次。他指给我看，那发在近距离射出的子弹几乎贴着豹子肩上的第一个伤口打了进去。我知道情况肯定会是这样，因为根茎和土堆挡开了其它子弹，但我只顾为我们大家辛苦了一整天而感到高兴与骄傲，而想到我们就要回营地去，就要坐到阴凉处喝冰啤酒，真高兴呀。

我们按响着汽车喇叭进入营地，每个人都出来了；凯第很高兴，我想他感到很骄傲。

我们都跳下汽车，只有切罗还呆在车上看那头豹子。凯第陪着切罗，剥皮工开始处理那头豹子。我们没有给它拍照片。凯第问我，“拍照片？”我回答道，“不拍。”

恩古伊和老爹的扛枪伙计把枪扛进帐篷，并把它们平放在玛丽小姐的床上，我把相机拿了进来，然后把它们挂起来。我叫姆桑比把桌子在树下摆好，再搬去几张椅子，还有全部的冰镇啤酒和为切罗准备的可口可乐。我叫恩古伊现在别忙着擦枪，先去把姆休卡找来；那样我们就能正式开始喝啤酒了。

姆温迪说我应该洗个澡。他会马上去把水准备好的。我说我用脸盆洗澡，请把我的干净衬衫拿来。

“你该好好洗个澡，”他说。

“过会儿我再好好洗。太热了。”

“你怎么弄得浑身是血？豹子抓的？”

这话有挖苦的意味，但掩饰得很仔细。

“被树枝划的。”

“你用蓝色肥皂好好洗干净。我再敷上点那种红色的玩意儿。”

如果搞得到，我们一直用红汞而不用碘酒，虽然一些非洲人喜欢用碘酒，因为它会使人产生痛感，所以被当作是一种效力更强的药。我把伤口洗刷干净，并把它们给露出来，姆温迪就在上面小心地涂上红汞。

我穿上干净的衣服，我也知道姆休卡、恩古伊、老爹的扛枪伙计以及切罗正在穿上他们的干净衣服。

“豹子抬来了吗？”

“没有。”

“那为什么每个人都这么高兴呢？”

“问得真有趣。整个早上的打猎都很有趣。”

“你为什么想当非洲人呢？”

“我要当一名坎巴人。”

“可能吧，”姆温迪说。

“去他妈的‘可能’。”

“你的朋友们来了。”

“是兄弟们。”

“可能是兄弟们吧。切罗可不是你兄弟。”

“切罗是我的好朋友。”

“是的，”姆温迪神色黯淡地说，一边递给我一双拖鞋，他知道这双鞋小了一点；他想看看我穿上它们会有多痛。“切罗是你的好朋友。可老是碰上坏运气吧？”

“怎么样的坏运气？”

“各个方面。不过他还是个走运的家伙。”

我出去加入到大伙儿之中。他们都站在桌旁，姆桑比身穿绿袍，戴着绿色的无檐帽，站在那儿手里拿着褪色的绿色帆布桶，准备把装在里面的啤酒倒出来。天上的云很高，这片天空也是世界上最高的。我回过头去，视线越过帐篷，可以看见树林顶着一座又高又白的大山。

“先生们，”我说着鞠了个躬。我们都坐到椅子里，姆桑比满满地倒了四杯啤酒，为切罗倒了一杯可口可乐。切罗年纪最大所以我对他谦让，由姆桑比先给他倒可口可乐。切罗换了一顶无边帽，上身穿一件蓝色外套，扣子是铜的，领口则用二十年前我送给他的一枚毛毯针扣住。他下身穿一条细心缝补过的整洁的短裤。

饮料倒好了，我站起来致祝酒辞，“为女皇干杯。”我们一饮而尽，我接着说，“先生们，为豹子先生干杯。它是一头皇室猎物。”我们又喝了一杯，大家举止得体且有热情。姆桑比重新给大伙儿斟满，这次从我开始，至切罗结束。他虽然对长者十分尊敬，但是要他尊敬碳酸饮料胜过啤酒就难了。

“A noi①，”我说着对恩古伊鞠了个躬。他是在亚的斯亚贝巴一家被占领的妓院里向那些被一支逃跑的部队匆匆抛弃的妓女们学的意大利语。我跟着说了句，“Wakamba rosa e la liberta, Wakamba rosa triomfera.”②

我们一饮而尽，姆温迪又重新斟满。

---

① 意大利语，意为“大家来啊”。

② 斯瓦希里语和意大利语的混合，意为“坎巴族的漂亮女人要自由，坎巴族的漂亮女人胜利了”。

下一句祝酒辞有点儿困难，不过适合当时的潮流，而且我们的新式宗教也需要有某个可以执行的计划，这计划日后可以朝更高尚的价值目标发展，因此我建议，“干杯。”

我们神情严肃地喝下这一杯，不过我注意到切罗有所保留，所以大家坐下时我说道，“Na jehaad tu①，”为的是拉近与这个穆斯林的距离。但是这并不容易，我们都知道他只是在和我们一起正儿八经地喝啤酒或者称兄道弟的时候与我们合得来，而要和我们共同相信一门新教或是政治信仰，决无可能。

姆桑比走到桌旁，再次斟酒，并说啤酒现在已经喝光了，我就说，这真是糟糕透了，我们要跨上马立刻离开，前往拉伊托齐托克再喝，在去的路上我们可以带上一些冷肉和罐装熏鲑鱼。姆休卡说，“那就到村子里去吧。”我们都同意到村里去弄几瓶啤酒，只要他们还有啤酒可以给我们这几个人让我们在到达另一个产酒的村子或拉伊托齐托克之前一直有啤酒喝就行了。恩古伊说我该带上我的未婚妻，还有那个寡妇，还说他和姆休卡只要到了路上的第三个马萨伊村子就行了。老爹的扛枪伙计说他也没有问题，并愿意负责保护寡妇。我们还想把姆桑比带上，但我们已经是四个人了，加上寡妇和我的未婚妻便是六个了。我们不知道会碰上什么样的马萨伊人。在拉伊托齐托克总是有许多马萨伊人。

我走到帐篷那儿去，姆温迪已经把铁箱子给打开了，把我那件老式香港花呢夹克拿了出来。内兜的下翻袋扣着，里面放着钱。

“你要多少钱？”他问。

“四百先令吧。”

“一大笔钱呀，”他说。“你想干什么？去买个老婆吗？”

“去买啤酒，也许再买些日常必需品、村子里需要的药品、圣诞礼物，买新的长矛，再把车子加满油，给警察局里的年轻人买些威士忌，还要买些熏鱼当零食吃。”

---

① 斯瓦希里语与阿拉伯语的混合，意为“你也请一起干杯”。

听到熏鱼他哈哈地笑起来。“拿五百吧，”他说。“你还要带些硬币吗？”

硬币放在一个皮袋子里。他数了三十个先令给我，又问道，“你穿好的衣服吗？”

他最喜欢我穿的衣服也是一件在香港买的类似骑马服的外套。

“不要。穿皮衣。带上皮拉链衫。”

“再带上毛衣吧。从山上下来冷。”

“随你给我什么穿吧，”我说。“不过套靴子时要轻一点慢一点。”

他拿来洗得干干净净的棉袜，我便把它们穿上，他费力地帮我穿上靴子，但没有把靴子两边的拉链拉上。恩古伊走进帐篷里来。他穿着一条干净的短裤和一件我从未见过的新的运动衫。我跟他讲我们只带上那枝 30－06 就行了，他说还要带上子弹。他把那支长枪擦干净后放在帆布床下。它一枪都没放过，而那支斯普林菲尔德的子弹的点火药是没有腐蚀性的，所以晚上擦拭也不迟。

“手枪，”他严肃地说，我便把右腿伸到手枪皮套末端的圆环中去，他绕着我的腰扣上那条宽皮带。

“吉妮酒壶，”姆温迪说着把那只弹壳形状的沉重的西班牙皮驮篮递给恩古伊。

“钱呢？”恩古伊问道。

“不，”我说道。“不要谈钱了。”

“钱太多了，”姆温迪说。他带着那把开放钱的箱子的钥匙。

我们出了帐篷向车子走去。凯第还是客客气气的，我很正式地问他还需要些什么东西。他说如果市面上从卡吉亚多来了些好品种的话就捎一袋粮食来。我们离去时，他神色黯然，头垂着略微向前和侧向一边，虽然他在咧着嘴笑。

我觉得难过，也感到内疚，我没有问他想不想去；过了一会儿我们便上了去村子的路。这条路现在已经凹凸不平了，我想，在一切都结束之前，它还会变得更加破旧的。

第十四章

姆休卡没有什么漂亮的衣服，只有一件带格子花样的干净衬衫和他那条洗得褪了色、打着补丁的长裤。老爹的扛枪伙计穿着一件无花样可言的黄色运动衬衫，而它和恩古伊那件穆莱塔[1]红衬衫正好相配。我感到后悔，自己穿得这么保守，不过既然前天飞机离开后我理了发，过后已忘得一干二净，我就觉得，如果我摘掉帽子，肯定会现出一种巴罗克风格的模样。不幸的是，我的脑袋一旦剃光之后，或者甚至头发剪得短到齐根，我的脑袋便能在很大程度上再现出一个早已湮没的部落的某段历史。它决不像东非大裂谷那般壮丽，不过带着一些具有历史意义的地形特征，能够引起考古学者和人类学者的兴趣。我不知道黛芭对此会怎么看，不过我戴着一顶有长而倾斜的帽舌的老式钓鱼帽，当我们驶进村子，停在那棵大树下的荫影里时，我一点也不担心，而且也不在乎自己的模样。

我后来才知道，姆休卡早已先派恩贵利，就是那个想当猎手眼下在当炊事帮手的小男孩，去告诉寡妇和我的未婚妻，说我们将会过来带她们去拉伊托齐托克为迎接圣婴耶稣的生日买些衣服。这孩子还只是个坎巴族小孩，在法律上来说还不准喝啤酒，不过他这一路跑得飞快，是想显示一下他多么能跑，这时他快乐地倚着树干，热汗直流，但尽量不大口大口地喘气。

我出了车子，伸伸双腿，并过去谢谢这个孩子。

“你跑得比马萨伊人快。”我说。

“我是坎巴人，”他边说边尽量不喘粗气。我能想象得出那几个硬币在他嘴里是什么滋味。

“你想上山吗？”

"是的。不过那不合适吧，我还有任务呢。"

就在那时探子走了过来。他戴着那条佩斯利头巾，用脚跟平衡着身体，神气十足。

"下午好，大哥，"他说。我看见恩古伊听到"大哥"这个词时回过身去，吐了一口唾沫。

"下午好，探子，"我说，"你身体怎么样？"

"好些了，"探子说。"我能同您一起上山吗？"

"你不能。"

"我可以当翻译啊。"

"我在山上有一个翻译。"

寡妇的孩子冲上前来，把他的头用力地撞我的肚子。我吻了吻他的头顶，他把手放到我的手里，身子挺得笔直。

"探子，"我说。"我不能向我丈人要啤酒。请给我们拿些啤酒来。"

"让我看看这儿有什么样的啤酒。"

如果你喜欢村里酿的啤酒，那么它的味道就不错，像禁酒时期阿肯色州家乡酿的啤酒。有个鞋匠，第一次世界大战时战功卓著，他自己能酿出和啤酒味道差不多的玩意儿；我们经常在他家的前厅里喝啤酒。我的未婚妻和寡妇走了出来，我未婚妻上了车挨着姆休卡坐下。她始终低垂着双眼，偶尔瞥一瞥村中的其他女人，眼里满是洋洋得意的喜色。她身上穿着那件洗过太多次数的裙子，头上围着一条非常漂亮的披巾。寡妇坐到了恩古伊和扛枪伙计的中间。我们派探子再去搞六瓶啤酒来，但村子里只有四瓶。我把这四瓶送给了我丈人。黛芭谁也不看，只是笔直地坐着，乳房和下巴冲一个方向挺着。

姆休卡发动了车子，我们离开村子上了路，离开了所有那些嫉妒的或不满的人们，离开了那许多孩子、羊群、喂奶的母亲、小

---

① 斗牛时为吸引牛的注意而挂在棒上的红布。

鸡、狗，以及我的丈人。

“Que tal，tu[①]？”我问黛芭。

“En la puta gloria[②].”

这是第二句她最喜欢说的西班牙短语。它是句奇怪的短语，没有哪两个人的翻译会是一模一样的。

“豹子伤到你了吗？”

“没有。没什么事儿。”

“它大吗？”

“不是太大吧。”

“它吼叫吗？”

“吼叫了许多次。”

“它没有伤到谁吧？”

“一个也没有。甚至也没有伤到你。”

她把刻花的手枪皮套紧紧地压在大腿上，然后把左手搁在了她想搁的地方。

“Mimi bili chui[③]，”她说。我俩都不是斯瓦希里语的专家，不过我想起了那两头英格兰豹子，肯定有人很早以前就了解豹子的。

“老板，”恩古伊说；他的声音听上去刺耳，这是当人们有热爱、愤怒或者柔情的时候会发生的现象。

“就叫坎巴人吧，”我说道。他大笑起来，嚷了几句粗话。

“我们有三瓶烈性啤酒，姆桑比为我们偷来的。”

“谢谢你。爬陡坡时我们就停车，吃点熏鱼。”

“很好的冷肉，”恩古伊说。

“妙极了，”我说。

坎巴人是不搞同性恋的。在过去，同性恋者先是经过一种名为

---

① 西班牙语，意为：“你好吗？”

② 西班牙语中“en la gloria”这一短语的意思是“感觉挺好的”，但是现在这短语中多出 puta（妓女）一词，故下文说“它是句奇怪的短语”。

③ Mimi 和 bili 是黛芭给两头豹子起的名字。

“金欧”的审判——姆温迪曾经向我解释说它的意思就是大伙儿正式地聚集在一起判人死刑——同性恋者被判了死刑后就被捆起来丢进河里或其它什么水塘里，泡上几天，等浸软了再杀了吃肉。我想很多剧作家都会落得如此悲惨的下场。不过话又说回来，如果话真的说得回来，你在非洲算是幸运的；吃一个同性恋者身上的肉，无论是其身上的哪一部分，都算十分倒霉，哪怕他在一个干净的、几乎清澈见底的水塘里给泡得软软的。我的几个年纪较大的朋友说，一个同性恋者的肉比一头在水里浸过的水羚还要难吃，吃了以后身上任何部位特别是腹股沟和胳肢窝都会作痛。与兽性交也是死罪一条，虽然人们认为同性恋比这更糟糕；恩古伊的父亲姆科拉（既然我掐指一算，觉得自己当不上他爸爸）曾经告诉我，一个与绵羊或山羊发生过性关系的人的味道美得就像角马肉一样。凯第和姆温迪是不吃角马的，不过这是一个有关人类学的问题，我从来没有想通过。正当我回忆着这些鲜为人知的事，心里十分愉快地想着黛芭这个质朴、腼腆的纯粹的坎巴族姑娘时，姆休卡突然把车停在一棵树下，在这儿我们可以望见大地上宽阔的沟壑，拉伊托齐托克那一片小小的铁皮屋顶背衬着山上青青的树林在熠熠闪光。我们心中的宗教信仰和那不熄的希望之火便是那洁白的山坡和方形山顶的赐予；身后是我们全部的土地，它绵延在眼前，让我们一览无余，仿佛我们乘着飞机，只不过身子一点儿也不移动，也不用提心吊胆，不用花钱。

“Jambo，tu，”我问黛芭，她说：“La puta gloria.”

寡妇坐在身穿红、黄色衬衫，黑胳膊细腿的恩古伊和老爹的扛枪伙计之间，十分高兴；我们让她和黛芭把熏鱼罐头和两听从荷兰来的假鲑鱼罐头打开。她们开的手法不对，拉襻因此断了一个，姆休卡便用一把钳子把铁皮罐背面掀起来，熏制假鲑鱼肉露了出来，这东西可是荷兰在非洲的骄傲呢；我们一同吃起来，交换着使用刀子，轮流着从瓶里喝酒。黛芭喝第一口的时候还用头巾擦擦瓶颈和瓶口，但我告诉她一个人的初疮其他人也都有，这之后我们喝酒便不再讲客套了。啤酒虽然热了一些，不过在八千英尺的高处，在这个回首俯瞰一片苍莽，举目四眺又是鹰眼才能及的地方，这酒还是清凉爽口的。这啤酒实在够味儿，我们就着冷肉把它喝了个精光。我们留着瓶子以后换酒，又把罐头去了拉襻后集中在一起，堆放在靠近那棵树干的石楠丛下。

没有侦猎员与我们在一起，所以便没有了那种出卖自己坎巴人良心告发兄弟的人，没有玛丽小姐的崇拜者，也没有那些刽子手或是警局的走狗们，所以我们在一定程度上感觉很自由。我们回过头望着这片大地；这里没有一个白人妇女曾经到过，包括玛丽小姐，如果把我们带她来的那次除外。那次她虽然不情愿，但是当我们把她带上汽车上层时她兴奋得像孩子一样。不过她从来就不适宜待在这里，也不知道她会有小小的荣耀，也要付出代价。

我们就这样回头凝望着我们的土地，眺望着那如以往一样靛蓝而诡异的丘卢岭。我们都很高兴玛丽小姐从来没有去过那儿。然后我们回到车里。我很傻地对黛芭说，“你会成为一个聪明的妻子”，她确实很聪明地紧贴了过来，一手抓住那个她最喜欢的枪套，说道，“我现在是一个好妻子，将来永远会是一个好妻子。”

我吻了吻她毛发拳曲的头。我们驶上那条以一种奇怪方式盘旋上升的美丽山路。镇上的铁皮屋顶还在太阳下闪闪发光，当我们开得近了些，我们看到了那些桉树和那条浓荫蔽日、展示不列颠帝国国力的整饬的大道，它一直通往那个小型碉堡和监狱，还有那一片安息堂。那些效力于英帝国司法管理及进行文书工作的人们，到头来穷得无法回到他们的祖国去的时候，只能在这儿安息了。我们不会去打扰他们休息的，即使这意味着错过岩石花园的景致，以及那条在前面很远的地方才注入河里的翻腾的溪流。

对玛丽小姐那头狮子的猎捕花费了我们很多时间，所有的人，除了狂热者、后来转变态度的人和玛丽小姐的忠实信徒之外，其余的人都已经厌倦了很长一段时间了。切罗不属于以上三种人，他曾对我说过：“她开枪时你一枪把狮子打死算了。”我摇摇头，因为我不是一个信徒，但是一名追随者，那次去坎波斯泰拉的朝圣还是值得的。切罗却鄙夷地摇摇头。他是个穆斯林，而今天没有穆斯林跟我们在一起。我们不需要做割断猎物的喉咙这样的事，而且我们都在寻找我们的新的宗教，它的“苦路 14 处[1]”的第一处便在本基那家杂货店的外面。它是一个加油泵，在黛芭和寡妇将要去挑选布料做圣诞节穿的衣服的那个店里面。

我同她一起进去是不合适的，虽然我喜爱那不同的布料，喜欢这地方的各种气味，也喜欢那些我们认识的 wanawaki，即那些虽然性格很急却不买东西的马萨伊女人；她们的做了“乌龟”的丈夫在街上喝着南非产的金吉普雪利酒，他们一手执矛，一手拿着金吉普酒瓶。这些“乌龟”们或是金鸡独立，或是两脚着地。我知道他们现在都在什么地方。我沿着这条狭窄的林荫道的右边往前走，它虽然窄，比起我们飞机的翼梢来说还是要宽一些，这一点每个生活在附近或打这儿走的人都知道。我忍着脚痛走，不是傲慢无礼也不是目空一切地（我希望自己是这样的）走进马萨伊人喝酒的地方，说了一声，“SoPa[2]”，又与几只冷冰冰的手握了一握，然后不喝酒便走了出去。向右边走了八步之后，我拐进辛先生的店里。辛先生和我互相拥抱，辛太太与我握手，我吻她的手，这总让她感到高兴，因为她是一个图尔卡纳人，而我已经将吻手这一招学得很好；这就像是一次去巴黎的旅行，虽然她连听都没有听说过巴黎，但是会把巴黎最明媚的天气大大赞美一番。随后我让人把那个在教会学校受教育的翻译找来，他一进门就把教会学校的鞋给脱掉交给辛先生许多男孩中的一个；那些男孩总是包着干干净净的头巾，客气得带点儿恶意。

“辛先生您还好吧？”我通过翻译问道。

---

① “苦路 14 处”原指天主教顺序排列于教堂中或道旁供人膜拜的 14 个十字架，各配有介绍耶稣受难经历的图画或塑像。

② 西班牙语，意为“汤、粥”。

“不错呀。在这儿做做生意。”

“美丽的辛太太呢？”

“还有四个月就要生产了。”

“Felicidades[1].”我一边说，一边又吻了吻辛太太的手，用的是阿尔维里托·凯罗的方式，那时他是维拉梅尔镇的侯爵，那个镇子我们去过一次但被赶了出来。

“我想孩子们都很好吧？”

“其余的都不错，就是第三个儿子被锯木机割伤了手。”

“您想让我看一看吗？”

“他们在传教团医院给他医治过了。用的是磺胺。”

“小孩用这个最好。不过像您和我这样的老人的肾会被它毁坏的。”

辛太太带着图尔卡纳人的真诚大笑起来。辛先生说，“我希望您的夫人身体健康，您的孩子身体健康，飞机也很好。”

翻译谈到飞机的时候说，“状况良好”，我叫他不要这样文绉绉的。

“夫人玛丽小姐在内罗毕。她是坐飞机去的，也会坐飞机回来。我所有的孩子都好。上帝保佑所有的飞机都好。”

“我们听说了消息，”辛先生说。“那头狮子和豹子。”

“谁都能射杀狮子和豹子。”

“可那狮子是玛丽小姐射杀的呀。”

“这没什么，”我说道；胸中的自豪感却油然而生，为体态美丽、结实、易怒而又可爱的玛丽小姐；她的脑袋像埃及硬币上的刻像，胸部如鲁本斯[2]的画作，心则来自贝密德吉或者沃克尔或者小偷河瀑布，或者任何一个在冬天气温达零下四十五度的镇子。那种温度造就也可能会冰冷的热心肠。

---

① 西班牙语，意为“祝福”。

② 鲁本斯（1577—1640），佛兰德斯画家，巴罗克艺术代表人物。

“玛丽小姐对付一头狮子不成问题。”

“那可是一头讨厌的狮子。许多人都吃过它的苦头。”

“了不起的辛先生一只手掐死一头狮子，”我说。“玛丽小姐用一枝6.5口径的曼尼利彻。”

“对付那么一头狮子，那支枪太小了，”辛先生说；于是我知道他服过兵役。因此我便等他接着往下说。

他很聪明，没有再说话的意思。辛太太说，“那头豹子呢？”

“任何人在早饭前都能杀掉一头豹子。”

“您要吃些东西吗？”

“如果太太允许的话。”

“请吃吧，”她说。“这没有什么。”

“我们到后屋去。你什么都没有喝呢。”

“如果你愿意我们现在可以一块儿喝些什么。”

翻译走进后屋，辛先生拿来一瓶白杜鹃酒和一大罐水。翻译脱下鞋子给我看他的脚。

“被教会密探监视时我才穿这鞋子，”他解释说。“说到圣婴耶稣时我总是带着轻蔑。我既不作早祷也不作晚祷。”

“还有别的吗？”

“没了。”

“你真该算是一个唱反调的皈依基督教的人，”我说。他把头使劲地撞我的肚子，跟寡妇的儿子做得一样。

“想一想大山和那快乐的猎场吧。我们可能需要圣婴耶稣。决不要以不敬的态度说到他。你是哪个部落的？”

“和您一样啊。”

“不是。你是怎么登记的？”

“马萨伊一查加人。我们是边境居民。”

“从边境来的人里面有好人。”

“是啊，先生。”

“在我们的宗教或是部落里从不说‘先生’。”

"是。"

"行割礼的时候你觉得怎么样？"

"不是最好，但也不坏。"

"你为什么要当一名基督徒呢？"

"出于无知啊。"

"你还没碰上更糟糕的呢。"

"我是说什么也不会作穆斯林的——"他刚要说"先生"，被我制止了。

"这条路又长你又不熟悉，可能你最好还是把鞋扔了吧。我给你一双很好的旧鞋，你穿一段时间它们就会跟脚的。"

"谢谢您。我能乘飞机去飞一飞吗？"

"当然啰。不过小孩子和教会学校里的孩子们不行。"

然后我想说"对不起"，但在斯瓦希里语和坎巴语中都没有这个词儿；这可是一种练习语言的好方法，因为你得小心不要犯错误。

翻译问我那些抓痕是怎么回事，我便说那是被荆棘划的。辛先生点点头，并给翻译看他的大拇指在九月里被锯割掉后留下的疤。疤很深，令我记起了事发的当时。

"但您今天还和一头豹子搏斗了一番呢，"翻译说。

"没搏斗过。那是一只中等个头的豹子，在一个坎巴村子里咬死了十六只羊。它没作什么反抗就死了。"

"所有人都说您凭双拳与它斗，然后用手枪把它打死。"

"所有的人都是骗子。我们先用一支来复枪，再用一支滑膛枪把它射杀。"

"可是滑膛枪是打鸟用的呀。"

辛先生听到这句话笑了起来，而我对他则愈加好奇了。

"你是个教会学校的棒小伙子，"我对翻译说。"不过滑膛枪并不总是用来打鸟的。"

"原则上是这么说。所以您说的是滑膛枪而不是来复枪。"

“那么一个他妈的巴布[①]会怎么说呢？”我用英语问辛先生。

“一个巴布会在树上，”辛先生说，第一次讲英语。

“我非常喜欢您，辛先生，”我说道。“我也尊敬你们伟大的祖先。”

“我敬重您伟大的祖先的每一个，虽然您从未谈起过他们。”

“他们算不了什么。”

“在适当的时候我会听说他们的事，”辛先生说。“我们喝点儿酒吧？那个图尔卡纳女人送了太多吃的。”

翻译现在的求知欲真是旺盛，满腹学识溢到了胸口。他是半个查加人，上半身长得平平的，不过很壮实。

“教会学校的图书馆里有本书，书里说卡尔·阿克利[②]赤手空拳打死一头豹子。我能相信吗？”

“如果你愿意的话。”

“我真的想知道，所以才问您的。”

“那时候我还不知在哪儿呢。许多人都问过同样的问题。”

“可我想知道真实情况啊。”

“书里几乎没有真实情况。不过伟大的卡尔·阿克利的确是个了不起的汉子。”

你不能阻止他追寻知识，因为你自己一生都在追求知识，只在醉酒时或是在被迫无奈的境况下才不得不满足于论据、坐标，说明这些玩意儿。这个脱了鞋在辛先生后屋的木头地板上搓脚的孩子，如此专注于对知识的追求，竟没有注意到自己在众目睽睽之下搓脚使辛先生和我感到尴尬。他那渐渐变得麻木的双脚在地板上画着平面几何图形，又画着某种与微积分公式相去甚远的什么东西，悄然无声，似猎犬的脚。

“一个欧洲人选了个非洲人作他的情妇，对于这件事，您能说

---

① 印度人对男子的尊称，意为“先生”。

② 卡尔·阿克利（1864—1926），美国博物学家。

出个令人信服的道理来吗？”

“我们说不了。那是司法部门的工作。警方会采取一些行动的。”

“请别回避问题，”他说。“请原谅，先生。”

“‘先生’比‘老板’好听。过去它曾经有特定的含义。”

“先生，那么您对这样的关系持宽容态度吗？”

“如果男女相爱而又不是出于被迫的话，我认为这并不是什么罪过，只要双方家族而不仅仅是两个当事人有充分的准备。”

这句回答像一块出乎意料之外的阻挡物，我和辛先生都很高兴我能从容地把它扔了出来。他仍然求助于教会学校在他脑子里填满了的那些基本原则。

“在上帝眼中这是罪过。”

“你把他带在身边吗？你给他用了什么类型的眼药水保证他能明察秋毫的？”

“请不要取笑我，先生。我来为你服务时把一切都抛在身后了。”

“我可不需要什么服务。在这个不比康涅狄格州大多少的国家里，我们是最后的几个自由人啰。我们相信一句已经被人说滥了的口号。”

“我能知道这句口号吗？”

“教会学校的孩子啊，口号是讨厌的东西呀……‘生命，自由以及对幸福的追求’。”说出了这口号以后，为了不引起更大麻烦，又看到辛先生一脸严肃好像又要说什么，我便说，“搓你的脚吧。保持大便畅通，记住在外国有一块地方将永远是英格兰。”

他并不就此罢休，这或许是因为他体内的查加人血液，也可能是因为他的马萨伊人的性格。他说，“您是一名王国政府的军官啊。”

“严格地说是的，不过不会长久。你想要什么？应征入伍吗？”

“我愿意，先生。”

这有些困难，不过知识更加难得，而且回报更少。我从口袋里掏出一枚硬币放在这孩子的手里。我们的女王看上去非常美丽，脸上闪烁着银光。我说，“现在你是个探子了；不，错了，”因为我发现辛先生被这个脏词儿蜇了一下。“现在你被任命为猎务部的临时翻译，每月薪俸七十先令，直到我的代理巡猎员任期结束为止。在我任期结束时你也须奔职，届时你会得到七十先令作为退休金。这笔钱从我的私人储蓄里扣除。你现在要宣布对猎务部或其它机构无任何非分要求，将来也不。愿上帝庇佑你的灵魂。那笔退休金会一次付清的。年轻人，你叫什么名字？”

“纳撒尼尔。”

“到猎务部里就叫彼得吧。”

“这是个光荣的名字啊，先生。”

“没人要听你的评论。你的义务严格限于在需要的时候精确、完整地进行翻译。你去跟阿拉普·梅纳联系，他会给你进一步的指示。你要预支一些钱吗？”

“不用了，先生。”

“那么你现在就可以走了，到镇后的山间去磨炼一下双脚吧。”

“您生我的气了吗，先生？”

“一点儿也没有。不过你长大成人以后，你会发现苏格拉底式的获取知识的方法是被人们夸张了，如果你不问这问那，人们就不会对你说谎。”

“再见，辛先生，”这个以前皈依了基督教的人一边说，一边穿上鞋子，怕万一周围有教会学校的密探。“再见，先生。”

辛先生点了点头。我说，“再见。”

等那年轻人走出了后门，辛先生踱到门边，一副心不在焉的样子，然后又回来倒了一杯白杜鹃酒，又把冷水壶递给我。然后他舒舒服服地坐下身来，说道，“又是一个该死的巴布。”

“不过可不蠢。”

“是啊，”辛先生说。“但你在他身上浪费了时间。”

“以前我们在一起时为什么不讲英语呢？”

“出于尊重吧，”辛先生说。

“辛家族的先人，也就是您的祖先，他们说英语吗？”

“这我可不知道，”辛先生说道。“那时我还没出生呢。”

“辛先生您的军衔是什么？”

“您还想问一问我的编号吧？”

“请原谅，”我说。“这要怪您的威士忌了。不过您容忍这一门外语时间够长了。”

“我挺高兴的，”辛先生说。“我学过很多外语。如果您喜欢，我很高兴作为一名不要报酬的志愿者为您服务，”辛先生继续说道。“目前我正为三个政府机构提供情报服务。它们之间不互通消息，也没有建立正常的关系。”

“事情往往完全像它们看起来的那样，长期以来都是一个王国在起作用。”

“您欣赏它现在的运作方式吗？”

“我是个外来人，对此不加评论。”

“您想让我为您提供情报吗？”

“把其它传出去的情报都搞一个副本吧。”

“没有复写纸，也没有口头传达的消息，除非您有磁带录音。您有录音机吗？”

“可没带在身上。”

“凭着四台录音机，您就能把一半的拉伊托齐托克人送上绞架。”

“我可不想绞死一半的拉伊托齐托克人。”

“我也不想啊。那样的话还有谁到零售店里去买东西呢？”

“辛先生，如果我们一本正经地办事的话，恐怕会造成一场经济灾难呢。现在我要到停车的地方去了。”

“如果您不介意的话，我和您一块去吧。我走在您左后方离开您三步的地方。”

“请别麻烦了。”

“没什么麻烦的。”

我向辛太太道别，并告诉她我们会开车来取那三箱烈酒和一箱可口可乐的，说罢便走了出去，来到拉伊托齐托克这条可爱的唯一的大街上。

只有一条街的小镇，给人的感觉就像是一条小船、一弯狭窄的水道、一条河流的上游，或者一条往上经过山口的小径。有的时候，经过沼泽，穿过面貌各异、地面崎岖不平的乡村，走过沙漠和禁地般的丘卢岭以后，人们就会觉得拉伊托齐托克看起来像地位重要的首都，而在有些日子里，它则有点儿像皇家道路。今天，它就是拉伊托齐托克，带有当年怀俄明州的科迪市或者谢里丹市的韵味。有辛先生和我一起，这散步轻松愉悦，我们两人都很开心。来到本基的铺子前面，我们看到了加油泵和那宽宽的台阶，跟西方百货店的台阶一样；有许多马萨伊人站在打猎用的车架子周围。我在车架子旁站定，对姆温基说，我带着来复枪留在这儿，他去买东西或者去喝点什么。他说不，他愿意带着枪留下。于是我走上台阶，进入那间拥挤的铺子。黛芭和寡妇还在那儿看布料，姆休卡帮助她们挑选了一幅花样又一幅花样。我讨厌买东西，也讨厌挑挑拣拣，便走到L形柜台的那一端，去买药和肥皂。在把这些东西都塞到一个盒子里以后我开始买罐装食品；买的多数是熏鱼、沙丁鱼、鲶鱼、罐头虾、各式各样的假鲑鱼，以及一些当地产的罐头肉，打算送给我岳父。然后我又买了两听罐头，里面装有南非出口过来的各色杂鱼，其中一听只简单地标着个“鱼”字。我又买了六罐头的南非龙虾。忽然想起斯隆牌搽剂快用光了，便买了一瓶，另加六块卫宝牌香皂。这时马萨伊人已经挤作一堆观看我们购物。黛芭垂着双眼，很自豪地笑着。她和寡妇还是拿不定主意，而没有看过的布料只有五六卷了。

姆休卡沿着柜台走了过来，告诉我车已经装满了，另外他已经找到了凯第要的那种优质玉米粉。我给他一张一百先令的票子，让他去给姑娘们买的东西付账。

“叫她们买两条裙子，”我说。“一条在坎比亚节的时候穿，一条在圣婴耶稣生日的时候穿。”姆休卡知道没有哪个女人需要两条新裙子的，有一条旧的再加条新的就可以了。不过他还是走了过去，用坎巴语把我的话传达给姑娘们，黛芭和寡妇听后都垂下双眼，满脸的得意全换成了崇敬的表情。她们的双颊容光焕发，仿佛我刚刚发明了电，让灯火照遍了全非洲。我没有去看她们的眼睛，只管自己买东西；现在我开始买硬糖，是瓶装的，还有各式巧克力条，有果仁的和一般的。

这个时候我还不知道钱够不够用，不过车里已经有了汽油和玉米粉。柜台后面的伙计是店主的亲戚，我叫他把每样东西小心地装好，放到盒子里，我会回来付钱取货的。这给了黛芭和寡妇更多的时间去挑选，我则要开着车子到辛先生店去把那些瓶装的东西拉过来。

恩古伊已经到辛先生店里去了。他找到了我们要的染料，用它我们可以把我的衬衫和打猎背心染成马萨伊人喜欢的颜色。我们喝了一瓶烈性啤酒，又拿了一瓶出去给车上的姆温基喝。姆温基这次值班，不过下次要换别人。

有恩古伊在场辛先生和我又说起外语来，夹杂着一些不流利的洋泾浜斯瓦希里语。

恩古伊用坎巴语问我，是不是想和辛太太干一次。我差点没乐死，心想辛先生若不是一个演技非凡的演员，那就是没时间或者没机会学习坎巴语。

“Kwisha maru①，”我对恩古伊说；这听上去是句不错的双

① 斯瓦希里语，意为“晚安”。

关语。

"Buona notte[①]," 他说；我们碰了碰酒瓶。

"Piga tu[②]."

"Piga tu."

"Piga chui，tu[③]," 恩古伊解释给辛先生听，我觉得他有点儿醉了。辛先生鞠了个躬表示祝贺，并说这三瓶酒店里请客。

"不行，" 我用匈牙利语说。"不，不，要付钱的。"

辛先生说了几句，不知用的是什么语言。我比划着让他给我开张账单，他便开了一张。我用西班牙语对恩古伊说，"Vámanos. Ya es tarde[④]."

"Avanti Savoia[⑤]," 他说。"Nunaua[⑥]."

"你这杂种，" 我说。

"Hapana，" 他说。"亲哥哥。"

在辛先生和他几个儿子的帮助下，我们把货装上了车。翻译不能帮忙，这大家都能理解，因为一个教会学校的男孩是不能被人看见在搬一箱啤酒的。不过他看上去很伤心，很明显那是"nunaua"这个词造成的，我便叫他去搬那箱可口可乐。

"您开车时我可以坐吗？"

"为什么不可以呢？"

"我可以留下来看着那支来复枪。"

"你不会第一天来就是为了守着步枪吧？"

"对不起。我只是想让您坎巴族的兄弟轻松一下。"

"你怎么知道他是我的兄弟呢？"

"您叫他兄弟啊。"

---

① 意大利语，意为"晚安"。
② 斯瓦希里语，意为"干吧"。
③ 斯瓦希里语，意为"干掉豹子"。
④ 西班牙语，意为"我们走吧。已经晚了"。
⑤ 意大利语，意为"赶快啦"。
⑥ 斯瓦希里语，意为"干吧"。

“他是我的兄弟。”

“我有很多东西要学。”

“千万别因此而灰心，”我边说边把车停在了本基的铺子的前台阶旁边，想搭车的马萨伊人在那儿等着。

“把他们全操了，”恩古伊说。这是他知道的唯一一句英语短语，或至少是他所使用的唯一一句；曾几何时英语一般被认为是刽子手、政府官员、公务员以及绅士们的语言。它是一种优美的语言，但在非洲正在走向死亡，虽然说说无妨，但得不到认可。既然我的兄弟恩古伊开了个头，作为回应我便也用英语说，“高的，矮的，最好是高个子的。”

他瞧瞧那些讨厌的马萨伊人；假设他出生得早一些，不过仍然是我的同代人的话，他定会津津有味地把他们当饭吃了。他用坎巴语说，“都是高个子。”

“翻译，”我说，但随即改口，“彼得，你是否可以到店里去告诉我的兄弟姆休卡我们已经准备好了。”

“我怎么才能认出您的兄弟呢？”

“他是个坎巴人。”

恩古伊并没有接受这名翻译，也不赞成他那双鞋。他满脸的倨傲，从那些手持长矛的马萨伊人中间走过，有如一名不带武器的坎巴人。那些马萨伊人聚在一起，希望能搭一程顺风车；他们那些呈阳性的瓦色尔曼测试[①]结果并没有像旗帜一样飘扬在长矛杆子上。

最后每个人都出来了，把购买的东西装上了车。我走下车来，让姆休卡坐到方向盘前，并让黛芭和寡妇坐进去，自己便去付账。账付完之后，还剩十先令。我把钱这样用光了回家，姆温迪的表情可想而知。他不光是财政部长，而且还自封为我的思想道德训导员。

---

① 德国医生、细菌学家瓦色尔曼（1866—1925）发现的检验梅毒的血清试验。

“我们能带多少马萨伊人？”我问姆休卡。

“那个‘唯一的坎巴人’之外，还能再带六个。”

“太多了。”

“再带四个吧。”

我们开始让人上车，由恩古伊和姆温基挑选。黛芭兴奋极了，虽然身子一动不动，可心里非常骄傲，眼里也不看别人。我们三个坐在前排座位上，五个在后座，前排有“唯一的坎巴人”、寡妇和恩古伊；姆温基和那四个被选中的坐到了玉米粉袋子上面，购买的东西则放在后面。我们本来还可以再带两个，不过路上有两个地方路况糟糕，经过那儿马萨伊人总是要晕车。

我们下了山岗——我们把大山较低的山坡称为“山岗”。恩古伊在打开啤酒瓶，这在坎巴族的生活中跟其它圣事一样重要。我问黛芭身体感觉怎么样。这一天很长，从某些方面来说也很辛苦，买完东西，又坐在车子里爬高走低，拐来拐去，她无论有什么样的感觉都有她十二分的理由。平原现在铺展在我们面前，让我们看到这地形的各种特点。她抓住了刻花的枪套，说：“En la puta gloria.”

“Yo tambien①，”我说着向姆休卡要鼻烟。他递给我，我又递给黛芭，她又递还给我，一点儿也没吸。这鼻烟很不错，不像阿拉普·梅纳的那么刺激，不过当你把它塞到上唇下面②的时候足以让你感觉到它的力量。黛芭不吸鼻烟，但在我们下山时她骄傲地将烟盒递给了寡妇。这是上等的卡吉亚多鼻烟，寡妇取了一些，把它递还给黛芭，她交给了我，我把它还给了姆休卡。

“你不吸鼻烟？”我问黛芭。答案我是知道的，我真是愚蠢，这也是一天来我们所做的第一件不开心的事。

“我不能吸鼻烟，”她说。“我还没有嫁给你，我不能吸鼻烟。”

---

① 西班牙语，意为“我也一样”。

② 鼻烟有两种用法，除用鼻吸之外，非洲人是通过嘴来享用的。

关于这个可没什么好说的，我们便不说话了。她又把手放回到她非常喜欢的枪套上去。丹佛市的海塞公司在枪套上刻的花纹比任何人身上的印花和纹身都要漂亮；这是个美丽的花朵图案，不过经过护革皂的擦洗，再加上汗液的腐蚀，它已经变得光滑，花纹也淡了，今天早上出汗后结的盐粒还隐约可见。她说，“我要把你装到手枪里去。”

我说了几句粗话。坎巴人中女人总会有些无礼的言行，如果没有爱情，这些言行有时甚至会发展到厚颜无耻的地步，甚至糟糕得多。爱情是一种可怕的东西，你不会加之于邻居头上，而且，在所有的国家都一样，爱情是不固定的圣节。除了第一次婚姻，忠贞并不存在，也不必须。这里说的是丈夫的忠贞。在这第一次婚姻里，除了我所拥有的东西之外，我提供不了什么。东西虽然不多，但也不是无足轻重的。我们俩对此是一点也不怀疑的。

第十五章

这个夜晚相当宁静。在帐篷里黛芭不愿洗澡，寡妇也不肯。她们不但害怕把热水端过来的姆温迪，也害怕那只六条腿的绿色大帆布浴缸。这是可以理解的，我们也都理解了。

我们在马萨伊村子旁放下了一些人，大家都不再胆大，在黑暗之中，在一个特定的地方，事情有点儿难对付，但我们没有退缩，连想都没有想过。我曾经让寡妇离开；但是我在保护她，我并不知道，根据坎巴族的法律她是否有权呆在那儿。她所享有的坎巴族法律赋予她的一切权利，我都准备承认；她是一个很好的、柔弱的、举止文雅的女人。

探子在有声响和动静的时候出现了，黛芭和我都看见他把那瓶狮子油偷了去。它是装在一只“大麦克尼施”的空瓶子里的，黛芭和我知道恩古伊已经在里面掺了些大羚羊油，那时他和我还没有决定做兄弟。这就好比八十六度的威士忌有别于一百度的威士忌一样；我们醒来时看见他在偷这油，黛芭非常开心地大笑起来，她总是开心地笑，还说，“Chui tu,”我则说，“No hay remedio.”

“La puta gloria,”她说。我们的词汇量并不大，我们又不健谈，所以不需要翻译，除非谈及坎巴族的法律。我们又睡了一两分钟，寡妇则非常严肃地在放哨。她看见探子偷走那只变了形的瓶子，里面装着的狮子油白得出奇，这我们都知道得很清楚。正是她的咳嗽声唤起了我们的注意。

这时我喊姆桑比过来，这是个心地善良、行事粗鲁的小子，是当炊事帮手的；他属于那种专事狩猎而非稼穑的坎巴人，但又不是一个善猎的猎手，自从参加打仗以后便落到了仆人的地位。我们都算是仆人，因为我在猎务部工作就是为政府服务，我还为玛丽小姐和一家名为《看》的杂志服务。不过我对玛丽小姐的服务随着她那头狮子被射杀而暂时告一段落。我对《看》的服务也暂时结束了；我倒希望是永远结束。我当然是错了。但是姆桑比和我都一点儿也不介意为人服务，我们两人对上帝和国王的服务都还没有达到尽善尽美的地步，当然还不心生厌烦。

仅有的法律是部落的法律，我是一个 Mzee，也就是依然享有武士地位的长者。想要把二者兼于一身并不容易，年岁比较大的 Mzee 对这种不规范的地位感到恼怒。你该放弃一些东西，或者全部东西，如果有必要的话，而不要试图抓住每一样东西。这一点我是在一个叫舍内 · 埃菲尔的地方领悟到的，在那儿当时有转攻为守的必要。你放弃了不惜代价所赢得的东西，就好像那是不费吹灰之力赢得的，那时你变得固若金汤。这样做很困难，而且为此你可能会吃上不少枪子儿；不过要是你再不作出调整的话，你也许死得更快。

所以我让姆桑比半个小时之后在用餐帐篷里开饭，要为黛芭、寡妇和我摆好盘子。他高兴坏了，浑身充满着坎巴族特有的精力和恶毒，跑着传达命令去了。不幸的是事与愿违。黛芭很有胆色，而“La puta gloria”也是大多数人难以企及的境界。寡妇觉得这个命令蛮横霸道，她也知道没有哪个人曾经在一天或是一个晚上就把非洲纳为囊中之物的。不过会有那么一天的。

凯第凭着自己对老板、对部落和伊斯兰教的一份忠诚对此命令不予理睬。他有足够的胆量和很好的趣味，使他不向任何人转达命令。他敲着帐篷柱子，问我们是不是有话要说。我原想说“不”；但我是个受过训练、有修养的孩子。虽然还达不到老爹的那最好的十二条规定的要求，但对那些你我在生活中所要遵守的恒定准则还是不敢怠慢的。他说：“你没有权利粗暴地抢夺这样一个年轻的姑娘。(这一点他错了。从来没有发生过任何暴力行动。) 这会惹大麻烦的。”

“好吧，”我说。“你是代表所有的 Mzees 说话的吗？”

"我是最年长的。"

"那么告诉你那比我年长的儿子，叫他把猎车开过来。"

"他不在，"凯第说。我们知道这是怎么回事。我们也知道他在孩子面前缺乏威信，以及为什么姆休卡不是一个穆斯林，不过这对我来说太复杂了。

"我来开车吧，"我说。"这并不是件非常困难的事。"

"请把这位年轻姑娘送回家去。如果你愿意，我跟你们一块儿去。"

"我会带上这个年轻姑娘、寡妇和探子。"

姆温迪这会儿身穿绿袍子，戴着帽子，站在凯第身旁；要凯第说英语实在是难为他了。

这里的事情与姆桑比不相干，不过他也像我们大家一样爱着黛芭。她正在装睡。我们大家都想买像她这样的老婆，可大伙儿都清楚买回家的东西我们总是不能真正拥有的。

姆桑比当过兵，那两个严厉的老头知道这一点。他们成为穆斯林时并不是没有意识到他们的这种背叛行为。既然每个人最终都会变成老头，他很快就对他们那种自鸣得意表示不满。他凭着真正的非洲人的诉讼意识，使用已经被废除的称号，还凭着自己对于坎巴族法律的了解，说："因为她有一个儿子，而我们的老板受官方委托保护她，所以他能把寡妇留下。"

凯第点了点头，姆温迪也点了点头。

结束了这件事情，并且有一种为黛芭而产生的很糟的感觉——她以一种光荣感吃过了饭，睡觉去了（我们不被允许睡，因为我们有过那么许多次睡觉没有经过那些了不起的长者们作评判；那些长者出色地获得了他们的地位，不，这么说不公平，他们靠的是年纪大）——我向帐篷里说道，"No hay remedio. Kwenda na shamba."

我生命中给了我许多欢乐的这一天就这样开始渐渐地结束了。

第十六章

接受了长者们的决定，我开车把黛芭、寡妇和探子送回家去。到了村子那儿我把为黛芭买的东西给她留下，然后返回了营地。我买的东西使情况有了不同，她们两人的确都有了做裙子的料子。我不想和我岳父讲话，不想对他作什么解释，大家装作刚刚购物归来一样（也许晚了一点）。我看见探子的佩斯利头巾里面裹着那个装着不纯的狮子油的“大麦克尼施”瓶子隆起着，不过这不说明什么。我们有比那更好的狮子油，如果愿意还能弄到更好的。要是你看到有人，比方是作家，或是其他比作家地位高的人（这个范围可就大了）从你这儿偷东西却自以为没有被发现，那么你就会获得再大不过的满足。如果小偷是作家的话，你千万别让他们知道，因为那会使他们心碎的，倘若他们还有心可碎，有些作家是有的。除非你也参与竞赛，否则谁会去关心一个人的心脏搏动得怎样呢？对于探子，则是另一码事了，因为这牵涉到他的忠诚程度，而他的忠诚程度已经让人产生怀疑。凯第讨厌探子的理由有很多，因为过去他在凯第手下干过事；从探子还是一名卡车司机的时候算起，他们两人之间有许多未了的旧账，那时他以他的年少气盛和带恶意的直率冒犯了凯第，而据别人说，这位高尚的人是很腼腆的。凯第自从为老爹服务便一直敬爱着老爹，出于坎巴人对同性恋的厌恶，他无法容忍一个马萨伊司机非难一名白人，特别是对这样一个声名显赫的白人；那些坏小子用口红把那尊为这个人竖立的塑像的嘴唇涂红（他们每晚在内罗毕就这么干），凯第乘车路过连看都不看上一眼。切罗是一个比凯第还要虔诚的穆斯林，他看着跟我们一样地笑起来。但是当凯第一入伍他便永远是军人了。他是一个真正属于维多利亚时代的人，而除他之外的我们这些人，曾经是属于爱德华时代的，后来属于乔治时代，然后又短时间里成为属于爱德华时代的人，随即又成了属于乔治时代的，现在，就我们的服务能力和对部落的忠诚而言，我们可以坦然相告自己是彻头彻尾属于伊丽莎白时代的人；我们与属于维多利亚时代的凯第几乎没有共同之处。今天晚上我感觉很糟，所以也不愿意进行人身攻击，也不愿思考那些关系到个人的事情，特别不愿意对某个我崇敬的人作出不公正的评判。不过我认为黛芭、寡妇和我坐在用餐帐篷的桌旁一起吃饭给他造成的震惊，比起他为坎巴法律所花费的那份心思要严重得多，因为他是一个有五个老婆的成年人，有一个年轻漂亮，他自己如此，又怎么能裁定我们的道德如何，或者裁定我们没有道德呢？

车在夜里一路开过去，我努力让自己不要情绪太差，想到黛芭呀，想到我们的正式的快乐被强行剥夺——这一点是任何人不管地位再高都有可能忽略的，想着想着我就想要把车子朝左拐过去，沿着那条红土路开到另一个村子里去；在那儿我能找到两个人，既不像罗得[①]的老婆也不像波提乏[②]的老婆，而是像一个马萨伊人的老婆那样的两个尤物，看看我们是不是可以把偏离常规之举变成真正的情爱。不过做那样的事也不是时候，所以我便开车回了家，停好车后，坐在用餐帐篷里读西默农。姆桑比觉得很不自在，不过他与我也都不是健谈的人。

他提了个非常慷慨的建议：他和我们的卡车司机一块去把寡妇带来。我说了一声“hapana”，又接着看了几页西默农。

姆桑比只觉得越来越难受，再说他也没有西默农可读，他的下一个建议便是他同我一道开车去把姑娘带来。他说这是坎巴族的风俗，除了罚款以外也不用付什么钱。他还说那本来就是个非法的村

---

① 基督教《圣经》故事中人物，据传在带领妻女逃离即将毁灭的城市 Sodom 时，其妻因回头探望，即刻变成一根盐柱。

② 基督教《圣经 · 旧约 · 创世记》中埃及法老之护卫长。

子，没有人有资格让我们受审判，而且我在这一天为我的岳父杀了头豹子，还送了他许多礼品。

这个主意我思考了一下，最后决定不予采纳。不久之前我在我丈母娘的床上睡觉，为这种大逆不道的举动我还付给部落里一笔钱。凯第会知道吗？大伙儿都认为凯第无事不晓，不过我们把消息封锁得滴水不漏，真实情况比他所知的可能更粗鲁一些。我对此不敢肯定，因为我对他非常崇敬，尤其自马加地回来之后。他在那儿追踪过猎物；当时，在我受到袭击而恩古伊无法帮忙之前，他并没有必要这么做；那时候他带的两条蛇钻了出来盘着他的脑袋，在他的颧骨和包头巾之间。当时的气温，在树荫里也有华氏一百零五度，这是用营地里那支不错的气温表测量出来的，他就是在这样的情况下追踪猎物的。而我们唯一的一块树荫是在一棵小树下面，我受了袭击后便躺在那儿休息；它在我眼中真是莫大的一份恩赐，我深深地吸气，试着计算我们离营地有多远——那个多么舒服的地方，在那儿有无花果树荫，有泛着涟漪的小溪，还有那表面冷凝出水珠像是出汗一样的水袋。

凯第那天并没有装腔作势，不过却让我们觉得像被鞭笞一样的难受。以往我尊敬他并非没有理由，但今晚我还是想不清楚他为什么要介入。他们总是为了你好吧。不过有一件事我是知道的：姆桑比和我不应该像醉汉一样的回来，不能再像从前那样胡闹了。

非洲人被认为从不会为任何事情一直感到难过。这是那些一度占领过这个地方的白人们臆想出来的。有人以为非洲人没有痛感，因为他们从来也不哭喊，那指的是一些人不哭喊。不过感觉到疼痛而不表现出来，这与部落传统有关，是一种奢侈的享受。在美国我们有电视、电影看，富家主妇们的一双手总是那么柔软，到了晚上便往脸上抹油，她们的用野生而非人工养殖的貂的皮毛做的大衣正放在什么地方冷藏着，有类似当铺用的票据作凭证以后把它取出来；那些比较兴旺的非洲部落的人则以不示痛作为他们的一大享受。我们这些被恩古伊称为“摩伊佬[①]”的人从来不知道什么是真正的困苦，除了在战争的时候。战争生活是乏味、颠沛的生活，偶尔的补偿只是打仗和夺得战利品时的快乐，那战利品好比是主人把它丢给一条他并不宠爱的狗的一块骨头。我们“摩伊佬”，此刻是指姆桑比和我，我们一直都知道劫掠一个村镇是怎么一回事，我们两人也都知道，要履行圣经中的那句训诫，即“杀掉男人，掳走女人”，应该如何行事，尽管对此我们只是心照不宣而并不公开谈论。不再有谁会这样干了，但无论是谁只要这样做了便是兄弟。好兄弟难找啊，但是在任何一个村镇你都会碰上坏兄弟。

探子口口声声说他是我的兄弟。我可从来没有选择他。我们现在面临的这件事情，不是一次游猎，而且“老板”这个称呼此时简直就是侮辱，在这件事情的过程中，姆桑比和我是好兄弟；今晚，虽然大家都没有提及，但我们都记得，那些从海上分几路前来抢劫的奴隶贩子都是穆斯林，我也明白为什么两颊有箭头状刀刻印记的姆休卡不愿意也不可能皈依那个时髦的宗教，而他的父亲凯第、亲爱诚实的切罗以及老实又做惯了小人的姆温迪已经被吸纳进去作了教徒。

我坐在那儿，我们分担着共有的悲哀。恩贵利进来过一次，表情像个乳臭未干的小毛孩子，不过他希望要是允许的话，陪着我们一块儿难过。这可不行，我亲切地在他披着绿色长外套的屁股上拍了一下，说，“Morgen ist auch nach ein tag.”这句古老的德国谚语意思与 no hay remedio 相反，是一句实在而又优美的谚语，但拿到这里来用却让我感到内疚，好像自己是一个失败主义者或者通敌者。在姆桑比的帮助下我仔细地把它译成坎巴语，随后，觉得自己像个乱用谚语的人，便让恩古伊把我的长矛找来，我要在月亮升起的时候出去打猎。

这有点儿太戏剧性了，但哈姆雷特也是如此呀。我们都被深深

① “摩伊人”，越南埃地人、日来人、扎雷人等民族的通称。

地感动了。可能我是三人中间最受感动的一个，犯了一个犯过的错误：没有管住我的嘴巴。

现在月亮升到了山脊上，我真希望有一条良种的大狗，也希望我没有宣布过要做一件凯第做不了的事。可是我那样宣布过，于是我检查了长矛，穿上柔软的鹿皮鞋，向恩贵利道谢后离开了用餐帐篷。有两个人挎着来复枪带着弹药在放哨，一盏灯笼挂在帐篷外面的树上。我把灯火留在了身后，沿着那条长长的小道出发了。月亮照耀在我的右后方。

矛柄给我的手感不错，沉甸甸的，上面包着医用绷带，这样手出汗时就不会打滑了。在你使用长矛的时候，腋窝下、前臂上经常出许多汗，汗水会顺着矛柄往下淌。脚下踩着草根感觉很舒服，随后我踩到了那一溜平平的汽车车辙，它通向我们修整的飞机跑道，另一溜车辙我们则称之为“北大道”。我晚上独自拿着长矛外出，这是第一次，我真希望有一条忠实的猎犬或是大狼狗。如果有一条德国牧羊犬的话，前方灌木丛中一有东西，你便会立即知道，因为它会猛地向后一退，然后把鼻子贴着你的膝弯往前走。但是像我这样在夜里拿着长矛外出，被吓得非同小可，这也是一种难得的享受，得付出代价，而且跟别的享受一样，多数情况下是值得的。玛丽、金·克和我多次在一起消遣享乐，有几次的花费后来证明比较昂贵，不过到目前为止，所有的享受都是值得的。时间的侵蚀力恒久不衰，日复一日虚度光阴，真是很蠢，那才是不值得，我一边这样想着一边留意那些我记得有眼镜蛇洞的灌木丛和枯树，希望不要踩上出来觅食的蛇。

在营地里我曾听见两只鬣狗在吠，不过现在它们安静了。我还听见一只狮子在那古老的村子旁吼叫，便打定主意不要到那个村子附近去。不管怎么说我就是不敢到那里去，再说那儿也是犀牛出没的地方。在前方，月光照耀下的平原上，我看见有什么东西在睡觉。是一头角马，我便轻手轻脚地绕开它，也不知那是头公的还是头母的；后来才看清是头公的；我返回小路上去。

有许多夜间活动的鸟儿，以及鸻科鸟。我还看见了长着蝙蝠耳朵的狐狸，蹦来窜去的野兔，不过它们的眼睛都不闪亮，不像我们开着越野猎车巡猎时看见的一样，因为我没有手电筒，月光并不引起反光。月亮现在升到了头顶，撒了满地的清辉。我沿着小道往前走，心里高兴自己这样晚上外出，也不担心会有什么野兽窜出来。凯第啦，那姑娘啦，寡妇啦，还有那夭折的晚宴、床上的良宵，这些乱七八糟的东西都已不再重要。我回头望去，营地的灯火刚刚到了视线之外，不过能看见那座巍峨的大山，山顶呈四方形，在月光下泛着白光。我真希望不要碰上什么动物让我要射杀它。没准儿我总是有可能会打死几只角马的，不过如果我真的杀死一只，那么我会把它去毛开膛，然后呆在那畜体旁，不让鬣狗碰它，或者把整个营地的人都叫出来，开着车大肆炫耀一番；我记得我们中间只有六个人吃角马肉，我还要弄一些好肉等玛丽小姐回来吃。

我就这样在月色下走着，听见小野兽在跑动，鸟儿叫着从扬起尘土的小道上飞起来，我思念着玛丽小姐，不知她在内罗毕正在干什么？她新剪的发型看上去会是什么样子？她剪了还是没剪呢？她的体形身段有变化吗？她的体形和黛芭的几乎没有两样……玛丽小姐后天两点以前便会回来，这他妈的可真是太好了！

这时候我快要走到她射杀那头狮子的地方了。我能听见一头豹子在左边那一片沼泽地边缘觅食的声音。我想过要走到那片低平的盐碱地上去，但我知道一旦过去的话，我就会忍不住要猎杀一些动物，所以我便掉头沿着那条坑坑洼洼的小道返回营地去，两眼望着那座大山，根本不打猎。

第十七章

早上姆温迪端来了茶水，我谢过了他，走到帐篷外面，在篝火的灰烬旁一边喝茶一边想心事，随后便穿好衣服过去看望凯第。

这一天并不是平静无事的，不像我希望的那样适宜于潜心阅读或思考。阿拉普·梅纳走到用餐帐篷篷布掀开的一边，潇洒地敬了个礼，说道，“老板，有些小问题。”

“什么样的问题？”

“没什么大不了的。”

在炊火过去一点有几棵大树的地方，我们辟出一角权作接待室，这会儿两个马萨伊村的头人已经等在那里了。他们不是酋长，因为酋长是个从英政府得到钱或者一枚廉价勋章的人，是个被收买的人。而这两个仅仅是他们村里的头，两个村子相距十五英里以上，而且它们都饱受狮患。我坐在帐篷外的椅子上，手里拿根Mzee手杖，他们的话不管听得懂听不懂，我都会庄重地发出一些若有所悟的咕哝声，姆温迪和梅纳在一旁作翻译。我们谁都不是马萨伊语专家，不过这些人心地善良、一本正经，在交流中的障碍他们认为明显是正常的。一个人肩头横贯四条长长的血沟，好似被耙子划过一样，而另一个，不知什么时候丢了个眼珠，而一道狰狞的伤疤从略高于头皮线的地方延伸下来，越过那没有眼珠的眼窝，几乎快到了他的下颌。

马萨伊人喜欢聊天，也喜欢争论，但他们两个都不善于讲话，我对他们以及那些同来的站在一边不吭声的人说，我们会处理这些问题的。要做到这一点，我必须先对姆温迪讲，再由他告诉阿拉普·梅纳，然后由后者说给我们的客户听。我拄着那根头上嵌着枚被敲扁的银先令的Mzee手杖，嘟囔出几句纯正的马萨伊语，听上去有点儿像玛莱纳·黛德丽①在表现性乐、理解或爱恋时发出的声音。这些声音各不相同。但是听上去都很深沉，并且有一个上扬的变调。

我们握了握手，随后那个尽喜欢拣些最糟糕事情通报的姆温迪用英语说道："老板，来了两个患'布布'的女士。"

"布布"是性病的总称，但也包括雅司病，虽说权威们并不这样认为。雅司病的螺旋体确实很像梅毒，但是关于患病的原因意见不一。一般认为，人们患上老罗音病②是因为与他人共用过一个饮水杯子，或是随便地坐过一个公用马桶，抑或是与一个陌生人接过吻。以我有限的经验，我还从没碰上哪个人有如此倒霉的呢。

现在我对雅司病的熟悉程度不亚于我对哥哥的熟悉程度。也就是说虽然我与它有很多的接触，但它的真实价值还是令我不以为然。

那两个马萨伊女士长得都很漂亮，这更应了我那句论断，在非洲你越是美丽就越容易患雅司病。姆桑比酷爱行医，不用人催便想出了所有治疗雅司病的药方。我把患处稍微擦了擦，将擦拭的东西丢到还在燃烧的火堆灰烬里。这之后我用龙胆紫在患处周围抹了抹，这只是起到些心理作用而已。龙胆紫对患者的信心大有好处，看到它那泛着金光的可爱的紫颜色，无论是医生还是观者都会受到鼓舞的。我有个习惯，即经常用它在丈夫的前额上画个小圆点。

这之后，如果不想冒什么风险的话，我会把磺胺噻唑滴洒在患处，这么做有时真是让我大气也不敢出一口。然后我会在上面抹上金霉素，并且包扎好。通常我会开上一些口服的青霉素片，如果病情没有好转，我会在不干扰每日治疗计划的前提下尽可能加大青霉素的用量。后来我从腋下把鼻烟拿了出来，取了一半放在每个患者

① 玛莱纳·黛德丽（1904—？），美籍德国女电影演员，1930 年主演影片《蓝天使》一举成名，同年赴美国好莱坞拍片，在英国拍片期间拒绝为纳粹德国效力。

② 指呼吸道内伴随呼吸出现的一种异常声音。

的身后。姆桑比对治疗的这一环节喜欢极了，我却叫他去端一盆水过来，在里面倒上百分之二的优质蓝色“耐科”牌皂液，在与每位患者握手之后，便可以用它来洗手。她们的手美丽、冰冷，而且只要你握住一位马萨伊女人的手，她从来都不愿把你的手松开，即使她丈夫在场也是这样。这或许和部落习俗有关，或许也是对一名雅司病医生的私人感情的流露。有少数事情，由于我和恩古伊都没有足够的词汇，我无法向他请教，这就是其中的一件。作为回报，马萨伊人会给你带些玉米粉来。不过这不是常有的。

下一个患者即使对于一位业余大夫来说，也丝毫没有什么鼓舞人心的作用可言。如果可以从牙齿和生殖器来判断的话，他是个未老先衰的病人。他呼吸困难，体温有104度。舌头发白，长满了舌苔，我把他的舌头压下去，看到喉咙内部有白色的脓肿。而当我轻轻触及他的肝部时，他看上去几乎疼痛难忍。他说他的头、腹、胸痛得厉害，而且便秘也已有很长一段时间。他不记得有多长时间了。如果他是头动物的话，还不如一枪毙了他来得省事。但他是一位非洲兄弟，我便给他开了退烧的氯奎，以防他得的是疟疾，另外还有药性温和的泻剂，加上一些阿斯匹林，要是身上还疼的话可以用它对付一下。我们把注射器煮了一煮，然后把他平放在地上，在他那满是皱褶、皮肤下陷而黝黑的左半边屁股上注入了一百五十万单位的青霉素。这是对青霉素的一大浪费。我们都知道。但如果你要孤注一掷的话，就得这么做。我们能够遵奉一门倡导善待天下人的宗教，这真是幸运。而且在心甘情愿地朝那块“快乐的猎场”进发的路途上，大家谁又会去在乎什么青霉素呢？

姆温迪已经领悟了这门宗教的精髓，他穿着那件绿色袍了，头戴绿色无檐便帽，在他眼里我们既是一帮非穆斯林信徒，又是坎巴迷。他说，“老板，还有一个患‘布布’的马萨伊人。”

“把他带过来。”

他是个漂亮的小伙子，还是个武士哩，虽然盛气凌人，可身上的毛病却让他有些害臊。这是常事。他的初疮厉害得很，也不是刚发出来的。我摸了摸之后，做了个心算，看看我们还剩下多少青霉素，随后想起来谁也不必惊慌，因为我们可以用飞机再多运一些过来，于是我叫那小伙子坐下来，我们又把针筒和针头煮了一遍，虽然我也不知道他会不会就此染上更厉害的毛病，姆桑比用酒精棉把他屁股上的注射区擦擦干净，这一次的屁股结实而又平坦，一个男人的屁股就应该是这样的，我把针扎了进去，看着油津津的东西渗了出来，这表明我的技术还不够熟练，也是对这时已快成为圣体的青霉素的浪费。待小伙子手持长矛站直了身子后，我通过姆温迪和阿拉普·梅纳的翻译，告诉他下次来的时间，并说他还要再来六次，随后我会写张便条介绍他去一家医院。我们没有握手，因为他比我年轻。不过我们还是笑了笑，他还在为自己挨了这么一针而骄傲哩。

那儿虽然没有姆休卡什么事儿，但他还是在一旁游来荡去，看着我行医，并且一心希望我会做上千次外科手术，因为我是照着一本书做手术的，恩古伊捧着那本书，上面有引人入胜的彩色图片，其中一些折叠起来，要是打开来你就可以同时看到人体前部或者后部的器官。每个人都爱看我做手术，不过今天不用做什么手术，姆休卡走上来，他高高的个子，皮肤松弛，耳朵又聋，身上刺着美丽的花纹，那是很久以前取悦姑娘用的，身上穿的格子衬衫和头上的帽子以前都是托米·谢夫林的。他说，“Kwenda na shamba.”

“Kwenda，”我应道，又对恩古伊说，“两支枪。你、我还有姆休卡。”

“Hapana halal？”

“好吧。把切罗带上。”

“Mzuri，”恩古伊说道。如果猎杀到一头肥美的食用动物却不将它依法屠宰并且呈奉给那些穆斯林的长者，这是一种侮辱。我们都是些坏小子，这一点凯第一清二楚，只不过现在我们选了一门严肃的宗教作为后盾，我曾经解释过，这门宗教论起源，如果没有那座大山历时久远，起码两者也是一样的悠久，凯第对此也是丝毫不敢怠慢的。我想我们本来也许能唬住切罗，不过那可是一件可怕的事，因为他对自己的信仰很满意，他所信仰的宗教比起我们的来说组织上要严密得多，但我们并不改变自己的信仰，而且切罗也严肃地看待我们的宗教了，这可算是我们的一大胜利。

玛丽小姐对这门宗教知道得不多，并且感到讨厌。我不能肯定我们队里是不是每个人都希望她做我们的成员。如果她以部落的权利而成为一员，那是无可厚非的，她同时也会得到服从和尊敬。不过进入本教要经过选举的话，我就不敢打包票她一定能进得来。而在她自己那帮人中，当然啰，在这帮由全体侦猎员为首，由那个神勇、呆板、挺拔、英俊的春戈统领的人中，她没准能被选上当个“天后”。但我们的宗教里可没有什么猎务部，而我们也计划着废除笞刑和死刑，我们的敌人除外，也不会再有什么奴隶制度，除了那些被我们个人捉住的囚徒，食人的习俗更是被彻底废除了，对那些自己有意一试的人我们还是会“以牙还牙”的，在这种情况下，玛丽小姐不太可能在我们这儿得到与她在自己人那儿唾手可得的相同数量的选票。

我们驾着车子往村里开去。我派恩古伊把黛芭找来，她坐到我身边，一手握住那只刻花的手枪套子，我们开车带着黛芭离开，她接受老人孩子们的致意，就像一名荣誉上校接受全团官兵的致意一样。这一次她是照着我送给她的那些周刊上的照片来设计自己在公众场合中的举止，她表现出了上层皇室的那种雍容与典雅，就像她在铺子里挑选布匹似的。我从来没有问过她模仿的是谁，不过一年以来有那么多绚丽的照片，她应该是不愁没人可选的。我有几次试着教她如何抬手腕，又如何波动手指，希腊的阿斯帕齐娅公主在威尼斯那家烟雾缭绕、声音嘈杂的哈里酒吧就是这样招呼我的，不过在拉伊托齐托克这儿可没什么哈里酒吧。

现在她就这样接受大家的致敬，而我则硬邦邦地保持着一种和蔼的神态，我们开上了大路，这条路沿着山坡蜿蜒向上，在路的尽头我希望能打到一头庞大、肥壮而且美味的食用动物，让大伙儿都开心一下。我们追猎得异常辛苦，便在山岗地势高的一侧铺上一块旧毯子，在上面趴到天快黑的时候，等待有那么一头野兽跑到开阔的山坡上来吃东西。但是没什么野兽外出觅食，就在回家时我杀了只羚羊，它正好是我们需要的。我的枪跟着它走，这时我们两个都坐着，让她的手指搭在我的手指上，我扣着扳机，当我用准星追着它的时候，我感觉到她手指的压力，她的头抵着我的头，并能感觉到她正试图屏住呼吸。过了一会儿，我用斯瓦希里语说，“打。”她的手指一扣，我的手指也随之一扣，稍微快了一点点，而那只吃食时尾巴一翘一翘的羚羊就死了。四脚僵直地指向天空，切罗穿一条破烂的短裤，一件旧的蓝色便装，扎着那条邋遢的头巾，跑上前去，切开了它的喉咙，使它成为一头法律上允许的食用动物。

“打得好！”恩古伊对黛芭说道，她向他转过身去，还想保持她的皇室仪态，可是没做到，就叫了起来，说，“多谢。”

我们坐在那儿，由她叫着，不一会儿便完全停住了。我们看着切罗干活，猎车从山脊后面开过来，到了这头食用兽面前。姆休卡出来把后挡板放下，从远处看上去他和切罗非常小，连那辆大汽车也一样的小，他们弓身把尸体抬了起来，扔进了车后。然后，这辆车沿着山坡朝我们开了过来，愈近愈大。有一时半会儿我甚至想去步测一下这发子弹的弹程。不过这实在是件鸡毛蒜皮的小事儿，作为一个男人，要是他朝山下放枪，应该是想打多远就有多远。

黛芭打量着它，仿佛这是她见过的第一头羚羊，她把手指伸到它肩头的那个弹孔里，我对她说别让血把地板给弄脏了。地板上横着几根铁条，食用兽架在上面，车子散发出的热量便不至于把它给烤坏，空气也可以流通，虽然这车冲洗得非常干净，但毕竟还是经常堆放尸体的地方，就像个太平间一样。

黛芭不再碰那家伙了，她坐在姆休卡和我之间，我们开车往山下去，我们都知道她处于一种奇怪的状态之中，可她什么也没说，只是一手紧紧地拽住我的胳膊，一手紧紧地攒住那只刻花的枪套。在村里她被尊为王后，但她内心里还不太习惯这一称呼。恩古伊将这只羚羊宰剖干净，肠子和肺丢去喂狗，然后又把胃切开洗净，再把心、肾、肝放到胃袋里去，把它交给一个小孩，让他带到黛芭家里去。我岳父就在那里，我冲他点了点头。他拿着这只装着红红紫紫东西的白色的湿袋子走进屋子，那真是座美丽的建筑：圆锥形的穹顶、红色的围墙。

我走出车子，扶黛芭下来。

"当心点，"我说。她没说什么，走进屋子。

天这时已经黑了，我们到营地的时候，火已经燃了起来，而椅子、桌子上的酒也都摆好了。姆温迪准备好了洗澡水，我洗了澡，仔细地擦了一通肥皂。然后穿上睡衣、防蚊靴和一件厚实的浴袍，走出去到了火堆旁边。凯第正等着呢。

"你好，老板，"他说。

"你好，凯第先生，"我说。"我们杀了头小羚羊。切罗来了会说，感觉真是不错。"

他笑了，我知道我们又成了朋友。他的笑是我所认识的人中最优美、最无邪的。

"坐下吧，凯第，"我说。

"不了。"

"对您昨晚所做的，我深表感激。您做得非常得体，无可挑剔。我见过那姑娘的父亲，还作了必要的拜访，并且送了礼。这些您不必知道。那个父亲是一钱不值。"

"我知道。那个村庄是个母系社会。"

"要是那姑娘跟我生个儿子，他会受到良好的教育，可以选择作一名士兵、医生或是律师。这是肯定的。如果他希望当一名猎手，他可以作为我的儿子和我呆在一起。听清了吗？"

"清楚极了，"凯第说。

"要是我有一个女儿的话，我会给她备一笔嫁妆，她也可以作为我的女儿和我生活在一起。听清了吗？"

"听清了。或许和妈妈呆在一起更好。"

“我一切都会按照坎巴族的法律和习俗行事的。不过我可不能和那姑娘成婚，也不能把她带回家去，都因为那些愚蠢的法律。”

“您的一位兄弟可以娶她，”凯第说。

“我知道。”

这事总算是有了个了结，而我们又成为了像以前一样的好朋友。

“我希望哪天晚上能过来，手执长矛去打猎，”凯第说。

“我只是去熟悉熟悉它呀，”我说。“我太笨了，而且没狗也够困难。”

“没人熟悉夜晚。我不行，你不行。没人能行。”

“我想熟悉熟悉它呀。”

“你会的。不过可要小心呀。”

“我会的。”

“没人熟悉夜晚的，除了在树上或是哪个安全的地方。夜属于动物们。”

凯第为人过于仔细，他是不会谈论宗教的，但是从他的神色里我看出一个被领到高山顶上，看见展现在面前的世界诱惑的人，这让我觉得绝不能把切罗给带坏了。我知道我们现在已经胜券在握，我现在能和黛芭、寡妇一块儿吃上一顿饭，有书面的菜单，座位卡。既然胜券已经握在手中，我当然是会得寸进尺的。

“当然啰，在我们的宗教中，所有的事情都是可能的。”

“是啊。切罗告诉过我关于你们的宗教的一些情况。”

“它虽然不大，但历史非常悠久。”

“是啊，”凯第说。

“好吧，那么就晚安吧，”我说。“如果一切都正常的话。”

“一切都正常，”凯第说。我又道了声“晚安”，他也再次鞠了个躬，我开始嫉妒起老爹来，凯第竟会是他的人。不过我想，你也网罗到了一批人呀，虽然恩古伊在许多方面不能和凯第相提并论，可他更为粗犷，更风趣，再说时代也已经变了。

晚上我躺在那儿，听着夜晚的声响，还想努力地把它们辨别出来。凯第说的果然不错，没人熟悉夜晚。不过如果我能单独一个人到外头走走的话，我愿意去和它认识一下。但我要去认识它，却不愿意和别人去分享它。钱财是可以分享的，你不会和别人分享一个女人，我也不会和别人去分享夜晚。我睡不着，却不想吃安眠药，因为我还想聆听一下夜晚的声音，而且我还拿不定主意，月亮升起时是不是要到外面去走一走。我知道要我手执长矛一个人出去打猎的话，我的经验还不够丰富，那样会惹麻烦。玛丽小姐回来的时候我一定要在营地里，这既是我的义务，同时我也乐意这么做。与黛芭在一起也是我的义务，我为此而感到其乐无穷，不过我很清楚至少到月亮升起的时候，她睡得会很香甜的，月亮升起之后不管是快乐还是痛苦，我们都要付出代价。我躺在帆布床上，那支老式猎枪靠在我身旁，硬硬地摸上去很舒服。那支手枪，它既是我的好友，也是一个对任何有缺陷的批评或决定的最严厉的批评者，此时它套着那只刻花的枪套舒舒服服地插在我两腿中间，那只枪套被黛芭那双粗硬的手摩挲过多少遍呀，我又想到，我能认识玛丽小姐，而她又肯下嫁与我，还让我娶黛芭小姐这位恩戈麦鼓会的王后为妻，我真是太幸运了。既然我们创立了那门宗教，事情便简单多了。恩古伊、姆休卡和我就可以对罪与非罪作出我们自己的决断。

恩古伊有五个老婆，我们知道这是真的，还有二十头牛，对这一点我们都很怀疑。根据美国法律我只能有一个合法的妻子，但大家都还怀念着波琳小姐[①]，也都很尊敬她，她在很久以前来过非洲，凯第和姆温迪对她更为敬爱，我明白他们相信她是我黑肤的印第安老婆，而玛丽小姐则是我白肤金发的印第安老婆。他们都以为波琳小姐准是在家里照看村子，我则把玛丽小姐给带到这儿来了，我从未告诉他们波琳小姐的死讯，因为每个人听到这一消息后都会

① 即波琳·菲佛，海明威的第二任妻子，于 1933—1934 年间陪海明威第一次去东非打猎。

伤心的。我们也没告诉他们另一个老婆的事，他们不会喜欢，她已被重新分类，所以不再归于妻子这一等级或类别。大家都清楚，甚至那些生性最保守、最怀疑的老人们也不例外，基于我们财产上的差别，既然恩古伊都有五个老婆，那么我至少也得有十二个。

大伙儿也都以为我娶了马莲小姐为妻，他们从我收到的照片和信件上推断，她正在一座属于我名下的，叫拉斯维加斯的娱乐村里为我打工。他们都知道马莲小姐是《莉莉·马莲》的作者，还有许多人以为她就是莉莉·马莲，在我们的第一次游猎中，我们都在老式曲柄留声机上好多次听她唱那首叫《约翰》的歌，而那时《蓝色狂想曲》都还是首新曲子呢，而马莲小姐那时便开始唱一些关于懒散的笨蛋的歌了。这支曲子那时总是深深地打动每一个人，那些日子里当我偶尔感到惆怅或神伤的时候，凯第就会问："懒散的笨蛋？"我便会说"放吧"，他就会摇动那只便携式留声机的曲柄，听到那美丽、深沉、走调的歌声，我们便会高兴起来，这便是我那美丽的、并不存在的妻子的歌声。

这是创作神话的素材，莉莉·马莲被当成我的妻子之一这个事实对我们的宗教并不构成什么威胁。我曾经教黛芭说"Vámanos a Las Vegas.①"她喜欢说这句话的声音，几乎就像喜欢那句"No hay remedio"一样。不过她对马莲小姐有些害怕，虽然她也把她那张在我看来什么也没穿的大照片挂在床边的墙上，和那些洗衣机、垃圾处理设备的广告并排贴在一起，旁边有两英寸的猪排图片，还有一些像火腿上切下来的肉片呀，毛象呀，四趾小马呀，箭齿虎呀，都是从《生活》杂志上剪下来的。那些就是她所谓的新世界里的伟大奇迹，不过唯一令她害怕的便是马莲小姐了。

我现在醒着，自己也不敢肯定是不是还能睡着，我想起了黛芭、马莲小姐、玛丽小姐还有另一位我认识的姑娘，当时我可是非常爱她的。她是那种四肢修长的美国姑娘，肩部以下线条流畅，身

---

① 西班牙语，意为"我们去拉斯维加斯"。

上那一对美式丰乳令那些不知道一对小而坚挺、造型优美的乳房更加可爱的人深深为之倾倒。这个姑娘有一双黑人般的美腿。虽然总是怨这怨那，但是非常可爱。晚上你睡不着的时候，想想她也是够惬意的。我一边聆听着夜声，一边稍稍思念着她，思念茅舍，基韦斯特岛小屋，以及我们过去常去的不同的赌场，我还记得我们一道出去狩猎的那些个干冷的早晨，风在黑暗中刮过，山野空气的滋味，塞尔维亚的气味，在那些日子里，她猎取的目标还不仅仅是钱。没有哪个男人是真正孤独过的，如果不是一个酒鬼，不害怕黑夜和白天将带来的东西，那么所谓的灵魂的黑暗时刻，通常总是在凌晨三点钟，就是男人的最好的时光。我像我同时代的普通人一样觉得害怕，也许比他们还要害怕。不过这些年来，害怕慢慢地被看成是一种愚蠢，被列为透支，染上性病或吃糖一类。害怕是孩子的缺点，不过我喜欢它慢慢袭来的感觉，就像任何一个有缺点的人一样。这种缺点不是成年人应有的，唯一应该害怕的是你意识到真正意义上的危险正在逼近，而你出于对他人的责任感，绝对不能坐视不理。这是一种机械性的害怕，使你在真正的危险面前头皮发麻，如果你已经漠无反应的话，应该考虑去干别的行当了。

由此我想到了玛丽小姐，在她追猎那头狮子的九十六天里她表现得有多勇敢呀！以她的个子，连狮子的全貌都看不清楚；凭着不完整的知识，不顺手的工具，做着一件全新的事情。而我们都为她的意志所动，每天天亮一小时前就起身，直到后来一想到狮子大伙儿便心烦意乱，特别是在马加地，连切罗这个对玛丽小姐无比忠诚的老家伙，也给这狮子拖得半死不活，最后他只得对我说：“老板杀了那头狮子把事情了结算了。还没有哪个女人杀死过一头狮子呢。”

第十八章

今天是个飞行的绝佳日子，大山看上去近在咫尺。我靠着树坐着，看鸟和那些吃草的猎物。恩古伊走过来，看有什么命令，我对他说他和切罗该把所有的武器清洗上油，再把长矛磨尖也涂上油。凯第和姆温迪正在搬那张破床，准备把它放在耗子老板的空帐篷里。我站起身来走了过去。那床坏得并不厉害。中间一根支架上有道长长的裂口，一根撑帆布的主杆断了。把它们修好很方便，我说我去搞些木头来，把它们锯得合了尺寸，然后去辛先生的店里把它修好。

凯第因为玛丽小姐快到了，非常高兴，他说我们可以用耗子老板的帆布床，因为尺寸一样。我回到椅子上，重新拿起那本关于鸟类的画册，又喝了些茶。我今天早上的感觉像是个为了参加什么聚会而过早穿上了礼服的人，感觉就像春天来到了这片高原一样，我走到帐篷吃早饭时，心想不知这一天会发生什么事。结果这天发生的第一件事是探子来了。

“早上好，大哥，”探子说。“您的身体还好吧！”

“从没有更好过，兄弟。有什么新鲜事儿吗？”

“我能进来吗？”

“当然啰。你吃过早饭了吗？”

“几小时之前就吃了。我在山上吃的早饭。”

“为什么呢？”

“寡妇可烦了，我便离开她逛了一夜，就像您一样，大哥。”

我知道这是句谎话，便说道，“你的意思是说你走到大路上，然后和本基铺子里的一个伙计一同搭卡车到的拉伊托齐托克啰？”

“差不多吧，大哥。”

“继续说。”

“大哥，危机四伏啊。”

“给你自己倒上一杯，再告诉我吧。”

“它安排在圣诞前夜和圣诞节里，大哥。我认为这是一场屠杀。”

我想说“是他们干还是我们干？”但忍住了没说。

“多告诉我些，”我一边说，一边看着探子那张自豪、褐色、皱纹里透着罪孽的脸，他正把一小杯掺有苦啤酒的加拿大杜松子酒举到他那灰红的唇边。

“你为什么不喝戈登酒呢？你能活得长些。”

“我知道我的地位，大哥。”

“你的位置就在我的心中，”我引用已故的胖子沃勒[①]的歌词说道。泪水涌上了探子的双眼。

“这么说这次圣诞前夜就要成为圣巴托罗缪[②]的前夜啰，”我说道。“难道没人对圣婴耶稣有丝毫的尊敬吗？”

“这是场屠杀。”

“女人和孩子也不例外吗？”

“没人这么说。”

“都有什么人讲了些什么东西？”

“在本基的店那儿有些流言蜚语。而在马萨伊人的店铺和茶室里闲话更是满天飞。”

“有马萨伊人要被处死吗？”

“不。所有的马萨伊人都会来这参加您的恩戈麦鼓会，庆祝圣婴耶稣的生日。”

“恩戈麦鼓会很流行吗？”我说道，目的在于转变话题，也想

---

① 胖子沃勒（1904—1943），美国爵士乐钢琴家、作曲家，其著名歌曲有《紧紧地搂我》、《别胡闹》、《金银花》等。

② 耶稣十二使徒之一。

显示出这一场迫在眉睫的屠杀对我根本不算什么，我可是经历过祖鲁战争[①]的，而且我的先辈也曾在小比格霍恩一役[②]中将乔治·阿姆斯特朗·喀斯特挫败。一个非穆斯林去麦加，就像其他旅游去布赖顿或大西洋城的人一样，是不会留意什么大屠杀的传闻的。

“大山那儿都在谈论这场恩戈麦鼓会，”探子说。“而非这场屠杀。”

“辛先生怎么说？”

“他对我粗暴至极。”

“他会参予这场屠杀吗？”

“他可能会是个小头目哩。”

探子把他放在披巾里的一个包裹打开来，是一个纸板盒，里面放着一瓶白杜鹃威士忌。

“辛先生的礼物，”他说道。“我建议您在饮用之前仔细地检查一下，大哥。我从来没有听说这个牌子。”

“太糟了，兄弟。这可能是个新牌子，但却是上好的威士忌。新牌子的威士忌开头总是不错的。”

“关于辛先生我可有些情报向您汇报。他绝对曾经服过兵役。”

“这太令人难以置信了。”

“我敢肯定。要是没有为当局服务过的话，没有人能够像辛先生那样骂我。”

“你认为辛先生和辛太太都是破坏分子吗？”

“我会调查的。”

“今天的情报可是有点虚啊，探子。”

---

① 祖鲁战争，祖鲁人是南非纳塔尔省操恩古尼语的一个部落。祖鲁战争是1879年在南非东部爆发的一场英国人与祖鲁人之间持续六个月的战争，结果英国人打败了祖鲁人。

② 印第安人与乔治·阿姆斯特朗·喀斯特率领的美国政府军队于1876年6月25日在蒙大拿州小比格霍恩河附近进行的一次战斗，政府军队250多名士兵无一生还，唯剩战马一匹。

“大哥，这个夜晚真是苦啊。那寡妇的冷酷心肠，我在大山上的四处闲逛。”

“再喝一杯吧，兄弟。你的话让人想起了《呼啸山庄》。”

“是场战斗吗，大哥？”

“可以这么说吧。”

“您哪一天一定要跟我讲讲。”

“给我提个醒儿。现在我要求你在拉伊托齐托克过夜，头脑要保持清醒，给我带些情报来，别再是连篇的废话了。到布朗宾馆去吧，就睡在那儿。不，睡在门廊上吧。你昨天晚上睡在哪里的？”

“在茶室里台球桌下的地板上。”

“喝醉了还是清醒着的？”

“喝醉了，大哥。”

* * * * *

玛丽当然是会等到银行开门，这样她才能取到邮件。今天天气绝对适于飞行，没有什么刮风下雨的迹象，所以我不认为威利会赶着出来的。我在猎车里放上两三瓶冰镇啤酒，恩古伊、姆休卡和我开车前往简易跑道，阿拉普·梅纳坐在车后。梅纳会爬到飞机上作警卫，他穿着制服，看上去潇洒干练，那支有背带的.303刚擦过，还上了油。我们在草地上转了一圈，让鸟都飞起来，然后退回到一棵大树的树荫里去，姆休卡熄了火，我们便舒舒服服地靠在椅子上。切罗最后一刻才赶过来，因为他是玛丽小姐的扛枪伙计，要与她见一面，这自然是合情合理的事。

晌午过后我打开一夸脱烈性啤酒，姆休卡、恩古伊，还有我喝了几口。阿拉普·梅纳最近醉过一次，所以有禁在身不能喝酒，不过他知道过一会儿我会让他喝上一些的。

我告诉恩古伊和姆休卡昨晚我做了个梦，日出的时候我们应该向太阳作祈祷，日落时再作一次。

恩古伊说即使为了我们的宗教他也不会像个赶骆驼的或是基督徒那样跪下来。

“你用不着下跪。你转过头去，望着太阳祈祷就是了。”

“在梦里我们祈祷些什么呢？”

“生得勇敢，死得勇敢，直接奔入‘快乐的狩猎地’。”

“我们已经很勇敢了，”恩古伊说。“为什么我们还要这样祈祷呢？”

“如果对我们大伙儿都有好处的话，你愿意祈祷什么就祈祷什么吧。”

“我为啤酒、肉和一个双手又粗又硬的老婆祈祷。这老婆您可以分享。”

“是条不错的祷词。姆休卡，你祈祷什么呢？”

“我们把这车留下来。”

“还有别的吗？”

“啤酒。您不要被杀掉。在马切科斯下一场好雨。‘快乐的狩猎地’。”

“您祈祷些什么呢？”恩古伊问我。

“非洲人的非洲。消灭茅茅。消灭所有的疾病。到处都风调雨顺。‘快乐的狩猎地’。”

“为玩得高兴而祈祷。”姆休卡提议。

“为和辛先生的老婆睡上一觉而祈祷。”

“必须祈祷好事情。”

“那就把辛先生的老婆也带到‘快乐的狩猎地’去吧。”

“很多人都想加入我们的教派，”恩古伊说。“我们能接受多少人？”

“我们从一个班开始，或许能组成一个排，也有可能是一个连了。”

“一个连的人马对于‘快乐的狩猎地’来说也太多了。”

“我也这么认为。”

“您统领‘快乐的狩猎地’。我们组成一个委员会，但是由您统领。没有伟大的圣灵。没有大神‘基奇’。没有国王。没有王后大道。没有主教。没有行政长官。没有圣婴耶稣。没有警察。没有警卫团。没有猎务部。”

“没有，”我说道。

“没有，”姆休卡说。

我把那瓶啤酒递给了阿拉普·梅纳。

“你信奉宗教吗，梅纳？”

“信极了。”梅纳说。

“你喝酒吗？”

“只喝啤酒、葡萄酒和杜松子酒。我还喝威士忌，以及所有透明或有颜色的酒。”

“你喝醉过吗，梅纳？”

“您应该知道的，我的父亲。”

“你信奉什么教呢？”

“我现在是个穆斯林。”切罗向后一靠，闭上了眼睛。

“那你以前呢？”

“伦布瓦，”梅纳说。姆休卡的双肩在抖动。“我从没做过什么基督徒。”梅纳庄严地说道。

“宗教我们说得太多了，我还是猎长呀，再过四天我们就要庆祝圣婴耶稣的生日了。”我看了看腕上的手表。“让我们把这片地上的鸟赶走，在飞机来之前再喝几口啤酒。”

“飞机来了，”姆休卡说。他启动了马达，我把啤酒递给他，他把剩下的喝掉了三分之一。恩古伊喝了三分之一，而我喝了三分之一的一半，再把剩下的递回给梅纳。我们全速开到那些鹳身边，把它们赶了起来，在我们的注视之下，它们先是狂奔了一阵，然后伸直双腿，好像把起落架拉了起来，不情愿地开始了它们的飞行。

我们看见飞机飞过来，蓝蓝的闪着银光，支架像是纺锤形的腿，“嗡嗡”的声音响彻营地，我们在一侧的空地上高速飞驰，它就在我们对面，大大的副翼慢慢地往下放着，它掠过我们降落下来，没有蹦一下，现在它在打着弧线，机头高高地翘着，神气活现，尘土飞扬，撒在了齐膝深的花丛中。

玛丽小姐从面向我们的一侧钻了出来，一会儿奔，一会儿小跑，冲到我们面前。我把她紧紧地搂住并吻了她，然后她和所有的人握手，切罗是第一个。

“早上好，爸爸，”威利说。“让恩古伊帮我把东西拿出一些来。够沉的！”

“你准是把整个内罗毕都给买来了，”我对玛丽说。

“只要我能买的都买了。他们不肯出卖姆沙依加夜总会。”

“她把斯坦利和托尔都买下了，”威利说。“所以我们肯定有房间住，爸爸。”

“你还买了什么？”

“她想给我买一颗彗星呢，”威利说。“你现在可以谈个好价钱的，这你知道。”

我们开向营地，玛丽小姐和我依偎在前排座位上。威利则与恩古伊和切罗聊着天。到了营地玛丽想把东西都卸到“耗子老板”的空帐篷里去，我站得远远的，不去看。有人告诉过我，在飞机边上看东西不能太仔细，我就什么也不看。那些东西里有大捆的信件、报纸、杂志，还有一些电报，我把它们拿到用餐帐篷里去，威利和我各拿一杯啤酒喝了起来。

“一路上顺利吗？”

“没碰上什么颠簸。这几天晚上都很冷，地面确实也不烫了。在萨兰加玛丽看到了大象，还有一大群野狗。”

玛丽小姐走了进来。她接待了所有正式去拜访她的人，脸上正乐呵呵的呢。她为大家所喜爱，极有人缘，人们对她的态度非常庄重。她喜欢“夫人”这一称呼。

“我不知道‘耗子’的床坏了。”

“是吗？”

“关于那头豹子我可一个字也没说呀。让我亲亲你吧。金·克看到你在电报中对他所作的描述笑都笑死了。”

“他们逮到了那头豹子。他们不必担心。谁都不必担心。连豹子都不必担心。”

“跟我讲讲有关它的事情吧。”

“不了。咱们回家时我会把那个地方指给你看的。”

“我能看看你已经看过的邮件吗？”

“都打开来看吧。”

“你是怎么搞的？我回来难道你不高兴吗？我在内罗毕玩得开心极了，至少我每晚都出去，大家对我都很好。”

“我们都会加紧操练，学着对你好一些，很快这儿就会像内罗毕了。”

“爸爸，请温柔一些。这是我喜欢的。我只是为治病才去内罗毕的，另外再买些圣诞节的礼物。我知道你想让我开心些。”

“好啊，现在你回来了。使劲抱抱我，再好好地亲我一口，让我觉得你讨厌内罗毕。”

穿着咔叽制服的她身材苗条，容光焕发，身子给衣服绷得紧紧的，浑身散发着馥郁的香气，头发剪得短短的，有金银的亮泽。对于白色人种或是欧洲人种我情有独钟，就像亨利四世的一位雇佣兵所说的那样：“巴黎真是一个适宜作弥撒的地方啊。”

威利很高兴看见这种团聚，他说，“爸爸，除了豹子之外，还有什么新闻吗？”

“没了。”

“没遇上什么麻烦事儿吗？”

“晚上的路真是糟糕透顶。”

“我觉得他们过于认死理，以为沙漠是走不过去的。”

我为威利叫了一篮肉来，而玛丽要到我们的帐篷里取信去。我们开了出去，威利飞走了。看到他那架飞机破空的角度，每个人脸上都闪耀着光芒，当他成为遥远的一个小银点时，我们便开车上了回家的路。

玛丽充满爱意，自己也可爱极了，而恩古伊因为我没把他带上心情坏透了。马上就入夜了，我将阅读到《时代》杂志，从英国空运来的报纸，观赏渐渐退去的日光，坐在火边喝上一大杯酒。

真见鬼，我想。我把自己的生活搞得太复杂了，而且越来越纠缠不清。现在我会随便拣一本玛丽小姐不要的《时代》来看，她回来了，我会享受火堆的温暖，之后我们还会品上一杯佳酿，再津津有味地吃晚饭。姆温迪把她的洗澡水放到了那个帆布浴缸里，我洗的是第二轮。我想我会洗去一切污垢，再把自己泡个透，而当帆布浴缸里的水洗完倒空后，我会用架在火堆上的那些旧汽油桶里的热水把它加满，重新躺回到水里，浸泡着，打上卫宝肥皂。

我用毛巾擦干身子，穿上睡衣，浴袍，还有那双中国产的旧防蚊靴。玛丽走后这还是我第一次洗热水澡呢。英国佬是只要可能每天晚上都洗一次。而我则喜欢每天早晨穿衣的时候在水盆里洗刷一下，打猎回来洗一次，晚上再洗一次。

老爹讨厌这个，他认为这种洗澡的仪式只是早期游猎队为数不多的遗习之一。所以当他和我们在一起时我总是洗热水澡。但是当你以其他的方式清洁身体的时候，你会发现那些白天爬到你身上来的虱子，并且要姆温迪或是恩古伊把你够不到的那些抓走。早先我单独跟姆科拉打猎的时候，恙螨钻进脚趾甲，每天晚上我们都把提灯燃得亮亮的，我们两人坐在下面，他替我捉螨，我替他捉螨。这些东西洗是洗不出来的，不过我们也不洗澡。

我怀念着过去的时光，那时候我们打猎多辛苦呀，或者应该说简单。在那些日子里你若是能搞到一架飞机的话，那就说明你富得流油，就算是非洲这块地方再难走对你也不成问题，不过也可能意味着你快死了。①

"亲爱的，洗了澡后你到底觉得怎么样？玩得开心吗？"

"我很好。医生给我开的玩意儿，和我正在吃的一模一样，多

① 海明威于1933年第一次去肯尼亚打猎时，曾患急性痢疾，几乎丧命，后由老爹的助手叫来一架私人飞机，将他送到内罗毕救治，才告痊愈。

了些铋就是了。人们对我都很好。不过我一直都在想你。”

“你看上去美极了，”我说。“这么一个漂亮的坎巴族发型你是怎么剪的？”

“今天下午我又把周围剪平了，”她说。“你喜欢吗？”

“跟我说些内罗毕的事情吧。”

“头天晚上我碰见一位很好的男人，他把我带到旅行者酒吧，它挺不错的。后来他把我送回了我下榻的宾馆。”

“他长得什么样啊？”

“我记不清了，不过他确实很好。”

“第二天晚上又发生了什么事呢？”

“我和亚历克还有他的妞儿一起出去，去了一个拥挤不堪的地方。你非得穿戴整齐，可是亚历克的穿戴不整齐。我记不得是呆在那里，还是去了别的什么地方。”

“听上去棒极了。这才像基玛纳[①]。”

“你在干什么呀？”

“什么都没干。只和恩古伊、切罗和凯第去了几个地方。我想我们是去吃了一顿教堂晚餐吧。第三天晚上你又干什么了？”

“亲爱的，我真的记不得了。噢，对了，我和亚历克、他的妞儿、金·克去了个地方。亚历克真烦人。我们又去了其他几个地方，然后他们把我送回了住处。”

“和我们在这儿过得一样。只不过烦人的是凯第而不是亚历克。”

“他怎么让人讨厌了？”

“我忘了，”我说，“你想看哪一本《时代》呀？”

“我已经看了一本了。这对你有什么区别吗？”

“没有。”

“你还没说你爱我，或者看到我回来很高兴呢。”

---

① 即肯尼亚。

“我爱你，你回来我很高兴。”

“真不错，回到家里我很高兴。”

“在内罗毕还发生了什么别的事情吗？”

“我让那个带我出去的好男人带我到科里登博物馆[①]去了一趟。不过我觉得他感到很无聊。”

“你在格里尔吃什么了？”

“那儿有从大湖里打上来的鲜鱼，切成片，不过味道像鲈鱼或是斜眼狗鱼。他们没说是什么鱼。只是叫它萨玛基。那儿有绝对鲜美的熏鲑鱼，是他们网来的，还有牡蛎，我想，不过记不得了。”

“你喝了希腊干葡萄酒吗？”

“很多。亚历克不喜欢。他在希腊和克雷特我想是和你那位在皇家空军服役的朋友呆过一阵子，他也不喜欢他。”

“亚历克烦人吗？”

“只是为了一些鸡毛蒜皮的事情。”

“我们在任何事情上都不要让人讨厌。”

“好的。我能再给你倒杯酒吗？”

“太谢谢你了。凯第在这儿。你要什么？”

“我喝堪培利，里面少加些杜松子酒。”

“我喜欢看到你回家睡在床上的样子。吃完晚饭我们就睡觉去吧。”

“好啊。”

“你保证今晚不出去了？”

“我保证。”

晚饭后我便坐在那儿看航空版《时代》杂志，玛丽在写她的日记，之后她拿着手电沿那条新开出来的小路走到厕所去，我关掉了气灯，把灯挂在了树上，脱去衣服，仔细地叠好，放在床脚边的衣

---

① 是撒哈拉沙漠以南的非洲地区最重要的博物馆，搜集有关自然生态的各种收藏，在国际上享有重要地位。

箱上，然后上了床，把蚊帐掖到床垫下。

还是前半夜呢，可我已经又困又乏了。过了一会儿玛丽小姐来到床上，我把另一个非洲抛到了脑后，再次营造一个属于我们自己的非洲。这是一个我曾经到过的非洲，一开始我感觉到有红色的东西在我胸中沸腾，然后我便听之任之，什么也不去想，只是感觉着我所能感觉到的东西，还有躺在床上的可爱的玛丽。我们做爱，又做爱，在又做了一次爱之后，在一片黑暗之中安静下来，什么也不说，什么也不想，突然间，就像寒夜里的流星雨似的，我们睡着了。可能真的下过流星雨了。天可真够冷的，空气也无比的清爽。夜里不知什么时候玛丽小姐下床去回到自己的床上。我说，"晚安，祝福你。"

天还蒙蒙亮我便醒了过来，在睡衣睡裤外套上毛衣、防蚊靴，用手枪皮带把浴袍束起来，走了出去，来到姆桑比燃起的篝火旁，看报纸，喝姆温迪拎过来的那壶茶。开头我把报纸按顺序摆在一起，然后就从最早的报纸开始看。现在在奥特伊①和昂吉安②的赛马刚结束，不过这些英国航空版的报纸中是不会登法国赛马的结果的。我过去看看玛丽小姐是不是醒了，她已经起了床，并且穿好了衣服，看上去神清气爽，容光焕发，正在滴眼药水呢。

"你好吗，亲爱的？睡得怎么样？"

"好极了，"我说。"你呢？"

"一直睡到现在。姆温迪把茶端来的时候我醒过，随后又睡了一大觉。"

我把她搂在臂弯里，可以闻到清晨她那件干净的衬衫散发出来的香气，触摸她体态优美的身子。毕加索有一次将她称作我收藏的一本袖珍鲁本斯画集，她的确是一本袖珍的鲁本斯，不过在锻炼之后，体重已经下降至一百二十磅，而且她的脸也不像鲁本斯画中的人物，现在我摸着她洗得清洁干爽的肌肤，向她低语了几句话。

---

①② 奥特伊和昂吉安是巴黎城内和城郊的两个赛马场。

“噢是吗？那你呢？”

“是的。”

“在这儿单独与我们自己的大山、我们可爱的土地呆在一起，而且也没有什么东西去破坏这感觉，不是太美妙了吗？”

“是啊。来，吃早饭吧。”

她的早饭还算丰盛。火腿煮黑斑羚肝，半个从城里送来的木瓜，上面挤了柠檬汁，还有两杯咖啡。我喝了杯加炼乳的咖啡，不过没有放糖，原想再喝一杯，但我不知道接下去我们要做些什么，不管要干什么，我都不太希望咖啡在我胃里晃荡。

“你想我吗？”

“嗯，想。”

“我想你都快想疯了，但还有那么多事情要做。根本就没什么时间，真的。”

“你看见老爹了吗？”

“没有。他没有到城里来，我没时间，也没带护照，所以不能到那儿去。”

“看见金·克了吗？”

“有一个晚上他来过。他对你说，在自己作出判断的同时，也要严格按计划行事。他让我记住这句话。”

“就这些？”

“就这些。我记住了。他邀了威尔逊·布莱克去过圣诞。他们是在前天晚上到的。他对你说，准备好喜欢他的老板威尔逊·布莱克吧。”

“他让你把这也记下来吗？”

“没有。这只是说说而已。我问他这是命令吗，他说不是，只是一个充满希望的建议罢了。”

“对建议我都是照单全收的。金·克怎么样？”

“他烦人的地方与亚历克不一样。不过他累极了。他说他想我们，他与人们交往真是坦率极了。”

“怎么了？”

“我想傻子都开始使他讨厌，他对他们很不客气。”

“可怜的金·克，”我说。

“你们俩给彼此的影响简直糟糕透了。”

“也许是这样，”我说，“也许不是。”

“嗯，我觉得你给他的影响很坏。”

“我们之前就此不是也谈过一两次吗？”

“今天早上没有，”玛丽小姐说。“最近肯定也没有。我走后你写过什么东西吗？”

“几乎没写什么。”

“你没写信吗？”

“没有。噢，对了，我给金·克写过一封。”

“那你这段时间都干些什么？”

“执行一些小任务，处理一些日常的事务。杀了那头倒霉的豹子之后我到拉伊托齐托克去了一趟。”

“好吧，我们去弄一棵真正的圣诞树，这可是一大成就啊。”

“好啊，”我说。“我们找一棵能用猎车带回来的。我把卡车派出去了。”

“我们就要那棵已经给挖出来的。”

“好的。你认出那是棵什么树了吗？”

“没有。不过我会到那本《树木词典》里去查一查的。”

“好的。那我们就去把它弄来吧。”

最后我们出发去找树。凯第和我们一起，大家带上铁锹、大砍刀，以便把树的根基砍断，长枪短枪都放在前排座位后的架子上。我吩咐过恩古伊，让他给我们带上四瓶啤酒，另外再给穆斯林们带上两瓶可乐。目的很明确，我们出去是为了了却一桩心愿，除了树的性质，也就是说大象吃过后也会醉两天，除了这一点之外，我们要去完成的是一桩目的很高尚、无可厚非的心愿，以后我会就这件事写些东西在某个宗教刊物上发表。

我们大家都很懂事，虽然看到些脚印，可谁也没说什么。那天晚上路上过去些什么东西我们都看到了。我还看见松鸡摇摇摆摆地成群地飞到那片盐碱地旁的水池去。恩古伊也看到了。但我们什么也没说。我们虽是猎手，可今天早晨我们是为圣婴耶稣，我们主的林业部效力的。

实际上我们是为玛丽小姐服务的，所以我们感到在效忠的程度上有大的不同。我们都是些雇佣兵，而玛丽小姐也不是什么传教士，这一点很清楚。她甚至也不听命于任何基督教会。她不像其他的夫人，她不用去教堂，这树完全是她个人的事情，就像那头狮子一样。

我们沿老路进到那片黄黄绿绿的林子里去。自打上次来过之后，这儿长满了草和其他的一些茎蔓，我们来到那片长有银叶树的空地上。恩古伊和我转了一圈，他从这边绕，我从那边绕，看看灌木丛里是不是有犀牛和犀牛犊。什么都没有，除了几只黑斑羚羊，我又发现了一头巨大的豹子留下的足印，它一直在沼泽的边缘地带觅食。我用手丈量了一下足印的大小，之后我们便回到那些挖树的人身边。

我们决定一次只能挖这么多，因为凯第和玛丽小姐下了命令，我们走到那片大树的边上坐下来，恩古伊把他的鼻烟盒递给我。我们俩取了一些，看着那些林业专家干活。除了凯第和玛丽小姐外，他们干得分外卖力。在我们看来，猎车后部无论如何也装不下这么一棵树，不过当他们最终把它挖出来后，很明显车子可以装下；是我们过去帮忙装车的时候了。那棵树枝杈茂密，不太好装，不过我们终于还是把它给装了上去。我们在根上放了些潮湿的麻袋，又用绳子扎好，但还有一半从车子后部伸了出去。

“我们不能顺原路回去了。”玛丽小姐说，“在那些拐弯的地方会把树给折了。”

“我们另找条路吧。”

“车过得去吗？”

“那当然啰。”

穿过树林时我们发现了四头象的足印，还有一些新鲜的粪便。不过足迹朝我们的南边走去。是些大个儿的公象。

我一直把长枪夹在双膝之间，因为恩古伊、姆休卡和我都注意到这些足迹朝我们来时走的路的北边穿过去。它们可能已经越过了那条流入丘卢沼泽的溪流。

“现在就回营地去，”我对玛丽小姐说。

“好啊，”她说道。“现在我们可以把这树好好地修剪一下了。”

到了营地，恩古伊、姆休卡和我留下来，让那些志愿者和热心的人们为这树挖个洞。洞挖好后，姆休卡把车开出树荫，再把树卸下来，在帐篷前种好，它看上去既漂亮又精神。

“它真可爱！”玛丽小姐说。这点我也同意。

“谢谢你给我们找了这么条回家的好路，大家也不必担心撞上大象。”

“它们不会在那儿滞留的，它们得往南边走寻找属于它们的水草丰美的容身之处。它们不会和我们过不去的。”

“你和恩古伊对它们真是太了解了。”

“这群公象就是我们在飞机上看到的。它们很聪明。我们不聪明。”

“它们现在往哪儿走呢？”

“它们可能在那片临近高地沼泽的树林里吃草呢。然后在晚上它们会穿过大路，直奔安波塞里这块象群常去的地方。”

“我要去看看他们完成得怎么样了。”

“我也要上路了。”

“你的未婚妻就在那棵树下面，和她那位上了年纪的女伴呆在一起呢。”

“我知道。她给我们送了些玉米粉来。我去把她送回家。”

“她不想来看看这树吗？”

“我想她不会理解的。”

“如果你愿意的话，可以留在村子里吃午饭。”

“没人跟我说过，”我说。

“那么你回来吃午饭啰？”

“在这之前吧。”

姆休卡把车开到那棵树跟前，让黛芭和寡妇上车。寡妇的男孩把他的头撞在我的肚子上，我拍拍它。他跟黛芭和他妈妈坐到了后排座位上，但我下了车，让黛芭过来坐到前排座位上。她真是个胆大的姑娘，敢到营地来送玉米粉，而且还等在那棵树下面直到我们回来，而我也不想让她在不常坐的位子上回到村里去。不过玛丽小姐在回村子这一件事情上如果大度，相信我们会尊重自己的名誉，使我们就像获得了假释一样。

“你看到那棵树了吗？”我问黛芭。她格格地笑了。她知道那是一棵什么树。

“我们会再去猎些什么的。”

“Ndio.”她坐得笔挺，我们开过那些外围的小屋，在那棵大树下面停了下来。我下了车，看看探子是不是有什么植物标本给我，但是没找到什么。我想，他可能把它们放在标本集里面了。当我回来时，黛芭已经走了。恩古伊和我钻进车子，姆休卡问我们去哪儿。

“回营地去，”我说。然后想了想又加一句：“沿大路回去。”

今天我们的心整个儿悬着，在我们崭新的非洲人的非洲和我们幻想并创造的旧非洲以及玛丽小姐的归来之间游移。不久金·克又会带些侦猎员回来，威尔逊·布莱克也会大驾光临，他可能会宣布一项政策，把我们移走或是赶走，或者关闭一块地方，或是让什么人被判刑六个月，就像我们送块肉到村子里去一样方便。

大伙儿的兴致都不高，不过我们心情放松，也没有什么不开心。为庆祝圣诞节的到来我们会杀一头大羚羊，我也要去看看威尔逊·布莱克是否玩得开心。金·克让我试着喜欢他，我会试一试的。我见到他的那一次并不喜欢他，但那可能是我的错。我曾经试图去喜欢他，但可能我还不够努力。可能我太老了，不会再喜欢人了，即使努力也不行。老爹就从来没有试着去喜欢他们。他很有礼貌，也可能由于谦虚表现得很有礼貌，就那么半睁着那双蓝色且微有血丝的眼睛观察他们，可表面上却看不出来他是在看着他们犯错误哩！

在山坡那棵高高的树下，我坐在车里，决定做些特别的事情，以表示出我对威尔逊·布莱克的喜爱和欣赏。在拉伊托齐托克没什么让他喜欢的，而我也想象不出如果在一个非法的狂喝滥饮的马萨伊村庄里或是辛先生的后屋里为他举行一个聚会，会让他真正地高兴起来。他能和辛先生融洽相处吗？对此我可是深表怀疑。我知道我要做什么。那绝对是一份称心如意的礼物。我会雇威利带布莱克先生飞越丘卢岭，飞过那片他从来没有看见过的领地。我再也想不出比这个更好或更实用的礼物了，我开始喜欢起布莱克先生，也愿意把最受优待的部落地位馈赠给他。我不会陪他去，而情愿老老实实地呆在家里，孜孜不倦地拍些植物标本的照片，可能吧，或者会学着识别雀科鸣鸟，而金·克、威利、玛丽小姐、布莱克先生则在这片土地上苦干大干。

“回营地去，”我告诉姆休卡。恩古伊又开了一瓶啤酒，这样我们就能一边喝酒一边涉过那片浅滩上的小溪了。能这么做真是幸运，大伙儿边看着在水池的长长涟漪中游来游去的小鱼，边就着瓶子喝酒。溪里有不错的鲇鱼，不过我们懒得去捉。

第十九章

用餐帐篷的双层幕布挡出了一片阴凉，玛丽小姐站在下面等着我们。帐篷的后部向上支了起来，山上吹来的风又凉又清新。

“姆温迪对你光着脚打猎和晚上出去很是担心。”

“姆温迪真够婆婆妈妈的。有一次我把靴子脱了，因为它吱吱乱叫，而它吱吱叫就是因为他没有好好刷靴子。他真会假正经。”

“叫人家假正经也就是上下嘴唇一碰，可人家是真正为你好呀。”

“别管了。”

“好啊，那为什么有时候你事前做那么多准备，有时候又什么都不做呢？”

“这是因为有时候他们传来消息说可能有坏家伙，然后你又听说他们在别处。我总是做些必要的准备。”

“可是有时候你自己晚上出去。”

“有人和你坐在一起，拿着枪，也总是点着灯。总是有人保护你呢。”

“但你为什么要出去呢？”

“我非得出去不可。”

“但这是为什么呢？”

“因为时间不多了。我怎么知道我们什么时候要回去？我怎么知道我们还能不能回去？”

“我替你担心呀。”

“我出去的时候你经常是在酣睡之中，而我回来的时候你睡得还是那么香。”

“我不总是这样。有时候我摸帆布床时才发现你不在那儿。”

“哎，我现在不会走的，要等到有月亮的时候，现在月亮升得很晚。”

“你真那么想出去吗？”

“真的是，亲爱的。我会让人给你站岗的。”

“你为什么不带人和你一起去呢？”

“无论和谁在一起都不好玩。”

“又疯了。不过你出去之前不喝酒，是不是？”

“是的，我洗得干干净净，还涂上些狮子油。”

“起床后你还会涂些狮子油，真是谢天谢地。晚上的水难道不冷吗？”

“一切都是冷冷的，你不注意。”

“现在让我给你倒杯酒吧。你喝什么？来杯兼烈吧？”

“兼烈挺不错的。或者来杯堪培利。”

“我给我们每人倒杯兼烈。你知道我圣诞节想要什么吗？”

“但愿我能知道。”

“我不知道我应不应该告诉你。或许太昂贵了。”

“如果我们有钱这算不上什么。”

“我想去真正地看些非洲的东西。我们快回家了，但是还没有看到过什么东西。我想去看看比属刚果。”

“我可不想。”

“你一点雄心壮志都没有。你还是窝在这儿算了。”

“你去过一个比这儿更好的地方吗？”

“没有。不过我们什么都没有看过呀。”

“我宁愿呆在一个地方，真正成为它生活中的一分子，也不想去看什么新奇陌生的东西。”

“但我想去看看比属刚果呀。关于它我是耳熟能详，而且我们离它又这么近，为什么不能去看一下呢？”

“我们可没有那么近。”

“我们可以飞过去。我们可以全程坐飞机。”

“听着，亲爱的。我们曾经从坦噶尼喀的一头跑到另一头。你也去过波哈拉平原，下过大卢瓦哈河。”

“我想那很有趣。”

“那有教育意义。你去过姆贝亚，也到过南部高地省。你在山区生活过，在平原上打过猎，还在这里的大山脚下住过，另外在马加地湖那一边的大裂谷底下呆过，并且曾经追猎到纳特龙湖附近。”

“但我还是没有去过比属刚果。”

“是没有。难道这就是你在圣诞节想要的吗？”

“是的。如果不是太昂贵的话。我们不必圣诞节一过就去。时间由你定。”

“谢谢，”我说。

“你还没喝酒呢。”

“对不起。”

“如果你送给别人一份礼物，自己却不开心，那就太没意思了。”

我啜了一口美味的酸橙汁，想着我是多么地喜欢我们所在的这个地方啊。

“如果我把大山也带上，你不会介意吧，是不是？”

“那儿也有很棒的大山呀。那些群山可是月亮的家呀。”

“我读过关于它们的文章，在《生活》杂志上还看到过它们的一幅照片呢。”

“在非洲那一期里。”

“对。在非洲那一期里。”

“你什么时候第一次想到这样的一个旅行的？”

“在我去内罗毕前。和威利一起飞行你会觉得有趣。你总是有这样的感觉。”

“这旅行计划我们要通知威利一声。圣诞节后他会来的。”

“你想去了我们再走。你留在这儿直到把事情都办完。”

我敲了敲木头，把剩下的饮料给喝了。

"今天下午和晚上你计划做什么？"

"我想睡个午觉，再补写几篇日记。然后晚上我们一起出去。"

"好的，"我说。

阿拉普·梅纳走了进来，我问了问在第一个村子里的情况。他说那儿有一公一母两头狮子，它们在一年中的这个时候出现很奇怪。在过去的半个月里它们已经咬死五头牲口了，在它们上一次窜过防兽栏时那头母狮子把一个男子抓伤了。不过他没事。

我想，在那片区域里一个猎手都没有，在我看到金·克之前不能去向他报告此事，所以我会让探子就狮子一事传出话去。它们会下山去，也会翻山越岭，不过我们会听到有关它们的事情，除非它们往安波塞里方向去。我会向金·克汇报的，由他来处理最后的结果。

"你认为它们会回到村子里去吗？"

"不会，"梅纳摇头说。

"你认为它们会不会是袭击过另一个村子的那一对呢？"

"不会。"

"我今天下午到拉伊托齐托克买些汽油来。"

"可能我在那儿会听到些什么。"

"是的。"

我走到帐篷那边去，发现玛丽小姐醒了，正在看书，帐篷的后部支了起来。

"亲爱的，我们要到拉伊托齐托克去了。你想去吗？"

"我不知道。我很困。我们为何非要去呢？"

"阿拉普·梅纳进来说了些那两头惹麻烦的狮子的事情，而且我得去给卡车买些油。你知道，就是我们习惯于叫作卡车汽油的那种东西。"

"那我得起床洗一洗，一块儿走。你钱多吗？"

“姆温迪会去拿的。”

我们上了路，穿过那片开阔的公园区，这公园直通那条上山的大路，我们看见了那两头总是在营地附近吃草的美丽的瞪羚。

玛丽和切罗、阿拉普·梅纳一道坐在后座。姆温基坐在车后的一个箱子上，我开始担心了；玛丽说过，直到我想去了我们才去。我打算等新年过后三个星期再说。圣诞节后有许多事情要做，永远都有事情要做。我知道我是在我曾经住过的最好的一个地方，过着一种幸福的生活，虽说有些纠缠不清，但每天都能学到一些东西。而只有在我可以飞遍我们自己这片土地的时候，我才会去飞遍整个非洲，不过我不太想这么做。但有可能我们可以达成某种妥协。

有人曾叫我离拉伊托齐托克远些，不过因为要买汽油还要买一些补给品，再加上那对狮子的原因，我们这次进城便显得很正常，也非常必要，我敢说金·克也会同意。我不想见到那个当警察的小子，不过我会在辛先生的店里呆一会儿，和他喝一杯酒，再为营地买些啤酒和可口可乐，因为我总这么做。我让阿拉普·梅纳到马萨伊人开的那些铺子去，把他所知道的狮子的消息告诉大伙儿，再探听一些那儿的消息，而到其他的一些马萨伊人聚集地中也同样这么做。

在辛先生店里，有几个我认识的马萨伊长者，我向每个都打了招呼，并且奉承了辛太太几句，借助我那本斯瓦希里用语字典，辛先生和我交谈起来。那些长者吵着要瓶啤酒，我便买了一瓶，并从我自己那瓶里面象征性地喝了一大口。

彼得进来说车子马上就会过来，我派他去找阿拉普·梅纳。车子开了过来，上面绑着一面鼓，还有三个马萨伊女人坐在后面。玛丽小姐兴高采烈地与切罗聊着。恩古伊和姆温基进来搬箱子。我把我那瓶啤酒递给他们，他们你一口我一口把它喝干了。姆温基喝酒的时候，眼中闪射出极其快乐的神采。恩古伊喝酒的样子，就像是个在中途停车点豪饮止渴的赛车手。他给姆温基留了半瓶。恩古伊又拿出一瓶来，让姆休卡和我分着喝，又为切罗开了瓶可口可乐。

阿拉普·梅纳和彼得走了过来，他爬到车后，和那些马萨伊女人坐在一起。他们全坐在油桶上。恩古伊和我坐在前面，玛丽、切罗，还有姆温基一起坐在枪架后面，我对彼得说了声“再见”，卡车上了路，朝西一拐，驶进阳光里。

“你要的东西都买齐了吗，亲爱的？”

“真是没什么可买的。不过我找到了一些我们需要的东西。”

我想起了上一次我来买东西的情景，不过想也没有用，玛丽小姐那时在内罗毕，那个地方比起拉伊托齐托克来可是个更好的购物场所。不过我已经开始学着在拉伊托齐托克买东西了，我很喜欢这地方，因为它像蒙大拿库克城里的杂货铺和邮局。

那些装在硬纸板盒子里的淘汰枪支如今在拉伊托齐托克没人卖；从前是有的，老一辈的人在每一年的深秋就要买两到四匣子弹，用来猎一些过冬食用的肉。他们现在出售长矛。不过在那儿买东西有种回家的感觉，而且如果你就住在附近，货架上、铁罐里几乎所有的物品都会让你觉得有用处。

不过今日将尽，明天又会是崭新的一天，再说还没有人在我的坟上走过。我们下山时，我没有看见谁朝太阳看，或是向前眺望那一片大地；我差点忘了姆休卡会口渴，当我打开一瓶啤酒，擦拭瓶颈和瓶口的时候，玛丽小姐义正辞严地问道，“老婆们从来不会口渴的吗？”

“对不起，亲爱的。如果你想喝，恩古伊会给你一整瓶的，”

“不用。我就想喝一口。”

我把酒瓶递给她，她果然只喝了一口，又把瓶子递还给我。

非洲语汇里根本没有“对不起”的说法，我想这多好啊，不过我觉得我最好还是不要这样想，这有可能在我们之间造成误会。我从玛丽小姐喝过的那一瓶里喝了一口，然后又用我那块干净的手帕擦了擦瓶颈和瓶口，把它递给姆休卡。

切罗对我们这样做不以为然，他喜欢看我们用杯子规规矩矩地喝。但我们还是那么喝，我也不愿去想任何会在我和切罗之间造成误会的事情。

“我想我要再喝一大口啤酒，”玛丽小姐说。我让恩古伊给她开一瓶。我准备和她合喝一瓶。姆休卡止了渴之后可以把他那瓶递给恩古伊和姆温基。我没有把这个想法说出声来。

“我不知道你们喝啤酒干吗都这么复杂，”玛丽说。

“下次我会带些杯子来。”

“别再想把它搞得更复杂了。如果我和你一起喝，是不会要杯子的。”

“这只是部落习俗。”我说。“我真的不想把本来就挺复杂的事情弄得更复杂。”

“我喝完你为什么要那么仔细地擦瓶子，而在你喝完递给别人的时候还要擦一擦呢？”

“部落习俗呀。”

“但今天怎么又不同了？”

“月相的原因。”

“你为了你自己变得过分部落化了。”

“很有可能。”

“你相信所有这一切吗？”

“不。我只不过做做看。”

“你对它的了解还不到做做看的程度？”

“我每天都会学一点儿的。”

“真叫我烦死了。”

当我们沿着长长的山坡往下行驶的时候，玛丽看见六百码之外有一头大个儿的狷羚，又高又黄，站在山坡下层的顶上。之前没有人看见它，当她把它指了出来，大家一下子都看到了。我们停下来，她和切罗下了车，悄悄地追踪过去。那头狷羚一边吃草，一边走开去，这动物不会嗅到他们的气味，因为风高高地从山坡上刮过去。这附近没什么凶恶的动物，我们便留在车里，不去阻止他们接近那家伙。

我们看着切罗在前面带路，从一个掩蔽处跑到另一个，玛丽跟着他，像他一样猫着腰。现在那只狷羚跑出了我们的视线，不过我们看到切罗不动了，玛丽赶到他身边，端起了步枪。随后听到了开枪的声音，接着传来子弹“扑”的一声，重重的，切罗向前跑去，看不见了，玛丽跟着他。

姆休卡开着车子穿过那一片野花和欧洲蕨，来到玛丽、切罗，还有那头死去的狷羚跟前。这头狷羚或者麋羚无论生前还是死后都算不上漂亮，不过这是头老公羚，非常肥，身子骨儿棒极了。它那张又长又丑的脸，呆滞的双眼，还有那副切开的喉咙并没有使它丧失对肉食者的吸引力。那些马萨伊女人激动极了，深深地为玛丽小姐所折服，满脸好奇与不相信的神色，手不住地去碰她。

“我第一个看到它的，”玛丽说。“这可是第一次我先看到东西啊。我比你先看到它。姆休卡和你还坐在前面呢。我在恩古伊、姆温基和切罗之前就看到它了。”

“你在阿拉普·梅纳之前就看到它了，”我说。

“他不算，他那时正在瞧那些马萨伊女人呢。切罗和我是自己追上去的，当它回过头来冲我们看时，我一枪就打到了它那个我想要打的部位。”

“左肩向下击中心脏。”

“那就是我要打的部位。”

“打得好，”切罗说，“非常好。”

“我们把它放在后面。女人们坐到前面来。”

“它可不中看呀，”玛丽说。“不过为了有肉吃我是宁可打些不漂亮的东西的。”

“它很棒，你也很棒。”

“唉，我们要吃肉，而它是我们见到的肉质最上乘的猎物，又肥又大，简直快赶上头大羚羊了。是我自己发现它的，只有切罗和我去追踪，而且是我亲手打死的。现在，你还不愿意爱我，还想只顾一个人闷头向前走吗？”

“你现在坐到前面去。我们不用再打了。”

“我能喝些啤酒吗？这一次追踪真把我给渴坏了。”

“你可以把啤酒都喝了。”

“不。你也喝一些，为我头一个看见它，也为我们又成为朋友庆祝一下吧。”

我们吃了顿愉快的晚餐，早早地上了床。晚上我做了些恶梦，随后便醒了过来，穿好衣服，这时姆温迪还没把茶送来。

那天下午我们开车出去，四处转了转，从地上的脚印来看，我们知道那群水牛已经回到了沼泽边上的那片林子里。它们是在早晨时过来的，地上的足迹很宽，印得也很深，像是一般牛群的足迹，只是现在已经冷了，一些蜣螂正在奋力地把水牛留下的东西滚成球。那些水牛一头扎进那片空地上和人口处长满了厚厚鲜草的林子里去了。

我一直喜欢看蜣螂工作，自从我知道它们是古埃及的圣甲虫，只不过外观有些微小的改变，我就想我们应该在我们的宗教里给它们一席之地。现在它们正在兢兢业业地工作着，不过要把当天的粪便收拾干净已经有些晚了。看着它们，我琢磨出了一首蜣螂赞美诗。

恩古伊和姆休卡看着我，因为他们知道我正在沉思之中。恩古伊去把玛丽小姐的照相机拿过来，怕万一她要拍上几张蜣螂的照片，但她并不想这么做，只是说道：“爸爸，等这些蜣螂让你看腻了，你是不是觉得我们应该上车再去看看其它的什么东西呢？”

“当然啰，如果你感兴趣的话，我们可以找到一头犀牛，附近还有两头母狮子，一头公狮子哩。”

“你怎么知道？”

“昨天晚上好几个人都听见狮子叫，那儿在水牛足迹上有只向回走的犀牛留下的脚印。”

“天太晚了，拍不到好颜色的照片了。”

“没关系。或许我们光看看它们就行了。”

“它们比蜣螂更能给人灵感。”

“我并不在寻找灵感。我在寻觅知识。”

“真幸运，你还有如此开阔的心胸。”

“是的。”

我叫姆休卡试着去找找那头犀牛。它是依习惯行事的，既然它在走动，我们就知道能在哪儿找到它。

那头犀牛离我们揣测它该在的位置不远，但就像玛丽小姐说的那样，时间已经太晚，以现有胶卷的曝光速度来看，漂亮的彩色照片已经拍不成了。它浑身涂满灰白色的黏土，刚从一个水潭回来。在绿色的灌木丛中，背衬深黑色的火山岩，看上去惨白惨白的。

我们没有惊动它，而是绕了个大圈子，到了它的下风处，以便最终走到伸向沼泽边缘的盐碱地那里，但是那头庞然大物身上的食虱鸟飞走了，令它傻呵呵地警觉起来。那天晚上几乎看不到月亮，狮子会出来觅食。我纳闷猎物们是怎么知道夜晚已经到来了呢。猎物们从来毫无安全可言，这些晚上尤其如此。我又想在像今晚这样漆黑一片的夜晚里，那巨大的蟒蛇怎么会从沼泽里爬到盐碱地的边缘，盘着身子等候着呢。曾经有一次恩古伊和我顺着它的爬痕一直跟到沼泽地里，那就像是跟着一个大型轮胎在地上压出的车辙一样。有时候它沉了下去，所以地上就出现了一条深深的凹痕。

我们在那块盐碱地上发现了那两头母狮子的足迹，便顺着足印追过去。有一只奇大，我们以为它们会趴在那儿，但是没有。那头公狮子，我想可能在那座废弃的古老的马萨伊村旁活动，而且它也可能就是那头骚扰我们早上去过的那个马萨伊村子的狮子。不过这都是揣测，我们还没有可以杀它的证据。今天晚上它们觅食，我就听一听它们的声音罢了，明天如果我们再看到它们，我还是能够认出它们来的。金·克原来说过我们要在这儿捕猎四头或者六头狮子。我们已经干掉了三头，马萨伊人杀了第四头，还打伤了一头。

“我不想走得和沼泽过于接近，这样水牛便不能从风里闻到我们的气味了，可能它们明天还会到开阔地带来吃草呢，”我对玛丽说，她也同意。我们便步行走回家去，恩古伊和我边走边辨认着盐碱地上的痕迹。

“我们要早些出去，亲爱的，”我对玛丽说。“情况变得更加有利了。我们在开阔地里能发现这些水牛。”

“我们早些上床做爱，再听听夜晚的声音。”

“妙极了。”

第二十章

我们上了床，天冷极了，我弓起身子躺着，靠在帆布床一侧的帐篷幕布上，能躲在被单和毛毯之下真是美妙啊。在床上人们都没有身形尺寸可言，只要彼此相爱，人们的尺寸都一样，比例也都正好。我们躺着，毛毯把寒气都挡在外面，能感觉自己的身体慢慢地暖起来。我们静静地细语着，之后第一只出来的鬣狗蓦地发出一声弗拉曼柯舞[①]的高歌，仿佛它在对着一只扩音器嘶叫。我们便侧耳倾听。它就在帐篷附近，随后又有一只来到了营地后面，我知道是那块晾着的肉和在营地那一边的水牛把它们招来的。玛丽可以模仿它们的叫声，她在毯子下叫了一声，声音轻极了。

“你会把它们招到帐篷里来的，”我说。然后我们听见那头狮子吼叫着，朝北面那座古老的村子走去，而在我们听到它的声音之后，我们又听见了那头狮子咳嗽般的咕哝声，我们知道它们正在觅食。我们想我们可以听见两只母狮子的叫声，随后却听见另一头公狮子在很远的地方吼了一声。

“我真希望我再也不要离开非洲了，”玛丽说。

“我倒情愿再也不要离开这里。”

“床吗？”

“我们白天就要下床的。不，是营地。”

“我也喜欢这里。”

“那么我们为什么偏要走呢？”

“或许还有更多奇妙的地方呀。你在死之前难道不想去看看那些最为奇妙的地方吗？”

“不想。”

“唉，我们现在就在这儿吧。不要想什么离开的事情了。”

“好吧。”

鬣狗又唱起它的夜曲来，声调已经拔得不能再高了。然后中间有三次戛然而止。

玛丽模仿着它的叫声，我们大笑起来。这帆布床就像是一张又大又舒适的床，我们在上面舒舒服服，游刃有余。后来她说：“等我睡着，尽管伸直了睡吧，把这床上你应得的那一部分占了去，我会回到我那一部分去的。”

“我来替你掖掖。”

“不，你睡你的吧。我睡着了自己会掖的。”

“那我们现在睡吧。”

“好啊。不过别让我占这么多，你会抽筋的。”

“我不会的。”

“晚安，我最亲爱的小甜心。”

“晚安，亲爱的。”

在将睡未睡的时候，我们听见那只离得近些的狮子粗重的咕哝声，远远的另一头狮子也在吼叫。我们充满温情地紧紧地抱在一起，就这么睡着了。

玛丽回到她床上去的时候，我熟睡着。那头狮子在离营地很近的地方吼叫时，我才醒了过来。它好像在摇动帐篷的绳索，它那粗鲁的咳嗽声听上去近在咫尺。它一定是在营界之外，但它在吵醒我的时候听上去像是正在穿过营地。之后它又吼了一声，我知道现在它有多远了。它肯定就在那条通往简易飞机跑道的小道旁。我听着它渐渐远去，然后又睡着了。

---

① 西班牙吉卜赛人的一种民间舞蹈。

人物表

叙述者

本书作者平生从不记日记，却在书中所叙之事发生一年之后灵感泉涌，提笔以第一人称写下了这样一个故事。正如他对第三任妻子玛莎·盖尔霍恩所说的那样，“我们不过是盘腿坐在集市里而已，要是别人对我们所说的不感兴趣，但走无妨。”

玛丽

欧内斯特·海明威的第四任也是最后一任妻子。

菲利浦(帕先生,老爹)

菲利浦·帕尔齐法尔是所有白人猎手中活得最长，最见多识广的人。他曾指导过许多人打猎，其中包括泰德·罗斯福[①]和乔治·伊斯曼[②]。海明威著名的短篇小说《弗朗西斯·麦康伯夫妇短促的幸福生活》中的白人猎手的原型是冯·布列克森男爵[③]，不过其外貌是根据菲利浦·帕尔齐法尔塑造的。

金·克雷兹(金·克)

英国管辖下的当时肯尼亚卡吉亚多区的狩猎法监督官。卡吉亚多区面积很广，包括内罗毕以南及坦噶尼喀（现坦桑尼亚）、肯尼亚边境以北的大部分猎区。游猎期间，除开带着全队人员到坦噶尼喀南部去看望儿子媳妇之外，海明威夫妇打猎的范围一直在该区以内。

哈里·邓恩

卡吉亚多行政区内的一名高级警官。

威利

专在人烟稀少地区飞行的商业飞行员。和所有不轰炸平民的飞行员一样，是个心地高尚的人。

凯第

白人猎手所雇的狩猎助手的总管，权力很大。他关于什么是欧洲人得体表现的观念停留在爱德华时代④，与许多读者可能看过的由爱玛·汤姆逊和安东尼·霍普金斯主演的《去日留痕》⑤中男管家的看法基本上没有区别。

姆温迪

凯第的伙计，照管参加游猎的白人的生活起居。

恩贵利

游猎队伙计，见习厨师。

姆桑比

游猎队伙计。

姆贝比亚

游猎队厨师，他的工作技巧性很大，且十分重要。我曾给比属

---

① 即美国第26任总统西奥多·罗斯福（1858—1919），泰德是西奥多的昵称。
② 乔治·伊斯曼（George Eastman，1854—1932），美国发明家，伊斯曼—柯达照相器材公司创办人（1892）。
③ 冯·布列克森男爵（Baron Bror Blixen），丹麦女作家伊萨克·迪内森的表兄，两人结婚后一起来到非洲定居，不久离婚。这段事在迪内森的《走出非洲》中得到再现。
④ 爱德华时代，指英国爱德华七世（1841—1910）的时代。继维多利亚时代之后，倜傥风流的爱德华统治下的英国以奢侈华靡，攀比消费著称。
⑤ 《去日留痕》（The Remains of the Day），美国电影。

刚果最后一任总督将军的女儿及女婿长达一月的游猎活动充当向导。将军女儿吃完游猎队厨师做的烤鸭后告诉我说这比她最后一次在巴黎银塔饭店吃到的烤鸭还要可口。最早的像姆贝比亚这样的厨师的手艺是从精通厨艺的欧洲贵妇人那儿学来的。伊萨克·迪内森[①]的《走出非洲》中有一段关于一名这样的厨师受训练过程的精彩描述。

姆休卡

非洲黑人司机。与海明威同时代的、在二战之后才学会打猎的白人猎手驾驶的猎车都是自行设计的，属于猎手本人的财产，不包括在游猎装备供应商所提供的设备中。但海明威这次游猎的情况与此不同。帕尔齐法尔使用的猎车是由供应商提供的，司机就是姆休卡。海明威从帕尔齐法尔手里接管了游猎队后，姆休卡也就成了他的司机。

恩古伊

海明威的扛枪伙计和追猎手。凡喜欢猎取大型猎物而又有足够体力的人是不会让扛枪伙计来替自己扛来复枪的。这个名称实际上是指一名当地的向导，如同这个词在缅因州和加拿大的用法。一名扛枪伙计应该具备巴登一鲍威尔[②]和欧内斯特·汤姆逊·塞顿[③]认为的一名童子军所应具备的所有技能。他必须了解动物的习性，野生植物有用的特性，懂得如何追踪猎物，尤其是如何追踪带血的足迹，如何在非洲丛林中照顾好自己和同伴。简言之，就是一个皮袜

① 伊萨克·迪内森（Isak Dinesen，1885—1962），丹麦女作家，曾在肯尼亚（1914—1931），经营咖啡种植园，作品有《走出非洲》、《冬天的故事》等。

② 巴登一鲍威尔（1857—1941），英国军官，在布尔战争（1899—1902）中成为民族英雄，后以创建男女童子军（1910，1912）闻名。

③ 欧内斯特·汤姆逊·塞顿（Earnest Thompson Seton，1860—1940），美国博物学家和作家，曾协助创立美国童子军。

子或鳄鱼邓迪[1]之类的人。

切罗

玛丽·海明威的扛枪伙计。海明威在故事中不厌其烦地指出不同文化的伦理准则中不同的时、空观念。西方伦理观允许在配偶死亡或夫妻离异的情况下再拥有一个新的丈夫或妻子，但同一时间内只能与一人结婚。故事发生的时候，与玛丽结婚的人在西方的伦理框架内，已由于离异的缘故有过三任配偶，且第三任妻子保琳已经死亡。玛丽此前也已两度结婚，眼下她的丈夫受西方伦理的制约不可能再娶一个妻子，但承继性多妻制却还是可能的，这令玛丽深为苦恼。这就是为什么她不愿意以二十年前保琳的方式，而要以一种崭新、卓越的方式去杀死一头狮子的根本原因。保琳上一次在非洲参加游猎时，切罗是她的扛枪伙计。

姆温基

菲利浦·帕尔齐法尔的扛枪伙计。

阿拉普·梅纳

侦猎员，是肯尼亚执行狩猎法的最低一级的官员。侦猎员中没有白人，而在故事发生的年代，也没有黑人担当巡猎员一职。阿拉普·梅纳与《与夜色一同西行》中带领贝丽尔·马卡姆[2]用长矛猎疣猪、后来死在第一次世界大战战场上的年轻齐普萨吉斯战士同名，也许只是一个巧合。

---

① 皮袜子系美国小说家詹姆斯·费尼莫尔·库柏（1789—1851）代表作《皮袜子故事集》主人公，鳄鱼邓迪系澳大利亚电影中的人物；他们的特点是擅长野外生活，机智粗犷。

② 贝丽尔·马卡姆（Beryl Markham，1902—1986），四岁时就随父亲来到英属东非，成为一名出色的职业飞行员、作家和探险家，最著名的作品是回忆录《与夜色一同西行》（1942）。

春戈

一名英俊、讲究外表的侦猎员，为金 · 克服务。他也许使读者想到《无事生非》精致的电影版本中由丹佐尔 · 华盛顿饰演的公爵。

探子

顾名思义，这是一名为警方服务的密探。海明威本人做过不少情报工作，第一次是在西班牙内战中，使他将第五纵队这个词引入了英语及其它许多种语言。后来一次是在二战时期，在古巴，当时他协助逮捕了几名德国间谍，其中一名被处决，其余人经哈瓦那遣送至西班牙。海明威对探子的同情是对故事中其他人物所没有的。

耗子先生

帕特里克，欧内斯特 · 海明威的次子，亦称“耗子”。

寡妇

黛芭的母亲，处于探子极不可靠的保护之中。

黛芭

年轻的非洲黑种女人。海明威一直由于不能在小说中真实地刻画女人而遭到非议。假如这是真的，那么对一位大作家来说，这就将是一个很严重的缺陷，就好比我们说一名 18 世纪前的欧洲老画家画不好人体一样。海明威从小是与四姐妹一同长大的，因此他肯定是有观察女性的机会的。现在出现了另一种批评观点，从“政治正确性”的角度来解释这个现象。这类批评家把艺术看成构筑社会体系的工具。在希特勒统治下的德国，将犹太人刻画成一条纯正亚利安溪流中的肮脏的污染源就是政治上正确的做法。不论读者对艺术创作的能力或目的持何种观点，都应该注意黛芭这个人物。

辛先生

在殖民地时期的肯尼亚，白人将这个名字念成“辛”，而后殖民主义时期则将它念成“塞”。殖民地时期，出于行政管理的目的，将肯尼亚人口按原籍所在的大陆划分成欧洲人、亚洲人和非洲人。辛先生属于亚洲人中的锡克人。他来自旁遮普①，当地锡克人对印度政府处理金庙事件②方式的强烈不满导致了刺杀甘地夫人的行动。锡克人生性好战，在机械方面很有天分，许多人成为机械操作师、飞行员、警探或电气工程师。我的一个锡克朋友是警察，有一次不得不去以投毒杀夫骗取保险金的罪名逮捕一名体态肥胖、吵吵闹闹、满嘴粗话的欧洲女士。虽然她当面骂他是下贱的杂种，我的朋友逮捕她时仍然谨慎细致，显示出其职业所特有的绅士风度。

辛太太

辛先生的妻子，相貌十分俊俏。

---

① 南亚次大陆西北部一地区，分属印度和巴基斯坦，该地区内大部分居民为锡克教徒。

② 锡克教徒中的狂热分子在宾得兰威尔（Jarnail Singh Bhindranwale，1847—1884）带领下占领了锡克圣殿金庙，当时印度总理甘地夫人为争取1985年竞选成功，于1984年6月下令对金庙内的锡克人发动攻击。四天激战后，宾得兰威尔及手下士兵大部阵亡。1984年10月31日，甘地夫人在新德里住所花园内被两名蓄意报复的锡克守卫暗杀。

...ween, ~~the steel decks~~ ... and brav...
eyond a tent, you step out to sea too many
ars. The moon gone down, the breeze not ris...
ou urinate uplooking at the uncross-like
f Southern Cross
rofundity of initial urination, and thus each morning in the
ublicity of constellations reflect upon the ~~[illegible]~~
isten to the night, and not awake you
en walk to where Pap sits before the fire,
ipe comforted, his vultures perched, loving the
ime before daylight and the windless burning
ead branches he says, "How are you, governor"
"No worse than you."

The sky is very high there and brave
ome between, ~~the steel decks~~ from under w...

eyond a tent, you step out to sea too many
ars. The moon gone down, the breeze not ris...
u urinate uplooking at the uncross-like
f Southern Cross
rofundity of initial, and thus...